KB180520

문신공방 文身孔方, 셋

문학, 몽롱*Mon Non*주점과 마농*Ma Non*의 샘

일러두기

지면을 통해 발표한 글들은, 말미에 '발표지면, 발표일'을 적어 놓았다.
발표하지 않은 글들은, '쓴 날'만을 적어 두었다.

문신공방 文身孔方, 셋

문학, 몽롱*Mon Non*주점과 마농*Ma Non*의 샘

정 과 리

역락

잇는 말, 언어의 얼음을 지치는 전율
나는 나의 작업을 어떻게 정의하는가

내가 문학을 하겠다고 결심하였을 때는 고등학생 시절이었다. 그 당시 나에게 무슨 거창한 생각이 있었던 것은 아니었을 것이다. 나는 이야기의 예측불가능한 변전에 신명이 났고 비유들의 다양한 맛깔에 침이 넘어갔다. 그 이후 나는 문학이 철학적 역할과 행동적 기능을 동시에 떠맡는다는 것을 배우게 되지만 그것은 문학에 대한 나의 최초의 경험이 내게 각인시켜 주었던 것, 즉 언어에 대한 매혹이라는 바탕 위에서 추가된 이해였다. 그런데 바로 그것 때문에 나는 문학에서의 인식 행위와 실천 방식은 본래의 철학이나 사회적 행동과는 근본적으로 다른 것이라고 생각했고 지금도 여전히 그러하다. 왜냐하면 언어는 나와 세계와 타자들을 매개하는 기본 통로일 뿐만 아니라 '만남'의 양식 그 자체, 다시 말해 우리의 관계 존재론이기 때문이다. 따라서 언어를 통한다는 것은 인식이든 행동이든 근본적 쇄신의 차원에서 행한다는 것을 함의하는 것이며, 언어에 대한 자의식은 모든 인식과 행동의 실행과 그것들을 나 자신의 존재 안에 체화하는 내적 실행을 병행케 한다. 요컨대 언어를 통해 나의 문학 행위는 나의 거듭남과 세계의 변혁을 동시에 진행시키게 된다. 나, 세계, 그, 너라는 이질적인 존재들은 바로 언어 때문에 절대적으로 다르면서도 긴밀히 응집된다. 이 달라짐과 모임의 끝없는 변주는 본래 말을 느끼는 즐거움에서 비롯되었다. 때문에 세계와 나의 동시적 쇄신으로서의 문학적 수행은 언어 위에서의 스케이팅처럼 아슬아슬하고도 짜릿한 전율적인 즐거움을 자아낸다. 그게 내가 35년 이상 문학에 매달리면서 한번도 후회를 하지 않은 까닭이다. 또한 나는 그러한 문학적 수행을 비평이라는 장르에서 행하고 있지만 그것이 근본적인 차원에서는 소설이나 시의 존재론과 다르다고 생각한 적이 없다.

—『글마당(www.keulmadang.com)』, 2015.8.14.

차례

2. 세상을 맞다

3. 독자를 부른다

4. 세상을 꿈꾸다

1. 언어의 국경 너머에서

푸른 망아지의 호기심으로 가득찬 독서노트

버지니아 울프의 『보통의 독자』

『보통의 독자』(박인용 옮김, 함께 읽는 책, 2011), 우리에게 흔히 '의식의 흐름'이라는 난해한 소설 기법으로 알려져 있는 영국의 여류 소설가 버지니아 울프의 독서노트이다. '추천의 글'을 쓴 전은경 교수에 의하면, 이 노트는 그의 대표작인 『델러웨이 부인』과 같은 시기에 씌어졌다. "점심 전에는 소설, 오후에는 에세이"를 썼다는 것이다. 창작의 긴장을 "식히기" 위해서였을 거라고 추천자는 적고 있다.

그랬을 수도 있을 것이다. 그러나 이 휴식의 운동은 보통 활기차지 않다. 버지니아의 독서는 문면에 한정되지 않는다. 그는 작가의 글쓰기의 생애 전체를 주파한다. 마치 호기심에 가득 찬 망아지처럼. 그렇게 뛰어다니며 삶을 글과 대비시키고 사람에서 작가를 분리시킨다. 이 푸른 말의 눈은 여간 섬세한 게 아니어서, 무엇이 글쓰는 사람을 작가로 만드는지를 날카롭게 포착해낸다. 가령 이렇게 쓰고 있다. "그녀는 특별히 누구도 염두에 두지 않고 모두를 위해, 우리 시대를 위해, 그녀 자신의 시대를 위해 글을 썼다. 달리 말해 제인 오스틴은 그처럼 어린 나이에도 글을 쓰고 있었다." 언뜻 평범해 보이는 이 문장의 구절 하나하나를 떼어서 음미한 후 다시 연결해 보라. 그러면 "글을 쓰고 있었다"의 '글을 쓴다'라는 의미가 무엇인지 전율처럼 느낄 수 있을 것이다. 글을 쓴다는 것은 세계를 몸으로 느껴 안다는 것이고, 그 체험을 세상에 드러내는 것이다. 아니 그렇게만 말해서는 안된다. 그것은 '무지'가 '박학다식함'을 능가하는 일이며, 침묵의 음절이 어떻게 불멸성을 만들어내는지를 증명하는 행위다.

그러니 그녀의 독서에는 너무나 즐거운 '펀'이 있고 '게임'이 있다. 그러니 선입견에 사로잡혀 지레 겁먹지 말고 얼른 책을 펼쳐 보시라. 앨비(Edward Albee)의 희곡 제목을 멋대로, 다시 말해, 펀과 게임을 위해 전용하여, "누가 버지니아 울프를 두려워 하랴"라고 속으로 소리지르며.

—『책&』, 2011.5.

산 체험으로부터 솟구치는 역동적인 생각의 파도

조지 오웰의 에세이 『나는 왜 쓰는가』

『동물농장』과 『1984년』의 작가 조지 오웰은 실천적 지식인의 전형이다. 실천적 지식인이란 누구인가? 자신이 가진 지적·언어적 능력 및 기능을 세계의 갱신을 위해 싸우고 있는 자신의 삶에 최대한도로 밀착시키는 사람이다. "1936년부터 내가 쓴 심각한 작품은 어느 한 줄이든 직간접적으로 전체주의에 '맞서고' 내가 아는 민주적 사회주의를 '지지하는' 것들이다"(「나는 왜 쓰는가」)와 같은 구절이 그대로 가리키듯 그에게 삶과 글은 결코 나누어지지 않는다. 게다가 이어지는 문단에서 "지난 10년을 통틀어 내가 가장 하고 싶었던 것은 정치적인 글쓰기를 예술로 만드는 일이었다"라는 구절까지 읽으면 우리는 고통의 누적으로서의 삶 전체를 덩어리째로 글의 마술에 의해 '사는 기쁨'으로 만들고자 고투하는 작가의 절절한 모습을 그려볼 수 있다.

물론 이런 직접적인 언명이 그의 글쓰기를 보장해주는 것은 아니다. 실제의 글쓰기에 의해서만 그것은 증명될 수 있으며, 그 점에서 오웰의 에세이는 더할 나위 없는 물증이다. 통상적인 에세이가 세계에 대한 솔직한 느낌과 생각을 전달하기 위해 세계와 약간의 거리를 두고 있다면 오웰의 에세이는 그대로 산 체험이다. 그리고 매순간 세계와 씨름하는 가운데 현장에서 솟아나는 생각들을 싸움의 기운을 그대로 담아 뿜어낸다. 체험의 매순간이 금언 하나씩을 분만하는데, 게다가 그 생각들은 단일하지 않고, 정치와 문학과 언어와 인생에 대한 무궁무진한 통찰들을 담고 있는 것이다. 그의 에세이에서 매우 입체적인 조형미와 탄력을 느끼게 되는 까닭이 거기에 있다.

—『책&』, 2010.11.

원죄의 뜻

에드몽 자베스의 『엘리야』에서

의무로 주어진 글쓰기가 하기 싫어 공연히 시집들을 뒤적거린다. 이곳의 헌책 좌판에서 산 에드몽 자베스(Edmond Jabès)의 『엘리야 *Elya*』를 조금씩 읽는다. 읽다가 다음 구절에 머물러 이 말의 천재적인 곡예사가 보여주는 휘황한 순간에 한참 사로잡힌다.

> 원죄는 기억의 죄이다. 우리는 결코 시간의 끝에 가 닿지 못할 것이다.
> Le péché initial est péché de mémoire. Nous n'irons jamais au bout du temps.

'le péché initial'은 '원죄'에 대한 일반적인 프랑스어 표현인 'le péché original'의 의도적인 변형으로 보인다. 아마도 논란을 피하고 싶다는 심리도 끼어들었을 것이고, 다른 한편으로 후자의 형용사가 확정적인 데 비해 전자의 형용사는 동태적이라는 이유도 작용했을 것 같다. 그 점을 전제한다면, 첫 문장은 '원죄'에 대한 일반적인 정의를 완벽하게 뒤집어 놓고 있다. 우리가 배워 알고 있는 원죄는 "하느님을 모르는 죄", 즉 "하느님의 존재를 망각한 죄"인 것이다. 그런데 시인은 그것이 망각의 죄가 아니라 기억의 죄라고 말하는 것이다.

"기억의 죄"란 무엇인가? 그에 대한 대답이자, 그것의 결과가 두 번째 문장이다. 그리고 그 결과는 영원히 유예됨으로써 끝없는 경과로서만 존재하는 결과이다. 두 번째 문장에 의하면, "기억의 죄"에서, 기억은 이제는 없는 것을 상기하는 것이고, 따라서 우리는 그것에 거푸 다가가려 하지만 결코 다가가지 못하며, 결코 가 닿지 못하는 그것에 거푸 다가가려 하는 행동 때문에 과거를 향하는 몸짓이 언제나 미래를 향해 나아가는 운동으로 나타나게 된다는 것이다. 그것이 인간의 평생의 천형 같은 것이며, 그 천형의 근원이 되는 죄가 바로 '기억의 죄', 즉 '원죄'라는 것을 가리킨다. 그리고 그 죄 덕분에 인간은 끊임없이 진화하는 것이다.

인간이라는 지적 생명의 진화가 어느 지점에서 일반적인 진화와 달라지며, 또한 어느 면에서 달라져야 하는지를 이보다 명확하게 지시하는 말도 흔하지 않을 것이다(그리고 '지시'는 '의미'와는 아주 다른 것이다). 과감하게 말하자면 우리는 '죄'로 축복받은 것이다. 그러나 그것을 대뜸 축복으로 착각하고 환호하면 진짜 천벌이 쏟아질 것이다.

—2014.4.14.

에드몽 자베스의 말 놀이

Privéd'R, la mort meurt d'asphyxie dans le mot.
(Edmond Jabès, *El, ou le dernière livre,* Gallimard, 1973)

R이 없어서, 죽음은 말 속에서 숨 막혀 죽는다.
(에드몽 자베스, 『엘, 혹은 최후의 책』, 갈리마르, 1973)

에드몽 자베스(1912-1991)는 이집트 태생의 유대계 시인이다. 그는 1957년 유대인이라는 이유로 고향을 떠나야 했으며, 1967년 프랑스 국적을 취득했다. 일찍 불어를 배워 타향의 언어로 시를 썼다. 1935년 막스 자콥(Max Jacob)을 만나 친교를 맺고 초현실주의 시인들의 모임에 자주 어울렸다. 그는 특히 모리스 블랑쇼(Maurice Blanchot), 쟈크 데리다(Jacques Derrida), 그리고 바타이유(Georges Bataille)와 교류했으며 그들에게서 시적 영감을 얻었다. 위의 시구는 『엘, 혹은 최후의 책』이라는 시집 속의 한 구절이다. 이 짧은 구절은 언어를 '희롱'하는 시인의 천성이 어떻게 생의 오의(奧義)에 가 닿을 수 있는가를 잘 보여준다. 번역으로는 실감이 잘 안 올 테니, 원문을 간단히 풀이하기로 한다.

불어에서 죽음(mort)은 말(mot)에 비해 철자 하나가 더 많다. 그래서 "R이 없어서"라는 구절이 나왔다. 그러나 두 단어의 뜻이 너무 다르기 때문에 또한 어원이 워낙 별개이기 때문에, 그 점을 주목한 작가시인은 들어

보질 못했는데, 자베스의 이 구절에서 충격적인 대비를 본다. 죽음은 자신을 드러내려 한다. 그런데 언어를 매개로 하지 않으면 표현될 수가 없다. 그것은 모든 사태와 사물들이 언어를 통해 자신을 드러낸다는 식의 일반적인 얘기보다 훨씬 윗길 차원의 얘기다. 왜냐하면, 죽음은 체험되면 표현될 수가 없고, 표현되려면 결핍되어야 하기 때문이다. 그래서 죽음은 말 속에서 죽는다. 죽음은 표현되는 순간 실물감을 박탈당하고 허깨비로 전락한다. 죽음은 자신을 드러내기 위해 바둥거린다. 바둥거릴수록, 그러나, 죽음은 원 체험의 산소를 박탈당한다. 죽음은 숨 막혀 컥컥거리며 죽는다. 그런데, 불어(특히 파리 지역의)의 R 발음은 워낙 숨넘어가는 혹은 숨이 비좁게 새는 소리이다. 철자 R[R]은 혀를 둥글게 말아 목구멍 쪽으로 깊이 밀어 올린 뒤 입천장에 닿을 듯 말 듯한 상태에서 가슴에서 공기를 내보냄으로써 내는 소리이다. 우리 귀로는 약간 떨림이 있는 '흐'로 들린다. 이 소리가 때론 질식의 신음 소리, 혹은 안간힘을 다해 바깥으로 빠져나오는 공기 소리로 들리기도 한다. 그러니까 죽음은 숨 막혀 죽으면서 그 죽을힘을 다한 공기의 음향을 통해 말(mot)에 모자란 R을 채우고 있는 것이다. 옐름슬레우(Louis Hjlemslev)를 따라 내용과 표현을 나눈다면, 이야말로 내용과 표현이, 다시 말해, 내용 실질과 내용 형식의 합과 표현 실질과 표현 형식의 합이 절묘하게 궁합을 이룬 경우다. 본래 "말과 사물의 일치"가 "시적 언어의 본질"이 아니던가? "시어가 말하는 바"와 "시어가 존재하는 바"를 하나로 만드는 것(발레리) 말이다. 그런데 이 놀라운 일치의 밑바탕에 있는 것은 생과 언어 사이의 근본적인 결락이다. 탄생과 죽음 같은 생의 근원적인 체험은 언어를 통해 드러나며 살해된다는 것! 그 결락을 끝까지 밀고 나가는 것이 시인의 천형이라면, 그것을 끝까지 밀고 나갈 수 있는 것은 시인의 천품이다.

자베스의 시들에는 이런 깊은 '말희롱'들이 편재한다. 그가 스스로 "글쓰기란 파동의 전략, 귀가 간종이는 비늘들의 음향 놀이"라고 말했듯이. 재미 삼아 하나만 더 소개하겠다.

> ""나무(L'arbre)'는 '대리석(le marbre)' 속에 있다", 고 그는 말하곤 했다. "영원의 과실들은 이 계절의 청과"라고.
>
> 나뭇잎(Feuille)을 두고, 그는 이렇게 썼다 : Feu-oeil라고. 그런데 나는 feu-oeil가 그에게 무슨 뜻이었는지 알 수 없었다. 돌아가신 눈이란 뜻인가? 아니면, 정반대로 '불타는 눈(oeil de feu)'이란 뜻인가, 내 눈 아래 백지 위에서 어휘가 소진(燒盡)할 때 내가 머릿속에 떠올리는."

Feuille(나뭇잎)를 Feu-oeil라고 쓴 것은 발음([føj])의 유사성에 근거한 것이다. feu는 '불'을 뜻하기도 하고, "고 서정주 시인"이라고 쓸 때의 '고(故)'를 뜻하기도 한다. 나무가 대리석 안에 있다는 것 역시 철자 및 발음의 포함 관계를 두고 말놀이를 한 것인데(marbre는 또한 m'arbre, 즉 mon arbre[나의 나무]라는 뜻으로도 읽을 수 있다. 이때 '나무'는, 본래의 불어에서와는 다르게, 여성형이 된다), 덧말이 의미심장하다. 영원의 과실은 사실 그 계절에 난 청과라는 것. 왜냐하면, 대리석(영원) 속에 나무(썩 오래 살기도 하는 한시적 생명체)가 있으니까.

—『현대시』, 2002.8.

📖 '소진(燒盡)하다'라고 번역한 se consumer는 '소진(消盡)하다'로 옮기는 게 단어의 원 뜻에 충실한 것이다. 그러나 시의 맥락을 고려해 燒盡으로 옮겨 보았다.

내 가슴에 흘러든 시린 전류

에이드리언 리치의 『문턱 너머 저편』

I

내 꿈이 어떤 통제 불능의 이미지도
경계선 너머로 도망치지 못하게 하는
정치적으로 올바른 정표를 보여주었을 때
나는 길을 걸어가다 알게 되었다
나의 주제가 스스로를 위해서 마름질되었다는 것을
적군이 사용할까 두려워
내가 무엇을 보고하지 않을지를 알게 되었다
그러고 나서 난 궁금해지기 시작했다

II

우리가 글로 써놓은 모든 것은
우리에게 또는 우리가 사랑하는 사람들에게
적대적으로 사용될 것이다.
받아들이든지 무시하든지
이것이 그 조건들이다.
시는 결코 역사 밖에
서 있던 적이 없었다.
예술을 초연한 것으로서 찬양하기 위해
또는 우리가 사랑하진 않았지만
죽이고 싶지도 않았던 자들을 고문하기 위해
이십 년 전 타자기로 쳤던 한 줄의 글귀가

스프레이 페인트로 휘갈겨져 벽 위에서 번쩍거릴지도 모른다

우리는 변한다 하지만 우리의 언어는 그 자리에 서서
우리가 의도했던 것 이상으로
책임을 지게 된다
그리고 이것이 글이 가진 특권이다

—아드리엔 리치, 「북미대륙의 시간」 부분, 『문턱 너머 저편 *The Fact of the Doorframe*』
(한지회 역, 문학과지성사 2011, pp.406~407)

외국 시를 읽고 공감을 하기란 쉬운 일이 아니다. 소설과 달리 시는 오로지 언어의 결에 의존하기 때문이다. 번역은 매개가 아니라 장애가 되기가 십상이다. 그러나 클로드 무샤르(Claude Mouchard) 교수가 "번역이 아니었다면 우리가 어떻게 만날 수 있었겠는가"라고 말했을 때 내 머리를 때리며 지나간 번개는 무엇이었던가? 그것은 번역의 불가피성의 문제를 넘어서, '내재성'이라고 해야 할 그런 성질이다. 우리는 매번 서로의 코드를 확인하고 상대방을 번역하면서 교섭하고 있지 않은가? 우리는 시시각각으로 번역하고 있는 것이다. 거듭 오류를 범하면서, 계속 그 오류를 고치려고 애쓰면서. 저 옛날 바슐라르가 '인식론적 장애물'이라고 부른 것은 이제는 번역 장치의 호환성이라는 관점에서 새롭게 이해되어야 할 것이다. 게다가 바슐라르는 저 장애물이 실은 생각의 풍요를 가능케 하는 역동적 상상력의 원천임을 간파하지 않았던가? 그에 기대어 우리는 번역의 심각한 장애는 두 세계의 강력한 공존과 싸움을 의미한다고, 그리고 그 싸움으로 태어날 또 다른 세계의 풍요를 기대케 하는 원천이 된다고 이해하는 역설의 즐거움에 뛰어들 수 있을 것이다.

사설이 길어졌다. 에이드리언 리치(Adrienne Rich)의 『문턱 너머 저편』은 번역되었는데도 불구하고, 딴 세상의 음료처럼 미묘하게 흡수되는 마력을 지닌 시집이다. 무엇보다도 시인의 교양적 깊이가 시를 읽는 마음을

편하게 가라앉힌다. 그리고 모든 시편에는 시를 쓴다는 게 곧 정직한 삶을 산다는 것이라는 점을 일깨우는 윤리적 감각이 뚜렷한 심줄처럼 새겨져 있다. 독자는 그 윤리의 심줄에 찔려서 내 삶과 내 문학을 되돌아본다. 그러나 곧바로 그 감각이 나를 벼랑에서 지탱해주는 미더운 동앗줄임을 다시 확인하곤 안도한다. 그의 시는 그러니까 그 편안함과 아찔함 사이를 왕복케 하는 힘을 가지고 있다. 그중 내 가슴에 가장 시린 전류를 흘려 보낸 시 「북미대륙의 시간」이었다.

그 시를 읽으며 나는 되뇌인다.

... 나는 "침묵 앞에 복종"한다. 오래도록. 그리고 말하려고 애쓴다. 입술을 달싹거리면서. '정치적으로 올바른' 주의자도 이 시와 직면해야 할 것이다. '정치하면 신물이 난다고 고개를 젓는' 탈주의자도.

... 그러나 '정치적으로 올바른' 주의자가 이 시를 언젠가 써먹을지 모른다. '고개를 젓는' 탈주의가 혹시 그럴지도.

—2011.10.6.

여행자 앙드레 벨테르(André Velter)

육체와 기억의
참화 속에서
불길 속에서
포옹 속에서

차운 달에 어리어
눈물은 흘러내린다
격노한 감정은 혜성을 향해
최후의 로켓을 발사한다

나는 정복에 나선 자들의
헛수고를 알고 있다
그들은 불가능의 문을 지나
마지막 숨 너머
또 다른 생의 경사면 너머에서 실종될 때까지 간다

영혼은 이렇듯 성가신 신비다
어떤 것도 그것을 다룰 수 없다
메스의 날끝이든
말의 혀끝이든
그것은 오로지 여행중이다
귀환할 생각도 없고 나이를 헤아리지도 않는다

너에게 최대한 바투 다가가도
나는 언제나 경계에 있다
너는 내가 모르는 것이다
어떤 탈주선이든 가리지 않는 방황
모든 장식을 벗어 제낀 방황

지리멸렬한 세계의 이곳저곳으로부터
어떤 화음이 우리 사이에 추구된다
그것이 내가 네게 주는 봉헌물
하루하루 충분히 뜨거워져
정오의 태양 아래 직립으로 서 있기 위해
그리고 하늘의 어느 돌출부에서
모든 규범들의 뒤집힘을 지탱하기 위해

내 그림자는 지워진 듯이 보인다
그게 불가사의에 속하든
또는 낯선 나라들의 오래된 협약에서 연유하든
어찌 됐든, 우리는 또렷이 진군하였다
안 보이는 강가들로
어떤 강물도 어떤 빙하도
어떤 모천도 동반하지 않는

미리 예정된 장소
내 사랑은 도처에 있다
그곳은 도달할 수 없는 곳이다
그러나 그럼에도 불구하고

더불어 존재한다는 것, 그것은
우리 자신들 너머 위로 타오르기 위해서이다

앙드레 벨테르(André Velter)는 1945년 프랑스의 북동부 아르덴느(Ardennes)

주의 시니(Signy) 수도원에서 태어났다. 부친과 조부모의 영향으로 어린 시절부터 여행에 길들여진 그는 1959년 프랑스 밖 시칠리아, 그리스 등 여러 나라를 여행한다. 1963년에 파리로 돌아와 세르쥬 소트로(Serge Sautreau)를 만나서 그와 공동으로 쓴 글을 사르트르가 창간한 『현대 *Les Temps Modernes*』지(誌) 1965년 1월호에 발표한다. 이 잡지에서 주재한 정기적인 모임에 출입하면서 소설가 조르쥬 페렉(Georges Perec), 사회이론가 레지스 드르레(Régis Debray), 니코스 풀랑자(Nikos Poulantzas) 등과 교류한다. 1966년 사르트르와 보브와르의 도움으로 갈리마르(Gallimard) 사에서 첫 시집 『애샤 *Aisha*』를 출간한다. 그 후 출판사 등에서 일하면서 몇 권의 시집을 내고 잡지를 펴낸다. 1977년 아프가니스탄의 카불 여행을 기점으로 1980-85년 간 1년에 4-8개월을 히말라야와 인도에서 머물고, 1982년 『신티베트』지(誌)를 편집한다. 그 후, 북경, 비단길, 남 예맨, 프라하, 태국, 인도, 튀니지, 버마, 라오스, 티베트 등에 번갈아 여행 혹은 체재하면서 시집들을 내고, 잡지를 펴내며, 다양한 문학 이벤트를 기획한다. 1996년 5월 24일 산악인 샹탈 모뒤(Chantal Mauduit)가 마나슬루(8163m) 정상에서 벨테르의 시 「길들여질 수 없는 자(Indomptable)」를 낭송한다. 1999년엔 당시의 교육부 장관 자크 랑(Jacques Lang)이 발의한 '시인들의 봄(Le primtemps des poètes)' 행사를 엠마뉘엘 우그(Emmanuel Hoog)와 함께 주도하였고, 올 6월 29일에는 자전거 투어로 유명한 프랑스 북서부 브르타뉴의 플로에르멜(Ploërmel)에서 아시아의 예술인들과 함께 시-음악-춤의 합동 공연을 하였다. 1987년부터 프랑스의 공영 라디오 방송 '프랑스 퀼튀르(France Culture)'에서 '낭송의 시(Poésie sur parole)' 프로그램을 맡아 진행하고 있다.

소개하는 시는 산악인 샹탈 모뒤를 추모하는 세 번째 시집, 『또 다른 위도 *Une autre altitude*』(Gallimard, 2001)의 '서시'로 씌어진 시이다. 문맥을 파악하기는 어렵지 않으나 번역이 까다로운 시다. 시행들을 어떻게 연결하느냐에 따라 다양한 구문이 만들어지고 해석이 달라질 수 있기 때문이다. 게다가 어휘들 사이의 미묘한 의미 변동도 직역을 어렵게 한다. 가령, "정오의 태양 아래 직립으로 서 있기 위해 / 그리고 어느 하늘의 돌출부에서 / 모든 규범들의 뒤집힘을 지탱하기 위해"로 번역한 "Pour tenir à l'aplomb de midi / Et toutes normes inversées / Dans un surplomb du ciel"의 뒤 2행은 독립된 구문인지, 아니면 동사 'tenir'에 걸리는 목적격 명사 구문인지 확실치 않다. 후자로 읽는 게 문법적 완결성을 위해서는 타당하지만, 그것이 불명확한 것은 그렇게 읽을 때, 동사 tenir가 앞 구문 "정오의 태양 아래 직립으로 서 있기 위해"에서는 자동사로 쓰이고, 뒷 구문 "모든 규범들의 뒤집힘을 지탱하기 위해"에서는 타동사로 쓰이기 때문이다. 게다가, 앞 구문의 '직립으로(à l'aplomb)'와 뒷 구문의 '하늘의 어느 돌출부(un surplomb du ciel)'의 'aplomb'과 'surplomb'은 명백히 대립하는 것이지만 한국어에는 적절한 대응어를 찾을 수 없다. 또한 "격노한 감정은 혜성을 향해 / 최후의 로켓을 발사한다"로 번역한 "La fureur qui tire / Son dernier plan sur la comète"는 '실현불가능한 계획을 세우다'라는 뜻의 관용구 'tirer des plans sur la comète'에서 온 것이 틀림없으나 그 뜻을 그대로 옮겨 놓으면 문학적 표현이 증발해 버린다. 문제는 이 서양 관용어구에 대응할만한 동양의 관용어구를 찾는 것인데, 과문한 탓에 적절한 문구를 발견하지 못했다. 오역에 대한 불안을 떨치지 못한 채로 한국어로 옮겨 놓았으니 독자 제현의 질정을 바란다.

시의 주제는 낭만주의 이래 서양의 시에서 자주 나타난 '절대의 탐구'로 압축할 수 있으며, 그것이 여행과 방랑으로 표현되었다. 그것은 시인의 인간적 생애와 잘 어울리고 있다. 그러나 이 시는 다음 세 가지 점에서 한국시인들이 참조할 만한 특징을 가지고 있다.

첫째, 절대에 접근하는 방식이 그렇다. 절대의 세계를 탐구한다는 것이 유한자 인간에게는 죽음의 세계를 건너가는 것과 동의어이기 때문에 불가능하다는 것은 굳이 되풀이해 말할 필요가 없다. 시인은, 한데, 그것의 불가능성을 고백하지도 않으며, 그 불가능성에도 불구하고 그것에 대한 끓어오르는 열정이 식지 않는다는 것을 선언하지도 않는다. 그는 놀랍게도 언어의 로켓에 올라 그 탐구 자체를 실행하고 있다. 그것을 명료하게 보여주는 대목이 제 3연, "나는 정복에 나선 자들의 / 헛수고를 알고 있다 / 그들은 불가능의 문을 지나 / 마지막 숨 너머 / 또 다른 생의 경사면 너머로 실종될 때까지 간다"이다. 마지막 두 행을 각별히 주의해 읽을 필요가 있다. 정복에 나선 자들이 가는 길은 죽음을 불사하는 길이다. 그런데 그 길은 한편으로 "마지막 숨 너머 [...] 실종될 때까지" 가는 길, 즉 마지막 숨을 거둘 때까지 헛되이 방황하는 길이며, 다른 한편으로는 "또 다른 생의 경사면 너머에서 실종될 때까지" 가는 길, 즉 '또 다른 생'의 편린을 훔쳐내는 장소까지 다다르는 길이다. "마지막 숨 너머", "또 다른 생의 경사면 너머"라는 동일한 문형의 두 문구가 "실종될 때까지"라는 불가능성의 결론을 함의하는 문구에 통합되는 척 하면서 실은 양극화된 두 개의 태도를 분기시키면서 첫 번째 태도로부터 두 번째 태도로의 긴밀한 이동을 발동시킨다. 이 점을 이해할 때, 첫 연의 '참화'→'불길'→'포옹'의 모순적 이행을 비롯하여, 이 시 전체가 절망과 희망, 부정적 인식과 적극적 행동이라는 상반된 방향의 두 겹의 태도로 팽팽히 안으로 팽창하면서 굴러가고 있다는 것을 느낄 수 있다.

둘째, 절대 탐구의 불가능성의 원인을 두고 화자는 "그것은 오로지 여행중이다"라고 쓰고 있다는 것이다. 그것은 절대의 세계를 찾아 나선 '나'만이 여행(혹은 방황)하는 것이 아니라, 절대 자체가 쉼 없이 변동하고 있다는 것을 가리킨다. 이것은 상식적인 생각뿐만 아니라, 상당수의 절대 탐구의 시에 대한 일종의 인식론적 도약을 보여주는 대목이다. 절대의 세계는 도달할 수 없는 자리에 영원히 '거기 있기 때문'에 불가능한 것이 아니라, 내가 여행할수록, 즉 탐구해 들어갈수록, 절대의 세계 또한 오로지 여행하고 있기 때문에 불가능한 것이다. 만일 그것이 어느 한 곳에 영원히 정지하고 있다면, 어느 순간 문득 '추정적인 형식으로나마' 나의 여행도 멈추고 말 것이다. 그러니까, 불가능성에 대한 탐구는 생의 최고도로 가능한 형식인 셈이다. 절대의 세계는 단지 나의 여행을 영원히 멈추지 않게 할 뿐만 아니라 동시에 나와 그 세계 사이의 영원한 만남의 시도를 실행과 아쉬움과 그 덕분에 더욱 타오르는 의욕으로 가득 찬 즐거운 '놀이'로 만들어주기 때문이다. 이 즐거운 상호성의 운동 형태를 이해할 때, 한국 독자들에게는 약간 감상적인 것으로 비칠 수도 있는 마지막 연을 제대로 음미할 수 있다. 덧붙이자면, 마지막 연이 다소 감상적으로 비치는 것은 한국인에게 함께 산다는 것이 너무나 익숙한 상투어이기 때문이다. 최근에 어떤 이도 지적했듯이 걸핏하면 '우리가 남이가'라는 단언성 질문을 남발하거나, 어떤 시인이 한때 "우리 결별하자"라고 외쳤을 정도로, 늘 한통속으로 뒤엉켜 살면서도, 시에서든 노래에서든 잡담에서든 끝없이 '만남'을 갈구하는 그 체질 말이다. 그에 비하면, 개인주의적 삶이 습속으로 정착한 서양인들에게는 '함께'라는 말은 꽤 생소한 말이자 생활방식일 수가 있는 것이다. 그러니, 최근에 어느 정신의학자는 '함께 존재함(être avec)'을 생물학적 차원에서부터의 필연적인 존재 형식이라고 역설하기까지 했던 것이다(보리스 시륄니크, 『세계의 홀림』, Editions Odile Jacob, 2001).

마지막으로, 나의 절대를 향한 여행은 그림자를 남기지 않는다는 것. 이 비슷한 말을 한 한국 시인도 있는데(맥락은 다르지만, 그 밀도는 동일해 보인다), 어쨌든 이 시에서 이것은 절대를 향한 운동이 곧 '나'의 소멸을 요구, 아니 목적한다는 것을 가리킨다. 왜냐하면, 나는 그 운동의 주체가 아니라 에너지이기 때문이다. 또한, 내가 저 세계를 향해 나아가는 것은 마지막 행이 가리키듯이 '우리 너머 위로' 불타오르기 위해서인 것이다. 이러한 입장은 전혀 새롭다고 할 수 없으나, 실행하기는 여간 어렵지 않은 것이다. 그것의 실행이 어려운 것은 인간은 늘 '주체'로서 살려고 하며, 그것이 이른바 존재의 원천이기 때문이다. 그러니 모든 행동은 오직 주체의, 주체를 향한, 의지의 실행이 될 수밖에 없다. 그것이 어떻게 나의 소멸과 새로운 태어남을 낳을 수 있는가, 하는 것은 운동의 실제적 양태를 추적함으로써만 밝혀질 수 있다. 이 시에서는, 실패로 귀결하고 마는 주체의 행동이 곧 삶의 열락이라는 인식론적 태도가 그러한 입장의 근거가 되어 주고 있다.

—『현대시』, 2002.9.

로베르트 후아로즈(Roberto Juarroz)
혹은 침정 상승(沈靜上乘)의 시

고독의 눈길은
사랑을 감시한다.

사랑이 감시되어서는 안 될 것이다
그러나 이따금 사랑은 그가 사랑하는 것을 망쳐놓는다
그가 사랑하지 않는 것을 쓸어버리기도 하고
혹은 스스로 망가지기도 한다

인간에게 사랑은 언제나 위험한 것이었다
어쩌면 신들에게도 그러리라.
사랑에는 감시가 필요하다.
꽃조차도 감독이 필요하다.

그리고 견고한 망루처럼 우리 안에 뿌리내리고 있는
불굴의 고독만이
우리를 저 격정들로부터 구할 수 있다,
그것이 저의 심연을 시찰하는 동안.

게다가 이 골똘한 고독의 눈길
역시 또 다른 사랑이 아니겠는가?

가장 신중하고도 반듯한 사랑의 방식이 아니겠는가?
—『열네 번째 수직의 시 *Decimocuarta poesia vertical*』, 스페인어-불어 대역본, José Corti, 1997의 제 7번 「고독의 눈길 *El ojo de la soledad*」

로베르토 후아로즈(1925-1995)는 아르헨티나의 부에노스아이레스 주(州), 코로넬 도레고(Coronel Dorrego)에서 태어났다. 부에노스아이레스 대학에서 문헌정보학을 전공했으며, 후에(1971-1984) 그 대학의 도서관장을 지냈다. 페론이 집권하자 망명해서 수년간 유네스코의 라틴 아메리카 10여 개국에 관한 전문가로 활동하였다. 1958년에서 1965년 사이에 시전문지 『창조 시=시 *création Poesía = Poesía*』를 주도했다. 1962년 그의 시가 처음으로 페르낭 베르헤센에 의해 벨기에에서 불역되었을 때 르네 샤르(René Char)는 번역자에게 "진짜 위대한 시인 *un vrai et grand poète*"을 보았다는 편지를 썼다. 로베르트 후아로즈는 사후 시집까지 포함해 전부 14권의 시집을 상재했는데 똑같이 '수직의 시 *poesía vertical*'라는 제목을 붙이고 순차적으로 순서만 매겼다.

그의 시를 처음 읽었을 때 그윽하고 서늘한 기분이 가슴을 훑고 지나갔던 기억이 지금도 생생하다. 소개된 시를 통해 알 수 있겠지만 시행 하나하나는 단순하고 평범하기만 한데 다 읽고 나면 어느새 새로운 깨달음에 가슴이 맑게 정화되어 있음을 느끼게 된다. 그가 사망한 직후 쓴 추모의 글에서 옥타비오 파즈가 한 다음의 말은 그의 시를 아주 적절하게 요약하고 있는 듯이 보인다. "그의 짧은 시들은 집중성과 투명성으로 깊은 인상을 주었다. 정확하고 즉각적인 언어로 젊은 시인은 현실의 미처 몰랐던 모습들을 우리에게 일깨워주고 있었다. 시들은 사유하는 감각을 통해 정신의 영역에 말을 건네고 있었다. 놀라운 것은 언어가 아니라, 그의 시 각 편들이 우리에게 발견케 해주는 통찰이었다"(「우물과 별」, 1995년 4월 9

일). "가장 소박한 수단들을 통해 낯선 것, 예기치 않은 것을 일깨우는" 시의 비밀은 도대체 어디에서 오는 것일까? 다시 가만히 읽어 보면 시행 하나하나가 평범하고 단순하다는 애초의 인상이 문제가 있었음을 알게 된다. 시행의 뜻이 평이한 것은 틀림없지만 그것은 사물의 핵심을 정확하게 짚어내고 있다. 그리고 각 시행들 사이에는 "모든 것은 저와 다른 곳에서 시작한다(Tout commence ailleurs)"는 그의 시행이 가리키는 바와 같은, 사태의 이면을 꿰뚫어보는 통찰이 개입해 있다. 가령, 제 3연에서 "인간에게 사랑은 언제나 위험한 것이었다"라는 쉽사리 표현될 수 없는, 그러나, 듣고 나면 고개를 금세 끄덕일 수 있는 한 진실의 포착 다음에 이어져 나온 "어쩌면 신들에게도 그러리라"는 놀라운 발언을 보라. 그리고는 그 논리적 귀결로서 "사랑엔 감시가 필요하다"는 명제를 제시한 다음, "꽃조차도 감독이 필요하다"는 경험적 진실로 넘어가 사실상 셋째 행의 명제가 사유의 결과가 아니라 차라리 우리가 일상적으로 겪는 지극히 자연스러운 사실임을 일깨우고 있는 것이다.

분명코, "오직 시의 도구들만을 사용해 사유의 밭을 다져서 결코 사유의 길이 아닌 길을 내었다"라는 로제 뮈니에(Roger Munier, 후아로즈 시의 전문 불역자)의 지적이 가리키는 바와 같은 길을 통해 이루어진, 정확하게 집중되었으며 - 이면을 들여다보는 통찰들은 부단한 운동 속에 놓여 자신의 메시지를 정착시키는 대신 거꾸로 비워내면서 위로 상승한다. 그의 시의 한 구절을 빌리자면, "신들보다도 더 가벼운 노래"로 말이다. 상승이 거듭될수록 삶에 대한 인식은 점점 더 깊어진다. 다시 옥타비오 파즈의 말을 빌려보자. "후아로즈에게 위대한 시인이라는 표현은 어울리지 않다. 보다 명료하고 보다 귀한 다른 말이 필요하다. 그는 '드높고도 심오한(haut et profond)' 시인이었다." 드높음과 심오함 사이에는, 그러나, 등위접속사가 놓일 게 아니다. 드높음이 곧 심오함이기 때문이다. 침잠이 곧 상승이고, 따라서 그 상승에 대해 '침정하다'라는 형용사를 붙일 수 있을 듯하다. 번역은 스페인어를 모르는 탓에, 아르헨티나 태생이며 프랑스어로 시를 쓴 뛰어난 시인, 실비아 바롱 쉬페르비엘(Silvia Baron Supervielle)이 번역한, 불역을 근거로 하였다. 그의 이력에 대한 정보 및 기타 그에 관한 이런저런 글들을 http://perso.club-internet.fr/nicol/ciret/bulletin/b5.htm에서 얻었음을 밝혀둔다.

—『현대시』, 2002.10.

다중 실존자 페소아(Fernando Pessoa)

『양떼를 치는 사람』, '시 제 1편'

나는 한번도 양떼를 친 적이 없다.
그러나 내가 그리 했던 것과 다를 바가 없으리.
내 영혼은 목동과도 같으니,
내 영혼은 바람과 햇빛을 알고
그리고 사계절의 손에 인도되어
갈 데를 가고 볼 것을 본다.
인적 없는 자연의 가득한 평화가
내 곁에 와 앉는다.
그러나 나는 해질녘처럼 서러우니,
우리네 상상에 따르면
소쇄(瀟灑)한 대기가 온 벌판을 적시고
마치 한 마리 나비가 창문으로 날아 들어오듯
밤이 들어오는 게 느껴질 때.

하지만 나의 설움은 고즈넉함이라.
그것은 자연스럽고 알맞기 때문
제가 있어야 한다고 생각하는 찰나
그것은 영혼 속에 맞춤히 깃들기 때문
그 모르게 두 손은 꽃을 따 모으고 있기 때문.

길이 굽은 곳으로부터 들려오는
짤랑대는 방울소리처럼
내 생각들은 자족한다.
나는 그것들의 자족함을 알고 있기가 힘들어진다.
왜냐면 만일 내가 그것을 모른다면
그것들은 자족하고 설운 대신에
쾌활히 만족할 것이기 때문이다.
생각한다는 건, 빗속을 거니는 것만큼이나 거북살스럽다,
바람은 거세지고 빗방울은 굵어질 때.

나는 야망도 욕망도 없다.
시인이 된다는 건 내게 야망이 아니다.
그것은 홀로 살아가는 내 방식이다.

그리고 이따금 내가 욕망한다면, 가령
순수한 상상을, 부드러운 어린 양이 되기를
(또는 양떼 전체가 되기를,
경사면 위에 가득 흩어져
동시에 여러 행복한 것들이 되기 위해) 욕망한다면,
그 유일한 이유는 내가 해질녘의 글쓰기를 느낄 수 있기 때문이다.
또는 구름 한 점이 빛살 위로 손을 내밀고
침묵 하나가 숲을 가로질러 달아날 때의 글쓰기를.

내가 앉아서 시를 쓸 때나
혹은 길들과 오솔길을 산보하면서
머리 속의 종이 위에 시를 적을 때
나는 양치기의 지팡이를 손에 쥐고 있음을 느낀다.
그리고 본다, 나의 실루엣이
언덕 꼭대기에서
나의 양떼를 응시하며 나의 시상(詩想)들을 보거나
나의 시상들을 응시하며 나의 양떼를 보는 것을,

그리고 막연히 미소짓는 것을, 마치 제가 무얼 말하는 지
모르면서 다 안다는 듯 표정하려는 이처럼.

나는 나를 읽을 모든 이들에게
내 커다란 모자를 벗어 인사한다,
언덕 능선 위로 역마차가 모습을 드러내는 때에 맞추어
내 집 문간 위로 내가 나오는 걸 그들이 볼 때.
나는 인사하며 그들에게 햇볕이 비추어주기를 빈다.
필요하다면 비가 내리기를.
그리고 그들의 집, 열린 창의 구석에
특별히 좋아하는 의자 하나를 가지고 있어서
앉은 채로 내 시를 읽을 수 있기를.
또한 내 시를 읽다가 그들이
내가 자연물이라고 생각할 수 있기를.
이를테면, 오래된 나무와도 같아서
놀기에 지친 아이들이, 폴록!, 그 그늘 아래 뛰어들어
빗살무늬 앞치마의 소매로
그들의 불타는 이마의 땀을 훔칠 수 있기를.

포르투갈의 시인 페르난도 페소아(Fernando Pessoa, 1887-1935)는 여러 개의 인생을 한몸으로 산 사람이다. 그가 죽기 직전 친구에게 보낸 편지에서 밝힌 바에 의하면, 그는 1914년 3월 8일, "그의 내부에서 그의 주인이 솟아났다!"는 것을 안다. 그 이후 그는 세 번의 필명으로 시를 쓴다. 즉, 그는 세 번 태어나고 죽는다. 첫 번째는 알베르토 카에이로(Alberto Caeiro)라는 이름으로, 오늘 소개하는 『양떼를 치는 사람』을 쓴다. "젊어서 죽은" 이 사람의 두 제자, 리카르도 레이스(Ricardo Reis)와 알바로 드 캄포스(Alvaro de Campos)가 연이어 태어나고 사라진다. 카에이로는 이교도이고 유물론자이다. 그러나 그의 유물론은 오직 정신으로부터만 태어난 것이다. 브라질의 의사 레이스는 카에이로의 유물론적 이교를 더욱 섬세하게 다듬는

다. 그는 스토아주의자(금욕주의자 : 그가 공들여 다듬었다는 점에서)이며 동시에 쾌락주의자(이교도라는 점에서)이다. 그의 시는 라틴어 문학의 정신과 형태를 포르투갈어로 옮겨 놓는다. 레이스로부터 "분수처럼" 솟아오른 알바로 드 캄포스는 엔지니어이고 '감각주의자'이며 분명 모던한 시인으로 월터 휘트먼을 흉내낸다. 그는 "소란과 격노, 벌판의 대기의 호흡, 도취와 현기증, 극단의 인생, 모든 감각의 착란"을 가져온다.

이들만이 아니다. 페르난도 페소아는 이름을 밝히지 않은 방대한 시편들을 남겼으며, 또 포르투갈어로뿐만 아니라 영어로도 썼다. 그만큼 다양한 인생을 한꺼번에 산 사람은 아마 없을 것이다. 이 동시적 다중 인생에 대해서는 "복수적 실존"이라는 견해와 "끊임없이 불안정하고 안으로부터 붕괴하며 탈중심화되는 유일한 실존"이라는 견해가 갈라져 있다.

오늘 소개하는 시편은 『양떼를 치는 사람 *Le Gardeur de troupeaux*』 중 서두에 놓이는 「시 제 1편 *Poème 1*」이다. 알베르토 카에이로의 이름으로 쓴 시인데, 이교도(반기독교인)이자 휴머니즘(인간중심주의로 번역할 수 있겠다)에 대한 반대자로서 시인은 시에서도 시를 장식하는 일체의 "시적 문채(文彩)를 거부"한다고, 프랑스어 플레이야드 판에서 서문을 쓴 로베르 브레숑(Robert Bréchon)은 말한다(문채는 인간에 의한 자연의 언어적 전유이다. 문채의 거부는 인간중심주의의 거부이다). 그 점에서 시인은 이 시를 '시의 산문'이라고 명명하였다. 어쨌든 이 점에서 그는 시를 '재현(mimesis)'의 문학과는 달리 내면의 즉각적 토로(diegesis)로서 이해하는 관점의 한 극을 대표한다고 할 수 있겠다. 브레숑의 설명을 들어보자. "시인이 진술의 단조로움을 선택한 것은, 그러나, 반시적인 것이 아니다. 목자인 시인은 시를 사랑한다. 그러나 그는 시가 발가벗기를, 자연스럽기를, 고전적이거나 낭만적인 싸구려 장식들을 떼어버리기를 원한다. 그리하여 시인 스스로 발가벗은 상태로, 자연스럽게, '포장되지 않은 채로', 참된 모습으로 있을 수 있기를 원하는 것이다." 그의 반인간중심주의, 날 것 그대로의 삶에 향한 정신적 · 물질적(언어로서의) 실천, 그리고 그 실천의 역설적 결과로서의 끝없이 변이하는 생이 그의 시를 오늘날 특별히 주목하게 만드는 요인일 것이다.

우리가 읽을 때 문채의 완전한 거부를 느끼기는 쉽지 않다. 가령, "마치 한 마리 나비가 창문으로 날아 들어오듯 / 밤이 들어오는 게 느껴질 때"의 기발하고도 수일한 이미지는 문채의 효과가 아닌가? 또는 "빗살무늬 앞치마의 소매로"는 늘어진 나무가지들(혹은 그것들의 그림자)을 비유하는 것이 아닌가? 그러나 시의 어법이 꽤 야릇하다는 것은 알 수가 있다. 생각들을 그대로 나열하는 듯해 언뜻 보면 평범해 보이지만, 진술들의 의미와 그 의미 있는 진술들 사이의 관계가 범상치 않다. 특히, "내 영혼은 목동과도 같으니, / 내 영혼은 바람과 햇빛을 알고 / 그리고 사계절의 손에 인도되어 / 갈 데를 가고 볼 것을 본다"와 같은 투명한 진술, "나는 [...] 자족함을 알고 있기가 힘들어진다. / 왜냐면 만일 내가 그것을 모른다면 / 그것들은 자족하고 설운 대신에 / 쾌활히 만족할 것이기 때문이다"와 같은 앎의 비애에 대한 깊은 인식, "그것은 자연스럽고 알맞기 때문 / [……] / 그것은 영혼 속에 맞춤히 깃들기 때문 / 그 모르게 두 손은 꽃을 따 모으고 있기 때문"에서의 주체의 미묘한 뒤바꿈과 조응, "나의 양떼를 응시하며 나의 시상(詩想)들을 보거나 / 나의 시상들을 응시하며 나의 양떼를 보는 것을"에서의 응시와 봄의 섬세한 구별과 그 긴장, 그리고 "그러나 나는 해질녘처럼 서러우니"나 "이를테면, 오래된 나무와도 같아서 / 놀기에 지친 아이들이, 폴록!, 그 그늘 아래 뛰어들어" 같은 맑고 두터운 이미지 등은 깊이 음미해 볼 대목이다.

📖 포르투갈어를 모르기 때문에 프랑스어 판으로 읽었다. 원문 소개도 읽은 것으로 한다.

—『현대시』, 2002.12.

프랑시스 퐁쥬, 혹은 생의 흔적·얼룩·자국·오점·반점·구멍·빈틈·티눈……으로서의 사물들

사물들의 옷차림

문득, 당신이 보기에 사물들이 맛이 갔다면, 그때는 단호히 사물들의 표면에 일어나는 은밀한 변형을 주시하시라. 구름이 흘러가는 데 따라, 대낮의 전구더미들이 꺼졌다 켜졌다 하는 데 따라 햇빛과 바람의 야릇한 사건들이 야기한 변형을, 저 빛자락들의 끊임없는 떨림을, 저 파동들, 저 수증기, 저 입김들, 저 호흡운동들, 은근한 방귀 놀이들을.

당신의 키에 맞춤한 나무들 아래 새들을 피해 날아온 저 모기 친구들을 사랑하시라. 그리고 당신의 키가 커짐에 따라 그들도 진화하는 것을.

이 미묘하지만 엄청난, 통상 보이지 않으나 유별나게 드라마틱한 이 야릇한 사건들에 감동 먹으시라, 불현듯 눈앞에 또렷해진 변화들에.

그러나 햇빛과 바람으로 설명하는 것은 당신의 머리에 늘상 들어 있는 것이라서 당신에게서 많은 놀람들과 경이들을 빼앗는다. 작은 숲 속에서는 이런 사건들은 당신의 산책을 멈추게 하지도 않으며, 당신을 넋 나간 극적 긴장 속으로 빠뜨리지도 않는다. 오히려 가장 진부한 형태의 출현이 단박에 당신을 사로잡곤 하는 것이다. 이를테면 새가 난데없이 날아드는 경우 말이다.

그러니, 그저 한낮을 관찰하는 법을 배우시라. 다시 말해, 대지들과 그 물상들 위로 하나의 창공에 매달린, 그러나 어느 높이에나 어느 장소에나 달려 있는 수천의 전구들 혹은 플라스크들을. 그래서 그것들이 대낮을 드러내는 대신에 감추는 것을. 그리고 어떤 힘센 입김꾼이 등장해, 혹은 어쩌면 갑자기 불어온 바람일 수도 있겠으나, 힘 좀 쓰거나 변덕을 부릴 때, 뺨에 느껴졌다가 사라졌다가 하는 그 바람들이 꺼졌다 다시 불붙었다 하면서, 시간과 장소에 따라 변화하는 옷자락들의 장관(壯觀)이 되는 동시에 그걸 보는 자가 되기도 하는 것을.

프랑시스 퐁쥬(Francis Ponge, 1899-1988)의 플레이야드(Pléiade) 전집판이 지난해 말에 완간되었다. 그래서 새삼 그를 추억한다. "사물로 하여금 스스로 말하게 하라"는 경구를 남겼으며, 따라서 무엇보다도 '사물의 시인'으로 알려진 퐁쥬는 그와 거의 비슷한 시대에 문학적 평가를 받은 누보-로망시에들과 유사한 동판 위에서 해석되어 왔다. 누보-로망시에들의 문학적 실천이 근대 부르주아 사회가 만연시킨 인간중심주의에 대한 부정이고 따라서 그들의 문학적 지향이 스스로에 의해 '사물화(chosification)'라고 명명되었다는 점에 비춰본다면, 사물의 시인 퐁쥬를 20세기 중후반의 중요한 이념적이고 문학적인 변혁 운동에 연관시키는 해석은 자연스럽게 받아들여질 수 있었을 것이다. 그러나 플레이야드 판을 편집하고 서문을 쓴 베르나르 뵈뇨(Bernard Beugnot)는 이 사물주의적 해석에 반대하여 퐁쥬의 시 모든 곳에는, 그가 "인간의 고유한 개념은 무엇인가? 말과 도덕이다"라고 말했듯이, 세상의 실존적 체험과 윤리적 태도가 배어 있다고 말함으로써 퐁쥬 시에 대한 새로운 해석의 문을 연다.

이 새 문을 열고 나가 최초로 만나는 이정표에는 '현기증'이라는 단어가 있다. 즉, 그가 사물들의 묘사에 매달린 것은 무엇보다도 삶(의 번잡함, 혼란, 무질서, 더러움)을 말로 표현할 때 생기는 불편한 감정이 야기한 현기증의 결과라는 것이다. 왜 불편한 감정이 생기는 것일까? 왜냐하면, 말하고 나면 필경 후회하고 말게 될 뿐만 아니라 후회했다는 사실을 참을 수 없는 상태에 빠지는 한편으로, 그 말 자체는 일시성 속에 갇혀 고갈되어 버리기 때문이다. 구렁에 빠졌다는 그러한 불편한 감정이 퐁쥬적 글쓰기의 원천이 된다. 퐁쥬의 말을 직접 들어 보면 이렇다. "이러한 지점에 난처하게 섰을 때, 자신의 왼편에 매순간 푹푹 빠지는 일종의 심연이 있을 때, 절벽에 다다라 현기증을 느끼는 사람이 무엇을 할 수 있겠는가? 본능적으로 그는 가장 가까운 주변을 응시하게 된다."

이 말을 받아서 뵈뇨는 이렇게 적는다. "사물들의 묘사는, 독창성에 대한 관심이 부추긴 진부한 시적 장치 혹은 어떤 시선의 객관성에 대한 탐구[이 표현은 누보-로망시에들에게 붙여진 에피테트의 하나였다 - 옮긴 이]가 아니다. 그러기는커녕 그것은 현기증, 그리고, 퐁쥬가 때때로 상상력의 결핍이라고 명명했던 것에 대한 이중의 대답으로서, 인간과 세계의 화해를 위한 조인이며, 재적응의 작업이다. 이것은 사물이라는 용어가 모호성과 오해의 원천이 되었다는 것을 가리킨다. 그 용어의 외연은 통상적인 의미의 경계를 성큼 뛰어넘는다. 왜냐하면 『사물들의 편에 서기 *Parti pris des choses*』[1942, 퐁쥬의 초기 시편 모음 - 옮긴 이] 때부터 이미 [……] 사물은 인간존재, 동물들, 풍경들뿐만 아니라, 프랑수아 모리악이 조롱했던 '과일바구니'에 한정되지 않고, 전화기, 물항아리에 이르는 사회적 물건들까지 포함하기 때문이다. 그리고 돌과 꽃이 자주 나타나는 것은, 묘사가 상상의 도약판의 역할을 하면서 상상체계를 고갈시키지 않는, 그런 상상체계를 펼치는 데 특별히 유용한 장소들이기 때문이다. 따라서 사물이라는 용어를 가장 넓은 의미에서 이해하는 게 좋을 것이다. / 또한 이로부터, 그가 「달팽이들

Escargots」의 말미에서 기술한, 언어적 실천을 통한 '목표는 인간이다'라는 휴머니즘의 표명을 새삼 재확인할 필요가 있다."

소개된 시는, 『위대한 모음 *Grand Recueil*』(1961, Gallimard)의 세 번째 권인 『단편들 *Pièces*』에 수록된 것으로서, 워낙 씌어진 때는 1926년이다. 따라서 『사물들의 편에 서기』와 같은 의미론적 자장을 이루고 있다고 생각할 수 있다. 이 시의 문자적 의미는, 시의 화자가 숲 속을, 그것도 숲 속의 작은 숲 속을 거닐고 있다는 것을 떠올리고 있으면, 쉽게 해독될 수 있다. 숲 속에서 나뭇가지들 사이로 언뜻언뜻 비치다가 사라지고 또는 그 틈새로 수직으로 쏟아져 내리는 햇빛들과 그 햇빛이 비추어 밝아진 공간은 말 그대로 대낮의 전구들이고 플라스크이다. 이 시의 묘미는 이 전구들이 구름이 지나가면서 혹은 바람에 따라 나뭇가지가 흔들리면서, 꺼졌다 켜졌다 하거나 슬며시 장소를 옮겨 놓는 미묘한 움직임들의 끝없음, 우발성, 늦은 깨달음 등을 음미하는 데에 있다. 그러나 이 시의 전언은 그러한 움직임을 인과론적으로 이해하기보다 숲 속의 자발적인 사건으로서 느끼고 동참하는 데 있다는 것이다.

―『현대시』, 2003.2.

문명과 야만의 유착을 기록하다

콘스탄티노스 카바피의 「야만인을 기다리며」

독자들이 이 글을 읽을 즈음이면 아테네 올림픽의 함성이 멍멍한 소음이 되어 귓가를 어지럽히고 있을 것이다. 모천으로 회귀한 행사이니만큼 관심이 각별할 게 인지상정이리라. 그러나 내 기억엔 한 공영 TV 방송에서 그리스 영화 한 편을 특별 상영하고 몇몇 신문들이 고대 올림픽의 형식에 대해 간단한 정보 제공 기사를 낸 것을 제외하고는 한국의 미디어와 한국인들은 그리스에 대해 어떤 것도 알려 하지 않았다. 그곳이 뜀뛰기와 씨름대회가 있었던 자리일 뿐 아니라 서양 문화와 서양 사상의 묘상(苗床)이었는데도 말이다. 글쎄 한국의 어린이들이 그리스 신화를 워낙 열심히 읽는다니까 중언부언할 필요가 없다고 생각한 것일까? 하지만 그리스인들의 삶에 대한 어떤 참조도 없이 천진한 호기심과 그것을 구매력으로 만들 줄 아는 문화산업이 절묘하게 만난 자리에서 채워진 이른바 '보편적' 지식이 읽는 사람의 뇌리에서 몇 년의 수명을 가질 수가 있을까? 그것이 읽는 이의 가슴에 결코 지워질 수 없는 치명적인 자국을 남기기는 했을까?

이런 사정이니 이제 올림픽을 열게 되기까지 그리스인들이 겪은 고난의 근·현대사를 알아볼 기회를 접하기란 하물며 언감생심이었다. 1453년 동로마제국의 수도이자 비잔틴 문화의 중심지였던 콘스탄티노플이 오토만 제국에게 함락되면서부터 기나긴 피식민지의 역사 속에 들어간 그리스는 오토만 제국과 이집트의 지속적인 탄압과 침탈에 저항하면서 1829년 가까스로 독립을 하였지만, 그 이후에도 강대국들의 부단한 간섭에 의해서 전쟁과 내란과 독재 그리고 1,2차 세계대전, 게다가 좌우익의 갈등과 쿠데타 등 끝없는 정치적 소용돌이에 휘말리다가 1975년경에 와서야 비로소 민주정부를 정착시키게 된다. 서양의 모태가 되었던 그리스는 근대 이후, 많은 동구권 국가들과 마찬가지로, 서양 속의 비-서양으로 전락하였고 그리스인들은 서양인들의 '메테크(métèque)'[1]로 존재하는 운명에 처해졌던 것이다. 파리로 건너 온 그리스의 음유시인 조르쥬 무스타키(George Moustaki)가 "나, 메테크의 목청으로, 방황하는 유대인의 목소리로, 그리스 목동의 입으로 / 그리고 사방에서 불어오는 바람에 날리는 내 머릿결로 / 말끔히 씻긴 내 두 눈으로 꿈꾸는 듯한 분위기를 갖지만 / 나 이제는 자주 꿈꾸지 못하네."로 시작하는 유명한 샹송 「메테크」에서 "연옥을 피하기 위한 최소한의 구원의 기회도 갖지 못한" "영혼"이라고 지칭한 것은 근·현대사 속의 그리스인 모두의 개개의 영혼들을 통칭한 것이라 해도 과언이 아니다.

어찌 생각하면 한국과도 많은 유사성을 가지고 있는 그런 역사의 무게를 한국의 미디어는 '신들의 나라'니 '신화의 도시'니 하는 진부한 어휘 두어 개로 간단히 지워버리고 오로지 메달 경쟁에만 관음의 더듬이를 집중시켰다. 신과 신화와 상징들은 금·은·동 메달의 상징적 교환가치를 치장하는 장식재로서 기능할 뿐이었다. 실로 "가치는 상징을 소비한다"는 현대의 명제는 아테네 올림픽에도 어김없이 관철되었다.

이 말은 현대에 대해서 조금이라도 고민해 본 사람이라면 누구라도 떠올릴 수 있는 생각이지만, 그 점에서 "시는 광고의 정반대"임을 알아채

---

1 고대 그리스에서 시민권을 갖지 못한 이방인을 가리키는 말.

고 그것을 시적 실천의 문제로 끌고 나간 시인은 생각보다 그리 많지 않다. 왜냐하면 문화산업적 부가가치가 문화의 등급을 그대로 결정짓는 오늘날의 사회에서 시를 광고와 같은 부류로 생각하는 사람은 점점 더 많아지고 있으니까 말이다. 그리고 그 말에 과장적으로 고개를 주억거리는 사람은 무척 많을지라도 그들의 무의식은 슬그머니 가치를 향해 손을 내밀고 있는 경우를 볼라치면 그 지수함수적으로 증가한 수에 놀랄 수도 있으리라. 그 역시 왜냐하면, 상징을 가치로 바꿔먹지 않는 방식으로 시를 쓰려고 한다면 곧 "생산의 레일 위에 얼마간의 휴머니즘을 입히는" 것과는 정반대의 길을 가야만 하기 때문이고, 그래서 스스로 가치를 상실한 존재로 추락시켜야만 하기 때문이다.

그 희귀한 소수 중에 단연 돋보이는 존재가 있다면 내가 방금 읽은 그리스의 시인 카바피이다. 함께 읽어 보기로 하자.

야만인을 기다리며

—— 왜 우리가 이렇게 광장에 모인 거지?

야만인들이 오늘 도착한다나봐.

—— 그런데 왜 원로원에선 아무 일도 없는 거지?
원로원들은 법률을 제정하지 않고 뭘 기다리는 거지?

그건 야만인들이 오늘 도착할 게 틀림없기 때문이야.
원로원들이 어떤 법을 만들 수 있겠어?
야만인들이 와서 법을 공표하겠지.

—— 왜 황제는 이리도 일찍 일어났을까?
게다가 도시의 관문 위에 앉아 있는 건 뭐야?
옥좌까지 차려 놓고, 화려하기도 하군, 왕관도 썼네.

그건 야만인들이 오늘 도착할 게 틀림없기 때문이야.
그리고 황제는 그들의 족장을 맞이하려고
기다리는 걸세. 심지어 황제는
그에게 수여할 작위까지 준비했다네. 그것도
작위와 칭호가 여러 개라지?

—— 그런데 왜 오늘 두 명의 집정관과 총독들이 온 거지?
번쩍거리는 것 좀 보아, 자주색 토가[2]를 입고 한껏 멋을 냈구나.
자수정들이 빼곡 박힌 팔찌들이며
최상급으로 세공된 에메랄드 반지는 또 뭐야?
황금과 순은을 멋지게 새겨 넣은
예전용 주장도 들었네.

그건 야만인들이 오늘 도착할 게 틀림없기 때문이야.
그런 것들이 야만인들을 홀리게 하거든.

—— 그런데 우리의 의젓한 수사학자들은 왜 안 오는 거지?
평소 같으면 어서 와서 덕담을 달고 한 말씀 가르쳐주어야 하는
거 아냐?

---

2 로마인들이 입는, 솔기가 없는 길고 자락이 풍성한 예복.

그건 야만인들이 오늘 도착할 게 틀림없기 때문이야.
그들은 미사여구에는 취미가 없거든.

— 그런데 갑작스럽게도 웬 불안한 기운이지?
이 소란은 뭐고? (저 심각한 표정들 좀 보아!)
거리와 광장이 금세 텅 비어버리네.
모두가 근심스런 얼굴로 집으로 돌아가는구나!

그건 해가 떨어졌는데도 야만인들이 오지 않았기 때문이야.
국경으로부터 돌아온 몇몇 사람들은 심지어
야만인이란 이제 없다고 분명한 어조로 말했다네.

그러면 이제 우리는 야만인 없이 어찌 살아야 할까?
어떤 점에서는 그 자들은 해결책이었는데.[3)]

콘스탄티노스 카바피(Κωνσταντίνος Π. Καβάφης)[4)]는 1863년 4월 29일 이집트

---

3 번역은 불역판인 Constantin Cavafis, *En attendant les barbares et autres poèmes,* (traduit par Dominique Grandmont) Poésie/Gallimard, 2003을 원문으로 삼았다. 그리스어를 모르기 때문이다. 지금까지는 중역의 경우까지 포함해 번역과 원문을 함께 싣는 것을 원칙으로 했으나, 이번부터 그 원칙을 파기하기로 한다. 카바피의 영역본과 불역본을 대조하면서 그 분위기가 다른 부분들을 많이 보았고 그 점에서 두 번역본 모두 카바피의 시가 아니라 굴절된 카바피, 정확하게 말해 번역자와 원 시인이 합작해서 쓴 시라는 점을 인정해야만 했다. 그렇다면 내가 읽은 카바피의 시도, 엄격한 의미에서는 한국독자인 한 사람인 '나'의 방식으로 굴절된 시이다. 결국 내가 독자에게 선보이는 시는 언어의 국경 너머에서 내가 읽고 느끼는 과정 속에서 내 식으로 재구성한 시일 수밖에 없다. 내가 소개하는 이 시에서 독자 여러분이 맛을 느낄 수 있다면 그것은 오로지 원시의 문학적 자기장이 내뿜는 힘에 의한 것이며, 그 반대로 떫든 밋밋하든 별맛이 없었다면 그것은 시를 이루는 데 내가 참여한 성분이 원래부터 조악하거나 아니면 잘못 배합되어서 그리되었을 것임을 독자 여러분이 미리 유념하고 읽어주시기 바란다.

4 우선 미국식 표기에 따라 '카바피'로 표기한다. 원어대로 하면, '카바피스'가 되어야 할 듯한데, 정확한 규칙을 모르겠다. 전문가의 조언을 구한다.

의 알렉산드리아에서 태어나서 1933년의 같은 날에 타계했다. 영어로는 Constantine P. Cavafy 그리고 불어로는 Constantin Cavafis 혹은 Cavafy로 표기한다. 카바피는 이 난에서 이미 소개한 바 있는 포르투갈의 페소아(Pessoa)를 비롯해, 알제리의 세낙(Jean Sénac), 이탈리아의 산드로 페나(Sandro Penna), 영화감독이었던 파졸리니(Pier Paolo Pasolini) 등과 더불어 현대시의 지평을 혹은 사막을 가장 앞서서 걸어간 시인으로 거론되고 있다.[5] 이 시는 2003년도 노벨문학상을 받은 쿳시(John Coetzec)의 『야만인을 기다리며』(왕은철 역, 들녘, 2003)의 역자 해설에서 그 마지막 부분이 소개된 바가 있다. 쿳시의 소설은 카바피의 시에서 영감을 받아 씌어진 것으로 알려져 있다. 이 시의 주제는 비교적 명료하면서도 깊이가 있다. 명료하다는 것은 이 시가 지배자와 피지배자 사이의 묘한 상관관계를 특별한 은유로 감추지 않고 있는 그대로의 광경으로 제시하고 있다는 것을 가리킨다. 깊이가 있다는 것은 그 상관관계가 통상적인 이분법의 선상에서 일어나지 않고 역동적인 일련의 형식적 절차들을 통해 이루어진다는 것을 일깨운다는 것을 가리킨다.

시에 의하면 지배자와 피지배자는 단순히 아와 비아 혹은 적과 동지로 대립하지 않는다. 오히려 지배자는 피지배자를 구별하되 요청한다. 구별은 지배의 정당화를 이루기 위한 절차인데 그 구별의 방식이 기묘하다. 문명과 야만의 구별은 세계의 주체로서의 인간의 자격을 따지는 구별이다. 문명인만이 세계의 이치를 파악하고 세계의 진행에 개입하여 세계의 방향을 이끌 수 있다는 것이다. 야만인은 문명인을 따르거나 아니면 박멸되어야 한다. 그것은 제국주의의 침략과 그에 이어서 전개된 인종주의

---

5 이 시인들이 모두 한국에 소개되지 않았다는 것은 '세계문학'은 어떨지 몰라도 '세계시'의 동향에 대해서는 한국의 문학인들이 잔인할 정도로 맹목적이라는 걸 가리킨다. 틈이 나는 대로 이들을 소개해 시의 안목을 넓혀보고자 한다.

적 차별에서부터 오늘의 세계 여러 곳에서의 민족 및 종교 분쟁에 이르는 정치적인 차원에서뿐만 아니라 장애인, 천민, 혹은 적대적 이웃에 대해 사람들이 일상적인 차원에서도 무차별적으로 사용하는 숨은 원리이다. 그 원리는 이렇게 말한다. 저들을 봐! 어쩌면 같은 종족을 살해할 수가 있지? 시체를 먹기까지 하는군. 저들은 인간이 아냐. 누가 저들을 교화할 수 있겠어? 그러지 못할 바에는 없애는 게 나아. 혹은, 저 집은 안 싸우는 날이 없구먼. 들리는 소문으로는 그렇고 그런 걸로 먹고 사는 사람들이래. 저렇게 살면 짐승보다 나을 게 뭐 있겠어? 저런 사람들과는 상대를 말아야 해. 장애인시설 건립 결사반대!

이 구별의 목표는 적대자로 규정된 존재들을 미리 정신적으로 살해하는 것이며, 또한 차후의 물리적 살해에 대한 정당성을 확보하는 것이다. 이러한 구별의 돌발적인 제시는 인간의 자유와 평등을 초석이자 깃발로 내세우는 현대 세계가 스스로에 반하는 원리를 뒤에 감춤으로써 성립할 수 있었다는 비밀을 독자로 하여금 엿보게 한다. 그러나 이 시가 환기하는 것은 그런 구별의 기초적인 전략에서 그치는 것이 아니다. 아니 오히려 이에 대한 성찰은 나중에 온다. 이 구별의 원초적 무대(scène primaire)는 차라리 그 돌발성 때문에 즉물적 사태로서 독자에게 던져지고 독자는 의문부호가 머리 위로 솟아오른 채 의미의 부재로써 꽉 찬 광경만을 목도하게 된다.

한데 시의 시선은 구별의 무대로부터 슬그머니 비켜서서 그 무대를 보는 사람들, 즉 광장에 동원된 시민들을 향한다. 그 사람들도 독자와 마찬가지로 뭔가가 요란한데 의미는 알 수 없는 무대에 직면하고 있다. 그러니까 독자의 시선이 어느새 시의 내적 공간 속에서 상관물을 찾은 것이다. 그럼으로써 독자는 의미의 해독에, 아니 생성에 가담할 진입로를 확보한다. 이 시의 일차 형식은 여기에 있다. 시의 화자는 묘사하지도 진술하지도 않는다. 그는 음성적으로 부재한다. 화자의 부재는 시의 내용 속에서 실제로 지시되는데, '수사학자'들은 오지 않았다는 것이 그것이다. 이 구절로서 카바피는 자신의 시가 수사학이 아님을 명시하고 있으며 시를 수사학으로 만들지 않는 일은 화자의 전유(專有)로부터 시를 해방시키는 일임을 암시한다(덧붙이자면, 시의 주관성은 시인의 주관성이 아니라 텍스트의 주관성이라는 가다머의 말을 상기시키는 대목이다.). 한편, 부재하는 화자를 대신해 인물들이 말을 하고 있다. 그리고 이미 지적한 것처럼 이 인물들은 시의 독자와 같은 '지위'에 놓여 있다. 그래서 무슨 일이 벌어졌는가? 우선 시 바깥의 독자의 눈이 확인하는 것은 의미의 부재와 정비례하여 의미 생성 주체의 중성성(neutralité)이 시의 해독 상황 속에 놓인다는 것이다. 그럼으로써 의미 해독의 가능성이 현재의 의미의 '텅 비어 있음'에 상대하여 '충만'하게 된다는 것이다. 그러나 이것은 시의 바깥에 위치한 독자의 착시이다. 실제로 잠재태로서 제시된 충만한 말이 중성성에 부응하는 순수한 말이거나 정확한 말 혹은 참된 말이 될 수 없음은 현실태로서의 말, 즉 인물들의 대화가 명료히 가리켜 보여주고 있다. 그 대화들은 이미 지배자의 이데올로기에 의해 '오염'되어 있으면서 인물들의 사회적 위치를 가늠케 한다. 그 대화들은 야만인에 대한 풍문, 권력자들의 화려한 의상과 장식에 대한 선망과 반감과 인정이 뒤섞인 미묘한 반응, 권력자에 대한 암묵적인 인정, 더 나아가 그들에 대한 기대를 포함하고 있다. 그러한 복합적 반응은 그들이 잠재적 권력자이자 동시에 실제적 '백성'이기 때문에 나오는 것이다. 또한 권력자에 대한 관계로부터 발생하는 인물들의 이러한 지위는 야만인에 대한 관계로부터 나올 그것으로 그대로 이어져, 그들을 잠재적 야만인이자 동시에 실제적 '시민'인 존재로 만든다. 물론 그들은 권력자가 되고 싶어 하며 야만인이 되고 싶어 하지 않는다. 권력자에 대한 동일시의 욕망과 야만인과의 동일화에 대한 불안이 동시에 공존하는 것이다.

여기에서 시의 이차 형식이 나온다. 그것은 인물들의 입장은 중립적인 것이 아니라 중첩적이라는 데에 포인트를 두고 있다. 즉, 인물들의 시선은 한편으로 권력자의 시선을 경유하여 야만인을 바라보고, 다른 한편으론 야만인의 시선을 경유하여 권력자를 바라본다는 것이다. 이 시가 대화의 양식을 취한 것은 그 때문일 것이다. 권력자에 대한 동일시의 욕망은 권력자들이 야만인을 발명하고 자신과 그들을 구별하여 자신을 돋보이게 하는 절차를 점진적으로 부상(浮上)시킨다. 인물들이 그들의 외양에 그토록 관심 깊은 것은 바로 그들 자신 저들이 되고 싶기 때문이다. 그리하여, 선망과 반감이 뒤엉킨 권력자들의 외양에 대한 인상 그리고 권력자에 대한 기대 및 그들에 대한 은근한 불신("원로원들이 어떤 법을 만들 수 있겠어?") 속에서 권력자는 번쩍이는 권력자로 떠오른다. 그러나 동시에 야만인과의 동일화에 대한 불안은 권력자의 시선을 경유하여, 즉 권력자와 상상적으로 동일시된 시선에 의해서, 야만인에 대한 어떤 '관계'에 의해서 권력이 재생산되는 사정을 부각시키게 된다. 그 과정은 마치 초점이 흐려져 희미하고 일렁이는 배경으로 있던 뒷무대가 차츰 명료한 윤곽을 띠면서 마침내 본 무대를 뒤로 물리치고 전면에 나서는 양태로 진행된다. 마지막 행, "어떤 점에서는 그 자들은 해결책이었는데"는 그렇게 명료해진 윤곽을 가장 명료한 개념으로 축약하고 있다.

어쨌든 그 '어떤 관계'란 무엇인가? 그것은 놀랍게도 권력은 야만인에 대한 공포 위에서 수립된다는 것을 가리키는 관계이다. 본 무대에서 권력은 야만인과의 '구별'을 통해서 수립되었다. 그런데 '뒷무대'를 보니, 다시 말해 흑막을 보니, 그 '구별'을 가능케 한 것은 바로 '공포'이다. 그것은 이중의 공포이다. 권력자는 권력자가 되기 위해 무서운 야만인을 발명하여 국경 너머로 추방하고 권력자는 권력을 유지하기 위해 무서운 야만인을 끊임없이 우리 삶의 현장 속으로 불러낸다. 그러니까, 그 이중의 공포는 야만인의 존재에 대한 공포와 야만인의 부재에 대한 공포이다. 야만인의 존재에 대한 공포는 지배 혹은 권력의 필연성을 증명하는 데 기여한다. 그것은, 야만인들이 저기 있다, 야만인은 무섭다, 야만인들을 누를 자가 필요하다, 권력은 야만인을 다스리는 힘에서 온다, 야만인을 다스리는 힘은 그들을 탄압하기보다 얼르고 달래는 데서 온다, 라는 논리적 사슬로 이루어져 있다. 다른 한편 야만인의 부재에 대한 공포는 권력의 에너지가 반-권력의 상상적 발명뿐만 아니라 그를 권력의 크기만큼 키우는 데서 온다는 것을 보여준다. 그것은, 야만인은 있어야 한다, 그들은 법이 존재할 이유와 법이 엄격하게 집행되어야 할 근거이다, 야만인이 있어야만 군대는 단련되고 군대의 권위가 선다, 야만인이 있어야만 광장이 필요하다, 교육기관도, 야만인이 있어야만 국가가 존재할 수 있다, 는 논리적 사슬이 끊긴 무의식의 돌출적 명제들의 더미로 이루어진다. 그 명제들의 더미가 궁극적으로 기여하는 것은 야만인은 현재 상태의 해결책이다, 라는 것이다. 야만인들이 오지 않을지도 모른다는 불안도 실은 바로 그 해결책의 한 원소를 이룬다.

카바피는 알렉산드리아에서 태어났다. 즉 이집트로 쫓겨난 그리스인에 속한다(이들을 포함해 이집트의 기독교도를 콥트(Copt)라 부른다). 이것은 그가 고향상실자임을 가리킨다. 그는 피식민자이면서 동시에 추방자이다. 그는 정착의 양식으로써 노예 상태에 처했고, 유랑의 양식으로써 모국으로부터 쫓겨났다. 이러한 경험이 그의 시에 큰 영향을 미쳤을 것임은 틀림없어 보인다. 그는 그리스로의 귀환을 꿈꿀 수도 없었고(식민지 혹은 후기-식민지의 상태를 겪는 그곳은 참된 고국이 아니니까), 또한 그리스의 회복을 꿈꿀 수도 없었다(그는 그리스 바깥에 있으니까). 그로 인해 그가 꿈꾼 것은 그리스 국가의 복원이 아니라 헬레니즘의 복원이었다. 그러나 그 헬레니즘은 어떤 한 공동체의 고유한 존재 및 존재양식이라기보다 어디에 특정할 수 없는 보편적 존재양식일 수밖에 없었다. 그의 실존적 경험은 그에게 동일성을 회복하려는 어떤 요구도 궁극적으로 타자의 훼손을 대가로 획득되는 것임을 가르쳐주었기 때문일 것이다. 카바피의 시를 번역하고 그에 대한 열정적인 해설(「망각된 자들의 일리아드 *Une Illiade des oubliés*」)을 쓴 도미니크 그랑몽은 그의 시적 태도를 두 가지로 압축한다. 하나는 '정체성'에 대한 부인과 이타성(異他性)으로서 살기이다. 즉 타자로서 타자들과 함께 산다는 것이다. 다른 하나는 그 이타적 존재들의 중첩되고 혼효된 언어들 혹은 생각들의 더미를 자신의 집단적 기억으로 삼는다는 것이다. 그것을 두고 그랑몽은 '무장된 중성성(neutralité armée)'이라고 부르고 있는데, 우리가 앞에서 나름대로 음미한 것에 따르자면 그 중성성은 결코 투명하거나 순수하거나 객관적인 게 아니라 동일성에의 욕망을 이타성에로의 지향적 운동으로 '변질'시켜가는 도중에 발생하는 존재의 신생하는 성질, 정확하게 말해 공격하지 않고 뒤섞이려고 애쓰는 도중에 다시 태어나는 경험을 겪는 움직임 특유의 성질이라고 할 수 있을 것이다.

—『현대시』, 2004.9.

마침내 '선과 모터사이클 관리술'이 왔도다!

저 옛날 브왈로(Boileau)가 "마침내 말레르브가 왔도다!"라고 감격했듯이, "마침내 이 책이 왔도다!"라고 외치는 순간이 가끔은 있는 법이다. 로버트 피어시그(Robert M. Persig)의 『선과 모터사이클 관리술—가치에 대한 탐구 *Zen & the Art of Motocycle Maintenance – An Inquiry into values*』(장경렬 역, 문학과지성사, 2010)도 그런 책 중의 하나이다. 출간 즉시(1973) 전 세계에 큰 반향을 일으킨 이 소설은, 한국의 식자들에게도 곧바로 알려져 적지 않은 사람들이 이 책을 읽을 날을 기다렸다. 그러나 아무도 이 책을 한국어로 옮기는 작업에 착수하지 않았다. 그 이유를 따져보면 한국인의 독서 취향에 생각이 미치게 된다. 무엇보다도 이 책은 매우 길다. 오랫동안 단편에 길들여져 온 한국 독자들은 이런 분량의 책을 거의 읽지 않는다. 몇 가지 예외가 있긴 한데, 그것은 온통 사건으로 가득 차 있는 소설들, 가령, 『삼국지』, 『대망』 같은 것들이다. 또 한국인의 민족적 자존심을 채워주는 일련의 대하소설들이 있다. 이 두 부류는 한국의 독자에게 느낌만을 꽉 채워줄 뿐 성찰을 요구하지 않는다. 다시 말해 머리에 쥐를 내지 않는다. 다음 이 소설에는 아주 구체적인 일상에 대한 묘사와 철학적인 질문이 겹쳐져 있다. 이런 소설을 두고 한국의 비평가들은 간혹 '관념적'이라는 잘못된 용어를 붙여서 제껴 놓곤 하는데, 이는 한국인이 생각이 많은 글을 싫어한다는 것을 암시하고 있다. 그런데 생각이 많다는 것은 무슨 뜻일까? 조지 오웰은 유럽의 독자들이 단편을 싫어하는 까닭에 대해 조소적인 답변을 내놓은 적이 있는데, 주제가 자꾸 바뀌는 것을 싫어하기 때문이라는 것이다. 그에 비추어 본다면, 한국인의 단편 취향은 주제가 자주 바뀌는 것을 좋아하되, 한 주제를 끈질기게 물고 늘어지는 것을 좋아하지 않는다는 뜻이 된다. 즉 한국인은 재빨리 결론 나는 생각들을 좋아하고 굴곡이 복잡한 생각을 잘 읽어내지 못하며, 더 나아가 그 재빨리 결론 나는 생각들을 액세서리 갈아치우듯 자주 바꾸는 걸 좋아한다는 뜻이 된다. 우리의 고질로 흔히 거론되는 냄비성향과도 얼마간 상통하는 얘기다. 그런데 이 소설은 사실 매우 특이한 소설이다. 왜냐하면, 아주 단순한 이분법에서 출발해서 점점 복잡하게 생각의 덩굴을 만들어가는 소설이기 때문이다. 처음에는 모터사이클과 선, 공학과 명상, 전원과 문명이라는 간단한 도식만이 보인다. 그러나 슬그머니 공학의 명상성과 명상의 공학성을 분화시키고 다시 빛 반사 놀이를 하듯 그것들에 거듭 반대 가치를 끼워 넣음으로써 독자를 서서히 삶의 질들의 거대한 미궁 속으로 안내한다. 그런데 그런 생각 방법을 찾아내게 된 데에는, 작가가 군복무를 한 한국에서 이방의 친구들과 성벽을 만난 경험도 얼마간 관련되어 있다니, 참 산다는 것의 미묘로움을 느낄만하지 않은가? 여하튼 이 학수고대하던 책을 무려 37년만에 장경렬 교수의 번역으로 읽을 수 있게 되었다. 그의 노고에 거듭 경하의 마음을 보내지 않을 수 없다.

—『책&』, 2011.1.

주제 사라마구(José Saramogo)의 『눈먼 자들의 도시』

성복형과 전화 통화를 하다가 『눈먼 자들의 도시』 얘기가 나와서 주문을 해 읽어 보았다. 가상적 재앙 상황을 다룬 소설로서 엄청난 밀도를 가지고 있었다. 그 밀도는 오로지 상황 그 자체에 절대적으로 집중한 데서 나왔다. 또한 그 집중 속에서 어떤 비약이나 환상도 허용하지 않는다는 게 이 작품의 밀도를 그대로 가리킨다고 말할 수 있다. 한국 작가들이 이 엄청난 집중력을 배웠으면 좋겠다. 굳이 흠을 들추자면, 두 가지 '그럴 듯하지 못한' 점이 있다는 것이다. 하나는 모두가 눈이 멀었는데 의사의 아내만 멀지 않았다는 설정 자체의 비개연성이다. 이 그럴 듯하지 못한 상황은, 불확정성의 폭이 점점 넓어지고 있는 현대사회에 대한 보편적 이해를 반영하는 것으로 수용할 수 있다. 그러나 해명되기 위해서가 아니라면 불확정성이 왜 주목되어야 하는 것일까? 오늘의 독자들은 어쩌면 논리적 이해보다는 상황의 현상적 격렬성을 더 즐기기 때문에 이 작품에 열광하는지도 모른다. 또 하나의 비개연성은, 의사가 눈 멀쩡한 아내를 놔 두고 검은 색안경을 썼던 젊은 여인과 성관계를 가지는 장면이다. 이 장면은 작품 후반부에 다시 언급되면서 일종의 해명을 하고 있는데(누가? 의사가? 아니면 작가가?), 그러나 그것이 이 장면의 필연성을 설명해 주지는 못하는 것 같다.

—2009.1.12.

행동의 불가피성과 선택의 어려움에 대한 섬세한 살핌

프리모 레비의 『지금이 아니면 언제』

사람이라면 누구나 결단을 내려야 할 상황과 마주치게 된다. 그 상황의 규모가 크든 작든 말이다. 두 갈래 길 앞에서 망설이는 개인의 선택으로부터 자신이 속한 공동체의 운명을 결정하는 일에 참여하는 경우에 이르기까지. 그것이 무엇이든 그 결단의 몫은 언제나 하나의 개인으로서의 그 자신에게로 귀속된다. 그리고 그 사실에 의해, 모든 결단에는, 그 개인의 전 존재 혹은 양심이 걸리게 된다. 그것은 결국 내가 세계에 대해 하나의 입장을 표명하는 것이며 동시에 세계의 변화에 한줌의 에너지를 보태는 것일 뿐만 아니라, 내가 세계 내에 속한 존재인 한, 세계의 변화를 통해 밀어닥칠 나의 삶과 존재의 변화에 대한 책임을 지는 것이기 때문이다.

프리모 레비의 장편 『지금이 아니면 언제』(김종돈 옮김, 노마드북스, 2010)의 제목은 바로 그 결단이라는 상황의 엄혹성을 가리킨다. 어느 순간엔 누구든 자신과 세계를 위하여 어떤 태도 또는 행동을 취해야만 하는 것이다. 그것이 아주 막중한 일이라면 누구나 회피하고 싶어질 것이다. 그러나 그 회피 자체가 하나의 선택이 되는 것이다. 그건 행동을 취했을 경우에 가능한 세계와는 다른 세계를 낳는 데 자신의 힘을 보태는 행위이다. 그러니 지금 이 순간은 필수적인 결단의 순간이 될 수밖에 없는 것이다.

지금이 아니면 행동의 때는 결코 다시 오지 않는 것이다.

널리 알려져 있다시피, 프리모 레비는 뛰어난 화학자로서 유태인이라는 이유로 나치 독일에 의해 '아우슈비츠' 절멸수용소(작가의 표현을 그대로 빌리면)에 갇혔다가 가까스로 살아난 사람이었다. 생환 이후, 그는 극한상황에 처한 인간이 행하는 온갖 비열함과 또한 그 상황과 맞서 싸우는 데서 우러나는 사람의 의연함과 기품을, 그리고 그것들의 복잡한 얽힘을 거듭 성찰해 왔다. 그러한 그의 노력은 자신에 대한 존재증명이자, 아우슈비츠와 같은 끔찍한 상황을 만들어놓고도 여전히 세계를 꾸려가고 있는 인간이 사는 까닭과 살기 위해서 사는 방식을 캐묻는 일이었다. 1982년 상자한 소설 『지금이 아니면 언제』 역시 그러한 그의 성찰의 연장선상에 놓인다.

그 점을 염두에 둘 때, 제목이 가리키는 의미는 분명하다. 어떤 상황이든 거기에는 인간이 행한 책임이 포함된다는 것이다. 따라서 그 상황이 절멸 쪽으로 가지 않으려면, 그에 대해 신중하고도 철저하게, 자신의 전 존재를 걸고 운산하고 답을 내놓아야 하는 것이다. '멘델'과 '레오니드'라는 두 인물이 겪게 되는 모험 하나하나에 부여되는 질문이 그것이다. 이때 '멘델'이 아내를 독일군에 의해 잃었고 '레오니드'의 아버지가 적극적으로 참여한 혁명으로부터 스탈린에 의해 배반당하고 헛되이 죽음을 당했다는 사실은 바로 저 '책임'의 문제를 강조하는 쪽으로 기능한다. 그러한 사연이 과도한 감정적인 반응을 야기하기보다는, 오히려 자신의 행동이 야기할 결과를 유념해야 한다는 것. 충동적인 '레오니드'가 차츰 망가져 가고 결국 무모한 돌격 끝에 죽음을 맞이하는 것은 그러한 작가의 문제의식을 분명하게 보여준다.

그러나 작가가 정작 말하고 있는 것은, 우리 인간은 실제로는 '레오니드'처럼 살 수밖에 없는 슬픈 존재라는 것이다. 인간의 결단과 행동이 순수한 자유의지와 정밀한 논리적 계산을 통해서 명백한 형태로 끌어내지는 것이라면 얼마나 좋으랴? 안됐지만 인간의 사안 중에서 그렇게 명확하게 예측가능한 일은 거의 존재하지 않는다. 무엇보다도 상황 속에는 나만이 있는 게 아니기 때문이다. 거기에는 자신의 행동에 간섭하는 무수한 요인들이 있을 뿐만 아니라, 그 간섭 하나하나가 시시각각의 변화를 낳기 때문에, 모든 전망에 뿌연 먼지를 퍼트리는 것이다. '레오니드'에게 붙인 "시계 속의 먼지"라는 비유는 그러니까 인간 일반에 대한 비유에 해당한다고 할 수 있다. 그러니 자신의 행동이 낳을 결과를 냉혹히 운산하더라도, 그 운산으로 얻은 결론을 확신으로 가져서는 안 되는 것이다. 무모한 레오니드가 죽었을 때, 그를 죽인 것은 "독일군이 아니라 자신과 라인이라는 생각"이 '멘델'의 머리를 스치고 지나간 것은 바로 그것과 깊은 연관이 있다.

결단의 불가피성과 그 결정의 근본적인 모호성 사이의 모순과 그로 인해 벌어지는 실제적인 정황들의 복잡한 양상은 그것을 읽는 독자에게 인간 삶에 대한 이해의 지난함을 새삼 확인시켜 준다. 하지만 이 소설의 진정한 가치는 그 확인 자체에 있는 것이 아니라, 그것을 생체험으로써 느끼게 해준다는 데에 있을 것이다. 그러한 체험의 전이를 가능하게 하는 것은, 가장 섬세한 신경다발을 스치면서 조심스럽게 비껴가는 작가의 문체이다. 어느 단어, 어느 문장 하나 조심스럽게 선택되지 않은 게 없다. 아니 좀 더 정확히 말해, 사람을 배려하지 않은 게 없다. 그것이 독자를 재현되는 상황의 현장 속으로 깊숙이 끌어당기면서 동시에 그윽한 눈길로 마치 손으로 쓰다듬듯이 그 현장을 살피게 한다. 행동과 관조가 독자의 눈 속에서 한몸으로 작동하는 것이다. 그것을 느끼는 과정은 인간의 저 깊은 심연 속으로 들어가는 과정이 될 것이다.

—『책&』, 2010.11.

제 3세계인만이 할 수 있는 유럽 현대사에 대한 증언

홋타 요시에의 『고야』

홋타 요시에의 『고야』(전 4권, 김석희 역, 한길사, 2010)는 스페인의 화가 고야(1746-1828)의 전기가 아니다. 이 책은 고야의 일생을 동선으로 따라가며 스페인의 정치적 격변과 그에 대한 예술가의 성찰과 느낌 그리고 반응의 의미를 다룬 책이다. 왜 고야인가? "시대의 증언자로서의 예술가라는 존재방식이 전적으로 성립되어 있기" 때문이라고 작가는 말한다. 그는 "고야를 통해 현대사의 발단까지 거슬러 올라가 보"고자 했던 것이다. 그런데 여기에서 '시대의 증언자'는 단순히 묘사자가 아니다. 그는 "전쟁의 비참함을 객관적으로 묘사하는 데 그치지 않고, 그 비참한 현실이 '그 자신'으로 하여금 무엇을 느끼게 하고 무엇을 생각하게 했는지, 에스파냐인으로서, 애국자로서, 그리고 궁극적으로는 한 사람의 인간으로서 무엇을 느끼고 무엇을 생각했는지를 동판에 새긴" 사람이다. 여기에서 우리는 이 책을 쓴 작가 홋타 요시에, 그 자신에게로 질문을 돌릴 수 있다. 그는 무엇을 느끼고 생각하려 했을까? 그는 유럽문학을 전공한 지식 청년으로서 상하이에서 일본의 패망을 만났으며, 천황제로 대표되는 일본식 국가주의에 환멸을 느꼈다. 그러나 동시에 그는 일본 군국주의의 원천에 "국가 단위의 '현대'"를 창출한 고야 시대의 유럽이 있음을 깨닫는다. 작가는 자신에게 지적 세례를 주고 자기 나라의 문제를 비판적으로 성찰하게 한 먼 나라의 정신이 바로 자기 나라의 뿌리일 수도 있다는 미묘한 아이러니에 접하였던 것이고, 그 과정을 객관적으로 추적하고 또한 성찰하려 했던 것이다. 그 점에서 이 책은 제 3세계인만이 할 수 있는 '유럽론'(번역자의 표현을 빌리자면)의 모범적 사례를 보여주는 것이다.

이 책은 1974년에서 77년 사이에 일본에서 출간되었다. 한국에는 1998년 처음 번역되었고, 이번에 개정판이 나왔다. 그런 점에서 이 책은 무척 낡은 책이다. 그러나 정말 그럴까? 우리는 세계의 격변에 대해 그의 지척에서 세계와 같은 규모로 성찰하는 작품을 거의 만들지 못했다. 최인훈과 이청준의 몇몇 소설들, 그리고 지금은 독자의 기억에서 잊혀져가고 있으나 홍성원의 어떤 작품들이 그러했을 뿐이다. 게다가 우리는 그런 성찰을 한국 바깥을 대상으로 시도한 작품을 한 권도 갖고 있지 못하다. 이 책이 35년 전에 보여준 세계는 한국 작가들의 전인미답의 세계다. 이 낡은 책은 아직도 한국에 도래하지 않았다. 이 책을 소개하는 소이다.

—『책&』, 2010.12.

‘과학소설(science fiction)’의 고전으로의 진입

필립 케이 딕의『화성의 타임슬립』

‘라이브러리 오브 아메리카(Library of America)’는 미국문학이 생산한 “최고로 의미 있고 멋있으며 지속적이고 권위 있는” 작품들을 출판하는 “비영리출판사”이다. 프랑스의 그 유명한 ‘플레이아드’ 총서를 모델로 했으며, ‘국가 인문 기금’과 ‘포드 재단’을 통해 자본금을 조성한 것으로 알려져 있다. ‘비영리’라고 해서, 무상으로 배급하지는 않는다. 통상 일천 쪽이 넘는 권당 25달러 안팎의 값이 매겨져 있다.

여하튼 2007, 8년에 이 ‘고전총서’의 목록 안에, 과학소설가 필립 케이 딕(Philip K. Dick)의 소설들이 세 권으로 묶여 들어갔다. 딕은 영화「블레이드 러너」,「마이너리티 리포트」의 원작자로 대중에게 알려져 있는데, 세계에 대한 암울한 비전과 사람 관계의 극심하게 뒤틀린 묘사는, 비평가들로 하여금 그의 소설을 현대에 대한 가장 검은 묵시록으로 읽게끔 한다.

나는 이런 고전총서 자체가 부럽고, 또 과학소설이 당당히 이 목록 안에 들어가는 게 부러워, 딕의 소설들을 주문하면서, 누군가 이 소설들을 한국어로 번역해주기를 은근히 소망했었다. 하지만 소망의 은근성 만큼이나 그것의 실현이 봄날의 아지랑이 사이로 그 모습이 아른거리다 말다 하는 산유화로 저 아찔한 지평 너머에 있으리라는 기분에 잠겨 있었던 것도 사실이다.

그런데 요 며칠 전에, 내 우울한 짐작과는 정반대로 내 소망이 성큼 달성되어 있는 것을 보고 깜짝 놀랐다. 김상훈 씨를 비롯해 판타지와 S/F의 왕성한 번역가인 분들이 모여, '필립 K. 딕 걸작선'이라는 총서를 열 두 권짜리로 계획하고 그중 세 권을 상자한 것이다. '이 달의 좋은 책'으로 선정한 『화성의 타임슬립』(김상훈 역, 폴라북스, 2011)은 그 첫 권에 해당하는 책이다. 이 소설은 화성에 이주한 주민들을 소재로 그들에게서 일어난 정신병적 질병, 특히 분열증과 자폐증의 문제를 다루고 있다. 이 분열증은 화성이 개척지이자 동시에 버림받은 지대라는 이중적 조건에 대한 알레고리로 읽히는데, 이 찢겨진 혹성과 찢긴 인물들을 두고, 성공하는 자들은 끊임없이 이윤을 뽑아내려 하고, 찢긴 자들은 거듭 휘둘리고 쥐어짜이고 분해되기만 하는 듯이 보이지만, 그 운명 자체가 기이한 예지를 제공한다는 반전을 통해, 수탈의 한복판에서 생의 다른 버전을 내세우며, 승리자들에게 저항한다.

읽으면 읽을수록 불안 속으로 빠져들지만, 동시에 그 불안을 어떻게 꿋꿋이 견디며 사는가를 연습하고자 하는 의욕을 끊임없이 불어넣는 흥미진진한 소설이다. 그의 소설에 맛들이기를 권한다.

—『책&』, 2011.6.

인간중심주의적 사고에 대한 유쾌한 도전

아이작 아시모프의 『아이, 로봇』

아이작 아시모프(Isac Asimov)가 기왕에 쓴 로봇에 관한 단편들을 묶어 1950년에 일종의 연작소설집으로 발표한 『아이, 로봇 *I, Robot*』(김옥수 옮김, 우리교육, 2008)은 아마도 인간중심주의적인 세계관에 대한 가장 근본적이고도 유쾌한 도전이라고 할 수 있을 것이다. 우리는 이 작품에서 시종일관 '로봇'과 대면하게 되는데, 특히나 '인간'으로서의 인물들과 주인공의 자리를 다투는 모습으로 나타나기 때문에, 아주 강력한 경쟁자인 타자로서 그를 접하게 된다. 이 '경쟁적 타자'가 우리에게 일깨워주는 것이 무엇인가? 그것은 곧바로 디지털 문명에서의 생명의 존재방식과 직결된다.

그 존재방식이 어떤 윤리를 가리킨다면, 그것은 무엇보다도 모든 생명체는 혼자서는 살 수 없다는 사실에 대한 각성일 것이다. 그리고 이 각성은 근대 사회의 인간의 가장 큰 덕목에 대한 중대한 반성을 요구한다. 그 덕목이란 인간의 자유의지와 독립성을 말한다. 그것은 가령 섬에 홀로 버려진 극한상황에서도 제 의지와 힘으로 삶을 스스로 개척해 나가는 '로빈슨 크루소'에게서 가장 집약적으로 구현된 인간적 덕목으로서, 신이 숨은 시대에 세계의 '기획 · 관리자'로 전면에 등장한 인간의 본질적 속성으로 높이 상찬되었다. 그러나 정보화 사회에 접어들면서 사람들은 더 이상 독립된 실체로서가 아니라 끊임없이 유동하는 네트워크 상의 한 그물코로 존재하게 되었다. 자아를 형성하는 속성들도 일관된 공통성을 유지하는 쪽으로 수렴되기보다는 여러 타자들 사이에 분배된 것으로 이해되고, 자아는 그러한 속성들이 부단히 흘러들고 나가는 하나의 통로인 것으로 간주되기 시작하였다. 그렇게 해서 스스로 충만한 인간의 이미지, 신의 완벽성을 본뜬 세계의 주인으로서의 이미지는 서서히 해체되어가는 중이다.

그러나 후기-근대 사회라고 일컬어지고 있는 오늘날의 사회는 앞에서 그려본 대로 진행되지 않고 있다. 오히려 우리는 시방 인간의 자기에 대한 욕망이 폭증하는 시대를 살고 있다. 그 욕망을 통해, 사람들은 누구나 자신의 권리를 강력히 주장하고 개성을 구가하며, 자기만의 세상을 맘껏 향유하면서 살려고 한다. 그렇게 된 배경은 두 가지다. 하나, 디지털 문명은 바로 전 시대 인간들의 개인에 대한 욕망을 극대화하는 방향 속에서 비약적으로 성장하였다는 것이다. 퍼스널 컴퓨터에서 스마트 폰에 이르는 모든 문명의 기기들이 그러한 방식으로 제작되었다. 둘, 디지털 문명이 실제로 진행시키고 있는 해체적 양상들은 인간들에게 존재의 불안으로 야기하여, 인간들을 더욱 자신의 개체성에 집착케 하는 효과를 낳았다는 것이다.

이러한 현상이 뜻하는 바는 무엇인가? 존재들의 관계가 세계 운행의 핵심 동력이 되고 있는데, 인간은 실체에 집착한다는 것이다. 공존이 중요해진 세상에서 인간은 여전히 '유아독존'의 태도를 고집한다는 것이다. 후자의 태도가 인간의 세계 지배와 맞물려 있었기 때문에 이 현상은 좀처럼 바뀔 여지를 보이지 않는다. 그렇기 때문에, 인간은 공존의 방식과 타자와의 열린 관계를 위한 자세에 대해 거의 훈련을 쌓은 바가 없었다. 그래서 이 소설, 『아이, 로봇』에서 '세계 조정자'의 위치에까지 오른 로봇-인물이 말하듯이, "인간 사회는 각각의 발전 단계마다 독특한 갈등을 겪었고, 그 모든 갈등을 결국 힘으로 해결"해 왔던 것이다. "하지만 불행하게도 그건 문제를 해결하는 데 별로 도움이 되지 않았"(pp.331-332)으니, '새로운 문제'와 '새로운 전쟁' 사이의 "끝없는 악순환"만을 낳았던 것이다.

지금 우리 인간에게 가장 필요한 건, 그러니까 공존과 관계를 위한 훈련을 쌓는 것일지도 모른다. 그리고 그 훈련을 위해서 '로봇'은 가장 맞춤한 '조교'임을 이 소설은 강력하게 암시한다.

'로봇'이 처음 등장한 건, 체코의 작가, 카렐 차페크가 1920년에 쓴 희곡, 『로숨의 유니버설 로봇』(조현진 역, 리젬, 2010)에서이다. 거기에서 로봇은, 그 어원이 가리키듯 "힘든 일에 시달리는 잡역부"로 묘사된다. 그 로봇이 자신의 권리를 주장하고 인간과의 갈등을 야기하자, 그 갈등은 궁극적으로 인간의 말살을 야기한다.

아시모프는, 차페크가 가정한 갈등 상황을 방지하기 위해, 그 유명한 '로봇 공학 3원칙'을 제정한다. 그 원칙에 의해서 로봇은 인간에게 전적으로 봉사하는 방식으로 제작된다. 그러나 그럼에도 불구하고 로봇이 인간의 의도와 명령을 어기는 일이 발생한다. 그것은 두 가지 이유 때문이다. 하나는 세 원칙의 내적 모순에 의해서 로봇의 판단이 모호성의 늪에 빠질 수 있기 때문이다. 다른 하나는 로봇이 논리적인 사유에서 인간보다 우월한 존재이기 때문에 3원칙 자체를 자기 식으로 재해석하여 의사결정과정의 주도권을 자신이 쥐게끔 점차로 자기 존재를 진화시켜 나가기 때문이다.

실상, 바로 이 자리는 아시모프가 인간과 로봇의 공존을 위해 교묘하게 파놓은 논리의 함정과도 같은 자리이다. 왜냐하면, 로봇은 주도권을 쥔 순간에도 로봇 공학의 원칙 때문에 인간을 위해 봉사하고자 하는 방식으로 자신의 결정을 끌고 갈 수밖에 없기 때문이다. 결국 이 문제는 로봇의 진화는 인간과의 끝없는 협상을 통해서만 가능하다는 것을 보여준다. 이 상황을 인간에게 적용하면, 인간은 자신을 배태한 '자연'과의 끝없는 협상을 통해서만 자신의 진화가 가능하다는 결론을 도출한다. 인간도 그렇게 살아야만 했던 것이다.

이 소설의 묘미는, 그러니까 모순의 한가운데가 해결의 실마리가 풀려나가는 자리라는 것을 보여주는 데에 있다. 인간과 로봇 사이의 우발적 사고로 점철되어 있는 이 소설의 에피소드들은 모두 그러한 신기한 탈출의 모험으로 박진하다. 그 스릴 속에서 독자들은 공존의 의미를 매번 새롭게 저작할 수 있을 것이다.

—『책&』, 2011.5.

어루증의 소설, 자유를 위한 혼돈

조너선 프랜즌의 『자유』

조너선 프랜즌(Jonathan Franzen)의 『자유 *Freedom*』(홍지수 옮김, 은행나무, 2011)의 선정(간행물윤리위원회, '이 달의 좋은 책', 2011.7.)은 예약된 것이나 다름없었다. 작가의 전작인 『인생수정 *The Corrections*』(2001)이 큰 반향 및 논란을 일으키며, '전미도서상'을 수상한데다가, 이 소설의 출간이 예고되었을 때부터 비상한 관심을 받았고, 가제본 상태의 책을 오바마 대통령이 휴가를 위해 구입해서 화제가 되었을 뿐 아니라, 작년 미국에서 출간된 이후 세인의 예측에 부응하여 폭발적인 판매고를 기록하고 있는 중이기 때문이다. 게다가 우리 언론에서도 한국에서는 처음으로 소개된 이 작가를 돌발적으로 부각시켜 인터뷰 기사를 실으면서 개략적이나마 작품의 줄거리까지 소개해주고 있는 것이다. 이쯤 되면 이 소설을 이미 반은 읽은 셈이 되는 독자들도 적지 않을 것이다. 이제 책만 사면 마침내 7백 쪽이 넘는 소설을 읽었다는 만족감에 잠길 수도 있으리라.

그러나 이 소설이 비교적 고전적인 플롯을 따르고 있다 하더라도(형식적 실험에 무관심하다는 건, 프랜즌에게 쏟아지는 중요한 비판 중의 하나이다) 몇 줄로 그 줄거리를 요약할 수는 없는 것이다. 실로 독자가 주목해야 하는 것은 소설을 가득 메우고 있는 '수다'이다. 아마 미국 중산층도 한국의 중산층 못지 않게 은근히 제 잘난 척하고 대놓고 남 흉보는 걸 무척 즐기는 모양이고, 이 소설의 언어 폭발은 그런 문화적 현상의 스펙타클적 반영으로 보이는 데, 독자가 이 진풍경에서 문득 깨닫는 것은, 이것이 자유의 홍수 속에 거의 익사할 지경으로 허우적대는 사람들의 몸부림이라는 것이다. 왜냐하면 이 장광설의 한마디 한마디는 모두, 자신의 개성에 대한 확인이고 자유의지의 실행으로 보이지만 그러나 정작 아무도 그 자유라는 걸 실감하지도 못하고 그 정체가 무엇인지도 모르고 있어서 끊임없이 그 놈의 자유라는 것을 찾아 표류하는 형국을 연출하고 있기 때문이다. 그래서 그 방랑의 드러남 자체인 말들의 낱낱을 통해, 흥미로웠다가 허망하고, 입맛 다시다가 다시 눈이 충혈되다가 전두엽의 어느 부분에 차가운 바람 하나가 통증처럼 지나가는 것을 느끼게도 되는 것이다.

여하튼, 이 모든 광경이 자유가 선험적으로 보장된 곳이자 기회의 땅이라고 회자되는 나라에서 사는 사람들의 곤혹스럽고 황당무계한 자기 착종과 혼란의 버라이어티를 보여주고 있다고 할 수 있다면, 그런데 한국인들도 지난 세기 마지막 10년부터 개방된 자유의 진창에서 시방 자존과 욕망의 머드를 온몸에 바르고 있는 중인 것이다. 그리고 이 진창이 언제 바닥모를 늪으로 돌변할지 알 수 없으니, 이 소설에 빗대어 자신의 상황을 되새기는 계기를 갖는 것은 썩 유익할 것이다.

—『책&』, 2011.7.

어느 날, 조경란 씨가 이 소설을 꼭 선정해야 했느냐, 고 물었다. 전형적인 미국소설 아니냐고. 나는 그의 말에 전적으로 동의한다고 대답했다. 그러나 그렇다고 해서 이 작품이 오로지 미국인만을 위한 소설이라고 생각하지는 않는다고 이어 말했다. 이 소설은 엄밀하게 말해 전형적인 미국소설의 형식 아래에서, 미국 중산층의 전형적인 심리를 반성적으로 성찰하고 있는 소설이라 할 수 있을 것이다. 그런 소설을 우리가 읽어야 할 이유는 본문에서 밝힌 바와 같다.

'자본주의와 청교도적 정신' 드디어 무너지다.

조너선 프랜즌의 『인생수정』

여기 시간의 마모와 사회의 타락에 의해서 붕괴하는 한 세계가 있다. 그 세계는 우리가 삶의 묘상으로 막연히 가정하며 인간 삶의 실질적인 모형으로 정착시킨 개인주의의 세계이다. 그 세계는 한편으로, 정직하게 일해서 자신의 삶을 꾸려가야 한다는 청교도적 개인윤리의 세계이자 동시에 그와 등을 맞대고 살아가면서도 윤리적 강박에서 탈출해 자기만의 고유한 삶을 갖고 싶어 하는 개인이 자신의 내면에 구축한 소박한 자존적 행복의 세계이다. 이 두 얼굴의 개인주의 세계가 근대 이후 지구의 전 지역으로 퍼져나가 인간 세상 그 자체를 이루고 있었다면, 이 소설은 시방 바로 저 우리 삶의 동축이, 그 자신의 무능력과 후속 세대의 방종과 부패로 인해, 군말없이 들이닥치는 쓰나미에 쓸려가는 거대 도시처럼 무너지고 있음을, 파킨슨씨병을 앓는 남편 알프레드와 생각이 많아서 행동이 늘 지연되고 마는 아내 에니드가 짝을 이룬 노부부의 삶을 통해 여실히 전달하고 있다. 요컨대 우리 인간들은 "거품같은 현대성"을 만나려고 여기까지 아등바등 살아왔던 것이니, 노부부의 저 하염없는 도로(徒勞)들을 좇는 독자의 눈길은 십중팔구 자신에게 전이되고야 말 것들에 대한 안타까움으로 멈출 줄 모르는 눈꺼풀의 엷은 지진에 조바심친다.

그런데 소설을 읽다 보면, 독자는 이 세계를 붕괴시키고 있는 일상적인 부패들과 이념적 혼란과 성적 방종과 또한 될 대로 되라는 투의 자기

방기가 놀랍게도 실은 청교도적-자존적 개인 윤리의 세계에 뿌리를 두고 있다는 것을 슬그머니 암시받게 되는데, 현재로부터 과거로 순간 이동하였다가 서서히 현재로 재이행하는 이 소설 특유의 시간 구조는 바로 그 숨은 발견을 추체험케 하는 문학적 장치로 기능한다. 그러나 동시에 바로 그렇기 때문에 독자는 오늘의 방종과 혼란과 방기의 깊숙한 곳에서 여전히 자기 책임의 문제와 자존에 대한 신경증이 작동하고 있음을 함께 깨닫게 되는 터이니, 과연 중요한 것은 오늘날의 세상이 원래부터 통째로 잘못 되었다는 자기모멸도, 강력한 새로운 이념 체계로 이 썩은 세계를 대체해야 한다는 독선도 아니라, 우리 삶의 전체와 세목들을 그 내부로부터 찬찬히 반추하면서 그것들이 순행할 수 있도록 질 좋은 윤활유를 인생의 톱니바퀴의 곳곳에 공들여 먹이는 것이니, 이 소설 전반에 걸쳐 시시각각으로 터지는 지적 익살과 희극적 광경들 그리고 요란한 수다를 감싸는 활달한 유머와 깊은 비애는 바로 우리 스스로 삶을 수정할 계기들을 기포처럼 터뜨려 여는 썩 구수한 기름들이라 할 수 있을 것이다.

—조너선 프랜즌, 『인생수정 *The Corrections*』, 은행나무, 2012.5. 발문

흥미로운 반전의 세계

하진의 『멋진 추락』

하진은 세계에서 활동하고 있는 중국계 작가 중 가장 주목받는 소설가 중의 하나이다. 그의 소설은 이미 국내에 여러 권 소개되었다. 이 달에 그의 단편모음집, 『멋진 추락』(왕은철 역, 시공사, 2011)을 소개하는 이유는 크게 두 가지다. 하나는 그의 소설이 미국에 이민 간 동북아시안들이 겪는 생활상의 애환뿐만 아니라 이질적인 문화의 교섭으로 인해 벌어지는 돌발적인 사고들을 여실하고도 해학적으로 묘사하고 있다는 것이다. 다른 하나는 좀 더 특별한 이유이다. 그의 단편소설들이 보여주는 매우 독특한 전개방식이 그것이다. 잘 아시다시피, 단편의 핵심은 '반전'에 있다. 이야기가 단순한 만큼 반전이 더욱 중요한 미학적 요소가 되지 않을 수 없다. 하진의 소설들에도 '반전'이 없는 게 아니다. 그러나 그의 반전은 우리의 단편소설들이 자주 보여주는 것처럼, 결말을 완전히 뒤바꾸어 버리는 극적 반전이 아니다. 하진 소설의 반전은 오히려 작품의 도입부부터 예고되어 있는 것이 대부분이다. 예고된 반전이라는 점에서 그의 소설은 짜릿한 흥분을 좀처럼 주지 않는다. 그러나 반전의 '예고성' 때문에 독자는 작품을 읽는 내내 기묘한 긴장 상태에 있게 되고, 그 긴장 상태 자체가 음미 혹은 성찰의 대상이 된다. 그 점에서 그의 단편소설은 한편으론 세상이 그렇게 쉽게 바뀌지 않는다는 충고로 읽히기도 하며, 다른 한편으론 단편을 반성하는 소설로 보이기도 한다. 그래서 「미인」의 진정한 반전은 성형수술한 아내의 추한 옛 모습을 긍정하는 데에 있는 게 아니라, 그때부터 집에 늦게 들어가는 일이 빈번해졌다는 사실에 있다. 극적인 것에 오래 길들여져 있는 한국의 소설가들과 독자들이 공히 음미해볼만한 문제이다.

—『책&』, 2011.4.

사랑은 미래이고, 미래는 자유

샤리아르 만다니푸르의 『이란의 검열과 사랑 이야기』

이 작품은 우선은 희귀함이 특징이다. 이란의 현대소설을 읽는다는 것은 그 자체로 새로운 경험이다. 그리고 이것은 세계문학에 대한 인식의 근본적인 변화를 가리키는 상징적 지표 중의 하나이다. 이제 우리는 영·불·독·서의 문학만을 세계문학이라 하지 않는다. 세계의 모든 곳에서 생산된 문학이 세계문학이다. 지구상의 모든 곳에 독특한 개별문학들이 세계문학을 형성하는 생생한 생명체로서 꿈틀거리고 있는 것이다.

『이란의 검열과 사랑이야기 *Censoring an Iranian Love Story*』(김이선 옮김, 민음사, 2011)를 여는 순간, 독자는 그 안의 언어생명체가 우리의 기대 지평을 훌쩍 넘어서는 것을 보고 흥분하지 않을 수 없다. 저 『아라비안 나이트』의 천변만화가 여기에서도 펼쳐지고 있는 것이다. 또한 키아로스타미의 영화가 그 편린을 엿보게 해 준 지적 품격을 다시 확인하면서 페르시아권 문화의 보편 가치를 짐작하게 되는 것이다.

이 작품을 끌고 가는 가장 중요한 동인은 어떤 상황에서도 사랑은 지속될 수밖에 없다는 인식이다. 왜? 사랑은 미래니까. 어느 철학자의 저서 제목처럼, "미래는 오래 지속되는" 것이니까. 다시 말해, 사랑은 목숨의 연장인 것이다. 그런데 저 '어떤 상황'은 신정사회의 절대 규범 속에 놓여 있는 상황이다. 거기에서 율법은 바로 엄격한 규칙들의 그물로 작동하여, 주인공들의 사랑을 차단한다. 왜 율법과 사랑이 충돌하는가? 사랑은 무엇보다도 자유이기 때문이다. 이제 독자는 하나의 삼단논법을 완성할 수가 있을 것이다. 미래는 곧 자유라고.

여하튼 율법은 사랑을 필경 검열하고야 마는데, 검열은 항상 일방적이다. 그런데 사랑도 그에 질세라 일방적이다. 왜냐하면 율법의 절대성의 크기가 사랑에도 똑같이 가정되어야 새로운 세계의 문을 열 틈이 생길 수 있기 때문이다. 대신 그 둘은 각각 상대방을 이기기 위해 교묘한 전략을 짜는데, 그로부터 사랑의 요설과 율법의 궤변이 치열히 달라짐의 레이스를 펼치게 된다. 두 세계가 부딪쳤다 떨어졌다, 를 반복하면서 화려한 언어의 검무를 추는 것이다. 그 검무는 검열과 사랑의 대결에서 시작되었지만 언어의 전 차원으로 확대되어 나간다. 글쓰는 상황과 사건의 상황이 겹쳐짐과 분리를 되풀이하고, 느낌과 인식이, 예감과 사태가 한 물결로 뒤섞이고, 비극이 희극을 낳고 희극이 비극된다. 격동의 마당 둘레엔 전 세계의 고전 작품들이 사방에서 몰려와 권투장의 관객처럼 함성을 지르고 법석을 떤다. 독자의 가슴엔 단파장의 전류가 줄곧 흐를 것이다.

—『책&』, 2011.9.

코맥 매카시의 무서운 말

『마가진 리테레르 *Magazine littéraire*』 최근 호를 뒤적거리다 보니, 코맥 매카시(Cormac McCarthy)의 '웨스턴 삼부작'인 『경계의 삼부작 *The Border Trilogy*』(세 작품의 제목은 All the Pretty Horses, the Crossing, Cities of the Plain이라고 한다. Amazon에 들어가 Everyman's Library에서 1999년 출판했음을 확인할 수 있었다)이 불어로 번역되어 서평이 실려 있었다. 불어 제목은 *La Trilogie des confins*(Éditions de l'Olivier, 2012). 그런데 내가 충격을 받은 건 서평의 내용이 아니라, 그의 소설에서 발췌해 소개하고 있는 짧은 대목에서이다. 그대로 옮겨 본다.

> "그는 늑대는 무엇보다도 명령에 따르는 피조물이라고 말했다. 그리고 늑대는 인간이 알지 못하는 것을 알고 있다고 말했다. 세상에는 죽음이 내리는 명령밖에 없다는 것을 말이다. 결론적으로 말해, 인간이 신의 피를 마신다 하더라도 그들은 자신들이 하는 짓의 심각함을 깨닫지 못한다고 했다. 인간은 물론 진지하려고 하긴 하지만 그러나 그러기 위해서 어떻게 처신해야 하는지를 모른다고 했다. 우주는 그들의 행위와 그들의 의례 사이에 있는 것이다."
>
> —『횡단 *The Crossing*』 중에서

이 무시무시한, 자기를 향한 독설이야말로 그만의 것이리라. 『더 로드 *The Road*』의 황당무계한 설정과 '선한 사람'에 대한 집요한 갈망의 진실이 여기에 놓여 있는 것이다. 그 진실의 손가락이 가리키는 건, 우주는 인간의 행위와 인간의 의례 사이에 있다!는 것이다. 이 짧은 대목을 읽으면서도 인간인 나는 신의 피를 마신다는 죄악이 아니라, 우주에 닿지 못한다는 비극에 전율한다. 탐욕은 무지이고, 무지는 탐욕의 형식으로 한없이 펼쳐진다!

—2012.1.29.

프랑스 문학이 우리에게 주는 교훈

프랑스의 비평가들은 여전히 플로베르와 베케트와 프루스트에 대해 말한다. 100년도 더 지났거나 거의 그렇게 되어가고 있는 작가들이 여전히 비평적 관심의 대종을 이룬다. 물론 그렇다고 해서 오늘날의 프랑스에서 문학이 아주 죽어 있다는 얘기는 아니다. 달마다 셀 수 없을 만큼 많은 소설이 쏟아져 나온다. 가령 프랑스의 대 출판사 중의 하나인 쇠이유(Seuil) 사에서 격월간으로 발행하는 안내 책자를 보면, 최근 두 달 동안에 출판사 한 곳에서만 국내 소설만 11권, 번역 소설이 6권, 그리고 문고본 소설(프랑스의 대부분의 출판사는 기간된 작품 중, 비교적 독자의 관심을 끈 것들을 문고본으로 재출판한다)이 18권 출판되었다는 것을 알 수 있다. 국내 소설 중 4권은, 우리 식으로 말해, 등단 작품이다. 이 간단한 예는 프랑스의 문학이 얼마나 활발한 신진대사를 하고 있는지 단적으로 보여준다. 오늘날 한국의 문학판을 떠들썩하게 만드는 '문학의 위기'도 프랑스에서는 크게 들리지 않는다.

그럼에도 불구하고, 프랑스 비평가들이 여전히 낡은 작가들에게 매달려 있다면 그것은 왜인가? 60년대 누보 로망 이후 프랑스 문학이 뚜렷한 방향을 보이지 않은 채로 다양하게 확산되었다는 것도 그 이유의 일단이 될 것이다. 사르트르, 롤랑 바르트와 같은 대가 비평가들의 죽음, 대학으로 수용된 구조주의의 형식주의적 변질, 사유와 글쓰기의 일치에 대한 고뇌를 반영하는 듯 점점 난해해진 이론적 · 철학적 · 정신분석학적 탐구들의 행로, 이런 것들도 새로운 문학 경향의 행동 강령을 수립하는데 방해물로 작용했는지도 모른다. 그러나, 문학과 문학 경향은 다른 것이며, 좋은 문학은 집단적 움직임이 없어도 독자와 비평가들의 눈에 띈다. 누보 로망 이후, 미셸 투르니에와 르 클레지오 등이, 특정한 유파를 형성하지 않고서도 뛰어난 작품을 산출했다는 것은 한국 독자들도 알고 있는 사실이다.

이 점에 유의한다면 위에서 든 까닭들은 부차적인 것들에 지나지 않는다. 보다 근본적인 까닭은 다른 데에 있는 것이 아닐까? 어쩌면 이러한 현상은 프랑스 문학의 두께가 요구하는 당연한 현상인지도 모른다. 17세기에 프랑스어 문법이 확립된 이래, 프랑스 문학은 줄곧 동일한 언어로, 혹은 동일한 언어와 싸우면서 축적되어 왔다. 그 결과는 좋은 문학 작품을 시시때때로 배출하는 데에 있지 않다. 그러한 축적은 문학을 작품 단위로 이해하기보다는 거대한 문학의 숲으로 우선 받아들이게 한다. 그 숲에서는 시공을 초월하여, 아주 다양한 문학 나무들이 한데 모여 소통을 나눈다. 옛날의 문학이 오늘의 문학과 교통하는 나라, 옛날의 파묻혔던 작품이 현대성의 샘이 되고, 오늘의 문학이 옛 문학을 재해석할 단서가 되는 나라의 비평가들은 새로운 작품들에 혈안이 될 필요가 없다. 이미 존재하고 있는 낡은 문학들이 여전히 신비로운 컴컴한 상징의 숲으로 그들 앞에 놓여 있기 때문이다.

이런 나라의 경험을 근대에 들어 갑작스런 전통 단절을 겪은 우리는 가질 수가 없었다. 그러나 그것이 체념 섞인 부러움의 대상이 될 수만은 없다. 프랑스 문학의 이러한 현상은 단순히 언어의 동질성이 오래 지속되었다는 것만으로 가능했던 것은 아니다. 그와 함께, 어린 시절부터의 바른 문학교육이 뒷받침되어야 하고 그리고 무엇보다도 자신의 역사를 세우려는 문학인들의 노력이 뒤따라야 한다. 우리에게 결정적으로 결핍되어 있는 것이 바로 이 두 가지이다. 장송이 쓴 평전에 의하면, 사르트르는 중학생 때 작가가 되기로 결심한다. 그리고 그것은 초등학생 때부터 초현실주의 미술을 단체 관람하고 라 퐁텐느의 시를 암송하는 나라의 작가들에게는 그리 신기한 일이 아니다. 한국의 교육 제도 내에서도 그런 일이 가능한가? 아무리 자율 교육을 바깥에서 외쳐대도 교육 환경의 구조적 문제 때문에 한국 교육은 암기 학습 이상을 벗어날 수가 없다. 아주 어린 시절 스스로에게서 작가적 천분을 발견한 아이라도 대학 입시를 치를 때쯤이면 그런 발견의 순간이 정말 있기나 했는지 까마득히 잊어버린다. 다른 한편으로, 한국의 문학은, 특히 문학 이론은, 항상 자신의 전범을 바깥에서 구해 왔다. 서양의 문학 경향이 바뀔 때마다 한국의 문학적 이념도 덩달아 표변하는 꼴을 보인지가 신문학 초창기부터 거의 100년이 되고 있다. 이런 사정 하에서 한국문학이 두께를 입을 가능성은 없다. 지금 염상섭을 읽고 있는 이는 몇이나 되는가? 최근 나는 한국 문학부 대학생들이 80년대 시인들을 거의 모르고 있다는 것을 알고 충격을 받았다.

지금 나는 '신토불이'를 외치고 있는 것이 아니다. 문화의 신진대사로 말할 것 같으면 이질적인 것과의 부단한 만남이야말로 최고의 생명 자원이다. 서양 제국주의가 삶의 전 부면에서 세계를 점령한 이후 우리는 서양의 문화를 공기처럼 호흡하면서 살고 있다. 문화에 대한 사유와 실천의 구조가 그들 식으로 재편된 지도 오래된 일이다. 순수한 우리 것을 되찾자는 순결주의자들의 주장은 허황된 망상에 불과하다. 그러나 우리만의 것으로 남는 것이 있다. 문화 충돌의 역사가 그것이다. 서양 문화에 홀린 추수주의적 폭풍과 제것을 지키려는 보수주의자들의 헛힘부림과 이 새것과 낡은 것의 충격을 한데 받아들여 제 특유의 세계를 만드려는 욕망이, 특이한 융합반응을 일으키면서 한국문학의 짧지 않은 실존사를 만들어 왔다. 이제는 이 실존의 역사, 전범을 바깥에서 구할 수밖에 없었으면서도 그것을 안쪽에서 재구성하기 위해 몸부림쳐 온 한국문학이 그 의지, 그 모양 그 자체로써 일구어낸 역사를 생각할 때가 되었다. 이른바 '주체성'의 회복 운동이 벌어진 지 거의 30년이 되어가고 있다. 주체성은 엄격한 의미에서 환상에 불과하다. 주체적 역사는, 주체 철학이 그러한 것과 마찬가지로, 허망한 이름이다. 그러나, 주체성의 환상에 시달려 온 '주체성을 위한 역사'는 있다. 주체성은 질병이지만, 그 질병이야말로 삶의 진정한 모습이다. 그리고 이것이 꼭 우리와 같은 제 3세계에만 해당하는 말도 아니다. 16세기의 뒤 벨레가 쓴 『프랑스어의 옹호와 선양』이 적절하게 보여주듯이, 프랑스의 문학도 실은 그리스·라틴 문학을 끊임없이 모방하면서 제것화하려는 욕망 속에서 성장하였다.

해외 문학의 최근 동향을 소개하는 이런 기획도 단순히 호기심의 차원에서나 일방적인 모방의 차원에 놓일 일이 아니다. 그것은 허심탄회한 비교와 겨룸의 차원에 놓여야 한다. 서양 문학의 실제와의 비교와 겨룸, 그리고 그것을 호기심과 모방 충동에 의해 받아들이려는 우리 자신의 무의식적 경향들과의 비교와 겨룸. 이 이중적인 비교와 겨룸이라는 프리즘을 통해 서양 문학의 현황이 우리의 해석을 통해 재구성되어야 한다.

이 지면에서 소개하는 현대 프랑스 문학은, 위에서 말한 이런 저런 이유와 범위와 방향과 양의 크기 때문에 일목요연하게 정리하기가 힘들었던 탓으로, 거의 무작위적으로 추출된 것들이다. 선자 나름으로는, 국내에 소개되지 않은 작가·시인들을 골라보려고 애썼다. 소개될 분야는 소설, 시, 수필, 평론으로서 일반적인 장르 구분을 따랐다. 소설은 작년도 공쿠르상 수상작의 서장(序章)이다. 그것은 프랑스 문학의 한 실제를 그대로 보여줄 것이다. 시도 아주 최근의 시인들 속에서 골랐다. 국내에도 소개된 기유빅, 이브 본느프와 세대 이후의 시들이다. 수필은 조금 오래된 것이다. 미셸 레리스는 초현실주의자들과 세대를 같이 한다. 그럼에도 불구하고 소개된 글은 우리에게 참신함을 가질 수 있다. 「투우술로서의 글쓰기」는 자서전에 대한 이론 중 아주 중요한 문건이다. 한국문학은 오랫동안 자서전을 소설로 재구해 왔다. 최근엔 아예 자서전을 포장도 하지 않은 채로 소설이라는 이름으로 출판하는 형태의 실험(?)까지 보여주었다. 그런데도 '자서전'은 문학의 한 종류로서 취급되지 않았고, 따라서 어떠한 이론적 성찰도 뒤따르지 않았다. 이청준의 「자서전들 쓰십시다」가 그에 대한 소설적 성찰을 보여준 거의 희귀한 예였는데, 한국의 비평가들은 그것을 여전히 한 편의 소설로만 받아들였다. 레리스의 글을 소개하는 이유가 바로 여기에 있다. 최근 프랑스 문학 이론은 침체에 빠져 있다. 벨멩-노엘의 정신분석 비평의 문학적 회귀 운동을 제외한다면, 프랑스 문학 비평은 이론적 구심점을 찾지 못한 채로 아주 다양한 방법론들이 서로 뒤섞이고 합류하는 양상을 보여주고 있다. 입문서가 급증하는 것도 이론의 모험이 미개간지를 찾지 못해 답보하고 있다는 것을 보여주는 증거가 될 수 있다. 역사적 정리는 이런 때도 필요하다. 페이블은 특유의 정리 능력을 소개된 글에서도 유감없이 발휘해, 현대 프랑스 비평의 최근 역사를 한눈에 읽을 수 있게 해준다.

—『동서문학』, 1996.8.

체험을 증류하여 삶의 원리를 얻다

레비-스트로스의 『슬픈 열대』

읽어야 할 고전을 추천해달라는 청탁을 받고 대뜸 레비-스트로스의 『슬픈 열대 *Les tristes tropiques*』(Plon, 1955)를 떠올렸다. 그러다가 이 책이 석 달 전 쯤 유종호 교수에 의해 일간지에 소개되었다는 걸 뒤늦게 알았다. 그러고 보니 그때쯤 선생님은 영역본에서 "세계는 인간 없이 시작되었고 또 인간 없이 끝날 것이다"라는 유명한 대목의 번역에 변이가 있는 것을 발견하고는 프랑스어 원문에 대해 문의하셨었다. 아마도 나의 '상기'는 석 달 전의 '문의'와 은근히 이어져 있었을 것이다. 학생 시절에 박옥줄 선생이 번역하신 삼성출판사 판으로 읽었던 것을, 그 문의를 받고서 불어본을 구해 다시 읽어 보았기 때문이다(문제의 원문은 번역문보다 더할 것도 덜할 것도 없었다. 그러나 원문의 뉘앙스는 번역문에서 제대로 살아나고 있지 못했다).

그러나 재탕의 꺼림직함에도 불구하고 나는 이 책을 꼭 읽어봐야 할 '고전'으로 다시 강조할 필요가 있다고 생각했다. 왜냐하면 전 세계에서 열독의 행복을 누린 이 책이 한국에서는 아마도 '멋진 제목'에 대한 느낌만이 무성한 채 정작 본문은 독자들의 눈가를 뿌연 안개처럼 그저 스쳐 지나갔을 것이라는 짐작 때문이며, 그러한 짐작이 타당하다면 그것은 한국에서 외국이론이 수용되는 양상을 선명하게 보여주는 하나의 사례가 된다고 판단했기 때문이다.

분명 레비-스트로스는 70년대 '구조주의'의 유행과 함께 우리의 귀로 들어왔다. 그런데 그 유행은 마르크스주의의 압도적인 위세 밑에서 겉멋든 댄디들의 몰역사적인 언어 유희(문학 비평)로 치부되는 한편 상아탑의 골방 속으로 스스로를 유폐(언어학)하는 대가를 지불하였다. 마르크스주의의 퇴조 이후 공부꾼들에게 연이어 불어닥친 푸코, 들뢰즈 그리고 라캉 광풍에 비교할라치면 그것은 유행 치고는 너무나 '슬픈 열기'였었다.

그러나 70년대의 구조주의가 그대로 파묻혔던 것은 결코 아니다. 롤랑 바르트는 화려한 문체 덕택에 끊임없이 애독되어 거의 모든 책이 한국에 번역되고 있고 알튀세르는 몰이해의 양산 아래에서이긴 하지만 80년대 한국의 마르크스주의에 괴상한 깃털 장식을 달아주면서 몇 개의 쓸모 있는 개념들을 남겨 주었다. 작은 구조주의자들이라고 말할 수 있는 토도로프나 쥬네트는 어쨌든 서사학 연구 영역에 의미심장한 방법론적 기여를 하였다. 그러나 구조주의의 선구자 격에 해당하는 레비-스트로스만은 그러지 못했다. 그의 책은 겨우 세 권이 번역되었고 인류학을 제외한 어떤 영역에서도 그의 이름이 거론되는 일이 없었다(98년 수정·보완된 번역본이 한길사에서 재출간되었을 때 몇 주간 베스트셀러에 올랐다는 기록이 있는데, 실제로 읽혔을 지에 대해서는 극히 의심스럽다).

인류학이 한국에서는 낯선 학문이기 때문일까? 그러나 그것보다는 레비-스트로스 특유의 '불편함'이 그의 실질적 수용을 방해했다고 보는 것이 타당할 것이다. 그 '불편함'이란 무엇보다도 그가 전천후적으로 써먹힐 간명한 개념들을 제공하지 않는다는 것을 말한다. 흔히 공시태적 연구로 규정되곤 하는 구조주의는 개별 사건들에 대한 관심을 뛰어넘어 인간 행동 및 상황의 일반적 원리를 발견하는 것을 목적으로 하는 것으로 알려져 있다. 레비-스트로스 역시 그러한 기본적 목표를 가정한다. 그러나 흔히 오해되는 것과 달리 실제로 저 일반적 원리는 상황적 맥락과 무관한 것이 아니다. 진리에 가 닿기 위해서는 '체험'을 뛰어넘어야 하지만, 그러나 그 너머의 자리에 있는 원리는 미리 주어지는 것이 아니라 "꾸준한 분류를 통한 증류 속에서 얻어진"다는 것이다. 다시 말해 진리는 사실들과 무관한 곳에 놓여 있는 것이 아니라 사실이라는 원광석의 제련을 거쳐서 얻어지는 순금과 같은 것이다. 그런 점에서 진리는 결코 되풀이되는 법이 없는 것이다. 그것은 저마다 일회적이며 다만 개개의 진리를 이루고 있는 사실들의 관계만이 유추적 맥락을 통해 다른 진리들에게 암시와 힌트를 줄 뿐이다. 그런 점에서 보면 구조주의는 어떤 학문보다도 구체적인 자료와 역사·사회적 맥락에 주목하여 그 자체로부터 삶의 보편적인 뜻을 밝혀내려 한 혁신적 방법론이었다. 『슬픈 열대』의 앞부분에서 저자가 사실들만의 탐구에 매달린 실증주의와 증명되지 않는 "주관성의 환영"으로부터 형이상학적 원리를 찾으려 한 현상학 양자를 비판하면서 지질학·정신분석·마르크시즘에서 인간사의 숨은 원리를 찾기 위한 준거틀을 구하는 것은 바로 그러한 방법적 입장을 명시한 것이라고 할 수 있다.

『슬픈 열대』는 구체적 자료들과 일반적 원리 사이의 실제적인 교량이 어떻게 형성되고 적용되고 발전되는가를 저자 자신의 학문적 도정 자체를 대상으로 하여 논증하고 있는 책이다. 다시 말해 이 책 자체가 삶의 원리는 체험의 제련과 증류를 통해 얻어지는 것임을 여실히 증명·기록하고 있는 것이다. 그리고 바로 이 점이, 주관적 감상과 사실에의 침몰을 뛰어넘은 과학적 방법론의 실례로서 혹은 서양 문명의 광기와 횡포에 대한 반성적 성찰로서 이해된 이 저서에 숨어 있는 또 하나의, 아니 차라리, 진정한 매력이자 진실이라 할 것이다.

원시 부족에 대한 탐험기인 이 책이 서양의 제국주의 침탈 이래 어떤 원시도 순수한 상태로 남아 있는 건 없다는 깨달음으로부터 출발해 천천히 문명과 원시의 혼합 양상으로부터 원시의 순금을 추출해나가는 과정(그래서, 책의 절반을 넘어서야만 비로소 '탐구에 유효한' 원시부락을 만나게 된다)과 그 과정을 통해서 원시 안에서도 이미 문화의 고유하고도 복잡한 법칙이 작동하고 있다는(물론 서양문명과는 다른 방식으로) 것을 밝혀내는 결론이 바로 그 진실의 몸통을 이룬다. 그 과정과 결론을 통해서 독자는 간편한 개념들을 얻는 대신에, 철저한 분석적 정신과 그 정신을 실천하는 학자적 근면성, 즉 노동가치를 체험적으로 깨닫게 된다.

정신분석에 있어서 증상이 사례마다 다 다르다는 것을 강조한 사람은 라캉이었다. 그와 마찬가지로 구조주의나 포스트구조주의의 뛰어난 어떤 저서들도(『말과 사물』이든, 『이미지와 운동』이든) 일반적 개념들의 전시장이 아니라 무엇보다도 인간의 사유와 활동에 대한 역사적이고 상황적 고찰이다. 그런데 한국에서는 이 모든 저서들이 때와 장소를 가릴 것 없이 써먹을 수 있는 교본으로 읽힌다. 책의 사용가치와 교환가치만이 극대화되어 팔리는 것이다. 그러나 그 사용가치에 다다르는 데 들여진 노동의 양과 질에 대한 음미가 실은 더 값진 것이다. 그것만이 우리의 사고를 자유롭게 하고, 삶의 원리에 대한 우리의 인식을 확장시킬 수 있기 때문이다. 『슬픈 열대』는 그것을 가르쳐주는 책이다.

—『연세대학원신문』, 2001.10.8.

정상과 도착 사이의 오랜 공모와 그 변전의 역사

엘리자베트 루디네스코의 『악의 쾌락-변태에 대하여』

『프랑스 정신분석의 역사 *Histoire de la psychanalyse en France*』(전 2권, 제 1권 : 1885-1939, 제 2권 : 1925-1985, Seuil, 1986)와 라캉의 전기, 『자크 라캉, 한 인생의 스케치, 한 사유체계의 역사 *Jacques Lacan : Esquisse d'une vie, histoire d'un système de pensée*』(Seuil, 1993, 국역본 : 『자크 라캉』, 양영란 역, 새물결, 2000)로 성가를 얻은 엘리자베트 루디네스코(Elisabeth Roudinesco)는 프랑스에서 활동하고 있는 가장 영향력 있는 정신분석가 중 한 사람이다. 그는 라캉주의자로 알려져 있으나, 사실 프로이트 정신분석의 중심에 위치하려고 하며, 더 나아가 세계 사상가들의 관계에 균형적인 관점을 취하려 애쓴다. 그래서 그는 라캉의 18번째 세미나(1971), 『동류의 것이 아닐 담론에 대해 *D'un discours qui ne serait pas du semblant*』(Seuil, 2006)에 대한 서평(『르 몽드』 2008.1.18)을 쓰면서 라캉이 "여기에서 데리다의 영향을 받았다"고 적시함으로써 일군의 라캉주의자들을 술렁이게 하기도 하였다.

그가 2007년에 낸 저서는 독자적인 프로이트 정신분석학자로서의 그의 면모를 알린 또 하나의 성과이다. 그 책의 한국어판 제목은 『악의 쾌락-변태에 대하여』(문신원 옮김, 에코의서재, 2008)로 되어 있는데, 원제를 직역하면 『우리 자신의 어두컴컴한 부분 *La part obscure de nous-mêmes*』(Albin Michel)이다. 그리고 '도착자들의 역사 *Une histoire des pervers*'라는 부제가 붙어 있다. 즉 이 책은 도착증에 들린 사람들의 이야기를 시간적 순서에 따라 살핀 것이다. 그리고 저자가 파악한 그 역사의 일반적 성격은 인류의 '어두컴컴한 부분'이다. 그러니까 저자가 보기에 두 개의 역사가 있다. 밝은 역사와 어두운 역사. 어두운 역사인 도착자들의 역사는 그 어둠 때문에 그 자체로서는 이해될 수 없고, 밝은 역사인 인류사에 비추어져 그 의미가 해독될 수 있을 뿐이다.

그러나 그 역도 성립한다. 인류사는 어두운 역사를 통해서 자신의 시간줄기를 정상인들의 역사로 만든다. 정상인들이 도착자들을 분별케 한다면, 도착자들 때문에 인류의 '정상성'이 존재한다. 그 둘은 상호작용하는 것이다. 그렇다면, 그 도착은 문자 그대로 도착이고, 그 정상인들은 정말 정상적인가? 때로 도착은 발생했다기보다는 발명되었을지도 모르며, 도착을 통해 정상을 유달리 강조하는 문명은 정상성의 위기에 직면해 있는 상황일 수도 있을 것이다.

여하튼 저자의 궁극적인 관심은 도착 그 자체가 아니라 도착과 정상의 관계라는 점이 이 책의 첫 번째 표점이다. 그리고 이 구도에 의해 '도착(perversion)'이 정신분석적 의미로부터 문명사적 의미로 확대되어 쓰이고 있다는 점을 주목해야 할 것이다. '도착'은 변태적 성행위라기보다는 비정상적인 인간 행위 일체를 가리킨다.

그 관계의 일반적 성격을 '어두컴컴한 부분'이라고 제목은 말하고 있는데, 그 규정은 한 가지 사실만을 가리킨다. 즉 정상과 도착 사이의 관계의 비정상성이 그것이다. 어두컴컴하다는 성질이 가리키는 것이 그것이다. 정상과 도착 사이의 관계가 도착적이라는 것이다. 이러한 발상은 한편으론 자본 축적의 경제에 맞서 탕진의 일반 경제학을 세운 바타이유(Georges Bataille)의 『저주받은 몫 *La part maudite*』(Editions du Minuit, 1949, 국역본 『저주의 몫』, 조한경 역, 문학동네, 2001)을 연상케 하고(책의 제목은 분명 바타이유로부터 암시를 얻은 게 틀림없다), 다른 한편 성스러움과 폭력이 긴밀한 상관관계를 구성하고 있음을 밝힌 지라르(René Girard)의 작업을 상기시킨다. 그러나 루디네스코의 작업은 바타이유의 그것이 대항-실천적인 성격을 가진 데 비해 상관성을 유비하는 객관적 관찰의 입장을 보이고 있으며, 또한 지라르의 그것처럼 종말론적이지 않다. 이 책의 궁극적인 관심은 정상과 도착 사이의 관계의 보편적 성격이 아니며, 둘 중 하나에 대한 선택도 아니고, 심지어 그것의 원인이나 결과도 아니라, 정상과 도착 사이의 관계가 변화해 나가는 과정을 추적하는 것인데, 그 과정은 예측불능이다. 왜냐하면 그것은 집요한 심화의 방향으로 가는가 하면, 돌연한 자기배반적 선회를 감행하기 때문이다. 넓게 보면, 그 과정은 순환적인 형식으로 회오리를 그리면서 전자(電子)의 이탈과도 같은 돌연변이의 계기를 통해 응용의 층위를 이동해가는 과정이며 그런 점에서 진화론적이다. 바로 이것이 제목이 말하지 않고 본문이 말하고 있는 것이며, 이 책의 두 번째 표점에 해당한다.

그 변화는 다섯 차례의 단계를 거쳐서 오늘에 이른다.

중세에 도착은 정상성의 극단적인 추구 속에서 스며나오기 시작한다. 성스러움이 강화되어 가는 과정 속에서 비천함도 함께 또렷해진다. 그리고 비천함은 성스러움의 영원성, 혹은 그것을 더욱 성스럽게 하기 위한 방법적 타락으로 기능한다. '욥'의 고난 이후, 신비주의자들의 자기 학대, 그리고 제 몸에 온갖 피부병을 기른 성녀 리드비나로 이어지는 이야기는 그러한 방법적 타락이 심화되어 가는 과정이다. 그러나 그 과정 속에서 타락이 본연의 권리를 요구하는 사태가 발생한다. 순수한 인간적 행위로서의 질 드 레의 엽기적 범죄 행각이 그것이다. 질 드 레의 도착을 세계는 거부하여 그를 처형했다가 9년 후 다시 거두어 "자백과 회개의 은총을 통해 하느님께 바치는 봉헌물"로 탈바꿈시킨다. 이럼으로써 한순간 위기에 처한 성스러움과 타락의 협력관계는 인공적으로 봉합되어 나가는 듯하지만, 그러나 봉합이 이루어진 순간은 동시에 신의 섭리에 대한 믿음이 우주의 자연법칙에 대한 호기심으로 바뀌는 순간이 된다.

우주의 자연법칙에 대한 호기심이 인류의 진보에 대한 믿음으로 진화해 가는 18세기에 자연법칙은 신의 율법주의에 대항하여, 자연에 속한 자(인간)의 내발적 권능으로 이해되기 시작한다. 때문에 사드가 묘사하고 권장한 도착적 행위들은 신의 가르침에 의해 정상적인 것으로 인정된 행위 외의 모든 것으로서, 후자를 대체할 새로운 법칙의 항목들로 제시된다. 이제 정상과 도착의 질서에 전도가 일어날 수도 있었을 것이다. 그러나 이 새로운 법칙은 인간의 내발적 권능으로 간주됨에도 불구하고, 사실상 "인간의 힘으로는 통제하지 못하는" "끊임없이 운동하는 자연"의 법칙이다. 새로운 법칙은 인간의 몸을 경유함으로써 신에게 대항하였지만 인간의 몸을 빠져나감으로써 의미의 총체적인 부재로서, 일종의 과잉된 현존, 구역질나는 잉여가 된다. 따라서 이 도착적 행위의 법칙화 시도는 실천적으로는 실패로 귀결된다. 그러나 그 실패의 결과는 인류의 무대에 의미심장한 결과를 낳는다. 무엇보다도 도착증의 공론화. 즉, "미치광이도 범죄자도 아니며 사회에 받아들여질 수 있지도 않은" 존재가 현실 한복판에 존재할 수 있다는 것의 인정. 그럼으로써 사드적인 것은 인류가 이룩한 문명이 자신의 정화를 위해 배척해버린 모든 추악함의 집결지로 지목될 수도, 혹은 정반대로 그 문명이 억압한 어떤 다른 생의 가장 극적인 실마리가 될 수도 있게 된다. 두 경우 모두 사드적인 것은 인류 문명에 대한 모독으로서 존재하겠지만, 전자의 경우, 그것은 인류의 문명이 신의 질서를 흉내내는 가운데 발명한 방법적 타락으로서 기능할 터이고, 후자의 경우엔 마조히즘에 대해 들뢰즈가 엿보았던 것처럼 사회를 근본적으로 전복할 강력한 준거점으로 기능할 것이다.

아마도 저자가 보기엔 전자의 길이 19세기 이후 오늘날까지 인류가 걸

어온 길이었던 것 같다. 이어지는 세 단계, 즉 19세기 부르주아의 성장, 20세기의 파시즘, 그리고 오늘날의 생명주권주의(biocratie, 이는 개념적으로 푸코의 생명관리공학(biopolitique)과 유사한 듯이 보인다)를 위한 다양한 시도 및 제도화는 인류의 현재적 진행을 이상화하는 한편, 도착적인 것을 현재의 상황에 규범적으로 통합될 수 있는 기능적 현상 혹은 대상들로 바꾸어, 이상적 사회의 자원들로 활용·재활용하는 작업의 진화과정이다. 이 과정을 통해 인류는 저 중세의 신 중심사회가 자동적으로 가동해 온 자기성화장치를 신의 몫으로부터 인간의 몫으로 돌리는 데 성공하였고, 그 성공의 길은 무한히 뻗칠 듯이 보인다.

그러나 저자의 눈길이 찬탄 혹은 경악에만 바쳐져 있는 건 아니다. 도착적인 것의 공론화는 또 다른 효과를 갖는다. 즉 방금 살펴본 과정이 정상과 도착을 구별하고, 도착적인 것을 배척하는 방식으로 정상성 내에 통합하는 작업을 통해 이루어진 것이라면, 바로 그러한 기제의 내적 구조를 성찰하는 기회가 열리기도 하는 것이다. 저자가 보기에 그 성찰은 “암울한 사색가들(penseurs sombres)”의 존재에 의해 지탱되는데, 이들은 도착을 활용하는 정상적 사회 자체가 실은 “증오에 대한 사랑”에 의해 가동되는 무서운 도착적인 사회임을 끊임없이 적발하고 경계하게끔 하는 것이다. 그들이 한결같이 되풀이하는 경고는 이렇게 요약될 수 있을 것이다. “이처럼 투명함과 감시를 예찬하고 자신의 저주받은 부분을 소멸시키는 일에 혈안이 된 사회야말로 도착적인 사회다”(p.228)

그러니 인류사에서 정상과 도착이 항상 공모하고만 있었다고 어떻게 말하겠는가? 인류는 또한 그러한 공모를 괴롭게 고민하고 정상의 폭이 열리는 데 도착이 여하히 기여할 수 있는가를 모색하는(이 부분은 루디네스코의 저작에서는 이론적으로 검토되고 있지 않지만, 예시적인 방식으로 다양히 제시되어 있다. 즉 도착은 정상성의 도구가 아니라, 그것의 생생한 가능태인 것이다) 종족이기도 한 것이다. 이 저서가 독자에게 최종적으로 보내는 메시지가 아닐까 한다.

마지막으로 번역에 대해 말하자. 한마디로 간신히 읽을 수 있는 수준이다. 프랑스어 독해 수준의 범용함은 일단 논외로 하자(어쨌든 간신히나마 읽을 수는 있게 하는 것이다). 그보다 더 심각한 문제들이 있다. 우선 정신분석과 철학의 전반적 상황에 대한 번역자의 정보가 너무 가난해서 『고전주의 시대의 광기의 역사』의 저자를 엘리자베트 드 퐁트네로 만들고 푸코를 그 책 서문을 써 준 사람으로 돌리는가 하면, 데리다를 "동물행동학자, 인지주의자, 행태주의자들"과 동일시하기도 한다. 게다가 해독이 까다로운 부분들은 빈번히 번역에서 제외하고, 아무도 그 까닭을 짐작 못할 번역자의 자의적인 판단에 의해 각주의 상당 부분을 누락하거나, 때론 본문에 포함시키기도 한 것은, 번역의 윤리를 새삼 되묻게 한다. 원저에 없는 그림들을 삽입한 것은 독자의 이해를 돕기 위해서라는 명분에 의해 용인될 수도 있을지 모르겠지만, 본문에는 한 번도 사용되지 않은 '변태'라는 역어를 책 제목에 사용한 것이며, 장 제목을 제멋대로 의역하고, 원저에 없는 절들을 분할해 그럴 듯한 제목들을 달아 놓은 까닭은 또한 무엇인지? 원서가 가진 매력이 아니었더라면 이 서평을 쓰기 위해 원서와 문장 하나하나를 대조해가는 고역을 치르지 않았을 것이다.

—『서평문화』, 2008 겨울

서양 중세 문학으로 안내하며 동시에 문학의 보편적 기원을 해명하는 책

미셸 쟁크의 『중세 프랑스 문학 입문』

서양의 중세는 오랫동안 암흑의 시대로 치부되어 왔다. 권위주의적인 신정세계, 영국과 프랑스 간의 100년에 걸친 전쟁, 유럽 인구의 3분의 2를 앗아간 페스트 등이 그런 암흑을 덮는 장막으로 기능하였다. 그리고 이 장막은 지금도 충분히 걷히지 않은 상태로 있다.

한 시대의 입구를 막아 버린 이런 이미지들을 적극적으로 활용한 건 바로 다음 세대인 르네상스 인들이었다. 인류사에 있어서 '인간의 자기 발견'이라고 할 수 있는 비약적 진화의 계기를 치러낸 이 자칭 '근대인'들은 한편으로 세계의 주인으로서의 인류의 원형을 그리스·로마인들에 할당하는 허구를 연출함으로써 문명의 기원을 인간 자신에로 귀속시켰고, 다른 한편으로 자신들을 그리스·로마의 세계를 바로 잇는 적자로 내세우는 인류가족사를 발명하였다. 그런 일련의 상상적 작업 속에서 그 사이의 시대, 즉 '중세'는 존재하지 않았어도 될 잉여의 시대로 전락하였으니, '중세(中世)', 즉 '중간 시대'라는 말 자체가 그러한 멸시감을 함축하고 만들어진 용어였다.

고 조르쥬 뒤비(Georges Duby), 고 자크 르 고프(Jacques Le Goff) 등 중세 연구가들은 이러한 편견을 불식시키고 중세를 근대 문명의 기본적인 토대와 요소들을 만든 시대로 재정립하기 위해 아주 힘겨운 싸움을 벌였다.

특히 르 고프는 페르디낭 브로델(Ferdinand Braudel)의 '장기지속(longue durée)'의 개념을 끌어와 중세가 아주 오랜 기간에 걸쳐서 근대의 새싹들을 키워온 토양이며 근대가 시작된 이후에도 여전히 그 저변에 존속해 왔음을 요령 있게 설명할 수 있었다. 이러한 중세 연구자들의 지난한 노력의 성과가 한국에 알려지기 시작한 건 1990년대 이후이다. 르 고프의 『서양중세문명』(유희수 옮김, 문학과지성사, 1994) 이후 서양의 중세를 소개하는 역사서들, 특히 문화사적 저술들은 썩 풍부하게 번역되었다.

그러나 중세의 문학에 대해서는 지금까지 기본적인 도서들이 번역·소개된 적이 없다. 중세 문학이 번역된 경우도, 크레티엥 드 트르와의 『그라알 이야기』(최애리 옮김, 을유문화사, 2009)를 비롯 손가락에 꼽을 정도에 불과하다. 그러나 중세의 삶 전체가 오늘날의 문명을 태동시키는 데 요긴한 준비를 행한 기간이었다면, 중세의 문학적 생산물 역시 오늘날 문학의 기본 모형을 만들었을 수 있다는 짐작을 해 볼 수 있을 것이다. 가령, 크레티엥 드 트르와(Chrétien de Troyes)의 『수레의 기사, 랑슬로 *Le chevalier de la charette(Lancelot)*』(1179)에서 랑슬로가 아더왕의 부인 그니에브르(Guenièvre)를 만나러 가기 위해 담벼락을 타고 올라가는 장면이, 700여 년 후 스탕달(Stendhal)의 『적과 흑 *Le rouge et le noir*』(1830)에서 쥘리엥(Julien Sorel)이 레날 부인(Mme de Rênal)을 몰래 만나러 가는 장면에서 흡사하게 재현되는 걸 볼라치면, 가옥의 기본 구조가 변하지 않았다는 걸 확인하는 한편 사회적 금기에 도전하는 행위의 문학적 상징들이 이미 그 시대에 구축되고 있었다는 걸 깨닫게 된다. 중세의 문학은 오늘 우리가 문학이라는 이름 밑에 놓는 언어적 기법들뿐만 아니라 정신적 주제들까지 포함한 기본적인 문학적 요소들을 배양시킨 묘상이었던 것이다. 중세 문학연구가들은 오해와 무지의 냉담한 눈길을 뚫고 그러한 연관을 사실로 입증하기 위해 혼신의 노력을 기울여왔다.

독자는 이제 그러한 중세 문학을 명쾌하게 요약하고 있는 입문서를 만나게 된다. 미셸 쟁크 교수의 『중세 프랑스 문학 입문*Introduction à la littérature française du Moyen-Age*』(김지현 옮김, 문학동네, 2018)은 중세 프랑스 문학, 더 나아가 중세 서양 문학 일반을 이해하는 데 교과서에 해당하는 책이다. 이 책은 중세 문학의 기원으로서의 '속어 문자'의 탄생(9세기)으로부터 '무훈시', '음유시인들', '소설' 등을 통한 융성기를 거쳐, '산문소설', '극', '우화'라는 확립기 이후에 15세기 시인들을 통해 중세 문학이 마감되고 새로운 시대의 시가 열리기 직전까지의 과정을 간명하고도 조직적으로, 말 그대로 일목요연하게 보여주고 있다.

또한 이미 앞에서 언급했듯이 중세 문학이 근대 문학의 토양이었다는 의미에서 문학의 발생 자체를 해명하는 책이라고도 할 수 있다. 중세 유럽은 로마제국이 몰락한 이후, 라틴 문화의 계승과 극복이라는 힘겨운 싸움을 거쳐 독특하고도 보편적인 문화형을 만들어 내었으니, 그것이 오늘날 전세계로 뻗어나간 근대 문화의 뿌리가 되었다. 현대 문학의 기본 형태 역시 이 과정을 통해 형성되었다. 특히 중세 유럽은 무엇보다도 현대문학의 가장 핵심이 되는 장르인 '소설'을 탄생시켰으며 그 모형을 만들었다.

『중세 프랑스 문학 입문』은 소설이 현대의 핵심 장르로 자리잡게 되는 과정을 흥미진진하게 들려준다. 소설은 그냥 이야기로부터 자연스럽게 진화한 것이 아니라, 긴박한 위기들과 피어린 경쟁들이 얽힌 핍진한 드라마를 연출하면서 태어났던 것이다. 로마 제국의 몰락과 더불어, 유럽의 자생적 생존 양식을 개발해내야만 했던 절박한 환경 속에서 사유의 처소로서의 언어를 라틴어로부터 유럽지역어(romans)로 대체하는 과정을 통해서 새로운 장르들이 탄생하였는데, 이 새로운 장르들 중에 첫 머리를 장식한 '무훈시'와 '궁정풍 서정시'의 치열한 경쟁의 어느 자락에서, '가창'

을 목적으로 한두 장르와는 달리 '독서'를 목적으로 하는 최초의 문학 장르가 탄생하였으니 그것이 '소설'이다. 소설은 '무훈시'와 서술장르의 성격을 공유하면서도 '무훈시'의 절 단위 구성과 영웅적 무훈의 주제와 달리, "투명한 문체"를 통해 사적(史的) 기록으로서의 물 흐르는 듯한 이야기의 형식을 만들었으며, 여기에 '궁정풍 서정시'의 사랑의 주제를 도입함으로써 역사서술의 진실 탐구로부터 상상적 허구의 모험이라는 길을 열어 나갔다. 소설은 그러니까 자신과 비슷한 시기에 출현한 다른 장르들과 경쟁하면서 그들의 특성들을 흡수하고 합성하는 영향 관계를 통해 풍부한 이야기 거리와 상상력을 저장하면서 아주 다양하게 생장할 수 있는 기반을 구축하였다. 그 과정을 통해 크레티앵 드 트루아의 '아서왕 소설'은 오늘날 소설의 기본 주제들, 즉 "내적 모험"으로서의 "자아, 사랑, 타인의 발견"의 초안을 제공하였다. 또한 다양한 말투, 서술방식, 비유 등을 통해 소설이 곧 문체임을 보여줌으로써, 소설이 단순히 이야기를 전달하는 것이 아니라 언어의 조직이라는 사실을 누구보다도 일찍 깨닫고 그 실제적 길들을 모색했던 것이다.

미셀 젱크 교수의 이 책을 꼼꼼히 읽는 사람들은 이처럼 중세의 모든 문학적 자취들이 저마다 생생한 사건으로서의 인류의 정신적 모험을 담고 있다는 것을 느낄 수 있을 것이다. 즉 이 책은 중세 프랑스 문학에 대한 모범적 교과서일 뿐만 아니라, 문학의 보편적 기원에 관한 해명서라고도 할 수 있다. 이 책은 그만큼 번역이 되어야 마땅한 책이라고 할 수 있다. 참고로 부기하자면, 이 책은 원래 『중세, 프랑스 문학 *Le Moyen Age. Littérature française*』(Presses Universitaires de Nancy, 1990)이라는 제목의 책으로 작성되었는데, 『중세의 프랑스 문학 *Littérature française du Moyen Age*』(P.U.F., 1992)이라는 자세한 해설서로 확장되었다가, 다시 일반 독자들을 위해 그 요약본으로 1993년에 출간(Presses Universitaries de Nancy et Librairie

Générale Française)된 것이다. 이 사실을 적어두는 이유는 이 책이 편의적으로 제작된 것이 아니라 의도의 지속적인 발전과 구성적인 계획 하에 긴 시간대를 거쳐 형성되었음을 말하기 위해서다. 번역을 맡은 김지현 씨는 서울대학교 불문과에 재학 시절부터 다른 사람들이 접근을 꺼린 중세 문학에 과감히 뛰어들었으며 미셸 징크 교수에게 직접 사사한 중세전문가(médiéviste)로서, 이 책의 번역에 가장 적합한 분이라고 할 수 있다. 그러한 짐작에 걸맞게 번역의 내용은 완벽하다고 할 정도로 정확하게 문의를 전달하고 있으며 또한 명료한 어휘의 선택을 통해 군더더기 없는 깔끔한 문장으로 옮겨 놓았다. 이 번역이 일반 독자로 하여금 중세 문학의 활발한 움직임과 문학이 태어나는 오묘한 사연을 금세 이해할 수 있도록 매우 친절하게 안내하리라는 것은 너무나 명백해 보인다.

—2014.12.15.

📖 내가 번역자 김지현 씨의 요청으로 이 발문을 쓴 게 2014년이다. 그런데 여직 출간되지 않아서 궁금했다. 다행히 며칠 전 역자로부터 곧 출간될 예정이라는 통보를 받았다는 전갈을 받았다. 어쩌다 이렇게 늦어지게 되었을까?

푸코의 강의

'콜레쥬 드 프랑스(Collège de France)'에서의 푸코(Foucault)의 마지막 강의록, 『진실을 말하는 용기』[6]가 출간되었다고 '르 몽드'지가 전한다. 그와 절친한 친구였던 역사학자 폴 벤느(Paul Veyne)의 인터뷰가 서평과 함께 실려 있는데, 푸코 강의실의 분위기를 회상하고 있다. 특별히 인상적인 점 두 가지. 첫째, 무수한 청중이 그의 강의실에 몰려들었다는 것. 다른 교수들의 방청자가 25명일 때 그의 청중은 1,000명이었다는 것이다! 푸코가 아닌 교수들의 비애가 둑 위를 찰랑거리는 장맛비 같았겠다. 그들 입장에 서서 반추하니 참 처연스럽다. 강의를 끝내야 한다는 의무감과 더불어 차라리 푸코를 들으러 가는 게 낫겠다는 생각이 뭉게뭉게 일었으리라. 어쨌든 또 하나 인상적인 건, 푸코의 강의 태도 : "목소리가 높지도 않았고, 압도적이지도 않았다. 정반대로 그는 매우 솔직하다는 인상을 줄 줄을 알았다. 청중을 존중하고 그들을 동류로서 대했다. 푸코는 치밀히 강의를 준비했고 처음부터 끝까지 글로 만들어 왔다. 그러나 그는 그것을 그대로 낭독하지 않고, 마치 방금 생각들이 떠올랐다는 듯한 느낌을

---

6 『진실을 말하는 용기-자신과 타인들을 다스리는 법, 제 2권, 콜레쥬 드 프랑스 강의 1984 *Le courage de la vérité – La gouvernement de soi et des autres II, Cours du Collège de France (1984)*』, Edition etablie sous la direction de Francois Ewald et Alessandro Fontana par Frederic Gros, Seuil/Gallimard, ≪Hautes etudes≫ 2009.

주면서 나직한 목소리로 풀어나갔다." 마지막 언급은 지극히 난해한 '비급'의 '요결' 같은 느낌이다. 철저한 준비까지는 땀을 많이 흘려서 어찌어찌 따라간다고 치자. 그런데 그걸 어떻게 방금 생각났다는 듯이 말할 수 있을까?

—2009.1.25.

발레리의 '해변의 묘지'를 찾아서

지난해 11월 14-18일 기간에는 문학의학학회의 손명세 교수 부부와 이병훈 교수가 나의 외로움을 달래줄 겸해서 방문하였다. 그 분들과 함께 근처의 몇 군데를 구경 다녔는데, 17일에는 유럽 최초로 의료 교육기관이 설립된 몽펠리에(Montpellier, 바로 여기가 라블레(Rabelais)가 의사 수업을 받은 곳이다)를 거쳐 발레리(Paul Valéry)의 「해변의 묘지 *La cimetière marin*」로 유명한 세트(Sète)로 갔다. 당연히 해변의 묘지에 가서 발레리의 시구를 음미해보고 싶어서였다. 세트는 육지 안으로 깊숙이 파인 내해에 작은 배들이 빼곡 들어차 있어서, 마을 사람들이 자주 바다로 놀러나간다는 것을 알려주고 있었다. 예전에 에릭 사티(Erik Satie)가 태어난 옹플뢰르(Honfleur)에 갔을 때는 내해가 둥그렇게 파여서 그 둘레에 식당들이 촘촘히 늘어서 있는 게 인상적이었는데, 이곳의 내해는 길쭉한 직선으로 아주 멀리 이어져 있었다.

내비게이터가 가르쳐주는 대로 '해변의 묘지'에 도착하니, 천기(基)는 넘을 것 같은 묘지들이 한없이 가두리를 넓혀 나갈 듯한 형국으로 나란히 그리고 층층이 배열되어 있었다. 바로 앞에 주차를 하고 제일 높은 곳까지 올라간 다음 해변을 보니, 마침 구름이 잔뜩 낀 날씨에 바람이 잉잉거리고 저 너머에서 바다의 파도가 꽤 억센 표정으로 제 기운을 가까스로 억누르며 일렁이고 있었다. 「해변의 묘지」의 그 유명한 시구, "바람이 분다, 기어코 살아보자꾸나"를 외치고 싶은 충동이 뱃속 깊은 곳으로부터 치솟아 올라오는 건 너무나 자연스러운 몸의 반응이었다. 벌써 손명세 교수는 꽤 도취하여 갈매기처럼 외쳐대었는데, 오호라, 바다에는 메아리가 거주하지 않아, 순식간에 가는 물방울들로 흩어져 흔적없이 사라져 가고 있었다. 태양에 눌리고 바다에 압도당했던 발레리의 심정이 그 때문이었지 않았을까?

그렇다. 여기 온 김에 무슈 발레리에게 인사를 하고 가야 하지 않겠는가? 간간히 세워져 있는 이정표는 분명 발레리의 무덤의 방향을 가리키고 있었는데 아무리 찾아도 발레리 가문의 분묘는 나타나지 않았다. 왼쪽 중간 끝에 아비뇽(Avignon) 연극제를 창설했던 장 빌라르(Jean Vilar)의 무덤은 바로 찾을 수가 있었다. 장식이 많았다. 그러나 발레리의 무덤은 묘지 전체를 두세 번 뱅뱅 돌았는데도 나타나지 않았다. 마침 그곳을 방문한 프랑스인들이 있어서 그들에게 물어보았더니 손가락으로 장소를 가르쳐 주었다. 그런데 원하던 걸 마침내 찾아낸 사람은 발레리에 환장한 듯이 방방거렸던 세 남성이 아니라 억지로 따라나온 듯한 표정을 감추지 않았던 손명세 교수의 사모님이신 전미선 교수였다. 여인의 섬세한 직관의 승리 앞에서 남자들의 거드름이 깨갱거리는 순간이 왔던 것이다. 여하튼 발레리의 유골은 발레리 가문의 분묘에 있지 않고 그라시(Grassi)가문의 분묘에 들어 있었다. 그 분묘 앞의 돌 정면에 Paul Valéry라는 글씨가 새겨져 있어서 그걸 알아낼 수 있었다. 그 무덤 바로 앞에 긴 벤치가 놓여 있었다. 아마 발레리를 찾아 온 사람들에게 잠시 앉아 시인에 대해 묵상하라고 놓아둔 것 같았다. 나중에 또 이곳에 올 일이 있으면 벤치만 찾으면 될 터였다. 이렇게 빤한 것을! 그러나 눈이 먼 자들은 어떤 쉬운 표지도 이해하지 못한 것이었다. 세 사람의 장님은 무엇에 눈이 먼 것이었을까? 벤치에 앉아 지친 눈을 껌벅이고 있자니, 아까 손가락의 묘기를 보여주었던 프랑스 양반들이 다가왔다. 그들도 가장 명징한 의식의 시인에게 눈도장 찍으러 온 것이다. 그 양반들에게 왜 발레리가 그라시 가문의 분묘에 들어 있느냐고 물었더니, 그라시는 발레리 어머니의 성이라는 대답이 돌아왔다. 아, 드디어 모든 게 명징해졌다! (역시 세트 출신인 음유시인, 조르쥬 브라센스(Georges Brassens)의 무덤은 근처의 다른 묘지에 있었다. 거기까지 가 보지는 못했다.)

묘지를 나와 바로 옆으로 발레리 박물관으로 가는 길이 있었다. 온 김에 박물관 구경을 하고 가야지. 기대보다 훨씬 알찬 감상이었다. 유명한 화가는 많지 않았으나 그림 하나하나가 다 보기에 좋았다. 그리고 이층에서 자화상을 비롯해 발레리가 직접 그린 그림들을 보았을 때 감동은 만수위까지 차올랐다. 혹시 세트에 구경 가실 일이 있는 분들은 묘지만 보시지 말고 꼭 박물관도 들르시길. 게다가 박물관을 설계한 기 기욤(Guy Guillaume)은 르 꼬르뷔지에(Le Corbusier)의 제자랍니다.

박물관을 나와 바다 제방으로 나갔을 때는 비가 조금씩 흩뿌리고 있었다. 나는 황혜경이 바다에 던져 달라고 맡긴 그의 첫 시집을 꺼냈으나 제방의 돌들이 쌓인 너비 때문에 곧 포기하였다. 나중에 깔랑끄(Calanques)나 니스(Nice)에서 숙제를 해결하는 수밖에 없을 것 같다. 돌아오는 차 안에서 손명세 교수는 박물관에서 준 「해변의 묘지」 영역본을 들고 연신 낭송해 대었다. 바람이 분다. 기어코 외쳐야겠다!

손명세 교수 부부와 이병훈 교수가 한국으로 돌아간 뒤, 「해변의 묘지」를 번역해 봐야겠다는 생각을 품었으나 의외로 꽤 까다로운 대목들이 많았다. 게다가 다른 일들을 미룰 수가 없어서 '해변의 묘지'는 잠시 마음의 무덤 속에 묻어둘 수밖에 없었다. 요즈음 잠시 여유가 생겨 그 긴 시를 번역해 보았다. 아직 초벌 상태이고 의미가 분명하게 파악되지 않는 부분들이 있어 다 공개할 형편은 아니지만, 마지막 세 연은 그럭저럭 모양이 된 것 같아, 아래에 적어둔다. 태양의 뜨거운 침묵과 바다의 캄캄한

은닉에 압도당해 신음을 하던 화자가 마침내 몸을 활짝 열어젖히며 생의 의지를 분출하는 대목이다. 가장 유명한 시구인 마지막 연의 첫 행, "Le vent se lève!... Il faut tenter de vivre!"를 어떤 분은 "바람이 분다, 살아봐야겠다!"로, 또 다른 분은 "바람이 분다, 살려고 애써야 한다!"로 번역하였는데, 나는 문맥에 좀 더 어울린다고 생각하는 쪽으로 달리 번역해 보았다.

—2014.2.5.

아니야, 아냐!... 일어서야 해! 도래하는 시대에 있어야 해!
부숴버리시오, 내 육체여, 생각에 잠긴 형상을!
들이키시오, 내 가슴이여, 바람의 탄생을!
숨 내뿜는 바다의 서늘함이
내게 영혼을 돌려준다... 오 짭짤한 힘이여!
파도처럼 달려가 산 채로 솟구치자꾸나!

그래! 망상을 타고 난 대해(大海)여,
표범 가죽, 그리고 구멍난 망토여
수천이나 되는 태양의 우상들이여,
침묵과도 같은 파란 속에서
네 반짝이는 꼬리를 문
네 푸른 살에 취한 절대의 히드라여,

바람이 분다!... 기어코 살아보자꾸나!
광대한 대기야, 열려라, 그리고 내 책장을 덮어라,
포말진 파도야, 바위 속으로부터 솟구쳐라!
날아라! 온통 황홀해진 페이지들이여!
뽀개라, 파도들이여! 뽀개라, 명랑한 물들아,
삼각돛이 쪼아대는 이 조용한 지붕을!

넬슨 만델라의 춤

'듀엘 *Duels*'은 프랑스 제 5TV에서 올해 1월부터 새로 시작한 시리즈 다큐멘터리이다. 두 사람의 경쟁자를 중심으로 역사의 중요한 사건을 짚어가는 기획이다. 어제의 두 경쟁자는 넬슨 만델라(Nelson Mandela)와 그를 석방시킨 대리통령이자 대통령 선거에서 그에게 패배했던(그리곤 만델라의 부통령으로 위촉받았다가 후에 사임했던, 또한 1993년 만델라와 함께 노벨평화상을 공동수상했던) 드 클레르크(De Klerk)였다. 만델라의 삶과 행적에 대해서는 너무나 잘 알려져 있어서 내가 덧붙일 것은 없을 것이다. 다만 그 프로 중에 대통령 선거를 끝낸 직후 군중들이 환호하고 춤을 추는 데 따라 몸사위를 덩실거린 만델라의 춤은 너무나 인상적이어서 기억해 두고 싶다. 그의 춤은 춤으로 치자면 춤에 관한 어떤 지식도 훈련도 없는 농투성이가 겨우 시늉을 하는 그런 정도에 지나지 않았지만, 그러나 그 동작과 그 표정은 세상의 어떤 사악한 기운도 다 밀어내버린 순수함 그 자체의 율동이어서, 그를 바라보는 것만으로도 내 몸 안에서 저절로 세로토닌이 차오르고 내 얼굴이 미소로 벙그러지던 것이었다. 인종차별에 저항하다가 27년이나 감옥살이를 한 사람의 얼굴에서 어떻게 저렇게 한 터럭의 분노도 비치지 않을 수 있단 말인가? 그 모습에 홀려서 텔레비전에서 시선을 떼지 못하고, 나중에 동영상 파일로도 다시 한 번 보았다. 그리고 만델라가 대통령 선거 당시 드 클레르크와 함께 출연한 TV

토론에서 자신의 경쟁상대를 협력자로 지칭하며 손을 잡는 장면과, 차후 그가 대통령에서 물러날 때 한 연설에서 드 클레르크의 공적을 잊지 않고 언급하여 상대방을 눈시울에 젖게 한 장면이 그의 춤과 함께 내 머릿속에 선명히 남았다.

생각해보면, 만델라는 그의 평화를 적수의 이름으로 이룬 것이었다고 할 수 있다. 물론 그 적수가 그를 해방시켰던 각성한 사람이긴 했지만, 만델라는 그를 통하여 인종차별정책을 지지했던 진짜 적들까지도 그의 평화를 향한 동반자의 범주 안에 끌어들이는 일을 해낸 것이다. 진정한 승리는 바로 이런 것이리라. 그러나 말은 쉽지만 그것을 행동으로 옮기기는 얼마나 어려울 것인가? 진화론적으로 모든 생명은 그런 방식으로 행동할 수 없도록 체질화되었으니 말이다. 그러나 바로 그 진화론의 궁극은 결국 절멸이라는 것을 나는 요즘 절실히 깨닫는다. 그럼에도 진화의 행로에서 우리가 이탈할 수 없는 게 분명하다면, 진화의 원리를 거스르지 않으면서 진화의 법칙 자체를 갱신해나가는 일, 다시 말해, 진화 자체를 진화시켜야 할 일이 생각있는 사람들에게 주어지는 과제일 것이다. 만델라는 그에 대한 가장 명확한 범례 중의 하나가 될 것이다.

—2014.3.7.

프랑수아 자콥의 영면

프랑수아 자콥(François Jacob)이 2013년 4월 21일 파리에서 돌아가셨다는 소식이 프랑스 언론에 일제히 실렸다. 1965년 앙드레 르오프(André Lewoff), 자크 모노(Ja cques Monod)와 함께 노벨 의학-생리학상을 수상한 그는, 자크 모노, 일리야 프리고진(Ilya Prigogine)과 더불어 분자생물학의 발견을 진리에 대한 새로운 인식의 길로 이끈 뛰어난 과학철학자였다. 한국에는 후자의 두 사람에 비해 거의 알려지지 않았지만, 오히려 그들보다 정돈된 추론력과 문학적인 감식안을 가진 분이었다. 생명의 진화가 우연한 요소들의 우발적 조합의 연쇄를 통해 이루어진다는 그의 브리콜라쥬(bricolage)개념은 인류가 그에게 진 영원한 부채이다(이 개념을 그는 클로드 레비-스트로스(Claude Lévi-Strauss)의 『야생적 사고 *La pensée sauvage*』(1962)에서 가져왔다. 미국의 *Science* [No.196, 1977]지에 발표할 때에는 Tinkering이라는 용어를 사용하였다.) 그가 내게 주었던 감화를 되새기며 그가 남긴 말 중 하나를 음미해 본다.

> "나는 두 개의 문화, 즉 문학적 문화와 과학적 문화의 분리를 좋아하지 않는다. [......] 과학자들의 저술은, 마치 갈비에서 기름기를 도려내듯이, 주도면밀하게 정서를 도려낸다. 그 결과 우리가 보는 건, 완벽하게 무미건조하고 단순하고 앙상한 물건이다."

—「Bernard Pivot와의 인터뷰」에서, *Le Monde* 2013.4.23.일자, Catherine Vincent의 기사에서 재인용.

📖 기사를 통해 새로 알게 된 사실

(1) 그가 20세이던 1940년, 독일 점령 기간 중, 런던에서 창설된 프랑스군에 합류하였고, 노르망디 상륙작전에서 심각한 부상을 입어 외과의사가 될 꿈을 접고 생물학으로 전공을 바꾸어야 했다는 것.

(2) 그의 네 자녀 중, 한 사람이 유명한 출판사 Odile Jacob을 창립한 Odile이라는 것.

📖 내가 잘못 알고 있었던 사실

키에슬롭스키(Krzysztof Kieslowski)의 『베로니카의 이중생활 *La double vie de Véronique*』(1991)과 『빨강 *Rouge*』에서 여주인공으로 나왔으며, 2011년 그의 오빠와 함께 앨범, 『나는 헤엄할 줄 알아 *Je sais nager*』를 출시했던 여배우 이렌느 자콥(Irène Jacob)과 그의 오빠 재즈 기타리스트 프란시스 자콥(Francis Jacob)이 그의 아들·딸이 아니라, 물리학자 모리스 자콥(Maurice Jacob)의 아들·딸이라는 것.

―2013.4.28.

소피아 미술관에서의 레이몽 루셀

마드리드의 '소피아 미술관(Museo nacional centro de arte Reina Sofía)'에 간 건 지난해 12월 15일이다. 이 미술관의 큐레이터들로 보이는 마뉴엘 제이 보르야-빌레, 제주스 카릴로, 로사리오 페이로(Manuel J. Borja-Ville, Jésus Carrillo, Rosario Peiró)가 만든 『뮤제오 나시오날 센트로 데 아르테 콜렉션을 읽는 열쇠, 제 1부』(2010)[제 2부는 아직 출간되지 않은 듯하다]에 의하면, '현대예술'을 전시하고 있는 이 미술관은 출발할 때부터 "역사의 문제적 성격을 전면에 내세운다"는 취지를 갖고 있었다. 다만, 그 역사에 대해 "확정된 의미를 부여하려는 의도는 거부"하면서. 그렇게 해서, "이 미술관에 대한 체험은 무엇보다도 차이와 불연속에 대한 체험, 즉 현재와 과거 사이에 명백하고 뚜렷하고 확고한 연결선이 존재한다고 믿으려 하는 세계에 대한 경직된 지배적 이미지를 뒤흔드는 체험이어야 한다"(pp.9-10)고 그들은 적고 있다.

나는 무엇보다도 「게르니카」를 보고 싶어서 마드리드에 도착한 다음 날 바로 그곳으로 달려 갔으나, 그림을 보기 위해 2층에 올라가기 전 둘러 본 1층에서는 마침 레이몽 루셀(Raymond Roussel)에 관한 특별전시회(Locus Solus, Impressiones de Raymond Roussel, 2011.10.16.-2012.2.27.)를 열고 있었다. 전시 취지문을 보자니, "레이몽 루셀이 현대 예술에 끼친 영향을 분석하기 위해서, 대략 서른 명의 다른 예술가들에 의해서 만들어진 다양한 유형의 예술작품들(회화, 사진, 조각, 레디-메이드, 설치, 비디오…)을 광범위하게 살피는" 작업이라고 적혀 있다. 과연 마르셀 뒤샹(Marcel Duchamp), 살바도르 달리(Salvador Dali), 프란시스 피카비아(Francis Picabia), 앨런 루퍼스버그(Allen Ruppersberg), 로드니 그래험(Rodney Graham), 미셸 푸코(Michel Foucault), 존 애쉬베리(John Ashbery), 미셸 뷔토르(Michel Butor), 훌리오 코르타자르(Julio Cortázar)… 등의 현대의 대 예술가, 철학자, 문인들에게 영감을 준 증거물들을 잔뜩 풀어 놓고 있었다. 마르셀 뒤샹은 그를 일컬어 "길을 가리킨 사람(He who points way)"('가르친'이 아니다)이라고 했다 한다. 루셀의 『아프리카 인상 *Impression d'Afrique*』(GF Flammarion, 2005)의 앞부분에 소개문을 쓴 티펜느 사므와이요(Tiphaine Samoyault)는 레이몽 루셀이 "거대한 창조 기계, 놀라운 타자기"를 제공했다고 쓰고 있다.

내가 그를 이해하려고 여러 번 시도했으나 포기하고 말았던 씁쓸한 기억이 되살아나는 건 어쩔 수 없는 일이었다. 푸코가 그에 관한 장문의 모노그라피(『레이몽 루셀』, Gallimard, 1963)를 쓴 데에 홀려서 그의 책 전부를 주문해서 읽어보기를 여러 번 시도했었으나, 매번 중도에 책장을 덮고 말았었다. 그리고 까마득히 그를 잊고 있다가, '루셀'에 관한 전시회를 처음 한다고 하는 이 낯선 마드리드에서 그를 다시 만나고 그에게 열광했던 사람이 푸코뿐만이 아니었다는 사실을 새삼스럽게 되씹고 있는 것이다. 질투와 비탄에 젖어서.

그리곤 저 우울의 담즙은 맹렬한 호기심에 말라 타오르며 나를 부추기고 있었다. 어서 귀국해서 다시 도전해보자고. 저 루셀에게 홀린 자들이 무엇보다도 『아프리카 인상』을 거론하고 있으니, 당장 그 책부터 열어젖히자고. 이 투지를 그러나 나의 일과는 어김없이 꺾어버리지 않겠는가?

—2012.1.29.

📖 소피아 미술관에서의 마주침이 채근한 덕분으로, 귀국하자마자 책장에서 꺼낸 『아프리카 인상』은, 역시 예상한 대로, 진도를 내지 못하고 있다. 다만, 책을 열자마자 마주친 '소개문'의 필자인 티펜 사므와이요가 내 제자인 주현진 박사의 프랑스 친구로 재작년 연세대학교 국제학술대회에 와서 발표하기로 약속되었으나 개인적인 사정으로 오지 못했던 그 사람이라는 걸 문득 깨달았다. 이 사람의 글이 매우 활기가 넘친다. 주박사가 참 좋은 친구를 두었다.

퐁탈리스의 죽음

『현대문학』 4월호엔 이재룡 교수가 퐁탈리스(Jean-Bernard Pontalis)를 추모하는 글을 실었다. 그이가 돌아간 게 지난 1월이었는데, 한국 언론에서 그의 부고를 읽은 적이 없다. 그래도 예전에 알튀세르가 사망했을 때 한국 언론이 보인 미미한 반응에 충격을 받았던 데 비하면, 그렇게 놀랍지가 않다. 퐁탈리스는 알튀세르와 같은 명망가가 아니었기 때문이다.

그가 한국의 미디어에, 심지어 대부분의 한국의 문학·문화계 종사자들에게 완벽한 무명으로 존재했던 건, 그가 쇼맨이 아니라 노동자이기 때문이다. 정신분석의 작업에 매달려 온 노동자. 정신분석 사전을 만들고 정신분석의 소중한 개념들을 연마하고 정련한 노동자다. 이런 삶은 새로운 어휘를 창안하여 세상을 당황케 하는 발명가의 삶과도 다르고, 그런 새 어휘들만 골라 찾아 다니며 그걸 상품 삼아 자신의 배를 살찌우는 쇼맨들의 삶과는 아예 양극단이다. 많은 사람들은 발명가가 되길 꿈꾸며 쇼맨으로 산다. 그리고 독자들은 쇼맨들을 발명가로 착각하고 그들의 말을 주워 삼킨다. 그러니 노동자의 노동에 눈길이 갈 일이 거의 없다.

노동자가 할 일은 세상의 소음에 귀막고 묵묵히 일을 하는 것이다. 퐁탈리스의 그런 평생이 가장 오래된 한국문예지인 『현대문학』 안에서 멀리 떨어진 작업장의 쇠톱소리처럼 울린다. 그걸 듣게 해준 이재룡 교수도 노동자다.

세상은 쇼맨들로 비좁아지는데
노동자의 진땀에선 악취도 안나는구나

노동자들의 연대를 외쳐야 할까부다.

—2013.4.13.

혁명은 라이브다

"혁명은 재방영되지 않을 거야. 형제들. 혁명은 라이브일 거야." 소울 뮤지션, 질 스콧-헤론(Gil Scott-Heron)이 그의 노래 「혁명은 TV로 방송되지 않을 것이다」(1970)에서 한 말이라고 『르 몽드』의 장 비른바움(Jean Birnbaum)이 전하고 있다. 대통령을 도망가게 한 '우크라이나 혁명'의 경과를 TV가 '생생하게'(?) 전달하고 있는 이 순간에도 가수의 말은 조금도 무색해지는 데가 없을 것이다. 우리는 TV를 통해 혁명의 풍경을, 기껏해야, 몇 개의 장면들을 '보고' 있을 뿐, 혁명'하고' 있지 않기 때문이다. 혁명은 오직 세상의 개벽과 나의 거듭남의 완벽한 맞물림 속에서만 일어나는 것이기 때문이다.

그런데 나는 이 고유한 의미에서의 혁명이란 오늘날 오로지 '장기생성'적인 양태로밖에는 나타나지 않는다, 는 말을 덧붙여야 한다고 생각한다. 급진 혁명의 옛날의 사례들은 현대인들에게 놀랍게도 그 벼락에 적응해 그것을 제 식으로(결국 이 말은 '저를 이롭게 하는 방식으로'라는 말의 줄임말에 불과한 것이다) 활용하는 능력을 개발하는 계기들로 작용했으며, 그 재편의 기술이 급속도로 진화하고 있음을 보여주는 사태들이 사방에서 출몰하는 이제는, 그 말을 덧붙이지 않을 수가 없다. 결국은 혁명을 길게 치르어 낼 인구의 수가 증가하는 것이, 다시 말해 나날의 삶을 혁명에 단속(斷續)시키는 게 지배적인 일상이 되도록 환경을 개선해나가는 것이, 무엇보다도 혁명의 필수 요건이 될 것이다. 가수가 그것마저 의도했는지 모르겠지만, 혁명이 라이브라는 말의 뜻을 여기까지 연장해야 한다고 나는 생각한다.

기자는 문학 교수를 꿈꾸었던 가수가 마약중독의 상태에서 부랑자로 죽었다는 사실도 전하고 있다. 하필이면 그 왼쪽에 장-뤽 모로(Jean-Luc Moreau)가 쓴 피에르 애르바르의 전기, 『피에르 에르바르, 헐벗은 이의 오연함 *Pierre Herbart. L'orgueil du dépouillement*』(Grasset)을 소개하고 있는 장-루이 자넬의 기사도, 헤르바르가 극도의 궁핍 속에서 죽었다는 얘기를 끼워넣고 있다. 그의 시대에 있었던 모든 해방전선에 참여했으며, 렌느(Rennes)의 탈환을 이끌었던 이차세계대전의 영웅이자, 기자가 전하는 바에 의하면 "놀라운 정확성을 가지고 무자비할 정도로 명징하면서도 결코 냉소적이지 않았던 건조한 문체"의 저널리스트였던 이 사람이 말로(Malraux), 사르트르, 카뮈가 누렸던 개선자(凱旋者)의 영화를 한 점도 나누어 갖지 않고 그렇게 쓸쓸하게 죽어 망각 속에 파묻혀 있었던 것은 무슨 연고인가? 자신이 이룬 공훈에 대한 어떤 대가도 거부하고 그의 인생 자체를 그렇게 '헐벗음'의 진리 속으로 몰아 넣은 그의 '태도'가 필연적으로 수락해야 할 운명이었던 것인가? 아니면 다른 원인들이 있는가? 진화의 수행은 개체가 치러내지만 그 결과는 결코 개체적 수준에서 현상되지 않는다, 는 내 나름으로 깨달은 진화의 원리가 여기에서도 어김없이 적용되는 것인가? 그렇다면 이 '수행자'의 이토록 잔혹한 삶은 도대체 무엇이란 말인가? 그의 책을 주문하는 내 손이 편치가 않다.

—2014.2.28.

📖 유튜브에 들어가보니, 질 스콧-혜론의 노래가 많이 올라와 있다. 문제의 노래는 다음 링크에 있다. http://www.youtube.com/watch?v=rGaRtqrlGy8

레진 드포르쥬

나에게 영향을 끼쳤던 사람들, 혹은 그렇게까진 아니더라도 어떤 계기로 알게 되어 그의 글을 한 줄이라도 읽었던 사람들이 세상을 떠났다는 소식이 계속 들려오고 있다. 내가 늙어가고 있다는 증거다. 그런데도 그걸 가지고 한 시대가 저물고 있다는 등 엉뚱한 생각에 빠져드는 건, 내 잠재의식이 내 나이가 멈춰 있는 줄로, 아니 한자리에서 영원히 생동하고 있다고 착각하기 때문이다.

여하튼 『또 다른 중세를 위하여』의 자크 르 고프(Jacques Le Goff)가 돌아가셨다는 기사를 읽은 게 며칠 되지 않았는데, 그저께는 TV에서 베스트셀러 『푸른 자전거 *La Bicyclette bleue*』로 유명한 대중소설가 레진 드포르쥬(Régine Deforges)가 향년 78세의 나이로 타계했다는 뉴스를 반복해 타전하였다. 몇 달 전 독서 프로그램 '메디시 도서관(Bibliothèque Médicis)'에 비교적 건강한 모습으로 출연해 신간 소설에 대해 얘기하는 걸 보았었는데, 참 사람의 일이란 알 수가 없다. 나는 이 양반의 소설을 읽어 본 적은 없다. '표절'에 관한 권위적 연구서인 모렐-엥다르(Hélène Maurel-Indart)의 『표절론 *Du Plagiat*』(Gallimard, 2011)에서 대표적인 분석 사례로 고찰되고 있기 때문에 알게 되었을 뿐으로, 그녀를 기억하게 해준 이 사례를 내가 중요하게 생각하는 까닭은 표절 여부를 결정하는 핵심적인 기준으로 법원이 1심과 항소심에서 모두 '독창성'이라는 예술적 덕목을 제시했기 때문이다. 그런데 그 진행과정이 꽤나 기묘했다. 발단은 마가렛 미첼의 상속권자와 그 권한대행회사에서 『푸른 자전거』가 미국인 소설가의 『바람과 함께 사라지다』를 표절했다고 소송을 제기한 것이었는데, 1심의 재판관들은 "전반적인 줄거리와 극적 전개, 주요 등장인물의 신체적 · 심리적 특성, 등장인물들 사이의 관계, 부차적 인물들, 특징적인 상황과 장면들"에 대해 심의하였고, 그 결과 『푸른 자전거』가 독창적인 미국 소설의 내용들을 임의로 가져와 진부한 작품을 만들었다고 판정하였다. 그런데 항소심에서 이 판결이 뒤집어졌는데, 상급법원의 재판관들은 오히려 프랑스인의 소설이 『바람과 함께 사라지다』의 진부하기 짝이 없는(따라서 특정한 작가의 권리로 보호될 수 없는) 장면들을 오히려 독창적으로 재구성했다는 식의 주장까지 은근히 내포하면서 표절이 아니라고 결론을 내렸던 것이다. 알쏭달쏭한 판결이었다. 제시된 세목들을 보면 두 작품 사이의 일치가 너무나 뚜렷이 보여서, 대번에 표절이라고 결론이 내려졌을 법한데, 그런 인상과 법률적 지식 사이에는 이렇게 큰 차이가 있는 것인가, 라는 의문을 자아냈던 것이다.

미디어는 레진 드포르쥬가 여성의 권리를 옹호하고 자유의 소중함을 일깨운 작가라는 것으로 추모의 말을 맺었다. 망자에게 최고의 덕담을 하는 건 세계 어디서나 공통된 예절인 모양이다. 예전에 피에르 부르디외(Pierre Bourdieu)가 타계했을 때 볼탕스키(Luc Boltanski)가 무척 깐깐하게 고인을 평하는 걸 보고 놀란 적이 있고 해서 유럽 사람들은 그러지 않은 줄 알았는데, 역시 지구상의 지적 생명들은 한 인류임이 틀림이 없다. 그것도 진화의 원리를 이루는 한 특성이리라.

—2014.4.6.

쥘리에트 그레코

내가 2006-2007년 기간에 파리에서 체류하면서 가장 놀랐던 일 중의 하나는 쥘리에트 그레코(Juliette Gréco)의 공연 소식을 접한 것이었다. 1972년 고등학교 1학년 때 신길상 선생님에게서 처음으로 불어라는 새로운 외국어를 배울 때 쥘리에트 그레코는 에디트 피아프, 이브 몽탕과 더불어 이미 하나의 전설이었다. 그런데 그녀가 아직도 살아 계실 뿐만 아니라 노래를 하고 있다니! 그건 경이였다. 그래서 처음으로 그이의 삶을 찾아보았는데 1927년생이셨다. 2006년 당시 79세였던 것이다.

그런데 이번에 다시 와서 이이가 지난해 말에 일찍 유명을 달리한 자크 브렐(Jacques Brél)을 추모하는 앨범을 내고 공연도 했다는 것을 알게 되었다. 그리고 '프랑스 2' TV의 미셸 드뤼케(Michel Drucker)가 진행하는 유명한 대화 · 오락 프로그램인 '일요일을 신나게(Vivement dimanche)'에 출연해 노래도 한 곡 뽑으시던 것이다. 공식적으로 1949년부터 노래를 부른 것으로 치고 계산하면 무려 65년을 무대에 서신 것이다.

어제는 '아르테(ARTE)' TV에서 2011년에 찍은 「쥘리에트 그레코, 불굴의 여인 *Juliette Gréco, L'insoumise*」이란 프로를 방영하였다. 호랑이 조련사의 모습으로 시작하는 그 프로에서 시간의 괴물을 노래의 채찍으로 다스린 이가 이렇게 말하고 있었다. "내가 관심을 가지는 것은 나 자신이 아니다. 내가 무엇을 더욱 더 잘 할 수 있는가이다. 나는 멈추지 않는다."

더 이상의 말도 해석도 필요가 없다.

—2014.4.14.

로빈 윌리엄스

A : 로빈 윌리엄스(Robin Williams)가 죽었대.

B : 자살인가 봐.

A : 어릴 적에 방이 40개도 넘는 넓은 저택에서 거의 혼자 지냈다고 해.

B : 불쌍한 사람이었군.

A : 그래도 살았는데, 예순이 넘어 목숨을 끊을 생각을 왜 했을까?

B : 서양 사람들은 많이 그러대. 삶에 의미가 없다고 생각하면, 자살을 하더라구. 우리는 도저히 살 수가 없어서 자살하고.

A : 그게 무슨 차이야?

B : 우리에게 자살은 생존의 문제이고, 서양 사람들에게는 의미의 문제라는 거겠지. 그래서 한국에서는 지식인들의 자살이 거의 없어. 서양에선 지식인들의 사건인 경우가 많은 데 비해.

A : 그렇구나. 그건 한국에서 사는 것과 배운 것의 괴리가 얼마나 심한가를 보여주는 방증이기도 하겠다.

B : 차라리 단절이라고 해야 할지도 몰라.

—2014.8.17.

스페인 감상

지난 연말에 가족 일로 스페인에 다녀온 뒤, 일거리가 밀려서 블로그는 갱신할 엄두를 못내고 있는 처지다. 마드리드에 도착하여 차를 임대해 그라나다와 론다와 세비야를 돌았다. 할 일을 대책 없이 미룰 만큼, 가 볼만한 곳이었던가?

그렇다고 시원시원하게 대답할 수 있으리라. 나는 마드리드에서 '프라도', '소피아', '티센' 세 미술관을 다 다녔고, 알함브라 궁전을 갔고, 론다의 절벽을 방문했으며, 세비아의 거대한 교회와 해양 박물관을 구경하였다. 방문한 모든 곳이 아주 특이한 목청으로 무한한 말을 뱉어내고 있는 곳이었다. 내가 본 것에 대해 언젠가 곱새길 기회가 있으리라.

—2012.1.12.

옹플뢰르(Honfleur)의 재즈 바 르 멜로디(Le Mélody)

미셸 세로(Michel Serrault)가 주연한 「버터플라이 *Le papillon*」가 상영된다는 기사를 읽으면서 그가 타계했을 때(2007.7.29) 프랑스 미디어들의 집중적인, 무척 경건했던 추모가 생각이 났다. 우리의 미디어도 언젠가는 연예인들을, 그들의 사생활을 들추는 방식으로가 아니라 그의 생의 예술적 의미를 추적하는 방식으로, 조명하게 될 날이 오기를 기대해 보자. 여하튼 미셸 세로 생각을 하다가 그가 말년을 지낸 옹플뢰르(Honfleur)가 생각이 났고, 권오룡, 이인성, 홍정선, 김태동과 함께 재작년 4월에 그곳을 여행했던 기억이 떠올랐다. 예쁜 골목길들이 얼키설켜 있는 언덕 그리고 뭍 안쪽으로 길쭉이 들어온 내해의 밤풍경이 무척 매혹적인 곳이다. 그런데 밤에 우연히 들른 재즈 바에서 한국인을 만난 건 예기치 못한 일이었다. 50대 중반 가량의 콧수염을 기른 그 한국인은 재즈 바의 주인이었는데, 원래 워커힐에서 트럼펫을 불었던 악사로서, 인천의 모 대학에 불어 객원교수로 한국에 와 있던 프랑스 여인이 워커힐에 놀러갔다 그만 그에게 반해서 쫓아온 바람에, 그녀와 얼결에 결혼하고 프랑스로 건너왔다고 하였다. 실제로 누가 쫓아 다녔는지 그 말을 액면 그대로 믿을 수는 없겠으나, 그 말의 방식은 그 양반이 유머가 있는 사람이라는 걸 알려준다. 우리는 한국인을 만난 반가움에 그가 겪은 인생유전의 특이함이 겹쳐 발동된 흥분에 부추겨져서 오랫동안 즐겁게 대화를 나누었었다. 그는 한국을, 그리고 한국에서의 삶을 그리워하고 있었고, 재즈 바도 그런 그리움의 한 표현이라 할 수 있었다. 그의 재즈바는 토요일엔 악단을 불러 공연을 했고 평일엔 오후 11시(?)부터는 노래방을 겸했다. 혹시라도 옹플뢰르에 구경 가실 기회를 만난 한국인 관광객은 그의 재즈 바에 들러 보시길 권한다.

재즈 바 이름은 Le Mélody
주소는 58, rue Haute, 14600 Honfleur, France
전화는 (33) (0)2.31.89.36.24
여는 시간은 11시-14시, 17시-오전 1시(여름엔 2시[7])

—2009.1.15.

7 2011년 옹플뢰를 다시 방문했을 때, 이 재즈바는 사라지고 없었다. 마을 사람들에게 물어보니 아무도 아는 이가 없었다. 허망하여라!

또 하나의 표절 사태

지금 프랑스 문학판은 『마가진 리테레르 *Magazine littéraire*』 편집장 조셉 마세-스카롱(Joseph Macé-Scaron)의 표절 사건으로 시끌벅적하다. 언론에서 단신으로 다룰 때만 해도 잠시 후 잊혀질 미풍의 해프닝인 줄 알았는데, 단신들이 일파만파로 번지면서 이제는 국가적 후안무치에 대한 성토의 상황으로까지 커져, 『르 몽드』의 지난 주 금요일 판 북 섹션에서는 한 면을 통째로, "표절자들의 낙원"이 되고 만 프랑스의 고질을 파헤치는 데 할애하고 있다.

베아트리스 귀레(Béatrice Gurrey)가 쓴 『르 몽드』의 기사에 의하면, 문학 교사인 에블린 라루스리가 미국으로 바캉스를 가면서 읽은 빌 브라이슨(Bill Bryson)의 『웃기는 미국인들』(2001)의 몇 대목이 올해 나온 마세-스카롱의 저서, 『통행증 *Ticket d'entrée*』에 글자 하나 틀리지 않고 똑같이 복사되어 있는 걸 보고 깜짝 놀라, 미디어 감시센터인 '아크리메드(Acrimed)'와 '이미지 제동(Arrêt sur images)'에게 알리는 데서 사건은 시작되었다. 이후 폭로가 쉴 새 없이 이어졌는데, 최종적으로는 『엑스프레스』가 9월 7일자 신문에서, 『마가진 리테레르』의 편집장이 자기 동료들의 글을 주기적으로 표절해왔다는 사실을 밝히는 데까지 이르렀다고 한다.

기자의 글은 프랑스 지식인들이 표절 문제에 대해 한심할 정도로 둔감하다는 데에 대한 개탄으로 이어졌다. 표절자로 지목된 당사자는 최근

들어 가장 '잘 나가는' 편집자였다. 그는『마리안느』지의 부주간도 겸했고, 또 몇몇 미디어의 사회자로 활약하고 있었다. 그는 공개 해명을 한 것 외엔, 어떤 직책에서도 물러나지 않고 있는 상황이라고 한다. 당사자도 문제지만 그걸 대하는 프랑스 지식판의 전반적인 느슨하고 관대한 시선이 더 심각한 문제인 모양이다. 오늘의 당사자에게 올 6월 상을 준 '12인의 저널리스트' 모임도 공식적으로 문제를 다룰 생각이 없고, 또한 표절이 확인된 작가에게 큰 문학상이 스스럼없이 수여되는게 일반적인 풍토라는 것이다. 그리고 거기에는 프랑스 지식인들의 기묘한 '계급 의식(esprit de caste)'(?)(특정한 상위 집단에 속하는 자들의 동류의식)이 작동하고 있다고 한다.

내 느낌 하나. 일반적으로 선진국에서 표절에 대해서 행하는 엄격한 조치를 염두에 두자면, 프랑스인들의 이런 태도는 기이할 지경이다. 둘. 조셉 마세-스카롱의 글을 읽으며 여러 번 감탄했었는데, 표절자라니! 재능이 뛰어난 사람들에게서 종종 그런 검은 유전자를 발견할 때마다 '존재한다는 곡예의 아찔함'에 기분이 착잡해진다. 셋. 한국의 상황은 어떤가? 표절에 대한 사람들의 인식과 경계가 점차로 뚜렷해지고 있다는 것은 좋은 현상이다. 그러나 우리의 문제는 표절도 표절이려니와 진상 파악이 매우 엉뚱하고도 부실한 방식으로 이루어진다는 것이다. 그래서 미국적인 단죄와 프랑스적인 관용(차라리 게으름으로부터 오는 무관심)과 오로지 한국적인 사도-마조히즘이 대책 없이 뒤섞인 광경들이 자주 연출된다는 것이다.

—2011.9.30.

낯선 만남 속에 열리는 얼굴들을 위하여

네 분의 글 잘 읽었습니다. 오늘의 주제가 우리의 행로를 묻고 있다면, 우리가 정말 행로를 몰라서 그런다기보다는 오늘 우리가 하나의 교차로에서 만났기 때문일 것입니다. 이 교차로에서 우리는 서로의 얼굴을 마주보고 조금 낯설어 하고 있는 듯합니다. 우리가 하나의 대륙에서 비슷한 피부, 비슷한 윤곽을 가지고 있었으면서도 좀처럼 만날 기회가 없었기 때문일 것입니다. 우리가 만나지 못할 까닭은 없었을 것입니다. 더구나 교통 수단이 급속도로 발전하고 있는 시대입니다. 모든 이동은 가속도를 거듭해 이제 만남은 거의 실시간이 되었습니다. 그러나 우리는 서로 만날 마음을 내지 못한 게 사실입니다. 무엇보다도 저 실시간의 속도를 만든 문명, 우리를 순식간에 한 교차로에서 만날 수 있게 하는 문명이 우리로 하여금 그 문명의 작동 속으로 우리의 시선을 빨아들여 저 문명의 첨탑 위만을 바라보게 했기 때문일 것입니다. 문명의 초고속열차를 탄 우리는 속도에 취해 오로지 시간만을 재고 있었습니다. 그러다 지금 문득 주변을 돌아보고 있습니다. 속도의 취기에서 조금 깨어나는 모양입니다. 그리고 동승객들을 발견합니다. 말을 열고 싶습니다. 어떻게 말을 건네야 할까요? 우선 지금 이 열차는 혹은 우리는 "어디로 가고 있는지 아시오?"라고 물을 생각을 했습니다. 묻고는 먼저 답을 해야만 합니다. 한국 속담에 "가는 정이 있어야 오는 정이 있다"라는 말이 있습니다. 먼

저 나의 패를 꺼내 보여주어야 하는 겁니다. 그래야 상대방도 마음을 열어 보일 것입니다. 그래서 각자 자신의 흘러온 내력과 흘러가는 방향을 되새기며 밝혔습니다.

킨 아웅 에이 시인은 "힘들고 복잡한 인생사"를 썩 실감나게 추억하셨습니다. 그 인생사에선 결혼조차도 "올가미에 잡히는" 꼴에 불과하였답니다. 아마 이 자리엔 사모님이 함께 오시지 않았을 게 틀림없어 보입니다. 그러나 시인은 자신의 각박한 인생을 의연하게 극복하고 있습니다. "실제로 내 인생의 하루하루가 완전한 진실이었다"고 자랑스럽게 말하고 계십니다. 이 의연함 바로 직전에, "시만이 나의 인생처럼 여겨진다"고 말하셨습니다. 시가 삶의 신산함을 이겨내는 강장제였음을 되풀이해 강조하였습니다. 그러면서 동시에 새로운 시를 쓰고자 하는 의지가 그 안에서 작동하고 있었음을 얼핏 비쳐 보여주었습니다. "전통시 조류"와는 다른 시를 쓰려고 노력했음을 밝히고 있습니다. 그러니까 삶을 이겨내는 시의 힘은 새로운 시를 쓰고자 하는 의지의 힘이라고 할 수 있겠습니다. 그러니 묻습니다. 킨 아웅 에이 시인께서는 '새로운 시'의 어디에 시의 힘이 있다고 생각하십니까? 그 새로운 시가 시인을 어디로 보내고 있습니까?

반면, 싹씨리 미쏩쁨 시인은 행복했던 고향을 추억하고 계십니다. 그 추억은 매우 풍요롭습니다. 고향의 산천으로부터 가옥, 그리고 유년의 놀이, 제비와 물새들에 대한 생생한 묘사로 가득차 있습니다. 고향에 대한 망각의 거부, 그것이 시인의 힘이라고 말하고 계십니다. 고향의 항구성은 '나'의 끝없는 비상을 가능케 하는 원천입니다. 그러니 묻습니다. 당신은 고향의 영원성을 실어나르고 있습니다. 그때 당신은 어디로 흘러가고 있습니까? 다시 말해 어떻게 변화하고 있습니까? 영원과 변화는 어떻게 이어집니까?

응웬 꽝 티에우 시인은 실종을 말하고 계십니다. 그 실종은 삶의 실종이기도 하고 꿈의 실종이기도 합니다. "현 시대의 물질주의와 테러주의"

가 우리의 삶과 꿈을 그렇게 증발시키고 있습니다. 흥미롭게도 물질주의는 야만성과 통한다고 생각하고 계십니다. "우리 영혼의 날개가 열정의 날개를 더 이상 퍼덕이지 못하면, 우리는 야생동물의 생활로 돌아가는 것"이며, "현대식 도로를 달리고" 있는 "우리는 빛을 향해 날아간다고 생각하지만, 실은 욕망의 어둠에 빠지는 중"이라고 말하고 있습니다. 따라서 응웬 꽝 티에우 시인이 주장하는 것은 현대문명에서 거꾸로 등을 돌려 옛날의 삶으로 돌아가자는 게 아닌 게 분명합니다. 오히려 그는 '지혜'를 말하고 있습니다. 꿈의 실종을 막는 지혜 말입니다. 저 옛날 아랍 시인 루미(Rumi)의 그 유명한 표현, "불나방은 불 속으로 뛰어 들지만 / 너는 저 불빛을 받고 앞을 향해 나아가거라"고 충고했듯이 말입니다. 그래서 묻습니다. 이 지혜는 어디서 오는 걸까요? "시는 우리의 마지막 기회"라고 말하고 계신데, 그 시의 지혜는 어디서 오는지요? 시인이 스스로 시, 「소들의 영혼」에서 노래했듯이 "멍에가 변하여 아침이 되"고, "소떼의 복사판 같은 / 구름 덩이가 / 다른 소들의 / 들판 위로 날아가"게 되는 마법의 지혜는 당신의 어디에서 오는 것인가요?

나희덕 시인은 "어디로 가고 있는가"라는 질문이 바로 변화에 대한 질문임을 간파합니다. 시의 아름다움은 바로 "운명처럼 다가오는 무엇"으로서의 생성과 창조이며, '나'는 그 부단한 생성이 일어나는 장소입니다. 때문에 시인은 오늘도 "어떤 아름다움"을 기다리고 있습니다. 그러니 묻습니다. 그 아름다움은 분명 바깥에서 오는 것일진대, 그러나 항상 어김없이 오는 건 아닐 터입니다. 어떻게 기다려야 그건 도래하는 것일까요? 다시 말해 '나'라는 장소는 생성과 창조가 일어나게 할 어떤 '가구'를, 혹은 어떤 '사랑방'을 혹은 어떤 '장치'를 갖추고 있어야 하는 것일까요?

—『한·아시안 시인 문학축전 : 우리는 어디로 가고 있는가 Becoming』
포럼 섹션 1(조계사 불교문화회관), 2010.12.3.

2. 세상을 맞다

‘내’가 달성할 ‘그’의 완성

동아시아인의 타자 인식이라는 모험의 어느 지점에 대하여

서양 문명의 세계적 확산 이후, 좀 더 구체적으로 동아시아인들에게 있어서는 18세기말부터 19세기에 걸쳐 집중적으로 진행된 서양의 제국주의적 동진 이후, 비서양인으로서의 동아시아인들에게는 자기에 대한 인식과 정립이 나날의 과제가 되었다.

그런데 이 물음은 독자적이면서 동시에 서양적이라는 모순을 안고 있었다. 침입자에 대항하여 자신의 존재를 세운다는 점에서 반-서양적 독자성을 찾는 행위였으나 동시에 ‘자기 존재’의 기본 모형을 서양으로부터 학습했기 때문에 자신의 모습을 서양적인 방식으로 짜는 행위가 되었다. 요컨대 서양의 동진 이후 동아시아인들에게 자기 찾기는 잃어버린 왕조를 회복하거나 민심을 깨닫는 행위가 아니라 개인 단위로서의 그 자신을 모색하는 일이 되었던 것이다. 그러한 물음은 서양이 가져 온 새로운 존재 양식(mode d'existence)인 ‘모더니티’ 속으로의 자발적 참여를 전제로 할 때만 가능한 것이었다.

이러한 모순은 동아시아인들에게 우선 두 가지 극단적인 태도를 유발하였다. ‘서양 추수’의 태도와 ‘서양에 의해 망실되었다고 가정된 자기 것을 복원하고 그것에 근거하고자 하는 입장’이었다. 조선의 경우 그러한 극단적 대립은 개화파/위정척사파의 대립으로, 또는 모더니즘/조선심, 이식문화론/전통연속론의 대립 등으로 표현되었으며, 일상적 차원에서는 여전히 많은 사람들이 두 태도의 모호한 병존과 갈등을 자신의 내부에서 앓는 나날을 보내고 있다.

다음 단계에 이 모순을 넘어서고자 하는 방법론들이 제출되었는데, 특히 두 가지가 두드러졌다. 하나는 이른바 '동도서기'론으로 요약될 수 있는 방법으로서, 서양 문명의 우월성을 특정 분야로 몰아넣은 뒤, 나머지 분야에서 독자적인 것을 보존하는 방법이었다. 그런 태도는 서양의 세계적 지배를 인정하면서도 서양과 경쟁할 수 있는 자기만의 고유한 가치를 구출해낼 수 있다는 믿음을 강화하고 그것을 실용적으로 활용하는 다양한 경로를 낳게 했는데, 가령 '유교자본주의론'은 최근까지도 그런 믿음이 강력한 힘을 발휘하고 있다는 것을 실증하였다. 그러나 이질적인 것들이 실용적 목표를 위해 쉽게 '결탁'할 수 있다는 이러한 관점은 순진한 환상이라고 보지 않을 수 없으며, 오늘날 아시아 여러 국가들의 경제 성장이 말 그대로 유교적인 인간관계에 의존하고 있는지 아니면 자본주의 초기에 보편적으로 목격되는 특정한 통제에 근거하는 것인지는 단정하기가 쉽지 않은 일이다.

다른 하나는 이른바 '맹아론'이라는 개념으로 요약될 수 있는 것으로서, 서양적인 것을 보편적인 것으로 상정한 뒤, 동양에도 그러한 보편성이 발아할 수 있는 토양이 무르익고 있었다고 보는 관점이었다. 이러한 관점은 자신의 주체성을 세우는 일을 생업으로 삼은 지식인들에게 강렬한 유혹의 대상이 되었다. 그러나 이러한 관점은 그러한 맹아의 시기를 서양과의 교섭 이전 시기에서 찾을 수 없는 한 인정될 수 없는 것이다(그리고 세계의 각 지역들은 알게 모르게 아주 오래전부터 다양한 방식으로 교류해왔던 것이다).

위 두 태도는 '자신에게 고유한 것'의 '세계적인 가치'를 내세우는 방향으로 일을 한 셈인데, 사실상 이 작업들이 불가능한 환상에 불과하다는 것은 최근의 많은 연구들을 통해 집요하게 '증빙'되었다. 이 방향의 실패 이후 비교적 진지하게 사색한 비서양의 지식인들은 두 가지 상황을 동시에 인정할 수밖에 없게 된다. 서양적 가치(즉 모더니티)의 우월성을 인정해야만 한다는 것, 동시에, 서양적인 것의 폭력성을 목도하는 한 서양적인 것을 넘어서지 않으면 안 된다는 것. 이러한 두 가지 확인은 여전히 비서양인들을 모순의 구렁에서 헤어날 수 없게 한다. 타자는 약이자 동시에 독이었던 것이다. 여기에서 독을 제거하고 약만을 추출해낸다는 것은 지난한 사업이 아닐 수 없다.

타케우찌 요시미 선생의 「방법으로서의 아시아」는 이러한 궁지로부터 탈출할 새로운 길을 제시하고자 했던 것으로 보인다. 그는 서양적 가치의 보편성을 전제한 후, "서구적인 우월한 문화가치를 더욱 대규모적으로 실현하기 위해 서양을 한 번 더 동양에 의해 되감싸 안아 거꾸로 서양 자신을 이쪽으로부터 변혁한다는 이 문화적인 되감기, 또는 가치상의 되감기에 의해 보편성을 만들어"야 한다고 주장하였다. 그것을 그는 "방법으로서의 아시아"라고 명명하였는데, 그 스스로 '방법으로서의 아시아'가 실행될 '방법'을 제시하지는 않아, 후학들이 그 과제를 넘겨받을 수밖에 없게 되었다.

그러나 그가 스스로 결론을 흐려버린 데에는 무의식의 은폐가 작동하고 있었던 것으로 보인다. 왜냐하면 타케우찌 선생의 논지를 꼼꼼히 살펴보면, 그것은 아시아적 가치가 부인된 상태에서 서양적 가치의 완성을 서양인으로부터 빼앗아 미래에 상정해 놓고 그 미래를 도래케 할 주역을 아시아인, 혹은 제 3세계인으로 설정하는 알고리즘으로 이루어진 것임을 확인할 수 있기 때문이다. 서양을 완성하기 위해 동양인이 뛰어야 한다는 것이다. 타자의 이상을 내가 달성해야 한다는 이 아이러니를 어떻게 이해할 것인가?

놀랍게도 우리는 이러한 태도를 에드워드 사이드(Edward Said)에게서도 발견할 수 있다. '오리엔탈리즘'이라는 용어의 창시자로서 서양인이 동양을 상상적으로 창출해 놓고 활용한 논리를 폭로해 수많은 지식인들의 공감을 얻어내고 제 3세계 사람들에게 서양을 공격할 확실한 명분을 제공한 그가 돌아가기 직전에 끈질기게 매달린 '말년의 양식(late style)'은 그 개념 자체가 아도르노(Adorno)에게서 빌려온 것이기도 하지만, 사이드가 그 개념을 가지고 하고자 한 것은 아도르노보다도 더 철저하게 그 양식을 완성하는 것이었다. 더 나아가 그가 참조하고 있는 문헌 및 지식인들은, 현존하는 그리스 사회학자 한 사람을 제외하면 모두 서양인들이 보편적 지식인의 자리에 올려놓은 사람들과 그들의 저서 일색이었다. 그렇다면 그의 오리엔탈리즘 비판은 결국 서양적인 것과 동양적인 것의 차이를 무화시킨 보편적 가치 영역의 존재를 가정한 것일까? 그 가정에 의해서 특수성을 가정하고 활용하는 모든 태도를 비판의 대상으로 삼았던 것일까? 그러나 그런 입장에 서게 되면 실질적으로 오리엔탈리즘을 논의할 근거가 모호해지고, 그것에 분개할 까닭도 사라지게 된다. 왜냐하면 오리엔탈리즘 비판이 제대로 실천되려면 서양인에 왜곡당한 동양인의 역사적 경험에 근거해야 하는데, 그것은 저 보편성의 전제와 실질적으로 무관하거나, 기껏해야 부수적인 것으로밖에 간주될 수 없기 때문이다.

아마도 타케우찌나 사이드가 보여준 태도가, 정직하게 자신의 삶을 대면하고자 했던 비서양계 지식인이 가 닿는 불가피한 자리라는 것을 납득해야만 할 것이다. 왜냐하면 그 태도는 서양적 가치의 우월성을 인정할 수밖에 없는 사람이 자신의 고유성에 대한 환상을 포기할 수밖에 없을 때 취해야 할 태도이기 때문이다. 대신 그들은 그 서양적 가치의 우월성을 보편적인 것으로 치환하는 수식 변환을 통해 서양 맹종의 위험에서 벗어났다. 그 수식 변환은 두 가지 절차로 이루어졌다. 첫째, 서양적 가치의 우월성을 보편적인 미래가치의 전 단계로 만드는 것. 둘째, 그 치환을 통해서 보편적 미래가치의 주체를 서양에서 인류 전체로 돌리는 것. 그럼으로써 비서양인이 그 일에 가담할 수 있는 근거를 만드는 것.

마침내 우리는, 인류사에서 그 전에는 존재하지 않았던 완전히 새로운 삶의 양식을 서양이 처음 열었음을 기꺼이 인정하면서 동시에 서양인이 문만 열어 놓은 자리에 동양인의 팔다리가 춤추며 놀 공간을 확보할 수 있었던 것이다. 그러나 이러한 태도는 말 그대로 새로운 세계의 문지방을 겨우 건넌 상태에 있을 뿐이다. 실제로 동양인을 포함한 인류 전체가 새로운 보편적 세계의 확대에 기여하기 위해서 해야 할 일에 대한 논구는 거대한 바위처럼 우리를 가로막고 있다고 해야 할 것이다.

무엇보다도 다음과 같은 점이 고려되어야 할 것으로 보인다. 첫째, 서양적인 우월성이 그대로 보편적 가치로 전환되는 것이 가능한지를 묻는 것이다. 최인훈의 『태풍』에서 식민지 '애로크' 출신인 '오토메나크' 중위는 식민본국 '나파유' 제국의 군대 안에서 진정한 나파유인이 되기 위해서 나파유 인들보다 더 뛰어난 나파유인이 되기로 결심하고 그것을 실행한다. 그러한 그가 결국 맞닥뜨리는 것은 나파유가 세계대전에서 패배한다는 사실의 '자발적 망각' 속에서 헤어나지 못한다는 것이다. 마찬가지로 서양인의 우월성이 보편성으로 전환되는 것은 서양의 논리 궤도 안을 순환해서는 결코 이루어지지 않는다는 것을 깨달아야 할 것이다. 보편성은 서양적 가치의 연장선상에서 이루어지는 것이 아니라, 서양적 가치에 바깥으로부터의 다른 생각 및 가치들이 이접되어 서양적 가치를 변화시키는 데서 이루어질 것이다.

둘째, 이 가정의 연장선상에 우리는 자연스럽게 비서양적 가치들의 '구성적 가치'를 재고해야만 할 것이다. 왜냐하면 서양에 대한 바깥으로부터의 사유는 결국 서양 내부의 '서양으로부터 배제된 자리'이거나 서양 바깥의 지대, 즉 동양을 포함한 비서양적 지대에서 출현할 수밖에 없기 때문이다. 그러나 이미 아시아적 가치의 특수성과 고유한 본질을 부정한 상태에서, 적어도 그 열등성을 전제한 상태에서, 어떻게 세계구성적인 동아시아적 가치를 캐낼 수 있을 것인가? 아마도 여기에 생각의 전환이 필요할지도 모른다. 서양적인 것의 바깥으로서 기능할 동양적인 것은 위대한 것이 아니라, 미미하고 보잘것없는 것으로 현존하고 있다고 말이다. 즉 그것은 과거에 현존하는 위대한 동양적 전통이라기보다 오히려 보잘것없는 상태로 버려져 있으나, 아니 차라리, 그런 상태로 버려져 있음으로써 미래에 예측불가능하게 자라날 가능성이 그만큼 큰 보잘것없는 것들의 불씨를 살려서 크게 키우는 데서 출현할 것이라고 생각하는 것이다. 왜냐하면 그러한 성질을 품은 것들이야말로 자신의 모태인 동양 전체를 변혁시킬 수 있는 잠재력과 서양적인 것과의 이접력이 뛰어나서 동양적인 것과 서양적인 것을 동시에 변개시킬 가능성을 크게 확보할 것이기 때문이다.

한마디 덧붙이자면, 우리가 키워서 보편적 가치의 완성에 쓰이게 할, 미미하고 보잘것없는 동양적 가치는 우리가 위대한 것이라고 자랑하는, 그러나 서양적인 것과의 대결에서 무참하게 패배했던, 공식적인 가치를 뒤집어 생각하는 데에서 나올 수도 있고, 혹은 동양의 지배적 가치로부터 억압된 주변적인 가치들에서 나올 수도 있을 것이다.

—『동아시아 타자인식과 담론의 과제』(국제비교한국학회 제 28회 국제 학술대회), 교토 : 도시샤대학교 코리아센터, 2014.9.19.

명료하고도 깜깜한 인문학적 사유를 박명의 시간 속에 위치시키려면?

매우 명료한 듯싶은데 막상 가까이 다가가면 창밖의 "새까만 밤"(정지용, 「유리창」)처럼 시야를 가로막아 버려, 눈길 끝자락에 매달린 마음을 막막하고 처연한 심사 속에 잠기게 하는 문제들이 있다. 한국의 지식인들에게 '인문학'이라는 문제는, 자식을 잃은 옛 시인의 심사마냥, 그중에서도 가장 전형적인 것이다. 우리가 '인문학의 위기'를 걱정한 지 거의 15년이 되었다(실용교육이 아이러니컬하게도 '보편적 [인문] 교양'의 가르침이라는 의장을 입고, 공식적인 차원에서, 인문학의 근본 과목보다 우세해진 시점이 이 무렵이다. 학부제의 실시는 그 지표적 사건 중의 하나라고 할 수 있다). 그리고 그에 대한 처방을 사람들이 앞다투어 내놓은 지도 같은 세월이 흘렀다. 그동안 그 처방들 사이에 어떤 진화가 있었는지에 대한 보고서는 읽은 적이 없다. 오히려 한없이 되풀이되는 동어반복이 이 처방의 특별한 생존 조건이 아닌가, 의심이 날 때도 있다.

그리고 오늘 우리는 다시 한 번 '인문학'의 문제와 만난다. '인간과 사회'라는 포괄적인 제목을 달고, "인문사회연구의 가치와 정체성을 사회적으로 확산"시키고자 한다는 취지를 내건 걸 보자면, 이제 인문학의 위기라는 고개는 훠이 넘어온 듯한 인상을 풍긴다. 그러나 왜 '인문사회연구의 가치와 정체성'을 확산시켜야 할 필요를 느꼈던 것일까? 위기는 아닐지라도 여전히 '인문사회 연구의 가치'를 역설하는 게 절실하고, 더 나아가 그 정체성이 불안정한 상태에 있다는 판단이 아니었다면 이런 모임을 가질 필요가 없었을 것이다. 발제문의 필자들은 대체로 "지난 십여 년간 인문학의 학문적 성격, 위기의 유래와 해법, 인문학의 사회적 역할에 관해 많은 논의가 오갔[고], 그러는 동안 인문학에 대한 인식은 어느 정도 개선되었으며 인문학에 대한 사회각층의 호응도 점차 달라졌다"는 평가에는 공감하는 듯하다. 그러나 인문교육이 "더욱 체계화되어야 한다"(김우창)고 생각하건, 아니면 여전히 "현대 인문학의 근본문제는 심각한 '사회적 고립'"(차하순)이라는 현상의 영속성에 안타까워하건, 인문학적 가치가 현대의 지배적 가치들의 세계에서 기를 못 펴고 있는 실정에 대해서도 역시 공감하는 듯하다. 아마도 '인문학적 가치'를 '인문사회연구의 가치'로 바꾼 것은 여전히 우리의 꽁무니를 물고 놓아주지 않는 그 골치아픈 문제틀에서 벗어나야 한다는, 이 역시 공통된, 의지 혹은 절박감의 소산이리라. 그러한 변명(變名)이 '10여 년'을 괴롭힌 '위기'의 어휘론적 감옥으로부터의 탈옥을 도와주고, 또한 그동안 지식인들이 공들여 제출한 극복의 실행들의 양적 팽창과 질적 도약을 소소하게 증언해주며, 더 나아가 시대의 변화무쌍한 흐름에 따라 문제틀의 개편이 불가피함을 한국지식인들이 적극 인식해왔음을 확신케 해주기 때문일 것이다. 그렇게 해서 '인문학의 위기'라는 부정적 사고는 '성숙사회의 비전'(김경동)이라는 썩 긍정적인 착상으로 변신할 수 있었으리라. "G-20 정상회의를 앞두고 국가 차원에서 '국격 높이기' 과제 80여 개를 선정하여 시행하려 하는" 마당이니, 이제 한국인이 자신들의 공동체를 일컬어 '성숙사회'로 불러도 좋았고, 또한 그래서 이제 '인문사회연구'는 성숙사회의 바람직한 삶의 태도를 밝히는 데서 제 가치를 발휘할 수 있다고 생각할 수도 있을 것이다. 그러니까 성숙사회는 한국이 선진국에 '거의' 도달했다는 자부심에 뒷받침되어 한국인 스스로도 선진국민답게 품위 있는 방식으로 자신들의 문제를 돌아볼 수 있어야 한다는 '당위론적 예감'에서 비롯된 것이라고도 할 수 있을 것이다. 그러나 바로 같은 필자의 글에서 "할아버지, 우리나라는 이렇게 엉망인데 왜 안 망하지요?"라는 순진무구한 '어린 양'의 비명이 망령처럼 따라다니는 건 도대체 웬일인가? 우리는 이렇게 엉망으로 망해가는 듯한 형국으로 부단히 성숙해가고 있었단 말인가? 마찬가지로 또 다른 글의 필자가 기술발전이 우리에게 가져다 준 모든 편리를 행복하게 조감하면서도, 당장 필요한 '근본문제'로 "윤리교육"을 들고 나올 때, 읽는 사람은 화창한 여름날 오수를 즐기다가 갑자기 기어 나온 지네에게 허벅지를 물리고 해먹에서 굴러떨어진 사람의 경악과 공포의 표정이 순간적으로 스쳤다가 곧바로 건전한 일꾼의 정력적인 얼굴을 회복하는 걸 설핏 떠올리고서 야릇한 당혹감에 사로잡히고 마는 것이다.

그러니 이 개칭 속에 우리가 실감할 수 있는 변화가 있는가? 흥미롭게도 네 편의 발표문이 담고 있는 소중한 인문교육의 내용은 15년 전이나 지금이나 변한 바가 없어 보인다. 아니 발표문들이 다투어 인용하고 있는 옛 문헌들에 기대어 생각해보면, 사실 이 내용은 기원전의 교육에 비해서도 크게 달라진 게 없어 보인다. 단지 보편적 정신의 문제를 일상적 생활 교육의 문제로 좁히려 하거나, 혹은 반대 방향으로 이성의 사안들을 심성 훈련의 차원으로 넓히려는 시도가 보일 뿐이다. 네 편의 발표문이 공통적으로 지적하고 있는 변화가 하나 있기는 하다. '세계화'라는 시대적 추이에 따라 인문학의 강조점이 무엇보다도 '타자와의 관계'라는 문제에 주어져야 한다는 것. "올바른 자기인식은 상대의 존재를 인정하고 존중하는 것이다"라는 상대주의와 다원주의를 중핵으로 해서, "지적 협동의 다원화"와 "두 문화를 잇는 역사주의"가 새 시대에 필요한 인문학이라고 주장하거나, "인간의 성숙은 자기중심에서 탈피하여 사회적 존재로 성장하는 자아발달 과정"이라는 생각으로부터, "삶의 질적 향상"과 "기회의 증대"라는 개인적 목표와 "구조적 유연성 증대"와 "사회적 질 향상"이라는 사회적 목표를 설정하고, 그 목표의 궁극을 "구조적 유연성"에 기초한 "분권적 다원적 공동체주의적 집합주의"라는 특이한 용어로 요약하거나, 또는 "세간적인 관점에서 말하여, 탁마된 심성은 결국 보다 나은 삶을 위하여 필요한 것이라고 할 것이다. 이것을 다시 실용적으로 접근한다면, 갖추어야 할 것은 바른 판단의 능력 이상으로 삶의 조건과 환경에 대한 바르고 충분한 정보이다"라는 인문학의 적용면의 확대라는 관점에서 제시되고 있는, '새로운' '인문사회학적' 패러다임은 그러나 그 논리 구조의 무의식이 스스로 보여주고 있거니와, 저 옛날로부터 당연한 것으로 받아들여진 지극히 상식화된 명제로부터 출발해 그 자연스러운 연속성 안에서 오늘의 문제를 포괄하고 있으니 사실 현대적 문제틀의 변별성을 애써 찾는 게 유의미한지 어떤지 고개를 갸우뚱거리게 한다. 사실 그것들은 18-19세기 근대 초기의 '자유', '평등', '형제애'라는 세 가지 근본 이상과 그 이상을 둘러싼 온갖 담론들에서 이미 수없이 검토되어 왔던 이야기가 아닌가? 다만 그때나 지금이나 해결되지 않는 문제점이 있다면, 19세기의 근본 이상들이 서로에 대해서 적대적이거나 최소한 길항적이라는 모순을 감추고 있으면서도 그 모순의 기능적 프로시저에 대해서는 충분히 해명된 바가 없던 것과 마찬가지로, 오늘의 "분권적 다원적 공동체주의적 집합주의"라는 형용사들의 다발로 이루어진 용어에서도, "이러한 분권적 자율적 사회에서는 지나치게 자기중심적 가치와 규범보다는 집합체 중심의 공동체적 가치와 규범을 중시하는 것도 필수다"라는 진술이 그대로 가리키듯, 다원성과 집중성이라는 화해하기 어려운 두 목표를 동시에 구출해야 할 과제가 썩 곤란한 형태로 여전히 남아 있다고 해야 할 것이다.

물론 공교육의 차원에서만 보자면 근본적인 논점의 변화가 있었다는 걸 인정할 수도 있을 것이다. 두루 알다시피 1970년 즈음부터 일기 시작한 한국인의 주체성에 대한 열망과 그에 따른 국학 열풍은 인문 교육의 내용을 '자아 찾기'의 차원에 집중시키고 있었고 그 영향이 오늘날에도 불식되지 않는 한국인의 과도한 자기애라는 현상에까지도 미쳤다는 점을 감안한다면, '타자와의 관계'에 주목해야 한다는 주장은 신선한 테제로 비칠 수도 있을 것이다. 그러나 이 역시 두루 알다시피, 5.16 군사쿠데타와 더불어 정치에서 패배한 4.19세대의 일부가 문화 공간으로 이동하여 정치에 대한 비판적 담론의 장소로서 별도의 '공공 영역(public sphere)'을 개척하였고 그 영역에서 5.16세력의 '위로부터의 근대화'가 아닌 '아래로부터의' 혹은 '옆으로부터의' '민주주의'라는 대안을 지속적으로 유지시키고 정련했으며, 그 영역의 발달이 궁극적으로 1987년의 6월 혁명으로 이어졌다는 점을 감안한다면, 그리고 그 영역에서 끊임없이 토론된 내용이, 민주주의의 추상적 원리에 근거하든 혹은 자본주의의 대안으로서의 각종의 공동체주의들로 나아가든, 그 수준에 관계없이, 자아 찾기의 문제라기보다 '자아와 타자의 관계'의 문제였다는 점을 유념한다면 사실 새롭다고 제시되고 있는 오늘의 문제틀은 이미 아주 오래된 것이라고 할 수도 있을 것이다.

그러나 토론자가 이렇게 생각한다고 해서, 발표문들이 제시하고 있는 인문 교육의 내용과 그 이념형과 그 이념이 가져야 할 인간적 성질(심성훈련이라는 말로 요약된)에 대해서 다른 의견을 가지고 있는 것은 결코 아니다. 오히려 토론자는 여기에 제시된 내용에 전적으로 공감할 뿐만 아니라 선학들의 가르침으로 거듭 되새겨야 할 것들이라고 생각하고 있는데, 그래서 문제가 한층 복잡해지는 것이다. 모두(冒頭)에서 토론자가 수사적인 어투로 '명료하면서도 깜깜한' 문제의 대표로서 인문학을 묘사했던 것은 그런 사정 때문이다. 요컨대 토론자의 고민은 인문학적 가치에 대해 우리가 귀담아 들어야 할 고수준의 심화된 논의가 되풀이되어서 전개되었지만 여전히 인문학의 몰락이라는 사회적 현상, 혹은 한국사회의 정신적 비참은 거의 개선되지 않았으며 앞으로도 개선될 희망이 잘 보이지 않는다는 데에 있는 것이다.

이 문제는 고급한 내용의 미숙한 전파라는 판단으로 이어지게 된다. 한국사회의 지식 집단은 한국인의 삶의 태도와 삶의 내용에 대해서 줄곧 고민해왔지만, 강압적 경제 개발 정책의 천민적 구조를 고도성장의 효율적 기제로서 오랫동안 작동시켜 온 제도적 장벽 앞에서 막막해지기 일쑤여서, 그러한 천민적 사회구조의 희생물로 동원된 일반 대중의 영역에 그러한 지식 사회의 지적 담론이 뚫고 들어갈 통로가 사실상 봉쇄되어 있었던 것이고 그렇다 보니, 오로지 자기 자신만으로 향할 수밖에 없는 이 고귀하고도 뜨거운 열망이 안으로만 바싹 타버려서 인문사회의 지식 집단과 그 탐구의 가치를 고사시켜 온 게 아닌가? 그리고 생각이 여기에 이르면 매우 당연하게도 수없이 되풀이되어 온 교육 내용과 이념형을 두고, 거기에 더 연마할 것이 있다고 생각하기보다, 차라리 아직 미진한 게 있다 하더라도 그것이 현재 이루어낸 지적 성취를 여하히 대중의 장 안으로 삼투시키는가의 문제, 즉 '인문사회연구의 가치'의 실질적인 대중화 방법, 간단히 말해 교육방법을 문제로 삼을 수밖에 없게 된다.

그런 점에서 본다면, 대부분의 발표문이 교육 내용에 대해서만 집중하고 있을 뿐 그 방법에 대해서는 별반 관심을 보이지 않은 게 아쉽다고 하지 않을 수 없다. 다만 '부산 동래 교육청'에 적용하여 "놀라운 효과"를 거두었다고 '보고'한 「기술변화와 윤리교육」의 필자의 '인성교육'의 사례는 흥미롭다. 그런데 그 인성교육의 기발한 방법이 자세하게 기술되어 있는 데 비해, 실제로 '어떻게 적용'하여 '어떤 효과'를 거두었는지에 대해서는 아무런 데이터가 제시되어 있지 않기 때문에 '놀라운 효과'의 실체에 대해 궁금한 마음의 구름만 증폭되어 있는 형편이니 지금이라도 그 자료의 일단을 보여주신다면, 극심한 호기심의 갈증을 조금은 덜 수 있겠다.

게다가 다른 의문도 있다. 이 인성교육의 내용의 항목들과 실행 원칙을 잘 들여다보면 민주적 자율성과 유교적 강제성이 기묘하게 혼재되어 있으며, 그 혼재에 대한 특별한 논리적 연관 장치를 마련하고 있지는 않다는 것을 발견하게 된다.

토론자는 인문사회적 탐구의 가치는 궁극적으로 그 작동 과정 자체에 내재되어야 실제적인 효과를 발휘하게 된다고 생각하는 편이다. 무슨 말이냐 하면, 인문사회적 가치의 근본이 '사람답게 사는 세상의 이룸'이라는 재귀적인 명제에 있다면(많은 사람들이 이 재귀성에 의문을 품지 않는다는 것은 놀라운 일이다. 개는 개답게 살거나 말거나 상관할 일이 아닌데 왜 사람은 사람답게 살아야 하는가?), 그 가치의 처음과 끝에 '자율적이고 평등한 개인들'이 주역으로 있어야 한다는 얘기다. 즉 인문사회적 탐구의 가치는 지식인에 의해서 주도될 게 아니라 대중들 자신에 의해서 발견되고 실행되고 창조되어야 한다는 것이다. 지식인의 역할은 단지 그러한 대중의 사육제에 마당을 열고 멍석을 까는 역할만으로 족하다는 것이다(물론 멍석 깔기의 기술도 고도의 지적 탐구와 훈련을 필요로 하는 것이다. 지식인과 대중의 상호적 관계는 여기에서 깊이 있게 다룰 문제가 아니지만, 간단히 언급한다면 의사와 환자의 관계를 '분석가(analyste)'와 '분석주체(analysant)'로 구별한 현대 정신분석의 자기반성적 재정의에 비추어서, 재규정될 필요가 있다고 생각한다).

아마도 이러한 얘기로부터, 인문학의 위기가 초래된 시점부터 줄곧 그 반대편에서 제기되어 온 '사용자 중심주의', '소비자 중심주의'의 구호를 떠올릴 분이 계실지 모르겠다. 토론자의 생각은 오히려 정반대다. 시장에 있어서의 소비자 중심주의, 교육 쪽의 국가기구들에 의해 10여 년 전부터 되풀이해 주장되어 온 '수용자 중심의 교육' 그리고 '7차 교육과정'에서 구현된 이른바 '창의적 교육'이라는 모토와 그에 수반되는 실행원칙들, 사교육 시장에서 흔히 내거는 '눈높이 맞춤 교육' 등은 대중의 지적 능력을 가정적으로 격상시킨 데서 출발한다. 그럼으로써 그것들은 대중에게 전능과 전권을 부여하려고 한다. 만해의 「님의 침묵」과 그걸 읽고 초등학생이 고쳐 베낀 「님의 수다」를 동격으로 보는 것이다. 그것은 난센스일 뿐만 아니라, 실질적으로는 오로지 상업적으로 그리고 이데올로기적으로 이용되는 '핑계'로 기능할 뿐이다. "어른들은 몰라요"라는 절실한 구호가 청소년 상대의 싸구려 문화산업을 팽창시킨 요인이 된 거며, 오늘날 한국사회가 포퓰리즘으로 포화상태에 이른 것은 그와 깊은 관련이 있다.

토론자는 오히려 대중의 지적 능력이 실제로 모자라다는 것을 정직히 인정하는 데서 출발해야 한다고 생각한다. 그러나 그렇다고 해서 지식집단이 미리 달성한 지적 자원을 대중에게 배포하는 게 중요하다고 판단하지는 않는다. 때문에 지식 집단의 지적 능력의 신장에 관심을 집중시키는 게 좋다는 낡은 관점으로 회귀해서도 안 된다고 생각한다. 그러한 퇴행적 방향은 오늘의 발제문들에서도 공통적으로 지적된 것처럼 지식집단과 대중의 연관고리를 끊어 놓아서 궁극적으로 인문학적 가치의 고립을 유발할 것이기 때문이다. 인문사회학문의 가치의 향유와 실행과 창조의 처음과 끝에 일반 대중이 있어야 한다고 생각하는 토론자는, 생각이 부족한 사람들만이 다 많은 생각을 가질 수 있고, 무지한 자일수록 앎에서 기쁨을 느낄 수 있다는 입장에 서 있으며, 더 나아가, "나중 된 자가 먼저 된다"는 금언을 인간사회의 철칙으로 여기는 편이다. 그러니까 대중 스스로가 인문사회학문의 가치를 발견하고 그에 대한 능력을 키우면서 마침내는 새로운 인문사회적 가치를 창출할 수 있는 존재로 진화할 수 있도록 환경이 조성되어야 하는 것이다. 그러한 환경을 조성하는 기능을 떠맡는 게 지식인의 역할이라고 생각한다. 어떤 지식과 지혜의 덩어리를 대중에게 던져 주는 것이 인문적 지식인이 아니라는 말이다. 베케트의 『몰로이 *Molloy*』의 어느 한 구절을 기억이 가물가물한 채로 인용하자면, 대중이 바로 지식의 '바닷물'이고 동시에 '등대'인 것이다. 세상의 어둠은 스스로의 힘으로 빛이 되어야 하는 것이다. 지식인은 기후의 천변만화에 대응하는 존재, 가능하면 그것을 조절하여, 어둠과 빛의 변증법에 열심히 부채질을 하는 존재에 불과한 것이다.

—이 글은 한국연구재단 주최 '제1회 인간과 사회 심포지엄', "인간다운 삶을 위한 인문사회연구"에서, 차하순 · 이용태 · 김우창 · 김경동 · 진덕규 다섯 분이 발표한 글들에 대한 토론문으로 작성되었다.

민주주의 / 자유민주주의 논쟁

얼마 전 국가의 입장을 결정하는 몇몇 자리에서 한국의 지식층 및 지도층들 사이에 '민주주의'냐 '자유민주주의'냐를 두고 논쟁이 일었다는 게 미디어를 통해서 알려졌었다. 그런 논쟁은 당황스러운 데가 있다. 민주주의에는 당연히 '자유'가 핵심 의미소로 자리 잡고 있는 터에 어떻게 쓰든 무슨 상관인가, 라는 마음이 있는 것이고, 거기에서, '자유'를 빼자고 하는 사람들은 그들대로, 굳이 거기에 그걸 넣어야 한다고 주장하는 사람은 또 그들대로, 다른 생각이 있는 게 분명하고, 그 다른 생각들이 야기한 갈등은 한국사회의 미묘한 사정과 관련되어 있다고 짐작하게 되는 것이다.

마침 송호근 씨가 「'시세'와 '처지'가 중요하다」(『세계의 문학』, 2011년 겨울)라는 글에서 이 문제를 매우 친절하게 설명하고 있다. 무엇보다도, "민주주의는 엄밀하게 말하면 자유민주주의다. 민주주의(democracy)는 대중(demos)과 통치(kratos)의 합성어로 인민대중에 의한 통치를 뜻한다. 여기서 인민대중의 통치가 성립하려면 '개인의 자유'가 전제되어야 한다. '개인의 자유'라는 이 전통적 사상이 없다면 민주주의는 말의 성찬에 불과하다."(p.430)는 진술은 핵심을 짚고 있는 말이다. 나는 이 내용이 민주주의를 설명하는 어느 자리에서든 강조되어야 한다고 생각한다.

송호근 씨가 유길준에 기대어서 '시세'와 '처지'를 감안해 '자유민주주의'를 써야 한다고 주장하는 대목도 일리가 없지 않다. "왜 구태여 한국에서는 자유민주주의를 고집하는가? 한국의 국체를 가장 정확하게 담고 있기 때문이다." 이 진술은 그렇게 정확한 것 같지는 않다. 자유민주주의가 국체를 정확하게 지시하는 나라는 한국 말고도 여럿 있기 때문이다. 주장의 요지는 다음에 있는 것으로 보인다. "북한이 스스로를 '인민민주주의'로 지칭하는 상황에서 한국을 '자유민주주의'로 규정하는 것은 처지에 따른 당연한 선택으로 봐야 한다. 그럴 근거가 헌법 조항에도 명시되어 있다. 역사 서술을 그냥 포괄적 개념인 민주주의로 대체하고자 한다면, 헌법을 우선 고쳐야 하는 번거로움과 정치적 투쟁, 사회적 혼란이 따른다."(p.431)

좀 지나치게 나아간 것처럼 보이지만, 이 역시 납득할 만한 주장이라고 생각한다. 그가 너무 많은 것을 고려하고 있기 때문에, 글이 이상하게 번잡해질 수밖에 없었던 것 같다. 그런데 이 너무 많은 고려할 것들 속에는 서로 상충되는 것들이 자못 있지 않은가?

나로서는 한국인의 집단적 아비투스에 비추어, '자유'의 개념은 명시적으로 강조될 필요가 있다고 본다. 왜냐하면 우리의 자유민주주의가 생활적 차원에서 시작된 것은 겨우 20여 년에 불과하며, 우리의 정신과 습속을 지배하고 있는 것은 전 시대의, 특히 유교적인 습속이기 때문이다. 그러한 습속은 민주주의의 실행적 정의인 '인민대중에 의한 통치'가 인민 각 개인들의 자유를 통해서가 아니라 어떤 보편적 섭리에 의해서 가능할 것이라는 막연한 기대를 갖게 한다. 실제로 나는 부지중에 그런 태도를 표명하는 지식인들을 많이 보았다. 또한 나는 그것이 오늘날 한국사회에서 막강한 힘을 발휘하고 있는 소위 '인민 대중'들, 혹은 익명의 대중들을 위해서도 좋은 일이라고 생각한다. 왜냐하면 이 익명의 대중들이 발산하고 있는 열기는, 자신의 자유를 실천한다기보다는 저마다 자신이 소유하고 있다고 생각하는 보편적 진실을 세상에 적용하는 데서 만족을 구하고 있기 때문이다. 그렇게 진리를 가지고 있다고 믿기 때문에, 그 가진 자의 권리의 행사가 그것을 가지고 있지 않다고 가정된 타자들에게 어떤 폭력을 행사하든, 그것을 느낄 일도 관심을 가질 일도 없다는 태도를 취하게 하는 것이다.

그러나 자유는 인간이 결코 진리를 가질 수 없다는 것을 깨닫게 한다. 왜냐하면 자유는 무엇을 가지는 게 아니라, 무엇으로부터 해방되는 것이기 때문이다. 실로 자유 자체도 가질 수 있는 것이 아니다. 자유란 진리를 가지고 있지 않은 존재가 진리를 향하여 자신을 투신할 때 생겨나는 것이다. 자유는 소유의 항목이 아니라 실천의 항목이다. 또한 진리는 소유할 수 있는 물건이 아니라, 자유를 실천하는 존재가 스스로의 노력으로 여는 지평이다. 인간이 자신을 던져 완성해야 할 텅 빈 무대이다. 자유에는 책임이 필연적으로 뒤따른다고 하는 흔한, 그러나 동시에 흔히들 망각하는 얘기는 이 점을 듣기 편한 말로 치환한 것이다. 책임을 질 필요가 없는 존재, 즉 진리를 소유하고 있다고 가정된 존재는, 우리가 종교를 가지고 있느냐의 여부에 관계없이 인간에게 있어서 절대적 타자이다.

이런 자유의 본뜻을, 그리고 자유와 진리의 관계를 최소한이나마 감지하고 있는 사람들이 얼마나 되는가? 나는 우리의 민주주의의 역사에 비추어 볼 때 지극히 희소할 수밖에 없다고 생각한다. 나날이 바깥에서 벌어지는 사태들이 그걸 증명하고도 남는다. 민주주의의 속성으로 '자유'가 명시되어야 한다고 내가 생각하는 소이다.

—2012.1.29.

백양로의 저 맑은 곧음

백양로를 걷을 때면 나는 세상 먼지를 씻은 마음의 시원함 같은 것을 느끼곤 한다. 그런 느낌은 무엇보다도 곧게 뻗은 길의 길쭉함에 그 이름이 연상시키는 청결함이 보태어져 생기는 듯 보인다. 이 한 줄기 길은 당연히 두 방향으로 움직일 수 있는데, 각 방향을 걸어가는 기분이 저마다 달라 흥미를 자극한다. 북쪽 방향의 길은 정문에서 출발하여 학교의 내부로 잔잔히 스며드는 길이다. 이 길의 저쪽 끝에는 담쟁이 넝쿨로 뒤덮이고 벽돌빛 고담(古淡)한 언더우드관이 함초롬히 앉아 있다. 그 자태가 신비하여 눈앞에 빤히 보이는데도 불구하고 구름에 감싸여 어떤 까마득한 높이에 떠있는 신기루 같은 느낌을 주기도 한다. 때문에 감성이 풍부한 사람들은 간혹 자신의 발걸음이 근두운에 담겨 있다는 환몽에 빠질 만도 하다.

남쪽 방향의 길은 언더우드 관 앞 정원을 건너 놓인 낮은 계단이 끝난 자리의 세 길이 합류하는 지점에서 시작한다. 이곳에서부터도 곧게 뻗은 길이 직진의 순결성을 상기시킨다. 그런데 이 방향에서 백양로는 두 배로 연장된다. 왜냐하면 정문을 넘어서 여전히 직선의 길이 신촌 로타리까지 이어지고 있기 때문이다. 한데 이 길은 명백하게 이등분되어 있다. 출발점에서 정문까지의 길이 자연의 길이라면 정문에서 신촌역까지의 길은 도회의 길이다. 전반부가 학교의 길이라면 후반부는 시장의 길이다.

전자가 청명의 길이라면 후자는 혼탁의 길이다. 또한 순정의 외길과 전쟁터의 대립이기도 하고, 새소리와 차소리의 대립이기도 하다. 이 대비는 내게 무엇보다도 학문과 생활을 하나로 합치는 일의 어려움을 환기시킨다. 우리가 이 교정에서 세운 참한 뜻이 있다면 그건 저 홀로 빛날 게 아니라 오로지 저자거리의 잡스런 일감들 속에서 이루어져야 하리라.

나는 차를 두고 온 날 아침이면 백양로의 나무들 사이를 훑어 마신 상큼한 공기가 가슴에 가득 차오르는 막바지에 왼쪽으로 몸을 틀어 외솔관으로 들어간다. 그리고 오후가 되어 백양로를 내려가면서 어김없이 방금 되새긴 어려움에 직면케 된다. 아침의 길이 내게 주었던 모든 정신의 고양은 그 어려움을 가중시키기만 할 뿐 결코 해소해주지 않는다. 오후의 길 자신도 아무런 대답을 주지 않는다. 백양로의 또 다른 모습은 그 텅 빈 듯한 자세 자체이다. 그것은 내가 지금까지 쌓은 모든 노하우를 편견으로 돌리고 전적으로 새로 시작하기를 권유한다. 즉 백양로의 청결함은 나를 하늘 가까이로 올려줄 뿐만 아니라 동시에 내 고유한 의지와 행동을 통하지 않으면 결코 그곳에 다다르지 못하리라는 걸 일깨우게끔 나를 백지상태로 만들어 버린다.

이게 내 느낌만은 아니리라. 나는 70여 년 전 시인 윤동주도 같은 느낌에 사로잡혔다고 생각한다. 백양로를 북쪽 방향으로 걷다가 거의 끝나갈 즈음에 왼편으로 몸을 틀면 바로 윤동주 시비가 보이고, 그 건너에 그이가 연희전문 시절 기숙하던 핀슨홀이 있다. 윤동주는 핀슨홀에서의 어느 밤의 느낌을 수필로 남겼으니, 「달을 쏘다」가 그것이다. 그이는 이렇게 적고 있다.

> "나의 누추한 방이 달빛에 잠겨 아름다운 그림이 된다는 것보담도 오히려 슬픈 선창이 되는 것이다. 창살이 이마로부터 콧마루 입술 이렇게

하여 가슴에 여민 손등에까지 어른거려 나의 마음을 간지르는 것이다. 옆에 누운 분의 숨소리에 방은 무시무시해진다. 아이처럼 황황해지는 가슴에 눈을 치떠서 밖을 내다보니 가을 하늘은 역시 맑고 우거진 송림은 한 폭의 묵화다. 달빛은 솔가지에 솔가지에 쏟아져 바람인 양 솨-소리가 날 듯하다. 들리는 것은 시계소리와 숨소리와 귀또리 울음뿐 벅적거리던 기숙사도 절간보다 더 한층 고요한 것이 아니냐?"

때가 한낮인가 한밤인가는 문제가 아니다. 중요한 것은 시인도 백양로 근처 자신의 기숙사 방에서 어떤 깊은 심연을 느꼈다는 것이다. 그 심연은 방과 바깥 풍경 사이에 놓인 심연이다. 그에게 그가 안식할 방은 한 폭의 그림처럼 주어지지 않는다. 오히려 그것은 건너야 할 바다를 앞에 둔 선창처럼 초라히 떨고 있다. 이 선창은 곧바로 거센 풍랑 한복판에 놓인 작은 배의 비유가 된다. 즉 나의 방은 작은 배이고 나는 그 작은 배의 외론 수부이다. 그래서 무서운 마음이 들어 바깥을 내다보니 가을 하늘은 시치미를 뚝 떼고 한 폭의 그림만을 보여주고 있다. 방-배는 공포에 떨고 있는데, 바다여야 할 바깥은 마냥 시치미를 떼고 있는 것이다.

이 시치미가 침묵으로 말하는 것이 무엇인가? 너의 방은 일엽편주가 아니라 한 폭의 그림처럼 평화롭다는 위무의 말인가? 만일 시인이 그렇게 들었더라면 시인은 방의 안락에 잠겨 세상일을 잊었을 것이다. 그러나 그게 아니었다. 시인은 저 적요한 침묵 속에서 어떤 격렬한 움직임의 준비를 은밀히 들었던 것이다. 우선 방의 공포를 야기했던 것이 원래 바깥의 달빛이었다. 그 달빛이 내 몸을 간질였던 것이다. 그래놓고는 시치미를 떼고 있는 것이다. 그러나 그것이 은근히 나를 충동하고 있었다면, 실은 저 침묵 속에서 "달빛은 솔가지에 솔가지에 쏟아져 바람인 양 솨-소리"를 낼 게 아니겠는가? "바람인 양 솨-소리"는 정지용의 「향수」의 "뷔인 밭에 밤바람 소리 말을 달리고"에서의 밤바람 소리, 더 나아가, 윤해연 교수가 추정한 바에 따르면 정지용 자신이 참조한 것으로 보이는 구양수의 「추풍부」의 군마가 질주하는 듯한 가을 숲의 밤바람 소리를 독자에게 연상시킨다. 그 연상 그대로 말떼가 질주할 듯한 예감에 사로잡히게 한다.

그러나 그 질주는 풍경이 시치미를 떼고 있는 한, 오로지 방 주인, 즉 시인의 의지와 행동을 통해서만 발동될 수 있으리라. 그것이 기숙사 바깥 하늘의 맑은 정적이 마지막으로 전하는 메시지이다. 핀슨홀 바깥은 바로 백양로로 이어진다. 백양로의 이 청아한 직선성 역시 그와 같은 메시지를 우리에게 보내고 있다고 생각하는 게 마땅치 않겠는가? 다시 말해 백양로는 그의 순결하고 성스러운 모습을 생활사의 거친 풍파에서의 노동과 싸움을 통해서 이룩하라고 부추기고 있지 않은가? 그때 순수와 혼탁은, 정적과 소란은, 학문과 시장은 분리되지 않는다. 문학과 정치도 분리되지 않는다. 우리는 가장 소란한 세계에서 소란한 방식으로 가장 아름다운 고요의 세계를 빚어내야 한다. 그렇게 우리의 더럽고 데데한 삶 자체가 맑고 성스러운 것일 수 있음을 보여주라고 백양로는 그곳에 발걸음을 들일 때마다 내게 요청하는 것이다.

—『연세춘추』, 2012.7.1.

열린사회의 수준

TV는 언제 책을 읽을 건가?

참 요란한 세상이다. 말할 수 있는 통로들이 사방에 활짝 열려 있기 때문이다. 예전에 지식인들이 입만 열면 '열린사회'를 주장했었다. 그래서 『열린사회와 그 적들』이란 책이 나왔을 정도이고, 같은 이름으로 그 책을 패러디한 소설도 쓰였다. 그 단어가 얼마나 회자되었는지는 지금 원고를 작성하고 있는 이 순간에도 확인된다. '열린 사회'라고 띄어 쓰면 워드프로세서의 '맞춤법 감시 모듈'이 당장 빨간 밑줄을 긋는다. 붙여 쓰면 사라진다. '열린사회'가 하나의 보통명사로 자리 잡았다는 얘기다. 마침내 열린사회가 도래한 거나 진배가 없다. 그랬더니 좋은가? 모든 사람들이 제 목소리를 내게 되었다는 건 좋아졌다는 증거다. 그러나 저마다 제소리를 내는지 모두가 한소리를 내는지는 잘 모르겠으나 사방에서 목청을 뽑으니 항상 귀가 멍멍하다. 게다가 이야기가 많아지면 덕담보다는 험담이 더 많아진다는 걸 확연히 느낄 수 있다. 얼마 전 타계한 스웨덴 노인은 '분노하라'는 지상명령을 세상에 퍼뜨려 지구 전체를 분노의 도가니로 만든 바 있다. 그 양반이 그런 외침을 내지른 게 이해되지 않는 게 아니다. 그리고 우리는 정당한 것을 지키기 위해서 당연히 분노하고 싸워야 한다. 문제는 언로가 열릴수록 정당한 것에 대한 합의가 더욱 어려워진다는 것이다. 민주주의 사회의 기본 원리는 모든 개인들에게 최대한의 자유를 보장하는 것이다. 그 자유에는 생각과 표현의 자유가 기본적으로 들어 있는데, 그건 사람 수만큼 다른 견해가 있을 수 있다는 걸 가정하고 인정하는 것이다. 따라서 말이 많아질수록 시비(是非)를 가리는 기준은 점점 불확정성의 상태에 놓이게 된다.

이 기준이 적정한 수로 축소되는 것이야말로 열린사회의 질을 보장하는 일이 될 것이다. 게다가 그 축소의 작업이야말로 열린사회다운 일이다. 왜냐하면 자신의 견해와 다른 견해들을 경청하고 그것들과 협의하는 태도가 습관화된 사회가 열린사회일 터니 말이다. 열린사회는 성숙한 사회다. 그리고 이러한 태도는 무엇보다도 사람들의 생각이 가장 빈번히 노출되는 자리, 즉 사람들이 가장 선호하는 미디어를 통해서 단련되어야 한다. 오늘날 그 미디어는 인터넷과 TV이다. 인터넷과 TV가 같이 묶이는 게 이상하다고 생각할 사람들이 있을지 모르겠으나, 적어도 한국사회에서 그 묶음은 유효하다. 인터넷을 잡담들이 공론 행세를 하는 장소라고 정의할 수 있다면 TV도 그렇다는 점에서 그 둘은 통한다. 이렇게 말해야 하리라. TV는 인터넷의 정보 더미를 엄선한 장소이다. 다만 불행하게도 한국에서 그 선별은 양질의 관점에서 행해지는 게 아니라 상업적 성공, 즉 시청률에 근거해서 일방적으로 이루어지고 있다. 그러니 여기에 방금 말한 '성숙한' 태도가 있는가? 타인의 말에 조용히 기울이는 귀들이 있는가?

나는 정보화 사회는(따라서 TV 역시) 구조적으로 자기성찰 장치를 내장하고 있지 않기 때문에 그것을 외착시켜야 한다는 말을 거의 20여 년간 해왔다. 아무도 귀를 기울이지 않은 것 같지만 말이다. 그래도 나는 계속 말하련다. TV를 성찰케 하는 장치 중의 하나가 책 관련 프로이다. 이 역시 나의 관점에 의하면, 책, 즉 문자문화는 구조적으로 자기성찰을 내장한 문화이다. TV가 책을 어떻게 대하는가는 그것이 정보와 주장들을 제공하는 자리이길 넘어서서 다른 생각들이 서로 '교류'하는 장소이길 어떻게 꿈꾸는가를 보여주는 가장 확실한 지표이다.

한국의 TV에서 책이 어떤 방식으로 존재하고 있는가? 나는 다른 나라의 TV의 사례를 살펴봄으로써 우회적으로, 그러나 내가 보기엔, 그렇기 때문에 더 효과적으로, 그 문제를 생각해보고자 한다. 마침 나는 프랑스에 체류하고 있으며 하는 일 없이 하루 종일 TV나 틀어놓고 있는 참이다. 여기 TV에서 우리나라의 지상파에 해당하는 TNT 방송 채널을 중심으로 알아보자.

우선 정규 독서 토론 프로그램이 있다. 대표적인 것으로, '프랑스 5' 채널에서 프랑수아 뷔넬(François Busnel)이 '큰 서점(La grande librairie)'을 진행하고 있다. 그리고 국회 방송인 'LCP-Publc Senat'에서 방영하고 위성 방송 TV5를 통해 전 세계에 송신하고 있는, '메디치 도서관(Bibliothèque Médicis)'(장-피에르 엘카바크(Jean-Pierre Elkabbach) 사회)이 있다. 이 두 프로는 주간 방송인데, 한두 번 재방송한다. 1시간 동안, 통상 3-4인의 신간 저자들을 초청해 이야기를 나눈다. 따라서 어림잡아, 한 주에 이 두 프로를 통해 5-8권의 책이 소개되고 있다. 매일 프로도 있다. '프랑스 2' 채널의 '서가에서(Sur l'éta-gère)'(모니크 아틀랑(Monique Atlan) 진행)와 '프랑스 3' 채널의 '하루에 책 한 권(un jour, un livre)'(올리비에 바로(Olivier Barrot) 진행)이 월요일에서 금요일까지 일주일에 5일 동안 매일 한 권의 책을 리뷰한다. 다음 '프랑스 5'의 '자유롭게 들어오세요(Entrée libre)' 프로는 월요일에서 토요일까지 매일 문화를 섹션 별로 나누어 소개하는 프로그램인데, '문학' 항목이 일주일에 4-5번 정도 들어간다. 일주일에 최소한 4권의 책이 공개된다고 할 수 있다. 또한 이 역시 월요일에서 토요일까지 진행되는 2시간 30분짜리 아침 대화형 뉴스 프로그램인 '프랑스 2'의 '텔레마텡(Télématin)'은 아주 다양한 문화 · 예술 코너를 갖고 있는데, 항상 책이 화제가 되는 건 아니지만, 최소한 하루에 한 권 이상의 책을 만날 수 있다. 역시 '프랑스 2'에서 일요일에 미셸 드뤼케(Michel Drucker)가 진행하는 토크쇼 '신나는 일요일(Vivement dimanche)'에서도 화제가 된 책의 저자들이 종종 초대받아 대화를 나눈다. 아주 박하게 잡아, 이 프로에서 일주일에 1권의 책을 소개한다고 하자. 마지막으로 '프랑스 2' TV는 일요일 오전을 종교방송으로 채우고 있다. 불교에서 시작해, 이슬람교, 유대교, 동방정교, 프로테스탄트, 가톨릭 순서로 진행된다. 이 중 특히 불교, 이슬람교, 유대교 프로는 15-30분 정도의 프로인데, 각 종교를 이해시키는 데 주력하고 있다. 기독교 프로가 전례 혹은 복음 활동 등 실천에 더 집중하는 것과 대조된다. 여하튼 이 세 프로는 해당 주제에 관한 책을 3-5권 정도 소개하고 있다. 따라서 어림잡아 일요일 오전에 9권 이상의 책이 소개된다고 할 수 있다. 따라서 지상파, 그것도 관영방송인 4개 채널에 국한하여 계산할 때 일주일에 30권의 책이 항상 방송을 타고 있다고 할 수 있다. 하루에 4권 이상이다. 그것이 최소치이다. 프랑스 관영방송의 방송프로를 모아 놓고 인터넷으로 서비스하는 사이트가 있으니 직접 확인해 볼 수 있을 것이다. 주소는 http://pluzz.francetv.fr/이다. 한국에서도 시청할 수 있는지는 여기서는 확인할 수 없다.

한국의 경우는 어떠한가? 우선 한국의 경우에는 특별한 도서 프로가 아니면 책이 등장하는 경우가 거의 전무하다. 그런데 공중파 방송에서 책 프로가 지금 존재하는지 모르겠다. 있다면 거기서 다루어지는 책들이 그게 한국 TV에서 일주일에 소개하는 책의 수량이 된다. 양도 문제지만 책 소개의 질도 심각하다. 5-6년 전 'KBS 1TV'에서 박명진 교수가 진행한 'TV 책을 말하다'가 꽤 수준 높은 프로그램이었는데, 시청률 저조로 사라진 지 오래되었다. 그리고 고 정운영 교수가 EBS에서 진행한 독서 프로그램이 있었다. 그 역시 지금은 사라졌다. EBS가 입시 중심 방송이 되면서, 예전에 있던 그 좋던 문화 프로그램들의 상당수가 폐기되었다.

'TV 책을 말하다'가 방영되던 무렵, MBC에서 개그맨들이 진행하던 책 프로그램이 있었다. 진행자들이 책도 읽지 않고 나와서 쇼핑몰에서 싸구려 상품 선전하듯이 소개하던 프로그램이었는데 시청률이 꽤 높았고, 그 프로에 소개된 책은 단기간에 베스트셀러가 되었다. 그런데 왜 지금 그 프로가 사라졌는지 알 수 없으나, 그 폐해가 컸다. 그 이후 다른 채널의 책 프로그램에서도 책을 읽지 않은 출연자들이 중구난방으로 수다를 떠는 걸 종종 목격할 수 있었다. 그뿐이랴. 인터넷 서점을 중심으로 성장한 도서 평론가들 중에 책을 읽지 않은 상태에서 서평을 올리는 걸 지금도 자주 볼 수 있다. 어쩌다가 이런 풍토가 무심하게 되었는지 모르겠다.

프랑스 TV가 책을 말하는 일에서 참조할 점은 그 양에만 있는 게 아니다. 무엇보다도 책과 생활 사이의 거리가 아주 가깝다는 것이다. 한국의 TV 토크쇼에 출연하는 사람들은 연예인, 개그맨, 그리고 정치평론가들이다. 그러니, 늘 하는 얘기가 출연자들의 신변 털기나 몸으로 때우는 오락 혹은 모든 정치적 사안을 황당한 해프닝들로 번역해내서 시청자의 눈을 짜릿짜릿하게 해주는 '토론'의 이름을 달고 있는 쇼들이다. 반면 프랑스의 TV에서는 생활, 건강, 취미, 요리, 문화, 역사, 예술, 영화, 퍼포먼스, 독서, 정치, 경제, 범법, 일탈에 이르기까지 삶에 관한 모든 이야기들이 오고 간다. 그런데 주의 깊게 봐야 할 것은 이 다양한 분야들이 따로따로 떨어져 있지 않고 아주 활발히 공조(共助)하고 있다는 것이다. 그래서 앞에서 말한 종교 프로의 경우들처럼 다른 분야에 관한 프로에서 책이 등장하는 경우가 빈번하다. 다음, 이 역시 긴히 참조해야 하는 현상은 책을 대하는 사람들의 태도가 매우 육감적이라는 것이다. 그 감각성은 가령 '큰 서점'이나 '메디치 도서관'에서 사회자가 책을 직접 읽어가며 저자와 대화를 나누는 데에서부터 밤새도록 두 남녀가 번갈아 가며 책읽기를 실연하는 '다이렉트 8' 채널의 심야 프로그램 '밤의 끝으로의 여행

(Voyage au bout de la nuit)'(워낙 이 이름은 셀린느(Ferdinand de Céline)의 그 유명한 소설의 제목이다)에서 책 읽는 사람의 썩 요염한 자태에 이르기까지(이는 오래 전의 소설 겸 영화 『책읽어주는 여자 La lectrice』[레이몽 장(Raymond Jean)의 소설을 미셸 드빌(Michel Deville)이 1988년 영화화했다]를 상기시킨다) 폭넓은 범위에서 확인된다. 마지막으로 TV에서 다루는 책의 수준이 통속 소설에서부터 조르쥬 페렉(Georges Pérec)의 난해한 소설이나 사회분석서, 그리고 철학 책에 이르기까지 아주 넓게 펴져 있으며, 그것들이 아주 세밀하게 위계화되어 있다는 것이다. 사실 한국의 미디어뿐만이 아니라 식자들이 배워야 할 게 이것인지도 모른다. 책들이 일상적 차원에서 잘 유통되려면 고급한 도서만을 고집해서는 안 된다는 것. 오히려 낮은 수준에서부터 꼭대기까지 골고루 펴져 있어야 대중들의 책 체조를 통한 정신 건강의 향상이 순조롭게 이루어질 수 있다는 것이다. 요컨대 문화의 수평적·수직적 분포가 대 은하를 이루고 있어야 하는 것이다. 내가 여기에 와서 가끔 목격하면서 놀라는 것은 앞에 동전 그릇을 놓아둔 채로 가부좌를 한 자세로 문고본을 읽고 있는 거지의 모습이다. 그 앞을 지나며 나는 저이는 디오게네스일까?, 궁금해 한다.

이쯤 되면 프랑스 철학이 20세기 후반기부터 세계 사상을 주도하게 된 근원을 얼마간 짐작할 수 있다. 또 그로부터 8시간 앞서 나가며 아주 많은 사람들이 제 말할 권리를 마음껏 누리는 사회에서 왜 이렇게 어처구니없는 사고가 빈번히 되풀이되고 있는지에 대해서도 느낌이 온다. 책을 읽지도 않고 이야기하는 태도는 알지도 못하면서 조율이시를 우기는 풍토와 직결되어 있다. 저 조율이시는 의례 형식일 수도 있고 대형 여객선의 항해원칙일 수도 있다. 그로 인한 재앙을 우리는 또다시 참담히 보고 있다. 언제 어디서나 아는 것만큼 중요한 것은 없다. 그리고 아는 척 하는 것만큼 위험한 것도 없다. 지금도 우리는 차분히 생각을 나누기보다는 삿대 끝에 제 주장을 달아매느라고 바쁘다. 인터넷과 TV는 지겹지도 않은지 늘 그 꼬락서니만을 보여준다. 책을 꺼내는 순간에서조차 그렇다. 이제는 알고서 말할 때가 되지 않았나? 다시 말해 책 좀 읽고서 말할 때가 되지 않았나? 책을 읽는 것은 지식을 얻는 일이기도 하고 남의 생각을 받아서 제 생각을 키우는 일이기도 하다. 그런 뜻에서도 책 좀 읽어야 하지 않을까? 무엇보다도 TV가 그래야 하지 않을까? 누구보다도 네티즌들이 제대로 읽어야 하지 않을까?

—『대산문화』, 2014 여름.

'싸이' 현상

얼마 전 '싸이'의 새 음악과 뮤직 비디오가 발표되었다. 「강남스타일」에 미쳤던 세계인들은 이제 새로운 자극을 하나 더 얻게 되었다. 「젠틀맨」의 선물시세를 바짝 올리며 미리 흥분하는 반응들이 곳곳에서 이미 터진 바 있다. 이 열광은 그런데 원인이 알쏭달쏭한 것이다. 앞은 제껴지고 뒤는 꼬인 기묘한 음색의 도입부가 말머리처럼 생겼다는 느낌이 들기는 하지만 그게 말춤의 모든 비밀을 설명해 주지는 못한다. 엉덩이를 들썩거리기 시작하는 사람들은 그저 몸으로 감탄사를 발하고 있을 뿐이다. 가수는 알까? 왜 자신이 떴는지? 도널드 덕처럼 은전더미 속에서 헤엄할 제작자인들 알 수 있을까?

'싸이'의 알파벳 표기가 'PSY'라고 하니, 그걸 우리말로 번역하면 '정신 나간 녀석', '돌아이' 쯤 될 것이다. 그러니까 전세계인이 영문도 모른 채 '돌아, 돌아, 돌아', 혹은 '좋아, 좋아, 좋아'를 외치고 있는 것이다. 도대체 이걸 어떻게 이해해야 할까? 꼭 이해해야만 하는가?

궁금해 하던 차에 나는 그에 대한 흥미로운 단서를 하나 발견하게 되었다. 지난 주 미국의 럿거스(Rutgers) 대학에서 '한국문학과 번역'이라는 주제로 한국과 미국의 한국학자들이 여럿 모여서 심포지엄을 가졌는데, 에릭 훙(Eric Hung)이라는 분이 '「강남스타일」이 미국 주류 미디어에서 어떻게 이해되고 있는가'를 주제로 발표를 하였다. 나는 그 안에 소개된 미국 내 반응이 신기했다. 한 중국 문화 전문가가 TV에 나와 "이런 음악은 통제사회에서는 불가능하다"며, '싸이'의 음악은 상류사회 혹은 기성사회에 대한 풍자라고 말하고 있었다. 그러니까 '싸이'의 음악은 불온한 정신을 용납할 만한 민주적인 토대가 갖추어진 공간에서 현실비판의 감정을 마음껏 발산하게 해주기 때문에 강력한 매력을 갖는다는 것이다.

정말 그럴까? 한국에 돌아와 고개를 갸우뚱거리고 있으니까 마침 들른 시인 정한아가 "그건 '싸이'가 자주 표명하는 태도이기도 해요. 그런데 저는 그게 의심스러워요"라고 말한다. 과연 가수가 각종 인터뷰에서 자신의 음악이 반사회적 일탈이라는 것을 밝히는 게 종종 보였다. 이번 노래만 해도 '시건방춤'이라는 이름을 하고 노골적인 커밍아웃을 하고 있지 않은가? 그러나 시건방진 모든 게 사회에 충격을 줄 수 있는 건 아니다. 사회 내부의 스펙터클이 되어 사회로부터 이윤을 잔뜩 뽑아내는 탈사회의 가면무는, 시인의 말마따나, 어딘가 좀 의심스러운 것이다. 그런 풍자적 제스처는 기껏해야 풍자하는 자신의 모습을 즐기는 것이지 풍자 받는 대상을 욕하고 있는 것으로는 보이지 않기 때문이다.

생각이 거기에 닿자, 나는 저 노래와 춤을 풍자로 해석하고 싶어 하는 집단 무의식이 사회 내부에 형성이 된 게 아닌가, 라는 쪽으로 머리가 돌아갔다. 요컨대 자신이 몸담고 있는 공동체를 흉보고 발길질하고 싶은 사람들이 부쩍 늘어나서 그럴 기회만을 기다리고 있는 참에 '싸이'라는 미국 대중 '코믹스'의 멍청한 악당처럼 생긴 아시아인이 알 듯 말 듯 하지만 엇비슷한 물건을 내놓으니까 그걸 자신들이 찾던 먹이로 유권해석해서 덥석 물어버린 건 아닌가 말이다. 시인은 단지 달밤을 묘사하는데 독자는 그리움으로 가슴이 저리고, 가수는 단지 바다를 노래했는데 청중은 이별의 아픔에 창자가 끊어지는 일이 비일비재한 것이다.

과연 2008년 미국의 모기지론 사태와 유럽 국가들의 재정적 위기는 전 세계를 만성적 경기침체 상태 속에 빠뜨리면서 젊은 사람들의 일자리를 지독한 가뭄 속으로 몰아넣고 있는 중이다. 그러다 보니, 시방 전 세계가 1930년대의 세계 공황을 되풀이하고 있다는 게 유럽 언론들의 공통적인 화두가 되고 있는 것이다. 그래서 이미 '월가를 점령하라'는 시위가 터졌는가 하면, 얼마 전 작고한 노시인의 '분노하라'는 명령은 세계적으로 뜨거운 호응을 일으켰었다.

그런데 저 유권해석에는 '분노의 마당을 열어주시오'라는 독한 부르짖음만이 있는 건 아닌 듯이 보인다. 아마도 말춤의 묘미는 의미란 아랑곳않고 폴싹거리는 저 동작의 몰입성에 있는 게 아닐까? 즉 사회의 강력한 풍자인 듯싶다가도 뭔가 문제가 있으면 이건 풍자도 비애도 뭣도 아니고 그냥 춤이다, 라고 능청을 떠는 게 저 말춤의 은밀한 흡인력이라는 것이다. 만일 그렇다면 정말 문제는 저것이 풍자냐 아니냐가 아니라, 풍자의 자동 순환성, 즉 공격과 '아니면 말고'를 번갈아 되풀이하면서 끊임없이 대상을 바꾸어 나가는 사태에 있을 것이다. 어쩌면 최근 프랑스에서 동성결혼을 허가하는 법이 입안되었을 때 젊은 사람들이 거리로 뛰쳐나와 반대 대모를 벌인 희한한 보수적 물결도 그런 대사회적 집단무의식의 자동순환성에서 기인하는 것인지도 모른다.

여기까지 생각이 미치자, '싸이'의 성공 앞에서 덩달아 춤을 추기보다는 좀 더 근본적인 다른 일을 해야 한다는 생각이 불쑥 고개를 쳐들어 말머리는 관두고 방울뱀처럼 소리를 내고 싶어진다. 어떤 상황에서든 노래로써 해야 할 일과 방법은 무수히 많겠지만 문제는 그 윤리성에 있을 것이다. 인류와 지구공동체의 바람직한 변화에 실질적인 밀알이 될 수 있는가를 측량하는 일을 최우선의 원칙으로 삼는 것 말이다. 또한 가수는 가수대로 자신의 시건방을 헛발차기로 날리지 않기 위해 '시껍하는'

데까지 몰고 가 봐야 하는 게 아닌가? CNN과 인터뷰할 때 보니 착한 사람 같던데, 뜬금없이 짐 모리슨이, 박현준이 생각나는 건 뭔가가 아쉬운 탓이다.

—『연세춘추』 1705호, 2013.5.6.

전할 사람이 없다는 게 문제라고 전해라

'전해라' 바람에 대해

'전해라'가 화제다. 가수 이애란이 부른 「백세 인생」에서 비롯되었다고 한다. 무엇보다 가사가 유행의 도화선이 된 듯하다. 내용은 단순하다. 오래 살고 싶다는 것이다. 그런데 그걸 소망의 형식으로 표현하지 않았다. "저, 1년만 더 살고 싶어요!" 이런 애걸은 통하지 않는 시대다. 노래는 거꾸로 나갔다. 죽지 않는 걸 기정사실로 만들었다. 그래서 저승사자가 오면 죽을 생각이 없다고 염라대왕에게 전해라, 라고 대거리한다. 이 말본새가 멋있었나 보다. 들은 사람들은 곧바로 흉내 내서 저마다의 문제에 적용하기 시작했다. 지금 인터넷에 들어가면 별의별 '전해라'들이 밤하늘의 은하수처럼 왁자지껄 흘러가고 있다. "못 간다고 전해라", "어디어디 주가는 아직 싸다고 전해라", "자꾸 그러면 한 대 맞는다고 전해라", "보고 싶다 전해라", "전해라는 전해질과 다른 사람이라고 전해라"…… 이 무차별적인 감염현상을 두고 미디어는 "중독성이 강하다"는 규정을 내렸다.

그리고 앞다투어 이 유행의 원인과 효과에 대해 분석의 혀를 날름대기 시작했다. 가장 많은 동의를 얻은 대답은 이 '전해라'가 오늘날 중요한 사회적 문제로 대두된 '을'의 설움과 항변을 대변하고 있다는 것이다. 죽음은 닥치는 것이다. 거기에 저항할 길은 없다. 거기에서 필연성은 제하고 강제성만 뽑아내면 죽음은 '갑'의 부당한 강압을 은유할 수 있다. 은

유하면서 '갑질'의 강제성의 정도를 극단적으로 과장하는 효과도 얻는다. 가진 자와 힘 있는 자들이 가난하고 약한 사람들에게 가하는 압제가 이렇게 악랄하다니! 갑질은 악이 되고 갑은 사탄이 된다. 그래서 저항의 정당성이 확보될 뿐만 아니라 무적의 상대방을 간단히 무시하는 태도로 오연한 의기도 보여줄 수 있다. 타당하고 온당하고 지당한 것이라!

아마 여기에 몇 마디 더 보탤 수 있을 것이다. 우선 의학의 발달로 인간의 수명이 연장된 게 사실로 '100세'까지 산다는 건 거의 당연한 것이 되었으니, 그것이 말 내용을 뒷받침해준다. 게다가 이 노래가 '아리랑' 가락을 은밀히 차용하고 있어서 따라 하기 쉽다. 그리고 이른바 '꺾기'라고 하는 한국음악 특유의 기교가 을의 항거라는 역전(逆轉)의 정서를 감각적으로 느끼게 해준다. 여기엔 과학과 미학이 있는 것이다. 이 가락은 신명을 타기에 부족함이 없다. 미학이 생활의 활력으로 활용되는 희귀한 예가 아닐 수 없다! 왜 희귀하냐고? 대개의 미학은 일상에 반하는 자리에서 돌출하기 때문이다.

그런데 괴리씨는 무언가가 불편했다. 곰곰이 생각해보니 생활도 누리고 아름다움도 누리는 건 만족이 지나친 게 아닌가? 라는 의심에 다다랐다. 그러나 그건 선망의 대상이 될 수는 있어도 타기할 일이라고 할 수는 없었다. 하지만 다시 생각해 보니, 저 이상적 만족의 향유자가 취하는 태도가 걸렸다. "전해라"? 이 명령법은 말하는 자가 스스로 '갑'이 되고 있다는 걸 가리키는 표지 아닌가? 을의 항거가 평등을 지향하는 게 아니라 불평등의 전도(轉倒)에 지나지 않는 것이라면, 경계해야 할 일 아닌가? 그러나 이런 태도는 기존 질서를 무너뜨리려는 의지가 분출할 때 일시적으로 일어나는 과잉 현상으로 받아들일 수도 있다. 하비 콕스(H. Cox)가 전하는 바에 의하면 중세의 '바보제'에서는 가장 천한 신분의 사람이 왕관을 쓰는 것으로 기성 질서를 풍자하곤 했었다.

그렇다면 무엇? 문득 앞머리를 때리며 도망가는 생각이 있었으니, 이 얘기는 논리상 전령을 둘 수가 없다는 것이다. 물론 노래 안에서야 산 자가 저승사자에게 하는 말이겠지만 노래 바깥에서는 모두가 을의 상황을 앓고 있는 살아 있는 군중인 것이다. 그러니 모두가 이구동성으로 '전해라'라고 외치면 그 말을 누가 전하나? 이 튕기는 말은 결국 독백에 불과한 것이 아닌가? 하긴 '바보제'는 민중의식을 고양하는 의식이었나? 중세 질서를 유지하는 수단이었나?

—『창조문예』, 2016.2.

미네르바 신드롬

미네르바 신드롬의 주변에 내노라하는 명망가 지식인들이 "화려한 조연"으로 등장했다는 기사를 읽으면서, 1980년대에 대학생이 쓴 마르크스 요약본을 밑줄 그어가며 탐독하던 대학교수들 생각이 났다. 그때 그 꼴을 보면서 한국지식의 얇고도 얇은 인프라를 한탄했더랬는데, 그로부터 20년이 지난 지금에도 사정은 전혀 나아지지 않았나 보다. 아니, 나아지기는커녕 더 악화되었다는 생각마저 든다. 여론의 앞자리에 있는 사람들의 이말저말을 보면 말이다. 미네르바 사건은 그런 총체적 상황 속에서 특별히 열불난 한 귀텡이가 찢어진 것에 지나지 않는 듯하다.

—2009.1.11.

고령화 인구의 '고독'에 대한 잡념

"사람들 사이에 섬이 있다 / 그 섬에 가고 싶다"는 유명한 시구를 지은 시인은 정현종이다. 여기서 '섬'은 무엇일까? 사람들이 모인 장소를 '광장'이라고 부른다면, 섬은 그 광장에 대조되는 장소, 즉 광장 속에 감추어진 모종의 밀실, 고독의 장소일 것이다. 이 고독의 장소는 신비함을 간직하고 있다. 시인이 그 이름을 불러 누구나 가고 싶어하는 곳이 되었는데, 아무도 그곳이 정확히 어디인지 모르기 때문이다.

그러나 우리는 아주 성질이 다른, 성질이 더러운 또 다른 고독이 있다는 것을 잘 알고 있다. 실은 이쪽 고독이 더 일반적이다. 가령, 가수 패티김이 "고독에 몸부림칠 때"라고 울부짖을 때, 그 고독은 정말 끔찍하기 짝이 없는 것이다. 그 노래는 만남이 인간의 본능과도 같은 것임을 강조한다. 누군가와 함께 있지 않으면 우리는 살 수가 없다. 우리는 이런 생각을 무시로 토로한다. "누구를 위하여 종은 울리나"라는 시구로 유명한 17세기의 형이상학파 시인 존 단(John Donne)의 시구는 정현종의 시와 정면으로 배치된다. "어느 누구도 섬이 아니다"라고 말하고 있기 때문이다.

고독을 깊은 사색의 기회로 생각한 사람들은 대체로 문학인들과 철학자들이었다. 그들은 아주 오랜 기간 동안 비슷한 생각을 되풀이해 왔다. 가령, 라 퐁텐느(La Fontaine)는 한 우화에서 "고독은 내가 은밀한 즐거움을 찾는 장소 / 내가 언제나 좋아하는 자리"라고 말했다. 그보다 앞선 시대 사람인 몽테뉴(Montaigne)는 한 술 더 떠서, "영혼을 자기 자신에게로 돌려 보내야 한다. 거기가 진정한 고독의 자리이다. 고독은 도심 한복판에서 왕들의 궁정에서도 누릴 수 있는 것이다. 그러나 그것은 외따로 떨어져 있을 때에 더욱 편안하게 누릴 수 있다"고 말함으로써, 고독을 예찬할 뿐만 아니라, 고독 중의 고독을 기리고 있다. 또한 루소(Rousseau)는 "나는 태어날 때부터 고독을 사랑했는데, 그것은 사람들을 더욱 많이 알면 알게 될수록 커지기만 했다"고 말함으로써 고독은 꺼질 줄 모르는 내면의 불꽃임을, 다시 말해 삶의 에너지임을 명시하고 있다. 하지만, 누구보다도 월든 호숫가에서 홀로 살면서 세상에서 가장 아름다운 책이자 가장 가혹한 문명비판서를 써낸 헨리 데이비드 소로우(Henry David Thoreau)의 삶이야말로 고독의 정화라고 할 것이다.

문인과 예술가들이 고독을 즐기는 까닭을 알기는 어렵지 않다. 고독 속에서 그들은 보통 사람은 할 수 없고 그만이 할 수 있는 창조적인 일에 침잠할 수 있기 때문이다. 방금 언급된 작가들의 고독한 삶과 그들이 남긴 저작이 그대로 증명하는 것이거니와, "고독은 영혼들의 의무실"이라는 레오파르디(Leopardi)의 명구로 보자면, 고독은 세파에 찌든 섬세한 영혼의 안식처이자, 동시에, 문학의 악동인 오스카 와일드(Oscar Wilde)가 "고독은 강함이다. 군중이 곁에 있어야 안심하는 것은 허약함이다"라고 말하는 데서 알 수 있듯이, 창조적인 재능을 가진 자에게 자신의 위대함이 발동되기 위한 최적의 조건이기도 한 것이다. 그러니, "감미로운 고독이여, 그대는 내 욕망들을 확정해준다"고 말한 디드로(Diderot)의 고성이 결코 과장으로 느껴지지 않는 것이다.

그러나 그것뿐일까? 카트린느 클레망(Catherine Clément)이 직관적으로 파악(『마가진 리테레르 Magazine littéraire』, 2011년 7-8월호)한 키에르케고르(Kierkegaard)

에게는 그 이상의 무엇이 있음을 암시한다. 이 고독한 사색자는 원래 유복한 집에서 자라 모자랄 게 없었던 사람이다. 그러나 아버지가 돌아가시면서 그는 느닷없이 약혼을 파기하였고 게으름을 피워 직업도 포기하였으니, 목회자가 되지 않은 것은 물론이고 목소리가 나오질 않아 교수가 될 수도 없었다. 그러니까 그는 거의 자발적으로 고독 속으로 빠져들어갔는데, 그러나 대신 그는 마치 "오페라의 등장인물"처럼 자신의 고독을 연기하는 데서 희열을 느꼈다. 그러니까, 앞에 열거한 모든 인용문들에서도 암시되듯, 천재들의 고독은, 천재들의 작품을 즐길 수는 있으나 그런 작품을 만들 재능은 못 가진 사람들 앞에서 화려하게 상연되는 것이다. 그렇게 찬란하게 비침으로써, 지독한 외로움을 농축된 천재성으로 바꿀 수 있게 되는 것이다.

아마 그런 오만한 작업 뒤에는, 파멸과의 싸움이라는 또 다른 고독이 도사리고 있었을 것이다. 왜냐하면, 아무리 공인된 천재들의 작품이라도 그 작품의 진정한 성공 여부는 결코 대답되지 않을 것이기 때문이다. 이미 군중을 외면한 자가 군중 앞에서 자신의 천재성을 현시할 때 도대체 누가 그를 판단할 수 있을 것인가? 고독의 대가는 그렇게 고독한 것이다.

그러나 천재들에게 고독이 일종의 '내기'라면, 우리 같은 보통 사람들에게 고독이란 맛보는 순간 구토를 하고 경기를 일으키고 가슴을 쥐어뜯고 마는 독약 같은 것이다. 프랑스에 체류하던 2006-2007년에 내가 세 들어 살던 아파트에는 독거노인들이 꽤 있었다. 그 일 년 동안에 두 노인이 누구의 도움도 받지 못하고, 이웃의 임종도 없이, 죽은 모습으로 발견되었다. 아파트 관리인이 혼자 '처리'(이 단어 말고 무엇을 사용할 수 있으랴)를 하면서 진절머리를 내고 있었다. 맨 아래 층에는 노인이 한 분 살고 있었는데, 어느 날 외출을 하려고 내려갔다가 그 양반이 팬티만 달랑 걸친 채 문을 열고 바깥에 나와 학학거리며 숨을 내쉬는 걸 보았다. 그이의 입에서는 침이 흐르고 있었고, 얼굴의 전체적인 윤곽은 길쭉하게 늘어나 있었으며, 눈에서는 기이한 빛이 솟구치며, 비오는 날 자동차가 지나갈 때의 진창에서처럼, 내 옷을 향해 폭발적으로 튀고 있었다. 잠시 후, 정기적으로 방문하던 생활관리사가 와서 그이를 데리고 집 안으로 들어갔지만, 그 짧은 시간에 이미 뇌리에 박힌 그이의 비참함은 지금도 불현듯 내 몸을 떨게 하곤 한다.

이런 광경은 이제 남의 나라 얘기가 아니다. 통계에 의하면, 한국에도 2010년 현재 102만 가구(6%)에 65세 이상의 독거 노인이 살고 있다. 그런데 젊은이들의 "화려한 싱글" 현상을 옆에 대 보면, 문제는 혼자 삶이 아니라 '일거리가 없이 사회적 연결망이 끊긴 상태'라는 걸 쉽게 알 수 있다. 의학의 발달은 사회의 업무에서 물러난 분들에게 남은 시간을 훌쩍 늘려 놓았으며 동시에 그들에게서 노동의 능력도 상당 부분을 보존해 주고 있는 것이다. 그런데도 이들은 제도의 압력에 의해서 잉여 인간으로 전락해 있는 것이고, 이 잉여인간들이 큰 집단을 이루면서 곳곳에 괴암들처럼 고여 있는 것이다.

엉뚱하게도 천재들의 고독을 떠올린 것은 이 때문이다. 이 분들에게 남은 노동력을 이용하여 저마다 자신이 하고 싶은 일은 하게끔 해주는 거대한 집단 작업장 같은 것을 만들면 어떨까? 그리고 가능하다면, 그이들의 작업을 사회적 생산으로 이어서, 제 2의 사회 공간을 만들어 보는 건 어떨까? 도로와 사회적 연결망을 일거에 마비시켜 버린 난데없이 지독하기만 한 폭우를 바라보며 쓸데없는 잡념 혹은 몽상에 빠져든다.

—『가치바치』, 2011.8.

중학생 자살

스페인에 다녀왔더니 중학생 자살 사건이 여전히 뉴스의 중앙을 자리잡고 있다. 오늘은 가해 학생들이 구속되었다는 소식을 전하고 있다. 죽은 아이 때문에 가슴이 한참 아팠지만, 죽게 한 아이들도 저희가 무엇을 하는지도 모르면서 저지른 일 때문에 죄책감과 고통 속에 빠져들 것이라 생각하니 그 애들이 가련한 것도 인지상정이리라.

무엇보다도 아이들의 이 문제가 가해자와 피해자의 문제로 환원되는 게 안타까운 일이다. 문제의 근원은 더 오래되고 더 집요하며, 따라서 더 심각한 데에 있다. 온갖 구실로 아이들의 삶과 교육 현장을 미화하거나 과장해서 특화시키고 사회로부터 격리시킨 사람들, 그리고 그것을 교육정책에 키워서 적용한 당국과 그 입안자들, 그렇게 해서 어린 학생들에게 주입된 교육 과정들, 그런 경향을 확산시키는 데 협조한 사람들, 그런 사람들과 기구들에 갈수록 더 큰 힘을 주었던 사회적 분위기, 그 모든 것들에 대해 시시한 구취라도 풍겨 본 사람들이, 다시 말해 교육에 대해 결정과 집행의 힘을 가진 어른들이 반성하고 스스로 고쳐야 할 문제이다. 그 성인들의 자기 교정이 없는 한, 문제는 형태를 바꿔 가며 끊임없이 되풀이될 것이다.

—2012.1.12.

무의미의 소비

"마약의 소비는 의미 결여를 소비하는 것이다." 우연히 튼 TV에 노 사회학자 알렝 투렌느(Alain Touraine)가 나와서 한 말이다. France 2의 금요일 문화 프로그램 「Ce soir (ou Jamais)」에서이다.

이렇게 간결하게 핵심을 짚기도 흔치 않을 것이다. 그가 덧붙여야 할 말이 있다면, 의미 결여가 소비되는 까닭은 의미결여가 의미로서 소비되기 때문이라는 점이리라. 그러지 않으면 그게 '사용'되고 '소비'될 일이 없을 것이니까. 거기에 생각이 미치면 의미결여를 의미로서 소비하는 게 마약만은 아니라는 데에 눈뜨게 된다. 그 노인장이 그 말 앞에 "우리는 오늘 의미를 주는 것에 대해서 절대적으로 무관심하고 절대적으로 침묵하고 있다"라고 힘주어 말하고 있듯이, 그건 마약만의 문제가 아니라 시대의 문제인 것이다.

그러나 더 놀라운 일은 이 발언이 바로 의미결여의 소비가 요란하게 춤추는 장소에서 나타났다는 것이다. 그렇다면 이 발언도 역시 의미 결여를 소비하고 있는 것일까? 나는 그렇게 부정적으로 생각하고 싶지가 않다. 어쩌면 바로 이 무의미가 소비되는 자리 안에서 무의미를 의미로 만들기 위해 애쓰는 차원이 열릴 수도 있는 게 아닐까? 전자와 후자는 아주 다른 것인데, 같은 근원에서 출발하기 때문에, 그 양태가 때로는 너무나 흡사하게 나타나는 것이고 아니 어쩌면 그렇게 나타날 수밖에 없는 것일지도 모른다. 그렇다면 그 두 차원을 어떻게 섬세히 분별할 것인가? 아니 어떻게 전자의 원반을 후자의 회전판에 올려놓을 것인가? 대개는 후자인 척 하면서 전자의 소용돌이 속으로 빨려들고 있지 않는가? 그것도 희희낙락하며.

—2013.10.4.

디젤의 허구

요 며칠 간 프랑스 대도시들에 공해 경보가 계속 울리고 있다. 그러더니 오늘 TV에서는 그르노블, 렝스, 깡 등 몇몇 대도시들이 자동차 운행을 줄이기 위해 메트로와 트람을 비롯해 대중교통을 주말에 무료로 운행하기로 했고, 파리 등은 자전거를 무료로 대여하기로 했다는 뉴스를 보낸다. 나는 프랑스라는 나라가 지겨워지다가도 이런 소식들 때문에 다시 좋아할 수밖에 없게 된다. 현실과 이상 사이의 타협점을 가장 합리적인 수준에서 찾아내는 일을 이 나라보다 더 잘하는 데는 없는 것 같다.

공해 얘기가 나왔으니 생각난 건데, 나는 한 달 전쯤에 『르 몽드』 「사설」에서 디젤이 공해의 가장 못된 주범 중의 하나라는 글을 읽고 충격을 받았었다. 8년 전에 파리에 체류할 때 디젤이 연비도 줄이고 공해 물질 배출 문제도 해결했기 때문에 휘발유 차에 비해 훨씬 환경 친화적인 자동차라는 말을 듣고 차를 구입했고 그걸 한국까지 가져와 지금도 타고 있기 때문이다. 그래서 「사설」에서까지 언급된 그 문제를 믿고 싶지 않은 충동이 마음속에서 일어난 듯 찜찜하면서도 무심한 체 하고 있었는데, 하필이면 한국으로부터 들려오는 소식은 자동차 업계가 연비 문제를 해결하기 위해 디젤차 개발에 경쟁적으로 뛰어들고 있다는 것이어서, 나의 방어 심리를 슬그머니 강화시켜 주었던 것이다. 하지만 디젤의 유해성 문제가 여기에서는 실질적으로 공론으로 자리 잡았다는 것을 오늘 알게 되었다. 파리 시장 후보로 나선 사회당의 안느 이달고(Anne Hidalgo)가 '디젤의 추방'을 자신의 공약으로 내세웠다는 것을 방송을 통해 보았던 것이다. 한국의 국제부 기자들이 왜 이런 얘기를 사회부로 전달하지 않는지 의아하다.

—2014.3.14.

북한의 한류

"김일성일가체제가 핵무기를 보유함으로써 결정적으로 외부의 압력으로부터 자신을 보호하게 되었다 하더라도, 북한 주민의 지지에 의존하고 있다는 사실은 여전히 변함이 없다. 그런데 몇 개의 상품과 몇 종류의 DVD가 이 무지의 갑주를 깨뜨려버릴 수도 있다." 북한전문가인 안드레이 란코프(Andreï Lankov)가 한 말이라고 『누벨 옵세르바퇴르』 10월 3일자(2552호)가 전하고 있다. 최근의 북한을 취재한 기사, 「세상에서 가장 닫혀 있는 나라로의 여행」의 후반부에 지하유통망을 통해서 한국의 드라마가 북한에 퍼져나가고 있는 현상을 소개하면서 결론삼아 인용한 것이다. 그 앞에 옮겨진 재일교포 기자가 했다는 말은 다음과 같다. "이 통속극들이 북한 사람 모두를 열광시키면서 북한은 지금 남쪽 문화에 젖어들고 있는 중이다. 남쪽을 낙후되었고 착취되는 나라로 묘사하고자 애쓰는 선전에도 불구하고 번영을 누리고 있는 자유 사회에 대한 욕망이 일어나고 있다."

한류가 마침내 세상에서 가장 닫혀 있는 장소까지 열었다!? 북한의 문제는 별도로 하고, '문화란 무엇인가'를 거듭 되묻게 한다. 한 가지 분명한 사실은, 대중문화(그 말의 가장 일반적인 의미에서)를 발로 차서 내쫓는 일은 절대로 불가능하다는 것이다. 그러나 이 사실로부터 대중문화를 고급문화의 지위로 올리려 하는 시도들은 부당한 개평을 뜯으려 하는 흑심의 발로일 뿐이다. 바로 저 사실로부터 우리가 새겨야 할 것은, 대중문화를 고급문화와 동일시할 게 아니라, 실제로 고급해지도록 그 질을 향상시키기 위해 노력해야 한다는 과제이다. 그것은 우리에게 정말 긴요한 것이 '대학교육'이 아니라 '시민교육'이라는 점을 상기시킨다.

이밖에도 이 기사는 몇 가지 흥미로운 사실들을 알려주고 있어 적어둔다. 리경심이라는 교통지휘대원이 최근 "돌발상황에서 혁명의 수뇌부를 결사 보위한" 공로로 "공화국의 영웅" 칭호를 받게 되었는데, 그 돌발상황이 무엇이었는지에 대해서는 "김정은 위원장의 차량과 충돌하려는 전차를 멈춰 세웠다"라거나 "새로운 리더를 암살기도로부터 구해냈다"는 등 설이 분분한데, 실은 "김정은 위원장의 이름을 담고 있는 선전 포스터가 불에 타는 걸 막았"기 때문이라는 설이 유력하다는 것. 그리고 김정은 위원장의 외모가 할아버지의 모습에 근사하도록 분장 및 성형되었다는 건 모두가 아는 사실인데, 거꾸로 만수대를 리모델링하면서는 김일성의 얼굴이 손자를 닮도록 고쳐졌다는 것. 지하 시장의 규모가 커지면서 책임자들의 특별한 용인 하에 신흥 부자들이 출현하고 있다는 것. 현재의 북한 인구가 2470만 명이고 유아사망률이 25.34%에 달하며(2013년 기준), 성장률(2009)이 −0.9%라는 것.

—2013.10.3

한류의 현황과 가능성

1. 한류 현상의 실제와 범위

한류는 1990년대 말부터 한국의 대중문화가 동남아의 대중들에게 열광적으로 수용되기 시작하면서 붙여진 이름이다. 즉 한류란 국제적 규모에서 향유되는 한국 대중문화와 그 수용 현상을 묶어서 가리킨다. 좀 더 구체적으로 말해서, 한국에서 제작되었고, 다른 나라의 문화와 변별되는 독자적인 문화적 특성을 공유하며, 한국에서의 향유에 그치지 않고 낯선 외국의 수용자군의 많은 수가 탐닉하게 되어 세계적인 인정을 받게 된 대중문화들과 그 수용 현상이라 할 수 있을 것이다. 이 한류 현상은 TV 드라마와 댄스 가요에서 시작되었으며 최근에는 '도전/체험 예능프로그램'에까지 확대되었다. 또한 그 지역적 범위는 동남아의 경계를 넘어 세계 전역으로 뻗어가고 있는 중이다. 2000년대에 이미 남미에서도 한류붐이 확인되었는가 하면 2010년을 전후해서는 한류에 몰입한 유럽의 청소년들이 꽤 많다는 것을 알게 되었다.

어떤 이들은 한글의 보급, 한국음식의 진출, 스마트 폰 등 첨단 전자기기, 애니메이션과 영화 등도 한류에 포함시키는데, 현재의 문화적 관점에서는 이런 경향들을 다 포괄하기는 무리라고 생각된다. 우선 전자기기는 그 사용 성능과 관련된 것이라 문화와의 연관은 발명국과 직접 연결되지 않는다. 한글, 한국음식 등은 아직 문화적 정체성의 인정과 향유의 차원까지 다다랐다고 보기 어렵다. 애니메이션은 지금 성장 중이지만 아직은 국제적 유통을 말하기에는 이르다(일본의 '망가'와 비교해 보면 금세 알 수 있을 것이다.). 반면 영화는 외국의 마니아들을 확보한 홍상수·김기덕의 영화들이 정작 한국에서는 거의 관객을 모으지 못하고 있다.

따라서 당분간은 TV 드라마와 그룹 댄스 가요, 그리고 예능 프로그램에 한류를 한정하는 것이 타당하다고 생각한다.

한류 붐을 일으킨 대중문화를 거칠게 모아 시대순으로 나열해 보면 다음과 같다.[8)]

- 1997년 드라마 『사랑이 뭐길래』가 중국 CCTV 채널 1에서 방영되면서 중국 시청자들에게 큰 반향을 일으켰다. 또한 비슷한 시기에 2인조 댄스 그룹 클론(Clon)의 「쿵따리샤바라」가 한국에서 대대적인 성공을 거둔 여세를 몰아 동남아에 진출하여 큰 반향을 얻었다.
- 연예 대행사인 'S.M 기획'에서 1996년부터 H.O.T.와 S.E.S 등 아이돌 그룹을 탄생시키며 한국에서의 인기를 동아시아로 확대시켰다. H.O.T.의 2000년 베이징 공연은 "중국 청소년에게 큰 문화적 충격을 주었다.[9)]"
- 드라마 『겨울연가』가 2003년 일본 NHK-BS2에 방영되면서 폭발적인 인기를 불러일으켰다.
- 드라마 『대장금』이 2004-2005년 동남아시아와 중국에서 선풍적인 환호를 받았으며, 중동, 남아메리카에까지 그 열기가 확산되었고, 2013년에는 유럽의 그리스에까지 진출하였다.
- 가수 '비'가 2004년 출시한 앨범 「It's raining」이 아시아에서 100만 장이 넘은 판매고를 기록했고 이듬해 'Rainy Day 2005 Tour'라는 이

---

8 광범위하게 퍼져 있는 사실의 경우, 특별한 인용이 없는 한 출전을 밝히지 않는다.
9 한국어판 위키피디아(http://ko.wikipedia.org)의 'H.O.T.' 항목

름으로 "도쿄, 홍콩, 더 나아가 뉴욕에서까지 공연"하여 "8개 도시에서 총 15만 명의 관중"을 만났으며, 2006년에는 "미국 시사주간지 타임에서 선정한 세계에서 가장 영향력 있는 인물 100명 중의 한 명으로 선정[10]"되었다.

- 2010년경부터 한국의 드라마, 걸 그룹의 댄스가요, 그리고 도전/체험 예능프로그램들이 유럽의 청소년들 사이에 빠른 속도로 확산되기 시작했다.
- 가수 싸이(Psy)의 「강남스타일」이 2012년 발매되자마자 한국에서 선풍적인 인기를 끈 후, 곧 영국, 독일, 프랑스 등 30개국 이상의 공식 차트에서 1위를 기록하고. 유튜브에서 20억 건 조회. 미국 빌보드 차트에서 7주간 2위. 1200만 건 이상의 싱글을 판매하는 대기록을 세웠다.[11]

2. 한류의 역동성

우선 지적해야 할 것은 이 한류는 전통적인 한국문화와의 뚜렷한 연관을 찾기가 어렵다는 것이다. 오랫동안 한국을 대표해 온 이미지는, 지금 '코리아 에어 라인(KAL)'의 홍보 잡지의 제목으로 쓰이고 있는 '조용한 아침의 나라'이다. 이 용어는 한국을 세계의 격동과는 무관한 은둔의 나라로, 한국인을 정적이고 소극적인 존재로 연상케 한다. 실제로 그런 이미지는 한국인들 자신이 스스로에게 연결시켜 온 것이기도 한다. 일제 강점기 시절, 조선문화의 아름다움을 칭송했던 일본인 야나기 무네요시(柳宗悅)는 한국 문화의 특성을 '선(line)'에서 찾았고, 그 선의 굴곡에서 '비애미'를 발견하였다. 이 지나치게 수동적인 이미지에 저항해서 한국인들은 다른 이미지를 들고 나왔는데, 가령 김용준의 '고아(高雅)한 멋', 조윤제의 '은근과 끈기', 고유섭의 '무기교의 기교' 같은 것들이 그러했다. 그런데

---

10 한국어판 위키피디아의 '비' 항목.
11 한국어판 위키피디아의 '강남스타일' 항목.

이런 개념들 역시 야나기의 개념과 마찬가지로 단순·소박하며 고요하고 은밀한 상태를 지향하고 있어서 오늘날 한류에 대해 사람들이 흔히 지적하는 활기찬 역동성과는 거리가 먼 것이었다. 적어도 1980년대까지 한국인들에게 한국인의 아름다움은 이러한 수동적 양상들을 잘 다듬는 데서 나왔다. 1970~80년대는 그러한 방향의 절정에서 '한'의 개념을 부각시켰다. 한국인의 역사적 고난으로 인한 슬픔의 감정에 인내의 의지가 부어져 '농익은 슬픔', '잘 졸인 비애'와 같은 승화된 슬픔의 감성을 빚어냈으니, 그게 '한(恨)'이라는 것이었다. 그 '한'은 한국인 특유의 정제된 미를 창조해냈다는 것이 일반적으로 인정되어 왔다.

그러니까 한류는 꽤 느닷없이 한국인들 앞에 출현한 셈이었다. 그게 출현하자 '한의 문화'는, "한 많은 이 세상 야속한 님아"라고 애곡하던 "한 오백 년"은 순식간에 한국인들의 눈앞에서 사라졌다. 더 이상 한국인들은 슬픔의 민족이 아니게 되었다. 오히려 정반대로 아주 활기차고 생의 환희를 구가하는 사람들로 재탄생했다. 이러한 한국인의 활기를 두고 세계인들은 '다이내믹 코리아'라는 명명으로 그 특성을 분명하게 지칭하였다. 세계인들은 다이내믹 코리아의 가장 명징한 사건을 2002년 한일월드컵에서의 한국인의 응원문화에서 보게 된다. 수많은 한국인들이 운동장뿐 아니라 도시 곳곳의 거리로 나와 빌딩에 설치된 야외스크린을 바라보며 일사불란하게 응원을 펼쳤을 뿐 아니라 쓰레기를 깨끗이 청소하고 돌아가는 마무리를 보였다. 이 모습은 세계인들을 놀래키기에 충분했다. 그 당시 유럽의 미디어들은 이 광경을 비상한 관심을 두고 보도했으며, 그 이후, 한국 문화에 대해서는 '역동성'이라는 에피셋(epithet)이 당연한 듯이 붙게 되었다. 유럽인들은 TV 드라마, 걸 그룹 댄스 가요에 대해서도 기꺼이 같은 라벨을 붙였다.

19세기에 현대시의 기초를 제공했으며 문명 비평가이기도 했던 샤를

르 보들레르(Charles Baudelaire)는 "스펙타클과 무도회에서 각자는 만인을 향유한다[12)]"고 말한 적이 있는데, 이 말처럼 오늘날 한류에 맞춤한 것도 없을 것이다. 한류에서 비치는 '역동성'은 무엇보다도 그 느낌의 강도와 확산력에 있을 것이다. '나'의 기분과 희열이 거기에 참여한 모든 사람들의 기분과 희열에 곧바로 일치하는 데서 오는 황홀감. 그런데 이 역동성은 그 자체로 문화의 성분을 이루는 것은 아니다. 단지 문화의 양적 '정도'를 가리킬 뿐이다. 유럽인들이 보기에 동북아시아의 다른 두 나라의 문화적 특성은 그 성질을 잘 드러내고 있다. 항상 그리고 모두에 의해서 동의되는 바는 아니지만, 대체로 유럽인들은 중국 문화의 특성을 도가적 신비주의에서, 그리고 일본 문화의 특성을 극단적인 인공성에서 찾았다 (롤랑 바르트(Roland Barthes)는 일본 여행을 다녀온 뒤 그 문화적 충격을 『기호의 제국 *L'empire des signes*』이라는 책[13)]으로 정리하였다.) 그런 특성들은 중국의 전통적 산수화, 그리고 일본의 가부끼 극을 통해서 쉽게 확인할 수 있는 두 문화의 고유한 '성질'이라고 할 수 있다. 그에 비해 역동성이란 어떤 문화들에도 접목될 수 있는 '양태'이다. 신비주의와 인공성이 형용사라면 역동성은 부사이다. 부사는 이질적인 형용사들을 넘나들며 붙는다. 가령, 강-빨강, 강-노랑, 강-파랑, 이런 식으로 말이다. 그렇다면 한류의 형용사는 무엇인가?

3. 한류의 가변성

현재 한류의 형용사, 즉 한류를 하나의 문화이게끔 인지하게 하는 고유한 문화적 정체는 보이지 않는 것 같다. 한류에 대한 수용의 면이 지역마

---

12 Charles BAUDELAIRE, *Journaux intimes*, in *Œuvres Complètes I* – texte établi, présenté et annoté par Claude Pichois (coll. : Pleiade), Paris : Gallimard, 1975, p.649.

13 Roland BARTHES, *L' empire des signes*, coll. Sentiers de la création, Skira, 1970.

다 아주 상이하게 나타나는 것은 그 때문일 것이다. 가령 일본 주부들로부터 폭발적인 인기를 누린 『겨울연가』의 성공은 "일본 여성들에게 잊혀진 아련한 첫사랑에 대한 순정과 기억의 향수를 불러일으켰다는 점"14)에 기인한다는 평가를 받았다. 그런데 중국과 동남아에서의 『대장금』을 비롯한 한국 드라마에 대한 열광에도 '순정'에 대한 향수가 개입했는가? 그에 대한 대답은 분명치 않다. 초기의 연구자들은 동남아에서의 한류 붐을 '동아시아인에게 익숙한 정서'를 표현했기 때문이라는 판단을 내렸었다. 그러나 이런 판단은 지극히 부실한 것이다. 우선 동아시아적 정서라는 게 실재하느냐의 문제가 있다. 동아시아 여러 나라의 문화와 여러 나라 국민들의 감정을 하나로 묶어 줄 수 있는 '동아시아적 정서'라는 게 있는가? 그에 대한 과학적 증빙은 아직 제출된 적이 없다. 다음, 이러한 설명은 여타 동아시아 국가의 문화들에서 표현된 동아시아 정서와 한류에서 표현된 그것 사이의 차별성을 설명하지 못한다. 왜 하필이면 한국의 드라마만이 중국과 동남아의 여러 나라에서 통했는가? 아시아적 특수성에 근거해서 한류를 풀이하려는 시도는 초점을 잘못 맞춘 것인 듯하다.

오히려 대중문화의 세계적인 일반성에 눈길을 돌리는 게 타당할 것이다. 즉 마이클 잭슨의 음악이 전 세계에 통하듯, 자본주의와 모더니티의 세례를 받은 세계의 국가들에선 세계화의 물길 속에서 대중문화가 하나로 통하고 있다고 상정할 수가 있다는 것이다. 앞에서 한류가 전통적인 한국문화와는 무관하다는 얘기를 하였다. 실제로 댄스 그룹의 경우 이들의 음악과 춤은 'S.M 엔터테인먼트' 기획사의 철저한 세계 댄스 음악의 추이와 세계 시장 조사에 근거하여 만들어졌고, 혹독한 합숙훈련을 통해서 단련되었다. 그러니까 한국의 댄스 가요는 세계적인 댄스 가요의 특

---

14 한국어판 위키피디아의 '겨울연가' 항목.

성을 특별히 돋보이게 하는 데 성공했기 때문에 국제적으로 통용될 수 있었다는 얘기가 가능하다. 이는 드라마에도 같이 적용될 수 있을 것이다. TV 드라마가 세계적인 단일성을 구성하는 데까지 이르렀는지에 대해서는 아직 확실히 말할 단계는 아닌 듯하다. 그러나 드라마의 효과에 작용하는 요인들 중에서 세계적으로 유통될 수 있는 것이 지역적 특수성이 아니라 '스펙타클적인 요소'인 것은 분명하다. 구성적 완결성이나 지역적 특수성은 고급 문화에는 적용되어야 마땅하지만, 대중소비문화에는 크게 작용하지 않는다. 실제로 홍석경은 프랑스에서의 한류 붐에 대해 여러 번 되풀이된 설문조사를 통해 끈질기게 조사했는데, 아주 흥미로운 특징들을 잡아내었다.[15] 그중 두 가지는 특별히 소개할 만하다. 첫째, 프랑스의 한류 팬들은 대체로 한국 드라마의 전개에 대해 이해하지 못하고 "왜 그래야만 하는지라는 의문을 제기"한다는 것이다. 그래서 그 '왜'의 호기심이 역으로 드라마에 대한 관심을 증폭시킨다는 것이다. 이해를 못하는데 흥미롭다? 이 현상은 그런 흥미를 촉발할 요소들이 없으면 나타날 수가 없다. 실제로 이 흥미를 촉발할 요소들이 주목해야 할 다른 하나의 특징으로서, 바로 디테일들의 자극성이 바로 그 요소이다. 하나의 반응만 예로 들어보자.

이 24회 너어어어무 좋아. 대표님은 때로는 바보 같고 ...... 특히 사랑의 감정에서는 더해. 그런데 이게 바로 그의 매력이야!! 이 두 사람은 사랑에 빠진 적이 없는 걸 잊지 마시라(서른살인데 사랑을 못해봤다니 ...... 이건 패쓰). 그러니 그에겐 사랑이 새로운 감정이고 이제야 배우기 시작하는 거지(오 마이 갓, 오늘 너무 멋있었어 *_*). 그에게 사랑이 너무 잘 어울려. 아예 광채가 나던데!!! 연출자 아니 분장사가 어떻게 이걸 만들어내는지 모르겠는데(물론 연기도 잘하지만), 매회마다 놀라게 만드네.

15 홍석경, 『세계화와 디지털 문화 시대의 한류』, 한울, 2013, 특히 제 5장-8장.

드라마가 고화상이라 기술적으로 시선처리를 어떻게 하는지가 다 보여. 촬영 때 하얀 반사판을 쓰고, 보통 하나면 족한데, 글쎄 이 드라마에서는 눈동자 속에 세 개의 반사판이 보이더라고. 그래서 눈 속에 천개의 별이 반짝이는 효과가 나고 여기에 조심스레 인조눈물을 더해 빛나게 하면 끝나는 거지. 내가 하는 말이 이해가 됐는지 모르겠는데 하여간 오늘 대표님의 시선에 빠져 행복했다니깐. *_*[16]

이 한국 드라마 팬을 매료시키는 건 무엇보다도, 인물의 표정과 태도가 발하는 "광채"이다. 그 인물에 얼마나 몰입해 있는지, 인물의 "눈동자 속에 세 개의 반사판"을 찾아낼 정도이다. 그리고 그는 기술적 효과임을 잘 알면서도, 반사판이 세 개나 쓰여 "천 개의 별이 반짝이는 효과"를 내는 것에 감격하고 또 "인조눈물"이 광채를 더욱 두드러지게 한다는 사실에 다시 감격하면서 "행복"에 빠진다. 이 디테일의 자극성이 유럽 시청자의 눈으로 보기엔 그럴 듯해 보이지 않는 전개마저도 흥미로운 의문점으로 변화시킨다. 이 자극성이 심화되면, 줄거리에 대한 의문을 넘어서서, 유럽인들의 문화에서는 거의 사라져버린 멜로드라마의 최루적 상황을, "한국 멜로드라마가 주는 격렬한 감정 상태가 견디기 너무 힘든" 데도 불구하고 "치명적 아름다움의 세계[17]"로 받아들이고 거기에 몰입하는 지경에까지 다다른다. 홍석경이 정확하게 짚어내고 있듯이, "한국 드라마가 지니는 결정적 매력은 기능적 요소들의 통합적(syntagmatic) 관계를 넘어선 각 요소들의 변주인 계열적(paradigmatic) 요소들[18]"인 것이다.

위의 예는 디테일의 자극성을 뒷받침해주는 게 기술적 정교함이라는 것을 또한 가르쳐준다. 동남아 한류 팬들의 경우, 그 점이 한국 드라마의 우수성을 보장해주는 원천이 되기도 했을 것이다. 그것이 동남아에서의

16 같은 책, p.261에서 재인용.
17 같은 책, pp.263-264.
18 같은 책, p.282.

폭발적인 호응이나 남미나 중동에까지 한국 드라마가 수출되는 사실에 대한 중요한 원인으로 작용했을 것이다. 반면, 미디어 산업에서 기술적 완성도가 더 낫거나 적어도 대등하다고 볼 수 있는 유럽의 경우에는 기술 그 자체보다는 그 기술이 자극의 증대에 쓰인 일이 더 중요한 역할을 했을 것이다(그러나 바로 이 점이 미국에는 한국 드라마가 그다지 성과를 보이지 않고 있다는 사실을 또한 설명할 것이다. 유럽과 미국의 차이는 타자를 이해하는 태도에 관한 두 지역의 문화적 관습의 차이와 연관된 것으로, 이 자리에서 상론할 문제는 아니다). 하지만 하나의 의문이 제기될 수 있다. 기술적 세련도로 보자면, 일본 드라마가 더 앞서나가거나 적어도 대등할 텐데, 왜 일본 드라마에 대한 호응은 보이지 않는 것일까? 그것은 미디어 산업 바깥에서 설명을 구하는 것이 타당하다고 생각한다. 유럽의 한류 팬들의 상당수가 일본 드라마 팬이기도 한 데 비해, 동남아 한류 팬들이 일본 문화에 거의 반응하지 않는 것은 역사적 요인에서, 다시 말해 일본이 20세기 전반기에 동남아를 점령하여 식민지로 삼았던 사실에서 찾아야 할 것이다.

4. 한류의 전망

이상의 이야기는 결국 한류 현상은 문화적 독자성과는 연관이 크지 않다는 것을 암시한다. 오히려 포착되는 것은 대중문화의 보편적 문법이고 이 보편성을 자극적 감각 물질로 집약해내는 한국 문화 산업의 솜씨이다. 무엇에든 특별한 활기를 주는 것, 그것이 한류의 특성이자 강점이다. 이런 활기 배가 능력 자체가 문화를 형성하는 길이 될 수는 없을까? 없다고 말할 수는 없으리라. 그러나 그러려면 이 대중문화의 활력이 고급문화와 연결되어야 한다. 그래서 고급문화의 문화적 자산을 흡수하여 대중문화 자신의 문화적 내용을 풍부히 하는 한편, 한국 고급 문화가 대중문화와의 연계를 통하여 자신의 문화적 문법을 세계 문화의 문법에 조응할 수 있도록 갱신해 나갈 수 있어야 한다. 불행하게도 현재의 한류는 고급문화와의 연결 고리를 갖고 있지 못하다. 문학은 말할 것도 없이, 거의 무관한 사이이다. 음악, 미술, 무용 등의 순수예술에서 가수, 연주자나 화가 등 예술가 개개인의 활동이 돋보이는 경우가 자주 있으나, 그것이 한국문화 일반에 대한 반응로 이어지는 경우는 드물다. 그리고 앞에서 말했듯, 한국 영화는 세계적 인정의 반석 위에 올라 있으나, 이제는 그 반응이 식어버린 임권택 영화를 제외하고 홍상수·김기덕의 영화는 일반 미학의 관점에서 이해되고 있을 뿐[19] 한국 영화 전반의 특수성과 연결지어 이해되지는 않는다. 게다가 이들의 영화는 한국의 대중 관객들에게는 거의 외면당하고 있다. 요컨대 세계 문화의 구도 내에 진입한 경우에도 한류와는 직접적인 연관성이 없다. 이 현상은 한류와 한국 고급문화 양쪽에 다 바람직하지가 않다. 문화적 자산이 뒷받침해주지 않는 운동 능력은 곧 에너지의 고갈에 직면할 것이며, 운동 능력을 상실한 문화적 자산은 자신의 가치를 알릴 힘도 없을 뿐 아니라 스스로를 갱신할 여력도 가지지 못하기 일쑤다. 중요한 것은 고급문화와 대중문화가 기능적으로 연계되어 총체적으로 움직여서 세계의 문화수용자들에게 포괄적으로 받아들여지는 것이다. 그래야만 한 지역 단위의 문화적 유산이 종족적 폐쇄성을 벗어나 여타 세계문화와 교섭할 수 있는 연락망을 설치할 수가 있는 것이다. 그 연락망의 개설을 매개해 줄 정부 기구들의 지혜로운 판단과 적극적인 역할이 절실히 필요한 때이다.

—2014.10.

---

19 나는 2000년대 초엽, 영화 전문잡지인 『카이에 뒤 시네마 *Cahiers du Cinéma*』와 대표적 일간지 『르 몽드 *Le Monde*』가 김기덕·홍상수 영화에 각별히 주목하면서 이들의 영화가 파노프스키(Panofsky)의 미학관의 핵심을 뚫었다는 기사를 내보낸 걸 읽은 적이 있다. 오래된 일이라 출전을 찾진 못했다.

M씨의 모바일 체험기

M은 한때 아동문학 편집자였다. 출판사 집안에서 자라서 책에 대한 안목이 나쁘지 않았다. 때문에 양질의 도서를 많이 냈고 상도 여러 개 탔다. 그는 하지만 대학교수인 아내가 연구년 차 영국으로 공부하러 갈 때 동행하면서 출판사를 그만두었다. 그는 그 즈음 작가들과 교제하는 일에 지쳐 있었다. 작가들이란 아무리 정성을 쏟아 부어도 한없이 흘리기만 하는 밑 빠진 독과 같은 존재들이었다. 그들의 요구는 종류도 수없고 되풀이도 한이 없었다. "인세를 올려달라." "자료를 찾아달라." "디자인을 바꿔 달라." "모모 작가와 한 출판사에서 책을 내는 건 참을 수 없어." 그러면서도 그들은 자신이 꿈의 화수분이라는 자기도취에 빠져서 사는 이상한 부류였다.

귀국 후 M은 모바일에 푹 빠져들었다. 손 안에 폭 안기는 듯한 이 앙큼한 물건 안에 이토록 재미있는 것들이 많이 감추어져 있는 줄 몰랐다. '앱'이라고 불리는 것들 중에서 게임들이 우선 구미에 당겼다. 화려한 전투 게임들은 그가 하기엔 벅찼다. 하지만 퍼스널 컴퓨터가 처음 보급되던 시절 유행한 테트리스처럼 쌓아서 없애는 게임들은 그를 매번 감질나게 했다. '문질문질' 하면 그림들이 폭삭 가라앉고 점수가 올라갔다. 게임이 지겨워지면 그는 꽃집 찾기로 건너갔다. 때마침 석곡 가꾸기에 맛을 들인 참이었다. 모바일에 들어가면 자신과 취미가 같은 사람들을 만날 수 있었다. 그들과 정보를 교환하고 때로는 서로 기른 식물들도 나눠 가졌다. 꽃집만 찾을 수 있는 게 아니었다. 맛집도 있고 '죽기전에 꼭 가 봐야 할 곳'도 있었다.

M은 아직 자신이 젊은 나이라고 생각했기 때문에 사진 찍기에 손가락이 더 자주 갔다. 해상도가 좋아서 적당히 초점을 맞추고 찍어도 그림이 잘 나왔다. 그러나 무엇보다도 신나는 건 '셀카'였다. 나를 찍다니! 게다가 보정까지 되어서 자기 모습을 근사하게 모양낼 수 있었다. 사진의 역사에서 진정 획기적인 사건이 일어난 것이다. 이제 사진은 추억을 압축해 보존하는 기계가 아니라 자기를 보듬는 장치였다. 그래서 뭐하나? 바로 제 '므흣'한 얼굴을 친구들에게 보내거나 아니면 지인들이 볼 수 있도록 링크를 거는 것이다. '이게 나야!' 하고 외치는 것이다. 보관이 아니라 전시였다. 사진은 이제 역사의 영역에서 미래로 건너가고 있었다.

그러다 문득 M은 책 읽는 앱도 있다는 것을 발견하였다. 설치를 했더니 자잘한 글씨들이 화면을 가득 메웠다. 작았지만 읽는 데 불편하진 않았다. 조그만 사각틀 안에서 오로지 글자에만 집중하는 재미도 있었다. 참으로 오랜만에 책으로 회귀하고 있었다. M은 어느새 아랫목이 뜨끈뜨끈한 시골집 사랑방에서 배를 지지며 책장을 넘기는 아늑한 기분에 젖어들었다. 그러나 한순간 이 귀향에 낯선 마음의 가로대가 턱 얹혔다. "이게 뭥미?" M은 자문했다. 게임의 쾌락이나 사진의 자기만족이 아쉬워진 것이었다. 게임은 나를 잊게 하고 사진은 나를 즐기게 했다. 그런데 책은 여전히 세상과 타인을 생각게 하는 것이다. 같은 기계 안의 문화지만 향유의 방식도 결과도 달랐다.

세상의 발견은 인류가 제 무기로 특별히 개발해 온 '호기심'이라는 능력의 원천이자 귀결이었다. 거긴 온갖 희로애락의 묘상이었다. 한데 갈수록 희락이 희박해지고 애로가 눈덩이처럼 불어나고 있다고 M은 느꼈다.

대신 즐거움과 쾌락은 사진과 게임이 독점하는 듯싶었다. 그렇다면 번갈아 누리면 되겠네. 그래서 M은 '겜'과 '셀카'와 '북스'를 적당히 순회하기 시작하였다. 한데 정말 희한한 일은, 희로애락이 함께 있으면 감정의 곱셈이 일어났는데, 그렇게 분리되자 뺄셈이 일어난다는 것이었다. M의 마음은 갈수록 초췌해졌다. 피가 다 빠져나가는 듯했다. 점점 좀비가 되어가고 있었다. 그가 내게 '문자'를 보냈다. "너는 살만하냐?"

—『창조문예』, 2015.11.

책 찢기 십 수 년의 감회

문학평론하는 괴리씨는 살아오면서 틈틈이 모은 책이 3만 권 쯤 된다. 돈이 생길 때마다 쪼개서 산 것들이 대부분이다. 애착이 안 갈 수가 없다. 유복하게 태어나질 못해서 비좁은 집을 겨우 장만했으니, 책을 그 안에 우겨 넣기가 여간 고통스럽지 않았다. 이사하면 대뜸 안방부터 서재로 접수하고 거실, 복도, 아이들 방에까지 책을 쌓아 놓고 살아야만 했다. 나이가 들면서 호봉도 올라가서 조금씩 집을 넓혀갈 수 있었지만, 책의 속도가 언제나 일방적으로 빨랐다. 그러다 보니, 늘 책을 이고 사는 꼴이었다. "어디 '책 한 권 주면 안 잡아 먹지!' 하는 호랑이가 안 나타나나?" 아침마다 비난수하는 게 이 말이었다고 말하고 싶지만 그건 분홍빛 거짓말에 지나지 않았다. 왜냐하면 괴리씨는 책에 관한 한 수집할 줄만 알았지 버릴 줄은 몰랐기 때문이었다. 핑계는 늘 그럴싸하게 있었다. 문학평론이 직업인만큼 언제 써먹을지 모른다는 것이었다. 그것이 책에 압사하는 꿈을 꾼 가족들이 격렬히 항의를 하는 일이 점점 더 잦아지는데도 불구하고 괴리씨를 꿋꿋이 버티게 해 준 명분이었다.

그러나 괴리씨의 유전자에는 '도둑'은 없고 '도덕'적인 성분이 꽤 함유되어 있었다. 가족들에게 미안한 마음이 붓고 있었다. 그도 이제는 더 이상 버틸 재간이 없다는 걸 깨달았다. 조만간 갱년기를 통과한 마누라는 걷잡을 수 없도록 힘이 세질 것이었다. 그러던 중 생각해낸 게 책을 찢어서 스캔을 하여 파일로 만들고 종이책은 버리는 안이었다. 꽤 그럴싸했다. 인터넷 쇼핑몰을 이리저리 뒤져 쓸 만한 스캐너를 찾아서 작업을 시작한 게 벌써 십 수 년 전이었다. 해보니 썩 괜찮았다. 무엇보다도 파일화된 책들은 아주 작고 가벼웠다. 예전 같으면 어떤 글을 쓰기 위해 보따리로 들고 다녀야 했던 책들을, 그것도 항상 부족하기만 했던 책들을, 이제는 외장 하드 디스켓에 담아서 자유롭게 이동하며 아무 데서나 열어볼 수가 있었다. "이렇게 좋은 걸!" 그래서 손에 잡히는 족족 해체해서 파일을 만들었다. 방식은 간단했다. 책의 겉장을 뜯는다. 겉장 크기대로 평판 스캔한다. 속페이지들은 접착되어 있는 부분 옆을 재단기로 일괄적으로 자른다. 자동 공급장치를 통해서 스캔한다. 스캔된 내용을 파일로 변환한다. 겉장 파일과 본문 파일을 합쳐 파일을 완성한다. 책은 버린다. 그런 방식으로 그동안 거의 1만 권으로부터 중력을 빼앗았다.

그런데 문제가 하나 있었다. 책을 찢을 때마다 자식을 저승으로 보내는 애비의 심정이 되었다. 어떻게 모은 책인데! 스캔을 깨끗하게 하려면, 책 안에 잉크로 해 놓은 주석은 어쩔 수 없었지만 연필로 한 건 지우개로 가능한 한 지워야 했다. 그가 책 안에 남긴 흔적은 모두 책에 쏟아 부은 사랑의 징표들이었다. 그런 것들과 단호히 결별하는 일은 쉽지 않았다. 하지만 더 이상 책을 쌓아두는 건 할 수가 없었다. 그래서 생각을 바꿨다. 종이책은 시간이 지나면 바래고 푸석푸석해져서 마침내는 먼지로 화할 것이다. 뜯어보니 한국 책이 서양책보다 그 바래는 정도가 더 심했다. 20여 년 전에 나온 것들 중엔 벌써 누렇게 변색된 게 태반이었다. 차라리 죽여주는 게 더 나았다. 빨리 죽일수록 깨끗한 이미지를 얻을 수 있으니 과감히 부욱 찢어주었다. 이렇게 내가 그의 육체적 생명을 빼앗긴 했지만 그 덕에 그는 영생을 부여받은 게 아닌가? 책은 본래 안에 생명들이 넘쳐나는 장소이니 파일 안에 진정한 삶들이 퇴화됨 없이 싱싱싱할 것 같았다. 괴리씨는 신명이 났다. 새로 책을 사거나 얻게 되면 우선 찢고 보았다. 그걸 할 때마다 사이버(cyber) 조물주가 되는 기분이었다. "디지털 문명과 전자 기술의 이름으로 네게 영원한 생명을 주도다!." 문득 괴리씨에게는 자신의 목숨에도 그렇게 영생을 부여하면 어떨까, 하는 생각이 일었다. 곰곰이 생각하니 그건 재미가 있을 것 같지가 않았다. 이 육체성, 이게 얼마나 짜릿한 건데, 어떻게 버리나?

괴리씨가 사이비(似而非) 조물주로 전락하는 순간이었다.

—『창조문예』, 2015.12.

내가 평생 먹어왔고 먹을 비빔밥

'소울 메이트'가 말 그대로 내가 태어나기 전부터 영적으로 맺어져 있는 존재라는 뜻이라면, 내게 그런 사람이 점지되어 있었으리라고는 믿지 않는다. 다만 이른바 '케미칼'이 통하는 사람과 그렇지 못한 사람이 있다면 그건 그럴 듯하다고 생각하는 편이다. 그런 건 DNA문제라고 생각하기 때문이다. 그래서 케미칼이 정말 잘 통해서 '소울 메이트'라고 부를 만한 사람이 있다면 그런 사람은 분명 있을 수 있다고 생각한다. '소울 푸드'에 대해서도 마찬가지다. 아마도 나의 신체적 화학 성분들의 분포에 잘 호응하는 음식들은 있을 것이다. 반대의 음식들도 있을 것이고. 그런 생각을 머릿속에서 궁글리다 보니 나는 어느새 희미한 기억의 문을 열고 들어가 한 소년을 만나게 된다.

그 소년은 학교를 마치고 막 집으로 돌아온 참이다. 집은 텅 비어 있다. 아버지와 어머니는 모두 시골 학교에서 근무하시기 때문에 주말에나 오실 것이다. 동생들은 아직 학교나 유치원에서 돌아오지 않았는지 기척이 없다. 돌봐주는 누나도 동네 동무들과 수다를 떨고 있는지 보이지 않는다. 강아지만 꼬리를 치며 달려든다. 볼 털 사이를 긁어주며 가방을 마루에 던지니, 배가 고프다. 오전반 수업을 마치고 돌아와 마침 점심때다. 소년은 부엌에 들어가서 먹을 걸 뒤진다. 김치, 아침에 남긴 된장찌개, 콩나물국이 있다. 멸치, 콩자반도 있다. 소년은 양푼에 식은 밥과 함께

위 재료들을 넣고 고추장을 떠서 섞는다. 참기름이 귀해서 들기름을 뿌리고 숟가락으로 씨억씨억 비빈다. 젓가락으로 요리조리 헤쳐가며 섞어서 각 식재료의 맛을 보존하면서도 종합된 맛을 만들어내는 것은 나중에 결혼한 후에 집사람에게서 배울, 그때는 아직 알고 있지 못한 기교다. 무조건 숟가락으로 눌러 살짝 분쇄시키며 재료들을 삼투시킨다.

적당히 비볐으면 강아지 몫을 덜어주고 숟가락으로 떠먹는다. 마당에는 아버지가 재배하는 채소들이 있다. 상추와 고추를 적당히 뜯고 따서 반찬삼아 먹는다. 상추 안에 비빔밥을 넣어 먹기도 하고 그냥 고추장에 찍어 먹기도 한다. 고추도 고추장을 찍어 먹는다. 이열치열(以熱治熱)이라는 말이 있듯이 이신극신(以辛克辛)으로 삼는다. 물론 '신(辛)'이라는 한자어는 이 글을 쓰기 위해 사전을 뒤적여 찾은 것이지 어린 소년은 전혀 알지 못한다. 소년은 이 '매운 맛'에 점점 중독되어가고 있다. 자신이 비빔밥을 좋아하는 이유가 매운 맛 때문인지 비벼 먹기 때문인지 헷갈린다. 물론 이 궁금증도 나중에 생긴 것이다. 그때야 그냥 도깨비 방망이 두드리듯이 뚝딱 먹었을 뿐이다.

비빔밥이 단지 소년의 허기를 채우는 일만 하지는 않았을 것 같다. 소년의 마음을 뚫고 있는 공허감을 채워주는 역할도 해주었을 것이다. 부모님의 잦은 외지 근무와 그를 누르고 있는 공부에 대한 강박감, 텅 빈 집, 그리고 오후의 떨떠름한 햇빛. 이 이질적인 상황적 제재들은 우연히 그러나 빈번히 한자리에서 만나 특별한 공간을 만든다. 소년에게 그 공간은 무언가가 무척 생경해서 자신이 그 자리에 있다는 것이 어색하기만 한 그런 자리다. 이물스런 자아감에 시달리다 못해 소년은 그것들을 한데 어울리게 하고 싶다는 충동에 조바심친다. 그러나 이 바깥의 환경에서 자신이 마음대로 할 수 있는 건 아무 것도 없다. 무기력과 조바심이 되풀이되면서 소년의 내부에서 정신의 운동 기관이 털털거린다. 어느 순간 소년은 그냥 그대로는 처리할 수 없는 바깥 환경의 문제를 제 손 안의 사건으로 바꾸어서 해결할 생각을 한다. 공회전을 하던 운동기관이 앞으로 나아가기 시작한다. 비빔밥은 그 손 안의 사건으로 선택될만한 충분한 요건을 갖추고 있다.

그렇게 비빔밥의 재료들은 무작위적으로 상황의 세목들을 대신할 수 있다. 소년의 숟가락을 통해서 낯선 질료들에 조화가 부여된다. 이 조화가 바깥의 어색함을 견디는 하나의 방법이 되었을까? 그렇지 않았다면 소년이 비벼먹는 걸 아예 일용할 양식까지는 아니더라도 습관적인 취미로 만드는 일은 일어나지 않았을지도 모른다. 더 나아가 성인이 되어 서울로 유학하고 취직을 하고 장가를 들고 애를 결혼시키는 나이에 이르기까지 비빔밥이 선호 음식 1위의 지위를 놓지 않았다는 것을 달리 설명할 길도 없을 것이다. 아니다. 그보다 더 결정적인 것이 있다. 저 비빔밥의 밑자락에 깔리는 건 재료들의 개별 맛도 비빔 과정이 창출해 내는 종합 맛도 아니라, 고추장의 매운 맛이라는 것. 그것은 이 비빔밥이 가벼운 고통을 통과하여 증폭된 미감에 도달한다는 것을 가리킨다. 한참 후에 매운 맛의 묘미는 통증이 도파민을 분비케 함으로써 안락한 기분을 갖게 한다는 데 있다는 과학적인 설명을 소년은 알게 되겠지만 그 지식은 앞선 해석을 배반하지 않는다. 저 비빔밥의 가벼운 고통은 삶의 공허를 극복하기 위해 필수적으로 거쳐야 하는 통과제의로서의 시련이 아니었을까? 그 고통이 없다면 하찮은 먹거리들에서 황홀한 맛을 뽑아내는 데에 이렇게 몰두하는 일이 한갓 유희에 지나지 않게 되는 것이다. 고통을 통해서 그것은 삶의 성취의 수준으로 격상된다.

비빔밥은 한국인들만의 음식이다. 모든 음식이 식재료들의 융합을 통해서 만들어지는 것이긴 하지만 그 식재료 자체가 음식인 경우는 비빔밥을 빼고는 거의 없을 것이다. 식재료 자체가 음식이라는 것을 삶의 문제로 옮기면 우리의 삶을 구성하는 게 바로 우리에게 던져진 다양한 종류의 이질적인 삶들이라는 얘기가 된다. 우리는 그 이질적인 것들을 하나로 버무려 새로운 삶을 만들어내는 방식으로 살아온 것이 아닐까? 한국의 대중가요가 "조선의 민요에다 양악반주를 맞춘 그러한 중간층의 비빔밥식 노래"(「대담-신춘에는 어떤 노래가 유행할까」, 『삼천리』, 1936.2, 박애경, 『한국 고전시가의 근대적 변전과정 연구』, 소명출판, 2008, p.266 재인용)를 통해서 생장했다고 대중음악 전문가들이 흔히 지적하듯이 말이다.

—『주간조선』 2146호, 2016.7.18.

모두가 고발만 하고 있다

세월호 참사로 한국의 미디어에 접속하는 게 끔찍하다. 혹시나 싶어 들어갔다가는 눈물이 쏟아질 것 같아 바로 나오고 만다. 우리가 한국인으로 살아 온 역사의 가장 날카로운 모서리가 여기에 깎여 접근하는 모든 것을 찢고 할퀴고 쑤시는 흉기로 튀어나와 있다. 우리 모두가 책임져야 할 문제다. 그런데도 최고 상층부에 있는 사람으로부터 저변에 있는 사람들에 이르기까지 모두가 고발만 하고 있다. 사람도 사람이지만 이 광증을 온갖 종류의 미디어가 부추기고 있다는 것이야말로 참혹한 저주이다. 이 집단적 증상과 이 조직적 조작 역시 한국인의 현대사의 결과적 현상이다. 이 글 역시 저 고발에 포함되는 게 아닌가? 유일한 차이는 저 고발이 세월호의 책임자들을 무차별적으로 지목하는 데 비해, 이 글은 고발하는 자들을 가리키고 있다는 것이다. 그러나 그렇다고 해서 그것이 '우리'의 사태로부터 책임을 면제해주는 것은 아니다. 무언가를 해야 하지만 누구와 함께 어디서부터 어떤 방식으로 해야 할지에 대해 이다지도 막막할 수가 없다.

—2014.4.26.

그 모든 실수들이 언젠가는 다 드러날 것이다

고종석 씨가 인터넷에 내 오역을 지적하는 발언을 올린 걸 읽었다. 놀라서 살펴보니 변명의 여지가 없는 완벽한 잘못이다. 위고(Hugo)의 시, 「잠든 보아즈」 중의 "haineuse"(증오에 차 있다)를 "가증스럽다"라고 옮긴 것이다. 1999년에 『한국기호학회』지 제 5집에 발표했고 2005년 『문학이라는 것의 욕망』이라는 평론집에 수록했던 글, 「정신분석에서의 은유와 환유」에서이다. 책에 실을 때 아무런 검토도 하지 않았다는 것은 게으름이라는 잘못이 하나 더 보태졌다는 것을 가리킨다. 왜 이런 어처구니없는 실수를 한 것일까? 무엇보다도 앞만 보고 달리는데 급급하여 되돌아볼 시간을 충분히 갖지 않았기 때문이다. 내 인생이 늘 그랬다. 그러니 내가 알지 못한 채로 저지른 실수가 얼마나 많을 것인가? 10여 년이 훨씬 지난 이제 와서 그 실수가 발각되는 걸 보니 앞으로도 '발굴'될 것들이 백사장의 모래알 숫자만큼 될 것이다. "진실은 드러나고야 만다"는 옛 금언이 생각나 등골에 식은땀이 흐른다. 가만히 생각하니 또 다른 오류가 그 안에 숨어 있다. 위고의 이 시를 제대로 이해하지도 못한 상태에서 라캉이 인용한 이 대목을 단순한 전거로서 사용했다는 것이다. 오역을 자각하지 못한 더 큰 원인이다. 나는 어떤 문학 작품을 그 존재로서 대하지 않고 도구로써 써먹은 것이다. 그것이야말로 내가 항상 타기해 마지않는 짓이 아닌가? 그걸 나 스스로가 범한 것이다. 내 삶의 어느 순간에 나는 아주 불성실했던 것이다. 그 어느 순간들을 합치면 장강처럼 길 수도 있으리라. 이제나마 오류를 깨달았으니 잘못을 되풀이하지 않도록 나를 더 단련하는 수밖에 없다. 죽을 때까지 공부하는 게 사람이다. 김현 선생님이 아벨 레이에게서 따 온 "인간은 오류를 통해서 성장한다"는 말은 늘 나의 금과옥조이었다. 그리고 틀린 걸 틀렸다고 말하는 사람은, 그 방식이 어떠했든, 나의 선생이다. 고마워해야 할 것이다.

—2013.10.22.

황당한 실수 또 하나

이사한 후 책 정리를 하던 중, 이탈로 칼비노의 『왜 고전을 읽는가』(이소연 역, 민음사, 2008)가 눈에 띄길래 반가운 마음에 다시 읽어보다가 문득 「스탕달과 먼지구름으로서의 지식」에 롤랑 바르트의 마지막 에세이가 거론된 걸 확인하였다. 이 에세이는 내가 『1980년대의 북극꽃들아, 뿔고둥을 불어라』의 서문에서 한 구절을 인용한 바로 그 글이었는데, 놀랍게도 제목이 달랐다. 부랴부랴 원문을 찾아봤더니, 내가 틀렸다. 원 제목은 「"우리는 우리가 사랑하는 것에 대해 말하는 데 항상 실패하기 마련이다 *On échoue toujours à parler de ce qu'on aime*」(Tel Quel, No 85, Automne 1980)인데, 나는 내 책의 서문에서 한 대목을 제사로 쓰고는 각주에 「자기가 사랑하는 것에 내기를 걸고는 좌절하는 게 사람 일이다」라고 제목을 달았던 것이다. 어떻게 이런 황당한 일이 벌어졌을까를 생각해 보니, 예전에 노트해 두었던 것을 원문을 확인하지 않고 그대로 사용한 데 문제가 있었다. 즉 "On échoue toujours à parier sur ce qu'on aime"라고 제목을 적어놓았던 것이다. 종이 상태가 좋지 않았기 때문이었는지, 노트하는 순간 일종의 주관적 편견에 사로잡혀 있었던 건지 모르겠으나, 'l'을 'i'로 착각했던 것이다. 그리고 그 착각은 곧 전치사에 대한 착각으로까지 이어졌던 것이리라. 조금만 꼼꼼히 읽었더라면 충분히 바로잡을 수 있었던 오류였으나 30년 전의 나는 어설픈 외국어 수준을 가지고 정신이 반쯤

나갈 정도로 글의 숲 사이를 말벌처럼 날아다니던 천둥 벌거숭이였던 것이다. 그리고 여전히 그 육신의 성향을 버리지 못해 오늘날까지도 한 번 더 뒤져보지도 않은 채로, 타인의 멋진 말을 내가 알고 있다는 사실에 우쭐해서, 의기양양하게도 책 앞에 떡하니 전시했던 것이다.

번듯한 풀장을 만들겠다고 했다가 묘혈을 판 줄을 뒤늦게 깨달았는데, 이미 개장을 한 후라서 돌이키기가 난감하게 된 꼴이다. 앞으로도 이런 실수들이 수다히 발견될 것이다. 내가 뿌린 씨앗이고 내가 캐내야 할 깜부기이다.

—2015.8.10.

가속적 역사의 기름인 저 '쾌락 원칙'을 넘어서

제가 소천비평문학상을 받게 되었다는 소식을 들었을 때의 당황함을 여러분께 어떻게 말씀드려야 할지 모르겠습니다. 저의 변변찮은 글이 상을 받을 만한가가 의심스러울 뿐만 아니라, 제가 그려온 짧은 비평의 궤적이 도통 상과는 어울리지 않는 일이기도 하였기 때문입니다. 문학과 문화제도 사이의 관계에 더듬이를 대고 분석적 행위에 익숙한 사람에게 이런 향연에의 초대는 자신이 친 그물에 직접 걸리는 시험 앞으로 그의 등을 얄궂게 떠다밉니다. 그러나 그 손바닥은 부드럽고, 그것을 통해 제 마른 심장을 적시며 들어와 퍼지는 것은, 다정이 병이지 않은 분들의 저에 대한 따뜻한 사랑과 격려입니다. 그 넘치는 따뜻함은 실은 그것이 문학의 오래된 소중한 덕목임을 저에게 새삼 깨닫게 해줍니다.

「다시, 문학성을 논한다」가 심사위원 선생님들의 눈에 띄었다면, 아마도 제목이 큰 점수를 보태지 않았나 생각합니다. 다시 돌이켜보니, '다시'라는 말 속에 선정적인 유혹을 불어넣으려고 저는 꽤나 도슬렀던 듯합니다. 그 두 음절짜리 부사는 오늘의 세상을 휘몰고 있는 이른바 역사의 가속화에 대한 일종의 차단 표지판일 수도 있고, 문화제도의 주변으로 점차 밀려나고 있는 문학을 여전히 대문자로서 표시하고자 하는 욕망으로 읽힐 수도 있으며, 또한 만일 그런 게 있기는 하다면, 문학의 본질이라고 이름붙일 수 있는 것을 상징적으로 드러내기도 합니다. 문학은 사방에서 뒤로 돌아, 라는 구령을 외치기 때문입니다. 아니, 외치기보다는 끊임없는 밀물 역사의 차량으로 팬 곳곳의 구렁들 자체가 바로 문학이기 때문일 것입니다. 문학은 약진하는 세상의 헤진 자리며 파편이고 잘못 낳은 사생아입니다만, 바로 그것 때문에 쏜살같은 세상을 덜컹거리게 하면서 그가 지나온 길을 되돌아보고 자신의 뿌리를 묻게 합니다. 예전의 모든 영광과 권위를 잃어가고 있는 문학이 멋진 신세계가 도래할 훗날에도 여전히 버리지 못할 그만의 고유한 모험이 있다면, 그것은 바로 그러한 뿌리를 들여다보기, 다시 말해 가속적 역사의 기름인 저 '쾌락 원칙'을 넘어서 죽음의 자리로 되풀이 회귀하는 것이라고 저는 생각합니다.

저는 소천 선생님을 모릅니다. 아니, 돌아가신 제 스승을 문단에 추천하셨다는 것과 어느 글에선가 스승이 소천 선생님을 두고 "떠돌이로 일제 식민 치하에서 항의하"였다, 라고 쓰신 것을 신비스러운 기억으로 간직하고 있을 뿐입니다. 문학에 대해서는 관념비평과 기교비평을 비평하고, 세상에 대해서는 정치적 야만주의를 부단히 고발한 그 떠돌이 항의자가 "작가 자신이 실제로 체험하는 무한정한 고민과 불안을, 또는 절망적 오열을 여실히 반영하는 문학"을 주장하셨다는 것을 저는 최근에 다시 읽어보았습니다. 저는 저의 작업이 소천 선생님의 그 말씀의 연장선상에 있을 수도 있다는 것을 확인하고는 즐거웠습니다. 언젠가 '있을 수도'라는 한정구가 빠진다면, 그때 소천비평문학상을 마련하고 주관하시고 지켜보시는 모든 분들의 뜻이 온전히 이루어지리라는 것은 저의 마음속에 내내 짐으로 남을 것입니다.

—제4회 소천비평문학상 수상 소감, 1992.5.15

상의 살점 혹은 살점인 상에 대하여

가끔 머릿속에 입력되지 않은 단어들이 불청객처럼 전정기관을 타고 방문할 때가 있습니다. 가르가멜이 소 내장을 과식하고 가르강튀아를 낳았던 그 통로 말입니다. 한 우주가 빠져나간 구멍인 탓에 옛 사람들은 결코 남의 시선을 끌 일이 없는 거기를 자주 청소한 모양입니다. 그러나 생식의 신이라면 늘 데리고 다니는 문지기 사자도 없어서 이 동굴 안으로 온갖 물질들이 들락날락 거립니다. 하긴 그것들도 우주의 일부입니다. 우주란 본래 먼지 덩어리 아닙니까.

아마도 제가 난처해한다면, 그것은 문화 제도의 움직임을 살펴보고자 하는 사람이 그 제도의 한 살점이 되는 사태가 일어났기 때문일 터입니다. 코끼리를 냉장고에 넣듯이, 현미경을 시료대에 놓는 방법을 찾는 숙제가 제게 떨어진 것입니다. 하긴, 세상에 대한 활동은 모두가 세상의 활동입니다. 일찍이 서양의 철학자가 그 점을 깨닫게 해주었습니다. 그러니, 저의 호들갑이 눈쌀을 찌푸리게 해드릴까 두렵습니다. 한데, 여기에도 그 두려움이라는 괴물이 있습니다. 제가 두려워한다면, 저 살점을 '이모집'에서 혹은 '예술가'에서 질펀하게 나누고 난 다음에 제 몸에 닥쳐올 파국 때문일 것입니다. 그리고, 그 파국의 시간을 채울 별의별 지청구와 청구서 때문일 것입니다. 그러나 그 파국 직전에 있을 통음난무의 유혹을 이기기란 정말 어렵습니다.

잘 아시다시피 한국은 다정(多情)이 병이자 약인 고장입니다. 정이 좋을 때가 너무 많아서 정이 나쁠 때는 망각의 강에 수장되기 일쑤입니다. 정은 힐난이나 침묵으로 갚을 수 없는, 오직 정으로만 갚아야 하는 까다로운 선물입니다. 그 선물이 선물 주는 사람의 살점이기 때문입니다. 정은 죽음과 부활의 교환입니다. 이 정을 준 분들에게 정을 받은 사람이 진 빚이 너무 큽니다. 그걸 언제, 어떻게 갚아야 할지 막막합니다.

—현대문학상 비평부문 수상 소감, 2000.1.

겸연쩍게시리 덤을 덥석 안으며

지난 8일 팔봉 비평문학상이 저에게 주어졌다는 한국일보사의 사고(社告)와 함께 심사보고서, 심사평 그리고 인터뷰 기사를 읽으면서, 저는 무척 겸연쩍었습니다. 줄곧 남의 글에 대해서만 얘기를 하던 사람이 갑자기 자신에 대한 글을 읽게 되었을 때, 그것도 논쟁적인 시비가 아니라 과분한 평가를 들었을 때, 물건을 사러 시장에 들어간 사람이 장바구니에 담겨 나오는 듯한 황망함이 스쳐지나가지 않을 리 없습니다. 그 쑥스러움을 이기기 위해 찬사를 받는다는 건 욕을 먹는다는 것보다도 더 괴롭다는 생각을 억지로 키우고 있었습니다.

그러나, 시간이 지나면서 저는 이 쑥스러움이 심한 부끄러움으로 변해 가는 것을 느꼈으며, 급기야는 북북 긁어대고 싶은 붉은 염증이 얼굴 전체를 뒤덮는 기분에 휩싸이고 말았습니다.

생각해 보니, 그 염증의 씨앗은 지난 10년 동안 제가 알게 모르게 제 안에 키워 온 어떤 오기 혹은 오만함이었습니다.

그 오만함에 까닭이 없었던 것은 아닙니다. 그것은 정치적 장벽의 붕괴와 사회 상황의 급격한 변모를 미리 대비하지 못한 90년대 한국 지식인의 표류와 문화산업의 회오리에 휘말린 문학의 환란에 대한 저 나름의 최선의 방어책이었습니다. 저는 저 표류와 환란에 대해 '시적 정의(詩的 正義)'라는 낡아빠진 무기 하나로 버티는 것만이, 그리하여 패배의 운명을 항구화시킴으로써 승리자들의 도취한 얼굴에 결코 사라지지 않을 불안의 그림자를 남기는 것만이 유일한 길이라고 일찌감치 마음을 접어두고 있었습니다. 『무덤 속의 마젤란』은 그렇게 아등바등 버티며 살아온 저의 생이 지나간 자취였습니다.

그러나, 아무리 좋은 행동 원칙도 그것이 절대적인 금언이 되면, 그래서 상황과의 탄력을 상실하게 되면, 그것은 추한 독사(Doxa), 꼴사나운 고집으로 전락한다는 것을 저는 시나브로 망각하고 있었던 모양입니다. '시적 정의'는 본래 아주 너그러운 개념인 것인데도 저는 그것을 흡사 융통성이라고는 씨알머리도 없는 사법관처럼 혹은 『장미의 이름』의 요르게 신부처럼 문학의 문을 낙타의 바늘구멍만큼이나 좁혀가고 있었고, 그리하여, 문학 그 자신을 터무니없이 옹졸한 것으로 만들고 있었던 것입니다.

팔봉 비평문학상 수상 소식을 들으면서 저는 문득 그 사실을 깨달은 것입니다. 아마도 그것은 앞서 수상하신 선배 비평가들의 심해를 품은 바다와도 같은 청청한 비평 세계를 상기했기 때문일 것입니다. 문학 수업시절부터 줄곧 깨달음을 구하며 좇은 선배 비평가들이 거쳐간 홍예의 터널을 제가 뒤따를 수 있다는 것만으로도 저에게는 지극한 영광이 아닐 수 없으니, 그 선배들께서 현대 한국문학의 마당을 고르고 뼈대를 세워가면서 보여주신 너그러운 포용의 정신이 저의 좁다란 마음길을 뒤흔들고 붉게 물들게 했을 것입니다.

또한 어쩌면 이 상의 문양(紋樣)을 이루고 계신 팔봉 선생의 생의 궤적을 떠올리면서 제 마음속 어느 곳에 맺혀 있던 물집이 터져 저의 혈관을 아리게 했는지도 모르겠습니다. 고난과 치욕으로 얼룩진 팔봉 선생의 생의 궤적은 제국주의의 안쪽에서 살기를 강요당한 근대 초 한국 지식인들의 삶을 압축하고 있다 하지 않을 수 없습니다. 그러나, 그 고난과 치욕 속에서 팔봉 선생이 한 돌 한 돌 힘겹게 주추를 놓지 않았다면 오늘의 한국 비평은 존재할 수 없었을 것입니다. 그이의 치욕을 되풀이하지 않고 그이의 고난을 한국문학의 끈끈한 거름으로 변모시키는 것, 그것이 이 상을 수상하는 사람이 기어이 짊어져야 할 짐일 터입니다.

그러니, 투명하고 맑은 빛이 투과되어서 어지러운 명암의 조화를 펼치고 있는 이 어두컴컴한 궁형(弓形)의 그늘 속을 지나가는 순간은 제가 한국문학에 대해 더욱 너그럽고 저 자신에게 더욱 엄격해야만 한다는 약속을 스스로에게 거는 찰나라 할 것입니다. 문학이 주변으로 퇴각하고 있는 때, 그러면서도 문명의 신화를 장식하는 관모(冠毛)처럼 문학이 오용되고 있는 때, 문학의 권능을 과장하지 않고 문학의 힘을 묵묵히 키우기 위해 그 약속은 천금과 같다 할 수 있습니다. 제게 그만한 역량이 있는지 심히 두렵습니다. 그 두려움을 주신 모든 분들께 감사드립니다.

—팔봉비평문학상 수상 소감, 2000.5.

고마울 뿐이에요

현대에서의 문학상의 특징은 그것이 위에서 아래로 내리는 상이 아니라는 것입니다. 그것은 국가가 주는 훈장도 아니고 사장이 주는 포상도 아닙니다. 문학상은 문학과 관련된 어떤 사설 단체가 문학하는 사람들에게 의뢰해 역시 문학하는 사람에게 주는 상이지요. 그 상의 발생기원과 그것이 노리는 효과에 대해서는 「문학상의 역사와 기능」이라는 글에서 졸견을 밝힌 적이 있으니 필요하신 분은 참조하시길 바랍니다.

그 글에서 빠진 얘기를 좀 더 덧붙여 보겠습니다. 요컨대 문학상의 유통체계는 원환적으로 움직이는 비행접시를 닮았습니다. 그 점에서는 문학하는 일과 문학상을 주고받는 일 사이에는 큰 차이가 없습니다. 그것들은 모두 언어의 진흙을 수평으로 회전시키면서 문학이라는 항아리가 빚어지기를 꿈꿉니다. 수평적 움직임은 수직의 욕망을 안감으로 덧대고 있지요. 이 수평과 수직의 절묘한 비율이 문학성의 황금비라 할 수 있는데 다만 문학상은 문학 일반에 비해 수직에 대한 조급함이라는 신경증에 시달립니다. 그래서 문학이 빚는 것이 항아리인 데 비해 문학상은 어떤 돋을 장식을 만드는 것인데 그것은 모든 관(冠)들이 돋을 장식인 것과 마찬가지고 그 관들에 붙은 것들이 또한 돋을 장식인 것과도 마찬가지입니다. 문학은 이미 수평으로 돋음인데 문학상은 그 수평-돋음의 모순형용을 불안해하는 것이랍니다.

그런 불안과 욕망을 틀렸다고 할 수는 없습니다. 차라리 그것은 인간의 근본적인 존재 양태에 속하는 것이지요. 원래 미물과 다를 바 없는 인간은 희한하게도 신과 같이 되려는 욕망을 내장하였습니다. 그 욕망이 내장된 사건은 인간에게는 축복이기도 하고 저주이기도 했습니다. 그것이 축복인 것은 인간이 그 이후로 세상을 지배했기 때문이 아니라 만물의 이치를 깨달을 수 있었기 때문이고, 그것이 저주인 것은 그 깨달음의 연장선상에서 인간은 결코 신과 같이 될 수 없다는 자각을 할 수밖에 없기 때문입니다. 그러나 저주 이후에도 삶은 계속되고 그것이 또한 인간으로 하여금 저주에 대한 보상을 요구하거나 스스로 벌충하려는 저주스런 삶을 되풀이하게끔 하였습니다. 그런 욕망을 부의 획득이라거나 정치적 집권 같은 다른 대상으로 대체하지 않고, 그 저주 자체를 적극적으로 받아들이려는 활동이 문학이라고 할 수 있는데 그런 활동에도 대체의 유혹이 언제나 상존할 수밖에 없는 것은 인간이 역시 인간이기 때문이지요. 다시 말해 그가 받은 축복이자 저주는 치명적인 독약이 될 수도 있기 때문이라는 말씀입니다. 그 블랙홀에 빨려 들어가지 않기 위해서 인간은 거듭 대상을 대체하기보다 존재를 대체하는 일종의 가면무도회를 수시로 열게 되지요. 문학상은 그런 가면무도회의 일종입니다.

신의 입장에서 보면 그것은 인간의 영원한 촐랑거림으로 비치겠지요. 신은 인간이 가면을 쓴다는 조건 하에 그 촐랑거림을 슬그머니 용인하실 것입니다. 그 가면은 인간의 영원한 결여의 표지, 아니 차라리 영원한 비천의 상징이기 때문입니다.

수상작으로 선정된 책 『문학이라는 것의 욕망』은 부족한 게 많은 책입니다. 좀 더 정확하게 말해 부족할 수밖에 없어서 부족함을 형식적 특징으로 삼은 책입니다. 상을 주신 분들은 그 부족할 수밖에 없음의 사회문화적 조건에서 어떤 공감을 느끼셨던 것 같습니다. 제가 고마워해야 할 것은 바로 그 공감일 터입니다. 기쁜 일입니다. 그러나 저는 부족함의 윤리학에 대해 좀 더 천착해야 할 것입니다.

—김환태 평론상 수상 소감, 2005.8.

권세욕과 교조주의에 반대하여

김환태 선생은 「예술의 순수성」이라는 글에서 "예술은 감동을 통하여 동일한 감정에 융화케 하여 권세욕이나, 명예욕이나, 황금욕 때문에 서로 반목질시하는 사람들을 결합시킨다"고 쓰신 적이 있습니다. 제가 이 말을 특별히 생각한 것은 두 가지 이유에 의해서입니다. 하나는 제가 지금 서 있는 이 자리가 일종의 '명예'를 수령하는 자리이기 때문입니다. 저는 오늘의 명예가 혹시 명예욕의 주홍빛 열매가 아닐까 의심합니다. 명예욕 없는 명예는 가능한가를 묻습니다. 모든 사람들을 함께 드높이는 명예는 어떤 형식일까를 둘러봅니다. 이 순간부터 저는 그 물음의 수인이 될 수밖에 없을 것입니다. 그것은 제게 겸손을, 더 나아가 굴종을 강요할 것입니다. 그걸 제가 치러낼 수 있을까 두렵습니다. 김환태 선생의 저 구절이 저를 사로잡은 또 하나의 이유는, 김환태 선생도 탐독한 것으로 보이는 프랑스의 문학사가 귀스타브 랑송의 다음 구절이 떠올랐기 때문입니다. "교조적, 환상주의적, 또는 열혈적 비평은 갈라놓지만, 문학사는, 그것에 영감을 주고 있는 과학이 그러하듯, 결합한다"(심민화 역)는 주장 말입니다. 우리는 랑송을 실증주의 문학사의 시조로서 알고 있습니다. 그러나 아닙니다. 그는 그의 선배인 텐느의 결정론을 극복하려 했을 뿐만 아니라 그의 제자들과도 달랐습니다. 그는 과학이 지배적 이데올로기가 되어가던 시대에 실증주의 역사가들의 역사와 자신의 '문학사'가 구별되어야 한다는 것을 분명히 의식하고 있었습니다. 그래서 그는 “역사적 의미가 차이들의 의미”라면 그 차이들을 “개인에게까지 밀고 나가야 한다”고 생각했고 또 그렇게 했습니다. 김환태 선생의 비평과 랑송의 비평은 완전히 반대되는 지점에서 출발했습니다. 그러나 두 분의 도달점은 같습니다. 김환태 선생은 개인에서 출발하여 개인들로 나아갔고 랑송은 역사에서 출발하여 개인들로 나아갔습니다. 우리는 기질이 전혀 다른 두 비평가가 어떻게 같은 곳에서 합류할 수 있는가를 봅니다. 그 ‘어떻게’는 바로 타인의 삶을 체험적으로 느끼는 것, 혹은 발견술적으로 체험하는 것, 다시 말해 타자에 대한 신뢰와 사랑의 실천입니다. 저 사랑이 지금보다 더 절실히 그리운 적이 없었습니다. 권세욕과 교주주의가 온통 세상을 반목과 질시 속에 갈라놓고 있는 때입니다. 사랑이란 무조건적이라기보다 조건이라는 지뢰의 제거에서 시작한다고 저는 생각합니다. 저 자신부터가 반목질시하는 자들을 미워하는 습관에서 벗어나야 할 것입니다. 반목하는 자를 반목하고 질시하는 자를 비웃어서는 사랑은 불가능합니다. 말은 쉽지만 어려운 일입니다. 그러나 오늘의 이 자리는 각성의 자리이기도 해야 할 것입니다. 저의 수상은 저에 대한 신뢰와 사랑을 기습적으로 보여주신 심사위원 선생님들의 동의(動議)에 의해 가능했습니다. 아마도 모자란 사람에 대한 격려일 거라고 저는 생각합니다. 그 격려 덕분에 제가 이 자리에 섰습니다. 제가 지금 선 자리와 제가 쌓은 업 사이에는 아찔한 간극이 놓여 있습니다. 그 간극으로 각성의 빛이 눈부시게 쏟아집니다. 눈부심을 뚫고 눈을 떠야 할 것입니다. 아침 햇살의 눈부심에 눈을 찌푸리며 아직 잠에서 깨어나지 못한 의식이 최초의 언어를 중얼거리듯이 말입니다.

—김환태 평론상 수상 시 발표 소감문, 2005.11.7.

풀리지 않는 덤의 해법

저는 늘 상이란 덤이라고 생각했습니다. 그래서 그것을 먼 소식처럼 여기곤 했습니다. 간혹 가까이 왔을 때는 받기보다 주는 일을 거드는 게 즐거웠습니다. 덤은 주는 자의 관대함을 표내주지 않겠습니까? 한데 저의 바람과는 무관하게 상이 제 머리 위로 낙하하는 일이 잦았군요. 덥석 받아들 때마다 선녀를 안은 나무꾼의 기분은 아니었습니다. 선녀라면 제 몰골이 부끄러울 일이었습니다. 아니어야 하는데 그렇게 마음먹자니 무겁고 거북하기만 했습니다. 알고 보니 경상도 방언으론 바위를 덤이라고 한다지 뭡니까? 솔직히 심사를 고백하자면 덤이 증여의 회로 속으로 저를 몰아넣는 게 불안하기만 합니다. 합리주의 교환 경제의 계산의 논리든 포틀래취라는 상징적 교환의 논리든 말입니다. 되갚는 일에 자신이 없다는 얘깁니다. 어떤 대가를 치르든 제가 덤을 받았다는 사실은 사라지지 않을 것 같습니다. 이럴 때 생각나는 건, 상의 수령은 "공금을 취하는 행위"라는 시오랑의 독설입니다. 그래서 그는 상을 안 받았다고 합니다. 그러나 저는 받습니다. 저는 그와 달리 한국인이고 또 그보다 유복하기 때문입니다. 호의를 거절하면 섭섭해지는 한국인이고 상을 받는 순간 물신에 들리지 않을 만큼의 여유는 있기 때문입니다. 그래도 이 덤은 여전히 무겁기만 합니다. 기왕 받았으니 불평해서도 안 됩니다. 라 퐁텐느의 나무꾼은 등에 잔뜩 진 짐을 불평했다가 죽음이 찾아오는 바람에 혼겁을 한 적이 있습니다. 그렇다고 아무 데나 부릴 수도 없습니다. 아무 데나 부리면 덤은 두엄이 됩니다. 함경도에선 덤이 두엄이더군요. 하지만 두엄되기도 쉬운 일은 아닙니다. 금비하려면 금을 써야 하고 퇴비하려면 몸을 써야 합니다. 지는 거나 부리는 거나 다를 바가 없군요. 심사위원 선생님들의 의도가 그것인 모양입니다. 그분들이 제게 보여주신 애정과 신뢰의 표현은 결국은 협박의 은유라는 게 명명백백히 밝혀진 듯합니다. 덤을 주었으니 그건 너를 '파라오의 친구'로 봉한다는 뜻이로다, 라는 선고지요. 고맙다는 말을 힘주어 하다 보니 이가 갈립니다. 기왕 주는 덤 듬뿍 주겠다는 대산재단에도 울며겨자먹기로 감사할밖에 도리가 없어 보입니다. 제게 남은 자유 하나가 있군요. 덤이 넘으로부터 왔으니 이제 럼이 되는 시간만을 기다리는 것입니다.

—대산문학상 평론부문 수상 소감, 2005.11.

포만 시대의 시와 비평의 역할

고등학생 때 편운 선생의 「의자」를 교과서에서 읽었습니다. '소년이로 학난성(小年易老學難成)'도 그 즈음에 배웠던 탓인지, 저는 그 '묵은 의자'가 나를 비껴갈 것만 같아 부르르 조바심치곤 했습니다. 아주 멋 훗날 그 시를 다시 읽었을 때 문득 깨달았습니다. 이 의자는 모든 이가 비껴갈 수밖에 없도록 거기 그렇게 놓여 있다는 것을. "지금 어드메쯤" "아침을 몰고 오는 어린 분"과 "묵은 이 의자" 사이에는 결코 좁혀지지 않는 평행의 거리가 팽팽히 긴장하고 있다는 것을. 단지 저 멀리에서 하나로 만나는 듯한 착시를 유발하는 철길처럼, 그렇게 모호한 미래가 과거와 오늘을 떠밀고 있다는 것을.

아마도 우리는 이 시를 문학의 은유로 읽을 수도 있을 것입니다. 더욱이 모든 것이 충만해야만 성이 차는 시절에 말입니다. 문학마저도 세상의 탱탱한 포만 위에 케이크 위의 버찌처럼 앉아 있는 때입니다. 조간지는 아침을 "시로 열"고, 거리엔 오늘의 시 한 구절이 휘날리며, 국회의원의 셔츠 포켓엔 시 한 수가 코팅되어 들어 있습니다. 연전에는 많은 작가들이 포털 사이트들에서 소설을 앞다투어 연재하는 횡재를 만났고 그리고 이듬해 몰락했습니다. 이 호시절에 편운 선생의 시를 읽는 마음은 이상의 「오감도」를 슬로우 모션으로 트는 것과 비슷합니다.

선생은 "돈이 피가 되고 / 피가 돈이 되는 세상"에서 "담배를 피워 물고 / 멍, 하니 하늘로 뚫린 창문을 내다봅니다”(「피묻은 지폐」)라고 썼습니다. 그리고 그 뚫린 창문 너머를 응시한 채로 “일본이 제국주의로 판을 칠 때 / 나는 태어나, 가난했고 // 한국이 대중주의로 판을 칠 때 / 나는 방황하며, 슬펐고 // 세계가 돈주의로 판을 칠 때 / 나는 고독하며, 죽어 가고 있었”(「나의 생애」)다고 당신의 생애를 쓸쓸히 반추하셨습니다.

제가 「의자」에서 얼핏 보았던 도래의 무한한 연기는 이 허무의 반향일 것입니다. 그러나 동시에 허무를 무념으로 바꾼 이의 반격일 것입니다. 모든 것을 서둘러 완성하고자 하는 오늘날에 대해서 말입니다. 어쩌면 비평은 바로 그 허무에서 무념을 읽어내는 일을 제 사업으로 삼고 있을 것입니다. 편운 선생을 기리는 분들 덕택에 모처럼 깊은 사념의 향내를 맡았습니다. 감사합니다.

—편운문학상 비평부문 수상 소감, 2015.5.

김기원 형과의 이별을 슬퍼하며

기원 형, 해마다 한 번 뵈어야지 하면서도 매번 잊고 말았었습니다. 지난해에도 '한국의 진보'에 관한 책을 읽고 감복했지만 제 주변이 어수선해 훗날을 기약했었습니다. 올해에는 독일에 계시다길래 남불의 시골에서부터 불쑥 차를 대여해 달려가고 싶어 안달했었습니다. 우물쭈물 하다가 결국 몹쓸 놈이 되고 말았습니다.

1976년 봉천7동 하숙집에서 처음 뵌 후, 형은 제게 늘 공부하는 사람의 표상이었습니다. 형이 서책을 손에서 놓지 않으셔서만은 아닙니다. 하숙생 모두가 모였던 아침 밥상에서, 과외비를 받은 날 벌였던 작은 술판에서, 읽은 얘기 몇 줄을 아는 척 풀어 놓으면 형은 꼭 근거와 논리를 물으셨습니다. 저는 형의 물음에 답할 수 있고자 제가 얻은 지식에서 항상 선후와 사연을 캐려고 노력했습니다. 덕분에 예형이 되지 않고 자로를 본받으려고 애쓸 수 있었습니다. 그런데도 글쟁이로 30여 년 살아오면서 이런저런 구설수에 시달렸습니다. 형님의 보이지 않는 눈길이 아니었더라면 제가 벌써 천한 떠벌이로 전락했을 겁니다.

수 년 전에 형과 똑같은 프랑스 양반을 만났었습니다. 그 양반의 질문에 대답하느라 진땀을 흘리면서 형이 그리웠습니다. 뵙지 못해도 항상 제 뒤에 계셨습니다. 이제 누구의 눈길에 의지해야 하나요? 쓰신 책을 읽으며 형의 눈길이 한국 지식인 모두의 필수품이라는 걸 알 수 있었습니다. 형이 가신 그곳으로부터도 그 명확한 저울의 징 소리는 울려퍼질 겁니다. 형의 생애 전체가 그 저울로 화하셨습니다. 이제 몸은 안식하셔요. 하실 일을 다 하셨으니 편히 잠드세요.

2014년 12월 8일 정과리 올림.

📖 2014년 12월 6일 영면하신 방송통신대학교 경제학과 김기원 교수는 나에게 큰 영향을 끼친 하숙집 선배였다.

3. 독자를 부른다

젊은 문학 지망생들에게 보내는 편지

당신의 적이 당신을 편들 정도로까지 성공합시다.

해마다 치르는 이 발문(跋文)의 지신밟기를 시작하면서 새삼 여러분을 처음 만났던 때의 감회가 떠오릅니다. 여러분은 세상의 모든 가능한 꽃을 내장한 푸른 싹 같았습니다. 동시에 험한 세파를 떠올리면 어떤 망울이 여러분의 몸으로부터 솟아나든 무난히 개화하리라고 기대할 수는 없었습니다. 그 사이엔 문학에 대한 여러분 자신의 노력뿐만이 아니라 세상과 여러분 사이의 온갖 상호작용이 놓여 있기 때문입니다. 그 상호작용에 대한 이해를 어렵게 하는 건 무엇보다도 문학이란 특정한 때와 장소에서 확정된 가치를 부여받을 수가 없다는 현대 예술의 본질과 근본적인 차원에서 맞닿아 있기 때문입니다. 다시 말해 어떤 문학 작품의 가치는 누구의 권위에도, 어떤 무서운 규범에도 소속될 수 없기 때문이며, 또한 그 가치 스스로 미래의 독자들과의 만남을 통해 끊임없이 변화하기 때문입니다. 바로 그러한 속성 때문에 문학 작품을 판단하기 어려울 뿐만 아니라, 세속적으로는 엉뚱한 변수들이 너무나 많이 그것의 판단에 끼어들어 문학작품의 가치를 호도하는 경우가 번다합니다. 바르가스 요사의 말을 빌리자면, "자격이 있는 작가들은 완강하게 거부하면서도 자격이 없는 사람들에게는 집요하게 몰려드는"(『젊은 소설가에게 보내는 편지』, 김현철 역, 새물결, 2005) 그런 것들이 말입니다.

성실하게 문학의 길을 걸어 본 많은 작가들은, 그가 세속적으로 성공했든 못했든, 문학하기의 그런 얄궂은 운명을 잘 겪어 알고 있습니다. 바르가스 요사는 그래서 이렇게 권유합니다. “반드시 성공할 것이라고 자신하지 마십시오.” “글쓰기의 결과로 얻을 수 있는 모든 것과는 상관없이 글쓰기 그 자체를 최고의 보상물로 생각해야 하는 것”이라고 합니다. 바르가스 요사의 이 말에는 문학이 후대의 독자들에 의해 그 의미를 끊임없이 변화하게 된다는 사실에 대한 고려는 없습니다만, 그런 고려를 하더라도, 그의 말은 역설적이게도 진실하게 들립니다. 왜냐하면 후대의 독자라는 어떤 이상적인 독자를 가정하는 것은, 그 자체로서, 현재의 글쓰기의 헌신에 대한 순수한 대답을 그들에게서 받을 수 있으리라는 믿음이 깔려 있기 때문입니다. 여기에 미래에 있을 어떤 세속적인 변수들을 가정하는 것은, 인간의 능력으로는 도저히 계산해 낼 수 없는 결과에 대한 예측을 요구하는 것이거나, 아니면 오늘날의 세속적 현상들이 이미 보여주고 있는 것으로 충분히 짐작할 수 있기 때문에 전혀 불요한 것이거나 할 것입니다.

그러니 나는 여전히 여러분들에게 오로지 전심과 진심으로 쓰는 데 매진하라고 충고하고 싶어집니다. 메아리 같은 건 기대하지 말라고 말하고 싶습니다. 그러나 그런 것을 각오한다는 건 얼마나 고달프고 어려운 일입니까? 마치 여러분에게 보이지 않는 언어의 감옥 속으로 걸어들어가라고 부추기는 것 같아 마음이 무겁습니다.

그러나 달리 무슨 방법이 있겠습니까? 그러니 보들레르가 「문학청년들에게 주는 충고」(『보들레르의 수첩』, 이건수 역, 문학과지성사, 2011)에서 했던 ‘충고’를 꺼내봅니다. 통속작가의 성공을 비난하기보다는 그가 “자신의 장르 안에서 보여준 재능을 당신은 스스로 속하기를 원하는 문학 장르 속에서 보여”줄 것을 결심하라고 말입니다. 더 나아가 “부르주아들이 당신 편을 들 정도로까지 승리하리라는 희망을 가지라”고 말입니다. 그는 이어서 덧붙이는군요. "왜냐하면 능력이 지고의 정의라는 사실만이 언제나 진리이니까." 이 말을 곧이곧대로 들으면 우리는 너무나 괴로운 바보로 영원히 살 수도 있습니다. 그러나 때로는 이런 능청이 우리의 정신을 푸른 지평선 앞에 데려다 줍니다. 이런 생각은 우리를 매우 건강하게 오연하게 합니다. 적어도 불운을 탓하고 불우에 슬퍼하지는 않게 해줍니다.

여러분의 오늘의 글들이 그렇게 의젓한 포즈를 취하기를 바랍니다. 여러분의 장래에도 그것을 잃지 말기 바랍니다.

—「과도한 스타일」(연세대학교 문학특기자 문집) 종간호, 2011.12.

📖 뒷부분의 보들레르의 충고는 내가 이미 한 번 인용한 바가 있다. 내가 왜 이 말에 자꾸 끌리는지, 그것도 흥미로운 일이다

축배의 잔을 뿌리자, 그대의 생채기에

황순원 선생의 「목넘이 마을의 개」 앞부분에는 살 곳을 찾아 북으로 가는 전재민들의 행렬이 끊임없이 이어집니다. 그들은 목을 넘으면서 잠시 우물가에서 쉬며 물을 마시고 지친 발에 여러 번 쏟아 붓습니다. 이때의 물은 정화의 물도 생명의 물도 아닙니다. 주린 배를 달래는 가상의 양식이며 짓무른 발을 쓰다듬는 위무의 손입니다.

이렇게 삶이 멍에였던 사람들이 살았던 적이 있습니다. 아마 지금도, 예전보다 많진 않겠지만, 어딘가에 그런 사람들이 살고 있을 겁니다. 삶이 멍에인 사람들의 삶은 삶과 죽음 사이의 아슬아슬한 경계를 보여줍니다. 한 발짝만 잘못 디디면 곧바로 죽음의 나락으로 떨어집니다. 그래서 가까스로 삶의 풀뿌리를 잡으려고 안간힘을 씁니다만 그러나 간신히 움켜쥔 삶이 또한 최저의 삶입니다.

「목넘이 마을의 개」의 전재민들이 자신들의 발에 물 뿌린 것은, 그 최저의 삶에 힘을 불어넣기 위한, 그래서 그 최저의 삶이 삶 그 자체로 복귀할 수 있는 실마리가 될 수 있도록 하기 위한, 최저 운동일 것입니다. 그 최저 운동의 아름다움은 생존의 가치에서 발생하는 아름다움입니다. 정확하게 말하면 물질적 생존이 곧 절실한 정신적 가치임을 일깨우는 데서 솟아나는 아름다움입니다.

문득 이런 잡념에 빠져든 것은 여러분의 시에서 읽은 한 구절 때문입니다.

반짝이는 별빛 십자가에 입을 맞추고
고향으로 돌아간다 푸른 들판
거짓말 모르는 우유빛 순수한 양치기의 마을로
햇빛이 쉬고 있는 벽돌집 지붕 위에서 한숨 돌리고
타는 목에 시원한 계곡 물 한잔
벌겋게 달아오른 지친 발에도 한 모금
종알거리는 새들 따라 한가로이
수레 끄는 나귀의 잔등에도 잠시 앉았다가

여러분의 지친 발도 오랜 유랑으로 녹초가 되었을 겁니다. 하지만 여러분은 그래도 햇빛이 쉬고 있는 벽돌집 지붕 위에서 한숨 돌릴 여유는 있습니다. 여러분은 종알거리는 새들을 한가로이 따라갈 수도 있겠지요. 각박한 생존을 느낄 시절은 아직 여러분에게 당도하지 않았습니다. 삶에 대한 여러분들의 상상은 언제나 상상을 상상하는 것입니다. 그러나 그렇다고 해서 그 상상을 상상하는 행위가 무조건 안이한 것은 아닙니다. 모든 시는 있을 수 있는 모든 것을 상상하는 일입니다. 상상을 상상할 권리가 당연히 있습니다. 다만 그 상상은 시에서 삶입니다. 상상을 상상해보는 것은 상상을 상상하는 상상이 아니라 상상을 상상하는 삶입니다. 그때 시는 매 순간 인생의 전부가 될 것입니다. 수레 끄는 나귀의 잔등에서 언어의 옹이 때문에 아파할 것이고, 언어의 무게로 헐떡거리며 여러분의 코는 "사막이 검게 숨쉬는 소리"를 낼 것입니다.

그러고 보니 생채기가 안 날 수 없군요. 상상의 생채기에서도 "붉은 빛이 새어나올" 수 있습니다. "절망의 단편은 지극히 상상 가능한 것"에서 "지극히 상상 가능한 것은 절망의 단편"으로 바뀔지도 모릅니다. 여하튼 생채기는 여러분의 관념을 찢어야 생채기지만 또한 여러분의 일념으로 꿰매야 생채깁니다. 꿰매는 생채기가 찢어진 생채기에 살이 오르게 합니다. 여러분은 시방 여러분의 생채기들을 생채기의 이름으로 꿰매고 있군요. 19세기 프랑스 시인을 빗대어 축배를 듭니다.

> 저리도 멀리 생채기의 선단들
> 거듭 거꾸로 수장시키며
> 살이러라, 이 거품, 젊은 시는
> 오직 붉은 심려를 잇댈 뿐.[20]

—『연세시학』 9집, 2006.1.

20 이 구절은 말라르메의 「인사 *Salut*」(황현산 역)를 망친 것입니다. 시인과 역자에게 송구의 서신을 띄웁니다.

문집에 다 씌어 있는 이야기

여러분과 만난 지 벌써 6년이 되었습니다. 여러분의 문학 밥상을 놓고 조율이시(棗栗梨柹)를 논한 지도 6년입니다. 그동안 여러분의 젊은 공기를 참 많이도 훔쳤습니다. 그동안 여러분의 숨은 꿈을 빈번히 음독(飮讀)했습니다. 나 홀로 흡족했고 나 홀로 신났습니다. 나는 여러분에게 무엇을 주었을까, 생각합니다. 기껏해야 장학금만 준 것 같습니다. 신성한 소명을 불 지필 사람들에게 세속의 갱엿을 내놓은 게 아닌가 불안합니다. 여러분의 문학적 재능의 자객이 되었던 건 아닌가 걱정입니다.

이번 문집은 특별하군요. 그동안 만났던 여러분이 모두 한자리에 모여 있군요. 그래서 저런 소회가 일었던 모양입니다. 내가 정식으로 지도교수의 직함을 맡았던 해에 입학한 학생들부터 지난해에 신입한 학생들까지 다 볼 수 있습니다. 몇 사람은 올 초에 졸업식장에서 보았지요. 군대로부터 귀환한 동기들도 벌써 한 작품 써놓았군요. 휴학한 친구도 '문특'만은 여전히 '재학 중'입니다. 신입생들의 글이 무척 야무지군요. 다들 열심히 산 것을 기억하고 있습니다. 다들 열심히 사는 걸 보고 있습니다.

나는 여러분의 이름 하나하나를 가만히 불러봅니다. 옛 시인처럼 흙에 적지는 않고 속으로 불러봅니다. 그러자니 다시 처음 생각으로 돌아갑니다. 내가 여러분에게서 무엇을 주고 무엇을 빼앗았던가? 꼭 비관의 결론을 위해서 이 물음을 던지는 건 아닙니다. 여러분이 제가끔 소중히 개척해 나간 길들이 아름다이 눈앞에 펼쳐져 있습니다. 그 길이 꼭 문학이 아니래도 상관없을 겁니다. 여러분이 무엇을 하든 문학은 여러분이 걸어간 길의 포석들에 박혀 있을 겁니다. 그걸 즈려밟으며, 여러분에게 문학이 한갓 장식이 아니었음을, 여기(餘技)가 아님을, 새삼 되뇌리라 믿습니다. 여러분이 무엇을 하고 있든. 문학은 있어서 절실하고, 없어서 타오를 것입니다.

이 얘기는 혼자 지어낸 게 결코 아닙니다. 문집에 다 씌어 있는 얘깁니다.

—『과도한 스타일』, 2006.3.

최초의 풀이 피어 올릴 작은 성좌를 위하여

음산한 날씹니다. 봄이 가고 여름이 다 와 가는데도 오늘은 바람이 불고 비가 흩뿌려서 반팔 셔츠를 입고 출근한 걸 후회했습니다. '문학특기자'의 소멸을 앞에 둔 여러분의 마음도 엇비슷할 듯싶습니다. 그러나 존재가 의식을 결정한다는 옛말이 있긴 하지만 제도가 삶을 영영 지배하지는 못합니다. 제도가 여러분을 받쳐줄 때도 여러분은 이미 제도를 넘어서고 있었습니다. 문학과 함께하는 삶은 명칭, 형식, 문서 등 일체의 물질적 함정들을 건너뜁니다. 문학하기의 기쁨은 그 허방들 속에 빠지는 척 돌아서는 데서도 새어 나옵니다. 문학과 함께하는 삶은 또한 제도가 드리우고 있는 갖가지 색의 요란한 주렴을 젖히면서 질주하는 데서도 솟구칩니다. 여러분이 한 줄의 시, 한 편의 소설을 숙제하듯 쓰지 않고 내면의 들끓는 충동들을 자유롭게 놓아 둔 끝에 문득 자판을 두드리는 손가락 사이로 피어난 제비꽃의 환영 혹은 이슬 맺힌 거미줄을 발견했을 때 그건 이미 제도의 울타리에 갇힌 문학이 아니라 그 너머로, 근본적인 생의 현존을 향해 달아나고 있는 문학입니다. 그렇게 문학하는 삶은 "바람보다 빨리 울고 / 바람보다 먼저 일어나"면서 바람에게 장난걸거나 "바람보다 늦게 누워도 / 바람보다 먼저 일어나"(김수영, 「풀」)서 바람과 대결하거나, 아니면 바람보다 늦게 눕거나 바람보다 빨리 누워서 바람으로 하여금 속도의 치매에 걸리게 하거나 하는 '풀'처럼 사는 삶입니다. 그런

풀이 어디 있는지 의심하는 사람은 지금 당장 상상언어의 싹 하나가 돋아나오도록 몸을 최대한 이완시키고, 마음이 몸을 향해 타전하는 전파를 느긋이 기다려보기 바랍니다. 언젠가 여러분이 문학이라는 걸 하겠다고 결심하였을 때 보았던 최초의 풀 하나와 함께 숨었던 봄기운이 여러분을 재방문할 것입니다. 그때처럼 그 풀이 아침햇살을 받으며 작은 꽃을 피워올리던 경험을 다시 떠올리게 될 겁니다. 아마도 오늘의 문집은 이미 그 경험을 부활시키는 작업일 수도 있습니다. 그리고 이제 그것은 꽃 너머로 어떤 별자리를 만들지도 모릅니다. 어제 발진한 우주선을 타고 거기까지 날아가, 지상의 삶과 너무 다른 그곳에서, 그만 불가해한 언어의 해산을 하고 말지도 모릅니다. 소멸의 안개가 문득 흩어진 자리에서 그 별자리를 보게 된다면 우리는 기꺼이 즐거울 것입니다.

—『과도한 스타일』, 2008.8.

지나침에 대한 묵상을 위하여

올해로 '과도한 스타일'이 일곱 번째를 맞이하는군요. 그동안 많은 학생들이 스타일의 교량을 통해 대학의 강을 건너갔습니다. 때마다 모양과 색채는 달랐지만 스타일의 과도성만큼한 한결같았습니다. 여러분의 선배가 그 제목을 착안할 때 그 의도는 무엇일까요? 혹은 여러분이 그 제목을 반복하기로 결정했을 때, 여러분은 무엇을 생각했던 것일까요?

아마도 저 형용사가 갖는 도전적인 함의가 여러분을 이끌었을지도 모릅니다. 그 도전은 한편으로는 대학인의 모범치에 대한 도전이었을 겁니다. 만일 여러분의 선배나 여러분이 단순히 대학인의 평균치에 대한 도전을 꾀하고자 했다면 굳이 저 불량한 수식어를 쓰지 않았을 터입니다. 거기에는 대학의 일반성뿐만 아니라 이상형마저도 거부하고자 하는 충동이 비칩니다. 다른 한편으로 그 도전은 여러분 자신을 향하고 있을 것입니다. 왜냐하면 여러분은 재주 많은 문학 우등생의 자격으로 대학생활을 해야 한다는 요구에 마주하고 있기 때문입니다. 그 요구가 난감한 것은 오늘날의 문학은 세상에 대한 근본적인 부정의 정신을 취해야 한다는 정반대의 요구와 상충하기 때문입니다. 삶을 통째로 반성과 쇄신의 제련소에 집어넣었다가 빛나는 정신의 칼을 뽑아내야 하는 보편 문학으로부터의 요구에서 보자면 문재가 뛰어난 교양 있는 대학생으로 자족할 수는 없을 것입니다. 그러니 모범생의 교복을 스스로 벗어버려야 했을지도 모릅니다. 권위 있는 문학 교과서 『시의 이해』의 서문을 찢어버리라고 권했던 어느 영화 속의 낭만주의자처럼 말입니다.

그러나 그렇다고 해서, 문학으로부터의 요구가 또한 하나의 규범으로 작용해서도 안될 것입니다. 문학의 근본정신은 자유이니 말입니다. 자유에 대한 요구는 바로 그 요구 자체가 규범으로 작용하는 걸 부인하고 있습니다. 그러니 여러분은 여러분을 압력하는 요구들을 수용하는 자세로 거부해야만 했던 것인지도 모릅니다. 그것이 '이탈적' 스타일도, '독특한' 스타일도, '고전적' 스타일도 아니라, '과도한' 스타일을 낳았을 수 있습니다. 과도함은, 그렇다면, 이미 존재하는 것을 부정해서 반대의 길을 가는 게 아니라, 이미 존재하는 것을 거쳐서, 이미 존재하는 것을 지나쳐 더 나아가거나 이미 존재하는 것을 더욱 지나치게 만드는 일일 것입니다. 여러분은 그런 매우 괴이한 문학적 자세를 연습하기로 다짐한 듯이 보입니다.

분명 오늘날은 절차탁마로서 문학이 달성되는 시대가 아닙니다. 또한 도저한 반성만으로 그게 이루어지는 시대도 지난 듯이 보입니다. 여러분의 지나침의 선택은 그렇게 하나의 태도를 선택할 수 없게 된 시대에 대한 고뇌의 결정으로서 태어난 유별난 선택이라고 생각합니다. 그 유별남을 끝까지 밀고나가길 권합니다. 그로부터 미처 예측하지 못했던 지극히 정상적인 세계가 태어날 수도 있을 것입니다. 정반대로 완전히 부스러진 폐허가 연출될 수도 있겠지요. 그래도 그건 여러분이 고스란히 벌여야 할 모험입니다. 여러분이 직접 누릴 모험입니다.

—『과도한 스타일』 7호, 2009.6.

김현비평과 남도문학의 감각적 친화를 즐깁시다

김현문학축전이 시작된 지 벌써 8년이 흘렀습니다. 제가 첫 해에 이곳에 내려와서 강연을 한 기억이 새롭습니다. 그때 목포 문학인 여러분을 만났었습니다. 함께 술 마시면서 어느 화가 분이 그림 그리시는 것도 보고 또 김현 선생과 김지하 선생이 시장통 술집에서 나누었다는 얘기도 들었었지요. 저는 김현문학의 뿌리가 목포에 있다는 사실을 새삼 확인하였습니다.

김현 선생은 진도에서 태어나서 목포에서 학교를 다녔습니다. 김현 선생의 글을 꼼꼼히 살피면 놀랍게도 진도와 목포 사이, 김현 선생의 두뇌가 아직 여물지 않았을 이 시간대에서 훗날 김현비평의 근본 요소들이 생겨났다는 것을 깨달을 수 있습니다. 진도는 그이에게 쾌락원칙의 세계이고 목포는 현실원칙을 배우는 장소였습니다. 이 두 원칙의 간단한 대립이 무수히 반복되고 다양한 방식으로 조립되면서 우리가 열여섯 권의 방대한 분량으로 맞닥뜨리는 거대한 만화경으로서의 김현비평이 이루어졌습니다. 게다가 그냥 열여섯 권이 아닙니다. 그이의 글 하나하나는 무수히 많은 책의 독서를 포함하고 있고 또한 한없는 생각을 환기시키는 촉매가 되었습니다. 김현비평은 세계 사상의 전 지역을 횡단하였고 한국문학의 전 시대를 종단하였습니다.

이 사상과 문자와 예술의 거대한 은하의 최초의 열림이 목포에서 일어났던 것입니다. 아니 좀 더 정확히 말한다면 진도와 목포 일대를 아우르는 의미에서의 목포, 즉 남도에서 일어났던 것입니다. 목포의 문인들은 그 점을 본능적으로 알아차리셨다고 저는 생각합니다. 김현 선생님이 서울 생활을 시작하신 이래 고향에 내려가는 일이 드무셨음에도 불구하고 1995년 김현문학비가 건립되었고, 2011년 목포 문학관에 김현 전시관이 들어섰습니다. 모두 목포 문인들과 시민들이 기꺼이 받아주셨기 때문에 가능했던 일입니다. 그렇게 받아주신 데에는 김현비평을 즐기실 수 있는 감각의 선택적 친화가 생래적으로 형성되어 있었기 때문이라고 저는 생각합니다.

김현문학축전은 바로 그러한 감각의 친화가 기름 부음을 받아서 지펴지는 계기일 것입니다. 오늘부터 여드레 동안 친화의 불이 타오릅니다. 본래 하나이면서 이제는 사뭇 다른 '남도문학'과 '김현문학'이 서로 어울리는 즐거움을 만끽하게 될 것입니다. 그 즐김 속에서 김현비평의 최초의 뿌리였던 '쾌락'과 '현실'의 갈등에 대한 진지한 숙고가 동시에 이루어지리라 생각합니다. 그 숙고를 현실의 고통과 문학의 아름다움 사이의 뜨거운 싸움에 대한 성찰로 넓혀 나가게 되리라 생각합니다.

이 흥겨운 마당을 여는 데 많은 분들이 애써 주셨습니다. 행정, 문학관, 문인들 모두가 자발적이고도 성심껏 이 일을 만들어 주셨습니다. 두루 감사 드립니다.

— 제8회 김현문학축전, 2008.12.

김현문학의 역사성과 현재성을 되새기며

'김현문학축전'이 벌써 9회를 맞이하였습니다. 목포의 많은 분들이 애써 주신 덕입니다. 아홉 번의 회기가 흐르는 동안 김현문학축전은 놀라운 진화를 보여주었습니다. 단순한 모임에서 시작하여 이제 김현문학의 생생한 현장으로 진입하는 데까지 이르렀습니다. 김현문학의 구체성은 역사적이면서 동시에 현재적이라는 복합적 성격을 띠고 있습니다. 한편으로 김현문학은 고향 목포와 연관이 되어서 지역 정신의 재인식을 일깨웁니다. 김현 선생의 글들에서 그 지역정신은 진도와 목포의 상관관계, 한국화의 독자적 예술성, 기독교 전래의 도관이 되었던 문화접변의 항구로서의 장소적 의미, 그리고 탈중심성으로서의 문학의 자유정신 등을 통해 표현되었습니다. 다른 한편으로 김현 선생의 글들은 오늘의 문학적 침체와 위기를 극복하는 데 지침이 될 수 있는 참된 생각들을 가득 담고 있습니다. 김현 선생의 문학적 관점과 분석적 정교함과 해석의 높이는 여전히 문학의 첨단에 놓여 있습니다. '김현문학축전'은 바로 이러한 역사성과 첨단성을 하나로 이을 수 있는 좋은 기회입니다. 다시 말하면 이는 목포의 지역성과 문학의 보편성을 하나로 잇는 작업이라고 할 수 있습니다. 김우진, 박화성, 차범석, 김지하 선생을 비롯하여 목포는 아름다운 한국문학을 수놓은 무수한 문인들을 배출하였습니다. 그들 각각의 문학 세계 속에 비율과 배합방식은 다르겠지만 목포의 토양이 분명 질 좋은 양분(養分)으로 침착되어 있으리라는 건 쉽게 납득할 수 있는 일입니다. 이 토양을 목포 문학만의 특수성이라고 말할 수 있다면 이 지역성은 동시에 한국문학의 최정상의 표현들을 낳은 원천입니다. 따라서 지역성은 보편성의 계기이고 보편성은 지역성의 실현이라고 말할 수 있을 것입니다. 김현문학의 역사와 현재를 겹으로 반추하다보면 우리는 필경 이러한 지역성과 보편성의 만남의 필연성에 이르게 됩니다. 김현문학축전을 통해 그 경지까지 가 닿을 수 있도록 노력해봅시다. 목포 문학의 부활이 한국문학의 재탄생으로 이어지도록 정성을 기울입시다. 감사합니다.

—제9회 김현문학축전, 2015.10.

김현 선생이 생각한 문학 정신을 음미해봅시다

벌서 김현문학축전이 10년이 되었습니다. 그동안에 우리는 김현비평의 의미를 되새기면서 김현문학과 목포 문학의 관계의 의미에 대해 많은 생각을 했습니다. 이 모든 과정은 차근차근히 우리의 문학에 대한 이해를 넓히면서 한국문학의 폭과 깊이를 조금씩 키웠으리라 확신합니다.

김현 선생은 문학에 대해서 많은 말을 남기셨습니다. 그중에서도 가장 새겨야 할 말이 무엇일까, 생각해봅니다. 김현 선생은 삶은 살만한 것인가?, 라는 질문을 자주 던지셨습니다. 그건 우리 존재의 근원과 존재할 까닭 전체에 대한 질문이었습니다. 그리고 김현 선생은 그 물음의 심부에 문학이 깊이 개입되어 있다고 생각하셨습니다. 문학은 무엇보다도 그러한 질문이 가장 생생한 형태로 구현된 경험을 표현하는 장소였기 때문입니다. 그 장소에서 펼쳐진 곡진한 삶의 드라마, 그것이 김현 선생이 생각한 문학의 '형식'이었습니다. 김현 선생이 아도르노의 말을 빌려 형식은 "침전된 내용"이라고 말하셨을 때, 그 형식이 바로 그것을 가리킵니다.

따라서 문학의 형식은 현란한 장식이 아닙니다. 가장 중요한 문학의 필요 · 충분 조건입니다. 형식이 결여된 내용은 존재하질 않습니다. 내용이 절실하다면 그 형식을 통해서만 그 절실성이 체험될 수 있습니다. 그 점에서 형식은 문학의 외양이 아니라 문학의 정신 그 자체라고 말씀드릴 수 있습니다.

올해 노벨문학상은 로큰롤 가수, 밥 딜런에게 돌아갔습니다. 이에 대해서 많은 사람들이 의아해합니다. 순문학의 자리가 좁아지고 결국은 대중문화에게 문화의 근본 자리를 뺏기는 게 아닌가 걱정합니다. 그러나 밥 딜런은 단순한 대중음악인이 아닙니다. 무엇보다도 그의 음악은 1960년대의 저항정신을 대변해 왔습니다. 반전운동과 끝없는 쇄신의 형상으로서의 청년 문화의 선두에 그의 음악이 있었습니다. 그 음악 정신은 그의 노래의 곡조에도 가사에도 골고루 배어 있었습니다. 그 점에서 그의 시가는 삶의 이유에 대한 질문과 대답이었습니다. 그리고 그것은 김현 선생을 통해서 우리가 익힌 문학의 정신과 상통합니다. 그러한 정신이 대중에게 수용되느냐, 않느냐는 그 다음의 문제입니다.

중요한 것은 문학 작품을 제조하는 것이 아니라 문학적 정신을 실천하는 것이라고 말할 수 있습니다. 오늘날 그 정신을 훼손하는 문학이 빈발하고 있는 정황을 염두에 두면 그런 생각은 더욱 의미심장합니다. 김현 선생이 생각하신 문학의 형식은 바로 삶의 진정성이 최고도로 표상된 모습이었습니다. 그건 꼭 문학의 이름을 나타내지 않아도 될 겁니다. 문학의 이름으로 제출되지 않았지만 문학 정신의 가장 깊은 곳을 들어올림으로써 현재의 문학에 각성의 벨을 울릴 수 있습니다. 오늘의 김현문학 축전에서도 그러한 경종소리를 기대해 봅니다.

박관서 선생을 비롯한 목포의 모든 작가·시인들께 감사를 드립니다.

—제10회 김현문학축전, 2016.10.

청소년이 읽을 책은?

한국의 청소년 독서 환경은 기형적이다. 시장은 넓은데 수요는 없다. 당연히 공급도 빈약할 수밖에 없다. 저 옛날 가난했던 시절에도 잡지 『학원』이라든지, 『얄개전』류의 명랑소설 등 청소년들만을 위한 도서들이 있었는데, 청소년들의 씀씀이가 풍족해진 오늘에는 아예 전무한 형편이다. 이 기현상의 원인은 무엇보다도 청소년들이 그들 나름의 독특한 성향과 문제와 꿈을 가지고 있는 독립된 세대로서 고려되고 있지 않기 때문이다. 입시와 주입식 교육의 노예가 되어 있는 한국의 중·고등학생들은 정신적으로는 어린이의 상태에 머물러 있고, 지식에 있어서는 성인을 능가해야만 하는 지나친 요구에 시달리고 있다. 청소년은 청소년이 아니라 늙은 어린이거나 덜된 어른인 셈이다. 이런 환경은 청소년들이 자신의 삶의 문제를 해결하기 위해 적절한 전범을 찾아 볼 시간을 아예 박탈해버린다. 더 나아가 그들에게 당장 긴요하지 않은 '좋은' 책을 읽으라고 권장하는 것은 어른들의 염치없는 강요가 될 수도 있다. 따라서, 청소년을 위한 좋은 책을 선정하는 선자들의 작업은 무용한 수난이 될 수도 있다. 하지만, 이런 쓸모없는 듯한 이 작업은 그것 자체로서 오늘날 청소년들의 독서 환경을 성찰케 하는 표지가 된다. 이런 일들이 어쨌든 계속 있어야만, 우리는 청소년의 삶의 환경을 개선하는 문제에 관심을 가질 수 있다. 선자들은 이 근본적인 문제에 대한 인식이 반영될 수 있도록 유의

하면서, 선정의 기준을 다음과 같이 정하였다.

첫째, 중·고등학생들이 읽기 쉽고 명료한 책이 되어야 한다. 청소년들의 지식수준을 고려해서 정한 기준이 아니다. 문장의 모범을 보여줄 수 있어야 한다. 그래야만 청소년들이 글의 기초를 바르게 다지는 데에 도움을 줄 수 있기 때문이다. 다음, 구체성을 담고 있는 책이 되어야 한다. 다시 말해, 잡다한 지식들을 망라한 책보다는 특정한 문제에 대한 깊이 있는 해석이 담긴 책이 바람직하다. 깊이란 곧 지식 속에 배어든 삶의 체험과 깨달음의 정도에 다름 아니다. 청소년들에게 독서의 체험이란 무엇보다도 또 하나의 삶의 체험인 것이다. 마지막으로, 무엇을 '알려주는' 책보다는, '스스로 알게끔' 자극하는, 즉 생각과 탐구욕을 불러일으키는 책이 되어야 한다. 왜냐하면, 책은 단지 지식과 정보의 창고가 아니라 저자의 정신적 모험이며, 그것이 독자의 정신적 모험으로 이어져야 하기 때문이다.

—좋은 책 100선, 1998.7.7.

어두컴컴한 세상을 나의 생체험으로 번역하는 일의 아름다움

한국사회에서 청소년의 삶은 무척 기이한 성장과정의 극점에 놓인다. 이 성장과정은 한결같이 부모의 지극한 관심과 보호로 둘둘 말려 있는데, 그러나 얄궂게도, 지나친 행복과 까닭모를 불행의 극단을 오고가게 된다.

처음에 이 관심은 과도한 애정으로 시작한다. 한국의 부모들은 자신의 아이를 마치 왕자처럼 키운다. 아이를 천재로 착각하기 일쑤고 우리 아이만은 특별히 키워야 한다고 생각한다. 온갖 명품을 아이에게 쥐어주며, 최상의 유치원을 향해 호사한 의상을 입혀 아이를 모시고 간다. 아이를 태운 부모의 승용차들은 천차만별이다.

그러다가 아이의 실제적인 능력이 은근히 부모의 무의식 속에서 스며든 상태에서 아이가 건너야 할 험난한 경쟁의 다리와 마주쳤을 때, 저 바닥 모를 사랑은 도저한 억압으로 변한다. 부모는 아이의 머리에 세상의 모든 지식을 우겨넣을, 스승이 아니라 프로그램을 찾아, 사방을 탐문하고 정보를 캐내며 아이를 그렇게 패인 학업의 묘혈 속으로 집어넣는다.

재산이 넉넉한 사람은 조기유학을 보내고, 조금 여유 있는 사람들은 학원으로 개인과외로 아이를 돌리며, 가난한 사람들은 닫혀버린 신분상승의 철문을 바라보며 저주받은 운명을 한탄한다. 각자의 사정이 어떠하든 아이에게 주어진 몫은 없다. 모든 과정을 부모가 주도하는 것이다. 때문에 아이가 스스로 성장할 기회도 갖지 못하게 된다. 한국의 아이들은 내내 아이로 머물다가 대학에 들어가면서 갑자기 성년을 맞는다.

중학교 상급반에서 고등학교까지 대략 4년 간에 해당하는 청소년 시절은 이 돌변한 억압이 극에 달한 시기이다. 이 억압은 사랑의 형식을 띠고 있기 때문에 이미 사춘기를 지나온 소년은 그에 저항을 하기보다는 거꾸로 순응하는 게 일반적인 현상이다. 특히 그 반응은, 억압이 강하면 강할수록 더욱 순응적이 되는 기이한 현상을 보이곤 하는데, 왜냐하면 그것은 사랑의 양이 그만큼 많다는 것을 증거하는 것이기도 하기 때문이다. 이미 소년은 그 대가가 무엇인지를 잘 알고 있는 것이다. 그렇게 해서 부의 세습의 본원적 형식이 서서히 구축된다.

그러나 그렇게 해서 치열한 경쟁의 도관을 통과한 소년은 그가 도달한 곳이 어떤 문 안인지와 무관하게 신생아로서 다음 삶을 시작할 수밖에 없다. 왜냐하면 그 전의 모든 공부는 그가 찾은 지식이 아니라 그에게 부과된 명령이며, 그의 삶을 이룰 정신의 피와 살이 아니라, 경쟁을 통과하기 위한 수단에 불과한 것이기 때문이다. 결국 중등교육 6년을 비롯 초등 교육의 상당부분까지도, 고도의 유용성을 띤 몇 가지 과목을 빼고는 대부분의 지식이 대학에 들어가는 순간 소모성 물품처럼 사라져 버린다. 물론 고도의 유용성을 띤 것들은 여전히 작동한다. 그러니 이 희한한 교육 과정이 완전히 쓸 데 없다고 말할 수는 없다. 그러나 이 교육은 매우 편향적인 것이다. 이 과정을 통해, 이윤 추구를 위한 능력은 비상하게 발달하는 대신, 삶을 되돌아보고 타인들과의 관계를 점검하고 자신의 태도를 재조정하는 과정 속에서, 산다는 것의 진정한 의미를 질문하는 능력은 전혀 연마되지 않기 때문이다. 그리고 여기에 정말 심각한 문제가 도사리고 있는 것이다. 왜냐하면, 그것은 궁극적으로 한국인의 풍요에 대한 전망을 가로막아버릴 것이기 때문이다. 다시 말해, 이 과정이 축적되면 될수록 한국인의 이윤추구 능력은 한계치에 다달아 감퇴할 것이다. 인류의 역사는 부의 이기적 축적 속에서가 아니라 타인을 배려하는 상생적 노력 속에서만 풍요의 정상적인 진행이 가능하다는 것을 끊임없이 보여주었던 것이다.

게다가 이 유용성 교육의 일방적 지배는 교육 주도층에 의해 임의적으로 짜인 문제틀에 대한 획일적인 답을 요구하는 교육내용을 갖게 된다. 흔히 '주입식 교육'이라고 알려진 이 문제는 여러 가지 이유로 전혀 개선될 기미를 보이지 않는데, 이러한 획일적 교육 내용의 확산은 이제 전면적인 것이 되어서 한국에서의 지식 자체를 결정하는 것이 되었다. 그래서 사람들의 생각이 어떤 사안에 대해서든 쉽사리 획일화되어서 더 이상 사고를 통한 판단의 재점검이 이루어지지 않는 채로 곧바로 감정적 격렬성을 동반하면서 행동으로 전화되게 된다. 이러한 문제는 지금 우리가 사방에서 마주치고 있는 각종의 갈등들에서 바로 확인할 수 있는 현상들이다.

따라서 새로운 교육의 모델을 모색해야 한다는 것이 다양한 측면에서 다양한 사람들에 의해서 지속적으로 제기된 것은 너무나 당연한 일이다. 그러나 그럼에도 불구하고 한국 교육의 문제가 쉽사리 개선될 것으로 보이지 않는 것도 사실이다. 우선은 이 교육제도의 구조적인 틀을 쥐고 있는 국가기구들과 그 구성원들이 매우 복잡한 이유로 이 틀의 개선에 미온적이기 때문이고, 다음은 이 교육의 문제는 구조적 문제를 넘어서 전 국민이 참여하고 있는 뿌리 깊은 풍속을 이룬 상태에 이르렀기 때문이며, 더 나아가, 대안으로 제출된 상당수의 모델들이 비현실적이어서 적용하기 어렵거나(일방적 평등주의적 주장들) 단기처방적이거나 국지처방적이어서 보편성을 획득하기 어렵고 곧바로 이 풍속화된 교육제도 속에 흡수되기 때문이다(소위 대안학교들). 그리고 이러한 어려움의 오리무중 속에서 국가기구에서든, 민간차원에서든 새롭게 제시된 많은 대안적 처방들이 교육문제를 오히려 더욱 악화시키는 더 뿌연 수증기로 전락하는 일이 허다하였던 것이다. 요 근래에 새로 시도되고 있는 몇 가지 처방들 또한 그런 운명을 밟지 않으리라고 지금 누가 장담할 수 있겠는가?

하지만 교육제도를 개선하고자 하는 움직임이 좀 더 생산적인 성과를 향해 나갈 수 있게끔 하는 노력을 포기할 수는 없다. 국가기구는 국가기구대로, 교육 담당자들은 그들대로, 학부모들은 학부모대로 저마다의 경험을 통해서 도출된 개선안들을 최대한도로 투명하게 만들어서 상호토론의 장에 넣어야 할 것이다. 투명성과 토론과 합의에 대한 의지만이 오늘의 난제를 풀 수 있는 실마리를 서서히 제공할 수 있을 것이다. 그러나 이 의지가 궁극적으로 기대고 있는 것이 한국교육의 정상화인 한, 그것은 무엇보다도 학생들의 주체적 참여를 보장하는 것이어야 한다는 것은 두말할 나위가 없는 진실일 것이다.

단도직입적으로 말해서 가장 이상적인 교육은 옛사람이 말했듯, 자득(自得), 즉 스스로 익히는 것이기 때문이다. 앞에서 오늘의 한국교육의 궁극적인 문제점이 획일화된 답의 소모적 사용이라고 말했거니와, 이러한 교육 방향은 학생들에게 스스로 세계에 대해 질문을 던지고 스스로의 힘으로 대답을 찾을 수 있는 열린 사고의 가능성을 차단해 버린다. 교육의 진정한 목표가 지 · 덕 · 체의 능력을 구비한 성숙한 개인을 기르는 것이고, 그 성숙한 개인의 다른 말이 '자유로운 주체'라고 한다면, 그 속성상 교육 과정 자체도, 미숙한 존재가 스스로의 힘으로 자신을 키워나가는 기간이 되어야 하는 것이 마땅한 일이다. 스스로 자유를 익힌 존재만이 자유의 뜻을 알고 자유를 바르게 행사할 수 있기 때문이다.

그리고 그렇다면, 우리가 지금 이 자리에서 시도해 봐야 할 다양한 교육 개선의 노력들 속에 학생들 자신의 주체적인 참여와 자기 훈련이 포함되어야 한다는 것은 마땅한 일이 될 것이다.

지금 독자 여러분이 펼치고 있는 이 책의 존재이유는 바로 이러한 기나긴 추론의 과정을 통해서 제 모습을 드러낸다. 사는 것이 하도 답답하고 쓴물 같기만 해서 살기를 잠시 멈추고 생각이라는 걸 해보기로 한 일단의 청소년들이 살기를 멈춘 만큼 생긴 존재의 공백 앞에 서게 된다. 그리고 그 공백 안에 그들은 자신들의 자유로운 상상과 실험을 채워 넣어 보기로 한다. 그들은 가진 것도 없고 배운 것도 없다. 그래서 맨땅에 머리를 부딪는 방식으로 우선은 도전해보기로 한다. 그러나 그 과정 자체가 그들에게는 세상 속에 자신을 새겨놓고 세상의 모습에 맞추어 자신을 변화시켜 나가는 생생한 경험이 된다. 이 도전이 진행되어 나갈수록 그들은 더욱 세상과 친숙해진다. 친숙해질 뿐만 아니라 세상과의 만남이 자신을 변화시키듯이, 또한 세상을 변화시키는 방식으로 세상과 만나게 된다. 그리고 그 경험을 혼자 즐기기에는 아까워서 글로 써서 다른 친구들에게 알리기로 한다.

여기까지가 이 책이 태어난 과정이다. 그러나 이 책의 삶은 거기서 그치지 않는다. 그렇게 만들어진 책을 먼 나라의 학생들이 우연히 발견한다. 그 책을 다른 나라의 언어로 읽은 그들은 그것을 좀 더 생생하게 경험해보고자, 그리고 또한 자기 나라의 학생들에게도 이 '소식'을 알리고 싶어서 번역을 해보기로 한다. 자신들의 외국어 능력에 대해서 그들은 잘 알지 못한다. 그러나 저 학생들이 미지의 현실 안으로 과감히 자신을 던져 뛰어들었듯이, 이 학생들은 이 얼마간 어두컴컴한 책 안으로 자신의 모든 열정을 던져 보기로 한다.

그렇게 해서 이 책은 새로운 고장에서 다시 태어났다. 이 책의 내용은 어린 청소년들이 세상과 기운차게 씨름하고 화해한 일들의 기록이며, 이 책의 형식은 언어와 기운차게 씨름하고 화해한 과정의 기운을 가득 담고 있다. 그 내용과 형식이 모두 세상이라는 괴이한 어둠 속에서 세상과 자신을 동시에 밝힐 전구에 전선을 잇고 점등을 하는 행위였던 것이다.

물론 삶을 행위한 청소년들에 비해서, 그걸 언어화한 청소년들의 태도는 좀 더 순응적이다. 우리는 청소년들이 연습한 외국어가 오늘의 학교제도에서 가장 유용한 과목의 대상이 되고 있음을 잘 알고 있다. 현행의 교육제도의 억압성에서 벗어나서 스스로 자신의 인생을 개척해 보는 일이 동시에 그 제도의 메커니즘에 잘 적응하기 위한 연습이 되기도 하는 아이러니가 여기에 개입되어 있는 것이다. 그러나 앞에서 나는 한국의 교육제도의 전면성에 대해서 말했었다. 교육의 문제는 누구의 잘못이랄 것도 없이 우리의 풍속이 되어 있는 것이다. 그런 현실의 압도적인 압력 앞에서, 이마나한 시도는 아무리 작다 하더라도 매우 소중한 것이라고 할 수 있는 것이다. 교육제도의 명령을 나의 일과로 치환해 버리는 것, 그것도 꽤 해볼만한 일이 아니겠는가? 어쨌든 여기에는 학생 자신의 생생한 주체적 경험, 세상과 정면에서 대결하는 존재가 되는 짜릿한 경험이 있는 것이다.

모쪼록 이 학생들이 스스로 치른 이 신나는 모험을 그들의 유용한 재산으로 모셔둘 게 아니라, 정신의 양분으로 소화하길 바란다. 그럴 때 그들의 언어의 모험은 다시 삶의 모험으로 확대되어 나갈 것이며, 궁극적으로 자신의 존재가 변신의 기이한 몸살을 앓게 되는 걸 체험할 수 있을 것이다.

—We Group(10대들의 번역모임) 번역, 『성공을 꿈꾸는 10대들의 닭고기 수프』, 2010.8.

김연신과 아이들

세상에서 가장 독특한 사람을 고르기란 생각보다 어려운 일이 아니다. 생의 영역은 날마다 증가하고 취향도 각양각색이어서 누구나 마음만 잘 먹으면 개성의 깃발을 바람 속의 은사시나무마냥 휘날릴 수 있기 때문이다. 그러나 세상에서 가장 독특한 사람 하나가 아니라 몇몇의 사람들이, 그것도 같은 분야에 뿌리를 내린 사람들이 한자리에 모이기란 쉬운 일이 아니다. 게다가 그들이 함께 일을 벌이기 위해 뭉쳤다는 것은 도저히 믿어지지 않는 사건이 벌어졌다는 놀람과 이 시시각각으로 내일을 창조하는 사람들이 모종의 음모를 획책하였으니 조만간 지구의 한 귀퉁이가 무너져, 고대인의 상상 속에나 있던 술통형의 지구가 마침내 발견되었다는 소식이 들려오지나 않을까 하는 기대로 우리의 눈을 잡아당기고 우리의 가슴을 파도치게 한다.

연령을 계산해서, 김연신과 아이들이라고 이름 붙여주고 싶은, 그러나, 그런 통속적인 이름보다 훨씬 시적으로, 다시 말해, 겸손하고 공평하고 그리고 음험하게 스스로 '움직이는 바보 철도'라고 자칭한 이 바보 시인들은, 저마다 한국시의 첨단을 한껏 연장하는 언어의 낌줄을 쥐고 있는 이들이다. 김연신은 시적인 것에 대한 순수한 사유를 하이퍼텍스트적인 말의 유랑(流浪) 속으로 분산시키고 있고, 함성호는 문명에 대한 비판적 인식들에 상상의 모르타르를 붙여 가장 고대적이고 따라서 우주적인 사유의 건축을 쌓고 있으며, 김태동은 사람들의 마음속에 비등하는 가장 격렬한 감정들에 수문을 열고 그것들이 격랑을 이루며 그러나 아주 잘 제어된 언어의 물길을 따라 한 마음의 바다를 향해 가는 장관을 보여준다. 강정은 또한 어떠한가? 가장 무자비하고 끈질긴 연상의 에너지를 지닌 이 시인은 그의 분출적인 생의 충동을 죽음이 낭자한 처형 극장 속에 몰아넣었으니, 삶과 죽음이 이보다 더 팽팽하게 대치하고 이보다 더 혼란스럽게 난교한 적이 없었던 것이다. "나는 세상의 모든 시를 시작하리라"며 스스로의 시인됨을 방자하게 선언하면서 출세한 새내기 시인 이준규 또한 그의 돌발적인 상상의 움직임과 가차없는 말의 유린으로 '전혀 새로운' 시를 쓰겠다는 의지를 독자의 눈앞에 폭죽처럼 터뜨리고 있는 참이다.

그러니, 아까의 기대가 슬며시 난데없는 환각으로 내 눈 속으로 쳐들어온다. 지구가 붕괴하는 소리가 들린다. 땅이 우지직 갈라지고 낡은 언어들이 우수수 추락하며 말의 속살이 선명한 상처를 드러내며 절벽을 세운다. 이 절벽에 촘촘이 돋아나는 새 말의 이끼들 혹은 새순들이 부드러운 융단처럼 저 상처 혹은 말의 혁명을 둥그렇게 두른다. 그 모양을 보니 영락없는 술통이다. 오~ 바보들의 지구여, 랭보의 술취한 배여, 그렇게 출항하라. 생의 환영과 잔해들과 서슴없이 충돌하며 술의 용광로 속에서 그것들을 녹이며, 그렇게, 뒤뚱뒤뚱 직행하거라.

—2000.11.22.

소탈한, 웅숭깊은 이

손광섭, 『천년 후, 다시 다리를 건너다』에 부쳐

손광섭 관장님은 나의 사촌 매형이시다. 그이에 대해 내가 습득한 첫 번째 정보는 소문난 미녀들인 내 사촌누님 중 한 분의 배우자가 되는 행운을 누린 분이라는 것이다. 사촌 누님들이 미녀라는 것은 농담이 아닌데 장래의 매형감들이 큰아버지의 허락을 받기 위해서 자해공갈단으로 돌변하곤 했다는 얘기를 종종 들을 정도였기 때문이다. 최후의 승리자 중 한 사람이 된 둘째 매형도 하다못해 접시 물에 코 박는 시늉이라도 했는지 어쨌는지 그건 들은 바가 없다. 어쨌든 매형과 처음 상면하던 날 나의 첫 번째 반응은 "흠, 야수는 아니구만"이었다. 그러나 그 반응에 이어서 내 머리를 스치고 지나간 생각은 사장님치고는 차림새가 참 검소하다는 것이었다. 그리고 내 머리는 잠시 헷갈렸으리라. 사장님임에도 불구하고 검소한 것인지, 아니면 건설회사 사장님이라서 후줄근한 것인지 알쏭달쏭했을 것이다. 내가 전자 쪽으로 결론을 내린 것은 이 사장님께서 나의 넷째 외삼촌과 절친한 친구라는 두 번째 정보를 입수했을 때였다. 왜냐하면 넷째 외삼촌은 군복무 시절 모범상을 탔을 정도로, 타의 추종을 불허하는 성실표였기 때문이다. 외삼촌의 벗이라면 굳이 캐지 않아도 알만한 분이 아니겠는가? 과연, 자주는 아니었으나 뵐 때마다 나는 매형이 겉모습은 소박하고 마음 씀씀이는 소탈한 분이라는 것을 거듭 느꼈다. 그이의 복장이 화려하지 않았던 것과 마찬가지로 그이의 태도도 전혀 근엄하지 않아서 사촌 처남 대하기를 꼭 아랫 동기 품에 안는 듯해서, 이를테면, 특유의 청주 사투리, 그러니까 재재바른 충청도 사투리로 "명교야, 매형여", "명교야 놀러 와잉" 하시던 것이다.

매형에 대한 이런 느낌은 자연스럽게 그이의 고향이자 생활 근거지인 청주에 대한 깔끔한 인상과 연결되곤 한다. 청주는 도청소재지이면서도, 적어도 내가 청년이 되기까지는, 전혀 시멘트 냄새가 나지 않는 어떤 순수의 마을 같은 느낌을 주곤 하던 곳이다. 그곳은 분명 시골은 아니었다. 내 기억 속에 간직되어 있는 청주는 무엇보다도 외할머니의 청주이자 외할머니 댁의 청주이다. 어렸을 적 방학 때만 되면 청주에 놀러가서 낮에는 외할머니 댁 앞 텃밭에 늘어서 있던, 어느 옛날 작가의 표현을 빌려, "열병식을 하고 있는" 옥수수를 따 훑어 먹고 근처 야산으로 솔방울을 주우러 다니고 밤에는 외할머니가 손수 밀어서 만들어주신 칼국수나 수제비를 맛나게 먹고는 잠이 들었다가 처녀들의 낭랑한 목소리를 들으며 새벽에 깨어나곤 했는데 내 어린 마음속에 여성의 이미지를 형성해 주었던 그 처녀들은 다름 아니라 인근 고등학교의 여학생들이어서, 그네들이 새벽마다 외할머니 댁 앞으로 난 신작로를 청소하면서 즐겁게 수다 떨던 소리가 바로 나로 하여금 아침을, 낙원까지는 아니더라도 천국에서 가장 근거리에 위치한 높은 지대의 마을에 있다는 푸근한 느낌 속에서, 깨어나도록 해준 소리들이었다. 그것은 뭐랄까 온기가 있으면서도 잘 마른 짚더미에서 깨어난 느낌이기도 했고 음이온이 가득 찬 숲 속의 빈터에서 반짝이며 날아다니는 요정들에게 둘러싸여 있는 느낌이기도 했다.

잘 익은 호박처럼 소박하고 소탈한 분, 그것이 내가 오랫동안 간직하고 있던 매형의 이미지였다. 그러다가 나는 매형에 대한 나의 인상을 단박에 일신하는 경험을 하게 되는데, 그것은 매형이 화갑기념문집을 내겠다면서 몇 개의 자료를 들고 나를 만나시던 날이었다. 그날 강남 고속터

미널 뒤의 팔레스 호텔 커피숍으로 매형이 가져온 자료는, 건설 관계 잡지에 우리의 옛 다리에 대해서 쓰신 글들의 일부였는데, 나는 거기에서 전혀 예상치 않았던 지적 탐구자로서의 매형을 본 것이었다. 매형이 '청주건설박물관'을 세우셔서 전래하는 한국의 건설자료들을 모아놓아 "모든 국민이 함께 공유할 수 있는 교육, 문화공간"으로 쓰이도록 하셨다는 것이며, 또 건설업이 3대째 이어지고 있는 매형의 가업이라는 것도, 나는 그날 처음 알았던 것인데, 그러한 정보들은 "아하, 매형이 글도 쓰시는구나"라는 호기심어린 감탄과 더불어, 자신의 직업에서 '하늘의 뜻'을 보고, 또한 그것을 정신적 자산으로 변환할 줄 아는 보기 드문 사업가를 본 데서 온 신선한 감동을 맛보게 하기에 모자람이 없었다.

그러나 나의 이러한 단순한 감탄은 매형의 글을 읽어나가면서 점점 깊은 경탄으로 화학변화를 하고 있었다. 왜냐하면 옛 다리에 관한 매형의 글은 단순히 경제활동으로 분주한 사람이 잠깐의 휴식기를 빌려 적은 심심풀이 여기(餘技)도 아니고 방계의 전문가가 거드름을 피우며 내갈긴 지식 노트도 아니었기 때문이다. 매형의 글에는 대상을 정확하게 떠올리게 하는 정보들이 넘치지도 모자라지도 않게 제공되어 있었고, 그 대상을 그것과 더불어 살아온 사람들이 그 대상에 투영한 마음자락과 소망의 내력과 연결시켜서 읽을수록 커져 나가는 풍부한 이야기의 공간 속에 독자를 잠기게 하는 마력이 있었으며, 그리고, 그 대상이 오늘에 와서 다시 거론되고 더 나아가 복원되어야 할 이유를 잔잔한 설득조로 풀어나가는 힘이 있었다. 그리고 무엇보다도, 이러한 글의 요소들을 모아, 우리의 사라지거나 퇴락한 옛 유적을 지금 이곳에서 생생히 살아있는 생물로 느끼게 하는 조합의 세련된 솜씨가 있었다. 그러니까 매형의 글에는 글쓰기 연습을 오래 해 본 사람만이 가질 수 있는 감각이 엿보였던 것이고 그것은 나날의 경제 활동에 바짝 매어 있는 사람에게서는 찾아보기 어려운 희귀한 감각이었다. 아마도 그런 감각은 글재주를 타고난 사람의 것일 수도 있겠지만, 일상생활의 세목들을 살아감의 참된 뜻과 하나하나 맞추어나가는 행위를 늘 실천해 온 사람이 그 실천 속에서 자연스럽게 몸에 익힌 감각이 아닌가 한다.

그러고 보니, 매형의 그 소탈하기만 한 거동과 차림 속에 늘 서글서글하게 빛나는 눈매는 사실 인생의 깊은 바닥을 더듬어본 사람의 웅숭깊은 시선이기도 하다는 것을 나는 깨달을 수 있었다. 그 깊은 시선이 이제 당신의 인생을 그윽히 돌아볼 때를 매형은 이제 맞이한 것이다. 아마 겉으로는 고생투성이였겠지만 속으로는 보람차기만 했었을 그이가 이룬 삶에 새삼 경축을 드리는 바이다.

—손광섭, 『천년 후 다시 다리를 건너다』, 이야기꽃, 2003 발문

즐거운 신화

아리안 에슨, 『신화와 예술』

언제부턴가 사람들이 신화를 찾기 시작했다. 그것을 두고 엘리아데는 "근원에 대한 향수"라고 말했지만, 한국인들에게 그 향수의 원인은 아직도 미지로 남아 있다. 물론 근원에 대한 향수는 자기 뿌리를 성스럽게 하고자 하는 상상적 충동과 맞닿아 있을 것이다. 그런데 왜 하필이면 그리스 신화인가? 산해경도 심지어 단군신화도 아닌 것에. 우리의 '조상'이 아닌 사람들이 섬긴 것이 명백한 신들에 대한 왕성한 '지식욕'의 원천은 도대체 어디에 있단 말인가?

어찌 됐든 신화의 바람은 더욱 세차게 불고 있다. 그리고 그것이 우리 것이 아니라고 해서 무조건 타기할 일은 아니다. 오히려 타기할 것은 우리 것에 대한 광신적인 집착이다. 지금 아쉬운 것은 다른 신화들(한국인의 신화까지 포함하여)에 대한 폭넓은 관점과 독서이지만 아직 한국인은 이제 겨우 신화라는 또 다른 녹색 지구에 '입문'했을 뿐이다. 그리고 들어가는 문은 그 자리에서 멈추기 위해서가 아니라 그것을 넘어 더 너른 세상으로 나아가기 위해 있는 것이다. 자꾸 읽어라. 그러면 마침내 "안광(眼光)이 지배(紙背)를 철(徹)하"여 다른 세상을 향해 뚫고 나아갈 수 있을 것이다. 그래야 모든 신화들이 공평해질 것이고 더 나아가 신화 자체가 다른 이야기들과 더불어 고른 대우를 받을 수 있을 것이다. 실은 어떤 영역에서든 간에 그 모든 것을 폭넓게 편력하고 섭취하고 소화하고 나누는 과정을 통해서 인간은 마침내 참다운 '나'에게로 되돌아온다. 왜냐하면 참다운 나는 자신만을 아는 나가 아니라 타인과 자신의 같음과 다름을 견주고 이해할 수 있는 나, 자신의 생각만이 옳다고 주장하는 나가 아니라 타인으로부터 끝없이 영향을 받으며 더욱 넓게 열려 나가는 나이기 때문이다.

그런 점에서 그리스 신화로의 입문은 무수한 신화 세계와 보편적인 이야기 세계를 거쳐 우리 자신에게로 되돌아오는 먼 우회로의 최초의 출발점이 될 수 있다. 콜롬버스가 인도로 오인한 구아나하니를 향해 항해했을 때처럼 말이다.

지금까지 일반 대중을 위해 씌어진 신화서는 주로 세 가지 부류로 나눌 수 있다. 첫째, 서양의 신화서를 그대로 옮겨 놓은 것. 가령 불핀치의 『그리스 · 로마 신화』 같은 것이 대표적인 예이다. 둘째, 기왕의 신화서에서 핵심적인 것들만을 뽑아 알기 쉽게 윤문하고 그림들을 덧붙여서 아동물로 내놓은 것. 셋째, 한국인 필자가 기왕의 신화서 한두 권을 나름대로 종합 · 정리하고 자신의 해석 또는 주관적 감성을 입힌 것. 우리는 여기에, 상상 속 여행을 통해 신화의 세계로 건너가서 직접 그 세계를 체험하는 것처럼 꾸며 놓은 신화 여행서를 가정할 수 있을 것이다. 가령 철학에 관한 『소피의 세계』나 종교에 관한 『테오의 여행』이 이에 해당한다고 할 수 있는데 아쉽게도 신화에 관해서는 이런 종류의 책이 국내에 나와 있지 않은 듯하다.

어쨌든 기왕의 신화서들은 다 나름대로의 장점이 있고 단점이 있다. 첫 번째 신화서는 그리스 신화의 원전에 비교적 가깝게 다가갈 수 있도록 해준다. 그러나 아무리 근접하더라도 책으로 만들어진 신화는 실제 발췌본이고 편집본이다. 왜냐하면 모든 신화는 인구에 회자되는 가운데,

그리고, 바로 신화서들 그 자신에 의해서 수없이 가필되고 정정된, 무한히 상이한 신화들의 복잡한 덩어리이기 때문이다. 따라서 직역된 신화서들은 자칫 하나의 관점이자 신화의 일부에 지나지 않는 것을 그것 자체로 신화 전체로 착각케 할 수도 있다. 그런 한편 우리에게 낯선 이름들과 낯선 상상 세계를 있는 그대로 옮겨 놓기 때문에 이해하기가 쉽지 않다는 단점도 또한 있다. 아무리 널리 읽힌다 하더라도 수천 년 전의 이방의 상상 세계에 허심탄회하게 감응하기란 그리 쉽지 않은 법이다.

두 번째 신화서는 어린이들을 위해서는 꼭 필요한 책이지만 또한 오직 어린이들에게만 소용될 수 있는 것이다. 세 번째 신화서는 넓은 의미에서의 '번안'이라고 할 수 있을 것이다. 즉, 한국인 해석자의 나름의 해석을 가필한다는 것은 이방의 언어를 한국어로 치환한다는 것이자 동시에 이방의 정서를 한국인의 정서에 알맞게 고친다는 것이다. 이것은 그리스 신화를 정서적으로 교감케 하는 데 도움이 될 수 있는 한편 왜곡의 위험이 있어서 타자의 상상 세계를 객관적으로 이해하는 데 방해가 될 수 있다.

방금 신화는 사람들에 의해서 수없이 정정되고 가필된다고 말했다. 실은 한없는 수정의 움직임이야말로 신화를 현재에도 살아있게 하는 가장 중요한 동력이라 할 것이다. 모든 문화는 문화 향수자들이 참여함으로써만 자신의 세계를 증폭시키기 때문이다. 그러나 그렇다고 해서 신화를 읽는 사람이 자의에 의해서 신화를 마구 개조한다면, 그것은 신화를 통해서 자신의 내면을 풍요롭게 하기는커녕 자신의 욕망을 일방적으로 투사하는 일종의 주관적이고 유아적인 유희에 지나지 않게 될 것이다.

이러한 함정에 빠지지 않기 위해서는 무엇보다도 신화가 살아 움직여온 역사를 폭넓게 그리고 객관적으로 응시해 볼 필요가 있다. 닭이 알을 낳아 종족을 번식시키듯 하나의 신화가 스스로 여러 개의 신화들로 번식해가는 과정, 그리고 원형 생물에서 영장류로 이어지는 진화의 나무처럼 신화가 수없이 다른 이야기들과 여타의 예술들에로 번져 나가 완전히 새로운 삶을 사는 양상들을 하나하나 살펴보고 이 번식과 진화의 관계에 대한 의미를 따져 본다면 우리는 신화의 뜻을 좀 더 쉽고도 깊게 깨달을 수 있을 뿐만 아니라 인간의 정신적 활동으로서의 문화의 운동 역학 및 그 의미를 스스로 깨우칠 수 있을 것이다. 그뿐이랴. 끝없는 변화란 언제나 우리의 삶을 간질이고 신생을 욕망케 하는 원천이자 동시에 그 욕망의 충일한 표현이 아니겠는가? 그러한 변화의 과정을 지켜보는 것만으로도 우리는 흥미진진한, 읽는 사람에 따라서는 그 어떤 공상과학영화나 범죄드라마에서도 도저히 느낄 수 없는, 스릴과 감동을 맛볼 수 있을 것이다.

지금 여러분이 페이지를 넘기고 있는 이 책이 바로 그러한 은근하고 짜릿한 맛을 느끼게 할 수 있는, 아마 한국에서는 최초로 소개되는, 즐거운 대중 교양서이다. 저자는 기왕의 그리스 신화들을 두루 간종그려서 시간적인 질서를 부여한 후, 서양의 문화에 가장 큰 영향을 끼친 핵심 인물들 혹은 사건들을 추출한다. 그리고는 그 각각의 인물들(신이거나 인간이거나) 혹은 사건들에 관한 아주 다양한—빈번히 상충되기까지 하는—이야기들을 요령 있게 소개하면서 그것들을 하나의 통일성 안에 묶어 일관된 이해를 가능케 한다. 그와 더불어 저자는 이 신화에 대한 그리스·로마인들의 해석 및 문학 텍스트로의 수용으로부터 시작하여 현대 문학에서 신화가 변용되는 과정을, 가장 적절한 예를 들어가면서, 흥미롭게 좇아간다. 이러한 자기 변용 및 타자로의 변환 과정에 대한 추적은 독자로 하여금 신화가 생성되어 변화되어 나가는 생생한 모습을 거의 실시간의 감각으로 느끼게 해줄 뿐만 아니라, 신화를 현란하지만 저 높은 곳에 위치해 있을 뿐인 '신의 이야기'가 아니라 인간의 역동적인 상상력이 힘차게 발휘되는 놀이 공간으로 받아들일 수 있도록 한다. 이 책의 놀이적 성격은 최종적으로 이 책의 편집과 구성에 의해서 확정된다. 다시 말해, 신화를 이렇게 신화들로 가지를 뻗게 하고 문학과 음악과 미술의 다른 문화들로 이어지게 하여 썩 미묘한 네트워크를 이루게 함으로써, 마치 아이들이 탄성의 쇠그물 위에서 덤블링을 하듯이, 문화들의 역동적인 상호 관련의 운동을 독자가 체감할 수 있도록 한 저자의 편집과 구성 자체가 일종의 창조적 놀이를 구성한다는 것이다.

물론 이 놀이판이 단순히 '또 다른 세상'에 대한 즐거운 경험만을 제공하는 것은 아니다. 그것은 존재의 향유뿐만 아니라 동시에 인식의 즐거움을 제공한다. 그저 이러저러한 신화적 지식들을 주워 담을 수 있게 한다는 것이 아니다. 이 책의 또 다른 소중한 덕목은 이렇게 하나의 신화와 여러 신화들의 관계를 통하여 그리고 신화와 여타 예술들과의 관계를 통하여 모든 것을 공평하고 상호 이해적으로 바라보는 관점을 얻게 해줌으로써 인류의 문화적 산물들의 상호 관계에 대한 직관적인 이해와 이론적인 탐구에 대한 의욕을 독자에게 불러일으킨다는 것이다. 과연 저자는 그러한 인식의 즐거움을 스스로 참지 못하여 곳곳에서 신화의 존재 이유, 인간과 신화의 관계, 신화와 종교, 신화와 문학의 차이 등에 대한 자신의 관점을 상감해 놓음으로써 독자가 그로부터 더 깊은 탐구를 향해 도약할 수 있는 발판들을 제공하고 있는 것이다.

결국 이러한 존재론적 향유와 인식의 즐거움이 궁극적으로 충동하는 존재는 바로 독자 자신, 즉 신화에 빠진 듯하지만 실은 그 몰입으로써 현재적 일상의 문제를 통째로 드러내는 일상인으로서의 독자라 할 것이다. 신화에 대한 이야기는 결국 삶의 현장으로의 되풀이되는 귀환인 것이고, 사실 그래야만 하는 것이다. 우리의 삶의 현장도, 신화를 읽은 후에는, 그저 각박하고 계산적인 것이 아니라, 그 스스로 신비하고 역동적인 꿈으로 가득 차 있다는 것을, 그래서 이해타산으로 메마르고 약육강식으로 아귀 끓는 이 세상을 뛰어넘는 힘은 신화의 빛을 쬐인 일상 그 자체로부터 솟아난다는 것을 독자는 어쩌면 깨닫고 슬그머니 미소를 지을 것이다.

—아리안 에슨(Ariane Eissen), 『신화와 예술』(류재화 옮김), 청년사, 2002 발문

‘팍스 아메리카나’에 들린 세상

어려운 때이다. 우리가 IMF의 터널을 채 벗어나지 못했다는 뜻에서가 아니다. 우리가 수취할 물질의 수량에 관계없이 그 생존의 방식은 이미 강제된 형태로 우리를 아주 긴 터널 속으로 집어넣었기 때문이다. 그 터널의 이름은 야릇하게도 신자유주의라고 불리고 그 터널의 끝에는 ‘팍스 아메리카나’가 있다. 아니 있다고 그런다. 모든 이에게 자유가 보장되고 기회가 균등하게 제공되니까 능력만 있으면 단 과육을 씹을 수 있다고 말한다. 단지 예전의 동굴과 다른 점이 있다면 이 터널 속을 전진하는 능력은 일할 수 있는 능력이 아니라, 앎을 다룰 수 있는 능력이라는 것이다. 이 요란한 구호들이 푸른 수평선을 배경으로 터널의 벽면을 여백 없이 도배하고 있어서, 아예 여기는 터널이 아니라 자유의 활주로처럼 여겨질 정도이다. 그러나 터널은 터널이다. 우리는 전진하거나 후퇴할 수 있을 뿐이다. 제 3의 길은 벽에 설치된 영사 화면에 막간으로 등장하는 공익광고에 불과한 것이다.

되풀이해 말하지만 그 터널의 끝에는 유토피아가 아니라 ‘팍스 아메리카나’가 있다. 그렇다는 것은 우리가 일률적으로 향하고 있는 저 미래가 분명한 실체라는 것을 뜻한다. 그 미래는 현재이다. 다시 말해, 오늘의 미국이고, ‘메이 플라워 호’에서 배태된 미국의 본질이며, 여타 국가들의 미국에 대한 이미지이고, 미국이 세계에 대해 갖는 이미지이다. 그 이미지가 군사동맹을 조종하고 쿠데타를 음모케 하며, 평화의 사절들을 방방곡곡에 파견한다. 그 이미지로 문화시장이 살찌며 학문제도가 발달한다. 그 이미지가 안정과 저항을 동시에 잉태하고 사해동포주의와 적과 에일리언을 만든다. 그 이미지 때문에 주머니 돈이 창업의 자본금이 되고, 그 이미지에 의해서 버튼 하나가 한 나라를 초토화시킨다. 이미지는 실체다. 정치 · 경제 · 군사 · 문화 · 학문… 삶의 모든 영역이 그 이미지 안에서 녹고 있다. 표준화되고 있다.

그래서 우리는 묻기로 하였다. 저 평화공동체는 도대체 무엇인가? 팍스 아메리카나가 미국인가, 미국이 팍스 아메리카나인가? 터널의 끝에서 환히 빛나면서 벽면에 가득 퍼지고 있는 저 빛은 신천지를 알리는 빛인가? 아니면 마주 오는 열차의 그것인가? 저 평화공동체 안에서, 혹은 저곳을 향한 '돌격 앞으로' 중에서 사람들은 저마다 무엇을 하고 있는 것인가? 때로 역류는 있을 것인가, 혹은 누군가 곡괭이를 들어 벽의 스크린을 깨고 구멍을 파고 있는가? 문학이 원천적으로 자유의 몸부림이고 반성적 활동이라는 믿음을 버릴 수 없다면, 이 기승한 자유주의, 표준화 생명 공학의 다른 이름인 그것에 대해 문학은 무엇을 하고 있는가? 그 나라는, 옆 나라는, 저 나라들은 그리고 우리는?

우선은 가까운(누구에게?) 세 나라를 돌아보았다. 미국 그 자신과 일본과 한국이다. 자유주의의 문화적 표현을 다문화주의라고 말할 수 있다면, 조규형 씨는 미국의 다문화주의는 획일 세계를 치장하는 꽃술들에 불과할 뿐이라고 말한다. 그 획일 세계의 사회적 표현이 청교도적 국가 이념이고, 그 정치적 표현이 제국주의적 팽창주의라고 한다. 그 내부로부터 혹은 바깥으로부터의 반성과 비판의 목소리도 물론 끊임없이 있었다고 한다. 그 비판과 반성 속에서도 때로는 아메리칸 드림은 여전히 포기되지 않으며, 이 비판적 성찰이 때로는 모호성과 무기력의 어둠 속에 잠겨 있다고 말한다. 윤상인 씨는 일본은 입구(入歐)로부터 궤도를 수정한 이후 입미(入美)를 향한 발걸음을 멈춘 적이 없다고 한다. 그에 저항한 반미(反美)의 문학도 반미(叛美)를 거쳐 결국에는 속미(屬美)로 낙찰보았다고 한다. 단지 현상이 그런 것이 아니라, 애초부터의 세계관이 "우승 열패의 제국주의적"이었다 한다. 황광수 씨는 1999년 여름의 한국 문학에서 "신자유주의체제 또는 팍스 아메리카나라는 일극(一極)의 장막 아래 뿔뿔이 흩어진 개인들이 고독하게 내면화되고 있는 단자사회"를 본다. 오늘의 문학이 스스로 "주체 형성 가능성을 부정"하고 있지나 않은지 묻는다.

우울하다. 썩 우울하다. 아니, 꼭 그렇지마는 않을 것이다. 우울하나마 목소리가 있다는 것은 달리 살아보려는 움직임이 이미 있었고 앞으로도 있을 것임을 말해준다. 그러니까 중요한 것은 지금의 현상이 아니라 여기까지 이르는 동안에 전개된 고통스런 과정인 것이다. 게다가 세 분의 글은 모두 그 과정을 성실하게 보여주고 있는 것이다. 독자께서 정말 관심깊게 주목할 대목이 거기이다. 그 과정을 눈여겨보는 사람이라면, 우울의 장막을 찢을 칼을 벼릴 수도 있으리라.

이 기획은 다음 호에도 연속될 것이다. 좀 더 먼(어디서부터?) 나라들의 삶과 문학도 봐야 할 터이다. 그것은 팍스 아메리카나의 또 다른 이름인 저 세계화의 시간 속에서 차분히 객관적으로 세계 문학의 동향을 알아보는 것이 한국문학의 바른 길을 모색하는 데 유익하리라 생각하기 때문이다.

백낙청·고은 두 분의 대담은 특집의 연장선 위에서 읽을 필요가 있으리라. 공교롭게도 두 분은 팍스 아메리카나의 실명 도시의 어느 장소에서 만나 세계의 흐름과 한국의 장래를 걱정하였다.

이번 호에도 정명환·최일남·남정현·유종호 네 분의 20세기를 되돌아보는 작업은 계속된다. 아마도 이렇게 여러분이 함께 참여하는 긴 회

고가 있을 수 있다는 것은 단지 지금 밀레니엄을 넘어가고 있기 때문만은 아닐 것이다. 한국의 지식 사회가 마침내 현대사를 형성하게 되었기 때문이라고 보는 게 더 타당할 것이다. 역사가 세워질 때 비로소 실존은 관념과 만난다. 관념은 실존에 의해 의식의 생체험으로 전화하고, 실존은 관념과 만나 생존의 사건들에서 세계의 개진으로 도약한다. 그러니까 우리에게는 아직 희망이 있는 것이다. 이렇게 알찬 개별사를 갖게 되었으니 말이다. 이 역사를 제대로 성찰하고 반추할 수 있다면 저 '세계화'도 달리 보일 것이다.

고형렬 씨의 산문 연재 「은빛 물고기」가 이번 호로 마감한다. 「은빛 물고기」를 '동물 탐구'로 읽은 독자는 없을 것이다. 탐구로 따지자면 이보다 더 열성적인 탐구가 있으랴마는, 바로 그렇기 때문에, 그것은 애틋하고 속 깊은 사랑의 기록이지, 그저 탐구가 아니다. 시인에 의해서 연어는 '모천회귀'라는 상투적인 관념에서 벗어나 생생한 일생을 얻게 되었다. 연어를 통해서 시인은 인연의 장엄함과 허무함을 알게 되었다. 연어와 시인 때문에 우리는 사랑의 의미를 알게 되었다. 감사하지 않을 수 없다.

평론 부문에 신인을 선보이게 되어 기쁘다. 조성면 씨는 한창 유행 중인 판타지 소설의 정치적 의미를 파고 들어감으로써, 한국 비평에 희귀한 대중문학 비평가이자, 성실한 문학사회학자로서의 가능성을 보여주었다.

이 더운 여름에도 어김없이 집필을 마쳐 준 모든 필자들께 감사드린다.

—『작가』 서문, 1999 가을호.

비평은 무엇으로 사는가?

비평은 무엇으로 사는가? 시대적 문제의 징후를 포착하고 그 가능성을 가늠하는 것? 또는 텍스트의 윤곽을 본뜨고 그 섬모들을 고르는 것? 그것도 아니면, 텍스트의 표면과 내부의 운동 사이의 차이를 측정하는 것인가? 사실은 모두일 것이다. 텍스트를 통과하지 않는 시대의 문제는 허황하기 일쑤고, 시대와의 어긋남을 고민하지 않는 텍스트는 시체와 다름없을 것이며, 모든 읽을 만한 텍스트는 세계의 문제를 제 몸의 상처로 앓을 것이기 때문이다. 이런 생각을 하며, 조강석의 『경험주의자의 사계』, 소영현의 『분열하는 감각들』, 김영찬의 『비평의 우울』을 최종 검토의 저울 위에 올려놓았다. 『경험주의자의 사계』는 텍스트의 구체성에 몰입하는 가운데 세계의 창을 열어나가겠다는 비평가의 의지를 잘 보여주는 책이다. 『분열하는 감각들』은 세계의 위기와 텍스트의 진동을 평행시켜 조응하는 솜씨가 돋보이는 책이다. 『비평의 우울』은 지금 시대의 문학적·문화적·사회적 문제들을 요령있게 간추리고 알맞게 조명하는 능력이 뛰어난 사람의 책이다. 『경험주의자...』는 경험에서 출발해야 한다는 자신의 생각을 경험의 실제를 보여주는 것으로 입증하는 대신 이론적인 전거들에 의존해 설명하는 데에 상당한 지면을 바치고 있다. 『분열하는 감각들』은 삶의 세목들과 문학의 세목들 사이에 빗금을 긋는 작업을 무한히 증폭하는 데서 소음과 현란을 발생시키고 있다. 언어의 수량과 분열의 현기증은 얼마나 조응하는가는 탐구 과제가 될 수 있을 것이다. 『비평의 우울』은 우울증 환자의 창백한 납빛 표정에조차도 말끔한 우윳빛 살색을 회복시키고 있다. 이 모든 장단점들이 실은 한국문학과 사회라는 난해한 숙제 앞에서 그들이 치열히 고투하고 있기 때문일 것이다. 이 셋 중 한 권을 따로이 떼어내는 일은 무척 괴로운 일이었다. 심사자들도 중구난방의 입씨름 속에 빠져 들어갔다가, 문득 정신을 차리고 보니, 김영찬 씨의 손을 들고 있었다. 사실 그의 승리는 세 사람 모두의 승리다. 이 미묘한 결정이, 한국문학비평의 돌연변이를 야기할, 특이점으로 작용하길 바란다.

—제22회 팔봉비평상 심사평, 2011.5.

불행에도 희망에도 주목한 평론집들

최종 심사대상작으로 선정된 평론집은, 김선학의 『문학의 빙하기』(까치), 김수이의 『쓸 수 있거나 쓸 수 없는』(창비), 오생근의 『위기와 희망』(문학과지성사), 이승원의 『시 속으로』(서정시학), 한기욱의 『문학의 새로움은 어디서 오는가』(창비), 황현산의 『잘 표현된 불행』(문예중앙)이었다. 한기욱의 책을 제외하면, 시 평론이 중심을 이루고 있는 평론집들이었다. 소설 평론집의 상대적인 침체는 곧바로 한국 소설의 파행에 대한 의혹을 낳았다. 즉 한국소설의 실체와 수준을 궁금해 하는 세계의 눈길은 점점 뜨거워지고 있는데, 정작 우리 소설은 문학 외적인 사건들을 통해 화제거리로 변질되고 있는 게 아닌가, 하는 걱정이 들지 않을 수 없는 것이다. 반면 시평론집의 활기는 문화의 변두리로 밀리며 독자로부터 외면당해 온 오랜 소외기간 속에서도 한국시가 역동적으로 시대의 압력에 역동적으로 저항해왔음을 유감없이 증명하는 증례라고 할 수 있을 것이다.

『문학의 새로움...』에는 오늘의 문학적 논쟁에 적극적으로 개입하는 문학 이념의 실천가로서의 입장과 쓰인 그대로 작품을 읽어보겠다는 허심탄회한 태도가 공존하고 있는 책이었다. 하지만 텍스트가 말함으로써 말하지 않은 것, 즉 텍스트의 무의식을 읽어내려는 노력은 보이지 않았다. 『쓸 수 있거나...』는 꼼꼼한 시 읽기와 이론 구성이 공존하는 책이었다. 시읽기의 정치함은 놀랍고 배울 게 많았으나, 저자가 구축하고 있는 이론들은 톱니가 잘 맞물리지 않는 듯이 보였다. 『...빙하기』는 한국문학의 모든 주변을 아우르고 있는 다감한 책이었다. 넓게 싸안다 보니 작품에 대한 깊은 분석을 만날 수는 없었다. 『시 속으로』는 시인에 대한 폭넓은 이해와 작품에 대한 섬세한 분석이 돋보이는 책이었다. 시 연구자로서의 성실성이 두드러진 반면, 한국문학의 현장감을 느끼기는 어려웠다. 『잘 표현된 불행』은 한국시의 오늘의 문제에 적극적으로 참여하는 비평적 활력과 텍스트를 해석해내는 기민한 창안(創案), 그리고 비평가 특유의 화려한 수사가 잘 어우러져 일종의 문학 축제를 펼쳐내고 있었다. 그에 비해, 『위기와 희망』 역시 오늘의 한국문학의 문제들에 대한 신중한 성찰과 작품을 복합적으로 읽어내는 깊은 시선, 그리고 저자 특유의 중후한 문체가 잘 어우러져 마당 깊은 문학의 성곽을 건설하고 있었다.

심사위원들은 『불행』과 『희망』, 두 평론집을 두고 오랫동안 논의를 거듭했으나, 두 분이 쌓은 문학적 공로와 저마다의 방향에서 이루어낸 고유한 비평 세계의 크기를 놓고 우열을 가린다는 것은 불가능한 일이며, 오히려 두 분의 공동수상으로 팔봉비평상의 명예는 더욱 드높아지게 되리라는 데 공감하였다.

—제23회 팔봉비평상 심사평, 2012.5.6.

현대시조의 현대적 가능성에 대하여

올해 팔봉 비평상 최종심에 오른 평론집 중엔 시조에 관한 책이 두 권이나 들어 있어 화제가 되었다. 우리의 고유한 문학 양식을 소생시키기 위해 정성을 다하는 분들의 성의를 치하하지 않을 수 없다. 심진경 씨의 『여성과 문학의 탄생』은 가장 급진적인 여성문학론을 개진하고 있는 책이었다. 논리는 강고하고 씩씩했다. 다른 입장들에 대한 좀 더 치밀한 비판이 있었다면 그의 문학관을 효과적으로 보완해 주었을 것이다. 조강석 씨의 『이미지 모티폴로지』는 무엇보다도 자신만의 이론을 만들겠다는 의지로 넘쳐나고 있다. 그 발상은 신선하고 문학을 새롭게 이해시키는 계발적 힘이 있었다. 다만 그의 이론은 아직 형성 중인 것으로 보인다. 문학 텍스트들과의 마찰이 충분히 제어되지 않고 있었다. 장경렬 씨의 『즐거운 시 읽기』는 시의 자유 유람을 즐기고 있다. 만나는 시마다 바로 해석이 되고 문득 떠오른 세상의 온갖 시들이 술술 풀려나온다. 다만 여행의 취미가 강해서 문학에 관한 새로운 생각의 길을 개척하는 데는 관심이 없는 듯이 보였다. 정홍수 씨의 『흔들리는 사이 언뜻 보이는 푸른 빛』은 문학적 울림과 삶의 진실을 하나로 일치시키려는 열망이 진하게 배어 있는 책이다. 자신의 입장을 고집하지 않고 문학 작품들 저마다의 호흡과 풍경을 겸허하게 수용하고 음미하는 태도도 소중해 보였다. 다만 모든 문학적 현상들에 진실의 이름을 붙이다 보니 그 진실들의 깊이를

평준화시키는 문제가 있었다. 유성호 씨의 『정격과 역진의 정형미학』은 현대시조의 다양한 면모들을 통해서 새로운 정형장르의 성립과 그 문학적 역할 및 세계문학장 내의 가능성에 대해 진지하게 탐구하였다. 논리와 비평이 순조로웠다. 다만 이 책 역시 무난한 결론을 일반화하고 있다는 약점을 안고 있었다. 심사자들은 선정의 어려움에 봉착하였다. 오래 토론한 끝에, 유성호 씨를 수상자로 뽑는 데에 합의를 보았다. 문학 환경의 균형에 대한 순정한 관심이 점수를 보탠 결과였다. 수상자에겐 축하를, 다른 분들에겐 애틋한 마음을 보낸다.

—제26회 팔봉비평상 심사평, 2015.4.

폭풍이 휩쓸고 지나간 폐허 위에 피어난 들꽃

난항이었다. 본심에 오른 네 권의 평론집이 모두 장점과 단점을 골고루 갖추고 있었다. 최현식 씨의 『감응의 시학』은 이 시대의 중요한 시집들에 무차별적으로 감응한 글들로 이루어져 있다. 느낌은 섬세하고 표현은 유려했다. 단 공감에 도취하다보니 분석이 미흡하다는 지적이 일었다. 또 개념들의 자의적 사용도 눈을 따갑게 했다. 비평은 비평가의 감동을 만인의 즐거움으로 변조하는 행위라는 사실을 상기시키고 있었다. 서영인 씨의 『문학의 불안』은 안정된 문장 안에 대상 작품들을 공평하게 바라보는 균형감각이 돋보였다. 오랜만에 사회적 비평을 읽는 반가움도 있었다. 하지만 지나치게 한결같은 시각은 씨가 자신의 문학론을 영구히 쓸 병풍처럼 두르고 있는 게 아니냐는 지적이 있었다. 비평은 작품에 대해 말함으로써 자신의 문학론을 끊임없이 벼리는 행위라는 점을 되새기게 했다. 오길영 씨의 『힘의 포획』은 민주주의와 인문정신과 문학을 하나로 엮으면서 자신의 문학론을 힘차게 몰고 나간 평론집이다. 다양한 이론적 배경들을 자신의 비평관으로 빚어내기 위한 찰흙처럼 버무리는 태도가 활달하여, 매력적인 문체를 뽐내고 있었다. 다만 한국문학에 대한 실제 비평들이 너무 소략하여 팔봉 비평상의 취지에 맞는가라는 회의가 제기되었다. 이혜원 씨의 『지상의 천사』는 한국시인들의 시세계를 차분하게 음미한 글들을 모아놓았다. 주관적 판단을 강하게 주장하기보다 동의를 얻을 수 있는 해석을 우선하면서 시의 결들을 섬세히 들추어내고 있었다. 그러나 끈질긴 천착을 포기하고 상식적인 선에서 멈추는 경우가 많았고 비평이라기보다 교과서의 해설을 읽는 듯하다는 지적이 있었다. 비평은 무엇보다도 깊은 대화라는 점을 일깨우고 있었다. 심사위원들은 장고에 들어갔고 난상토론 끝에 단점이 가장 도드라지지 않은 책을 선택하기로 중의를 모았다. 이혜원 씨의 수상은 그렇게 결정되었다. 마치 폭풍이 휩쓸고 지나간 폐허 위에 피어난 들꽃과 같았다. 축하를 보내며 아깝게 제외된 다른 분들에게도 깊은 공감을 보낸다.

— 제27회 팔봉비평상 심사평, 2016.4.

문학 작품을 읽는 일의 황홀감과 비장함

조재룡의 『한 줌의 시』, 권성우의 『비평의 고독』, 장경렬의 『예지와 무지 사이』, 김형중의 『후르비네크의 혀』가 최종적으로 논의되었다. 네 권의 비평집이 모두 튼튼한 이론적 토대와 섬세한 비평적 감식안을 겸비하고 있었다. 특히 오늘날 한국 비평의 고질적인 문제가 되고 있는 외국이론의 무분별한 남용의 위험을 벗어나 있는 고급한 비평집들이었다. 그만큼 한 권을 선택하는 게 쉽지 않았다.

조재룡 씨의 평론에서는 "고통과 상처의 말"을 품고 진리의 세계에 다가가고자 하는 비평가의 열정이 돋보였다. 다만 열정이 과도하여 세상의 모든 시를 끌어안고자 하는 의지가 자칫 시적 가치들의 분별을 소홀히 할 수도 있다는 지적이 일었다. 권성우 씨의 평론에서는 비평가의 자의식이 강렬하게 드러나고 있다. "작가와 작품에 대한 애정과 칭찬 못지않게 균형 있는 비판과 문제제기"를 해야 한다는 그의 주장은 되새겨져야 할 것이다. 이 윤리적 태도가 텍스트에 대한 섬세한 공감에까지 이른다면 더욱 좋을 것이다. 장경렬 씨의 평론은 해박한 지식을 바탕으로 비평이론들을 알기 쉽게 풀이하면서 그것을 인생에 대한 통찰에까지 잇는 솜씨를 갖췄다. 한국문학의 여러 영역에 대한 폭넓은 관심도 좋은 덕목이라 할 것이다. 김형중 씨의 비평은 정교한 이론적 세공을 통해 텍스트의 심부로 접근하여 썩 깊은 음미를 보여주고 있다. 이런 비평적 태도가 현실과 문학 사이의 치열한 긴장을 느끼게 하면서 문학 작품이 있어야 할 이유를 체감케 하고 있다. 심사위원들은 장경렬 씨와 김형중 씨의 평론집을 두고 한참 대화하였고, 김형중 씨의 『후르비네크의 혀』를 뽑기로 합의하였다. 문학 작품을 읽는 일의 황홀감과 비장함을 절실한 생체험으로 표출한 글의 힘이 특별한 감동을 주었기 때문이다. 축하를 보내며 다른 책들 역시 한국문학의 소중한 이정표임을 새기고자 한다.

—제28회 팔봉비평상 심사평, 2017.5.

저마다 만개한 시집들

김명인 시인의 『길의 침묵』을 요약하는 시구가 있다면, 그것은 "모든 가계는 전설에 도달한다. 그리고 뒷자리는 / 늘 비어서 쓸쓸하다"(「할머니」) 일 것이다. 시인의 눈길은 그 "뒷자리"에 가 닿아 있다. 그 뒷자리에는 문득 멈추어버린 생의 잔해들이, 시인의 표현을 빌리면, "진액이 다 빠져나간 술지게미의 일상"이 적막한 모습을 드러내고 있다. 이 적막한 폐허의 풍경을 시인의 명상은 꿈결인 듯 허정허정 헤매는데, 그 꿈결의 리듬이 이 폐허에 전설의 품격을 부여하고 있다. 물론 명상 속에서 태어나는 전설은 실제의 전설처럼 장엄하지 않고 애잔하며, 삶의 성화로 기능하지 않고 반추로 기능한다. 그것은 시인의 명상이 세상의 진행에 대해 같은 규모로 반성하고 있기 때문이다.

김혜순 시인의 『우파니샤드 서울』은 그 특유의 시적 방법론이 잘 드러나 있는 시집이다. 그 방법론의 첫째 항목은 겹겹이 접혀져 있는 마음의 주름을 펴는 것이다. 즉, 그의 시적 자아는 풍경 혹은 세계와 직접 대응하지 않고 정황이 배어든 자신의 부분들과 대응하여, 그 중첩의 면들을 한장한장 펼쳐 나간다. 이 첫 번째 방법은 그런데 청승으로 나갈 수도 있고(한의 미학이라 할 수 있는 것), 요기로 피어날 수도 있다("굽이굽이 펴리라"의 황진이류). 청승은 내면의 주름을 안에서 펼치는 데서 나오고 요기는 그것을 바로 바깥의 물상으로 치환시키는 데서 발생한다. 김혜순 방법론의 두 번째 항목은 주름을 안에서 펼치되 바깥쪽 면들을 펼치는 것이다. 그로부터 그는 청승이나 요기로 가지 않는 대신 요염한 사념, 즉 세계의 내적 사유라고 할 수 있는, 정서적이고 동시에 지적인 성찰의 공간을 만든다.

박서원 시인의 『이 완벽한 세계』는 도전적인 시집이다. 도전적이라는 것은 그가 전통적인 미학 개념에 정면으로 반대되는 방향으로 간다는 뜻에서 쓰인 것이다. 전통적인 시학이 세계의 언어적 가공을 기본 원리로 하고 있다면, 박서원의 시는 거꾸로 언어의 세계 속에 사물들을 마구 난입시킨다. 간편하게 언어 쪽을 의미에 사물 쪽을 무의미에 대입한다면, 박서원의 시는 세계의 의미의 단일성을 파괴하고 그 세계를 의미화를 향하는 사물들의 들끓는 투쟁으로 변용시킨다. 그것을 통해서 그는 탈언어의 세계, 즉 의미 초월 혹은 신비의 세계로 가지도 않는다. 그가 줄기차게 보여주는 것은 의미와 무의미의 끝나지 않는 싸움의 비망록이다.

이 세 시집을 두고 우열을 말한다는 것은 사실상 불가능하다는 것을 우리는 모두 알고 있었다. 어찌 이들뿐이랴. 예심을 통해 올라온 시집들, 더 나아가, 예심위원들을 불면과 불안의 고통 속으로 몰아넣었을 많은 다른 시집들이, 두루 나름의 방식으로 90년대의 한국 사회에 치열하게 응전하면서 한국시의 지평을 넓히는 데 기여했다고 할 수 있다. 미의 의식(意識)은 그러하지만, 사회의 의식(儀式)은, 그러나, 다를 수밖에 없어서, 오늘의 잔치가 한 집에서만 열려야만 한다는 원칙을 거스를 수는 없었다. 아마 우리는 중용을 택하기로 한 것 같다. 『우파니샤드 서울』을 수상작으로 결정하자는 주장에 대해 나는 아무런 이의를 달지 않았다.

—2000 현대시 작품상 심사평, 『현대시』, 2000.3.

여하히 시에게 제 몸을 밥으로 줄 것인가?

본심에 올라 온 시들이 저마다 한국시의 일각을 빛내고 있다는 것은 새삼스러운 확인이 될 것이다. 각자의 영역을 얼마나 더 예리하게 벼릴 것인가 혹은 취향의 담장을 무너뜨리고 새로운 시의 지형을 구축하느냐는 시인들이 시에 저의 몸을 밥으로 준 정도에 따를 것이다. 이원의 「나는 클릭한다 고로 나는 존재한다」, 「모니터, 캔산소, 거울」, 채호기의 「수련」, 「수련의 비밀」, 최승호의 「재」, 「죽음이 흘리는 농담」, 함성호의 「나비의 집」, 「대포항 방파제」를 눈여겨보았다. 날씬한 미녀가 가까이 서 있는 듯한 느낌을 주는 이원 시의 밑바닥에는 오규원의 강력한 영향이 보인다. 그러나 오규원이 사물의 감각적 이미지를 관념 혹은 관념적 사회와의 싸움 쪽으로 끌고 갔던 데 비해 이원은 사물 그 자체의 혼잡으로 판을 바꾸어나간다. 사물들은 단단한 정체성을 고수한 채로 뻗고 엉키면서 더러워지고 너절해지며 정체성을 잃어버린다. 이원의 작업은 현대사회의 입자적 연결망(개인주의와 전체주의의 기묘한 결합)에 대한 가장 감각적인 반영이자 동시에 섬뜩한 경고이다. 채호기는 사물과 관념과 언어 사이의 어긋남과 접촉에 관한 전혀 새로운 비망록을 적는다. 그의 기호학은 퍼스적이 아니라 소쉬르적이다. 다시 말해 그에게 사물과 관념은 하나이며 그 통합체가 언어와 길항한다. 그럼으로써 시인은 사물(현실)과 관념(이데올로기) 사이의 싸움이라는 종래의 대립 구도에서 탈출하는 데 성공하였다.

그 탈출의 사회적 의의는 관념과 이미지가 자연스럽게 혹은 징그럽게 공모하고 있는 현대 사회에 가장 불편한 이물질로 그의 시가 존재한다는 데에 있으며, 그것의 실천적 의미는 언어를 가장 낯선 상태로 끌고 감으로써 언어의 한계와 가능성을 동시에 실험한다는 데에 있다. 채호기의 시가 잘 이해되지 못하고 있다는 현상이 납득 못할 일은 아니다. 그러나 한국 시의 수용면의 편협함을 다시 확인시켜주는 것이기에 씁쓸한 건 어쩔 수 없다. 최승호는 기왕의 자기 세계를 집요하게 되풀이하고 있다. 치욕 덩어리로서의 산-죽음의 세상을 조명해 온 시인은 수년 전부터 생존의 윤리학을 집어넣기 위해 안간힘을 써 왔다. 그의 시의 요체는 그러니까 극단의 죽음(상황)과 극단의 생(포즈) 사이의 팽팽한, 그리고 약간 엇 비켜선 대치이다. 그 대치 사이의 밀도는 높다. 함성호는 분명 정서적 전위이며 그 점에서 그는, 생물학적 나이에 관계없이 가장 젊은 시인이다. 그가 정서적 전위라는 것은 그의 시가 언어와 이미지와 관념을 하나로 뭉친 다이나마이트가 되어 생의 한가운데로 달려가 폭발하려 한다는 것을 말한다. 다만 지금 그는 뇌관을 잃어 버렸다. 진공의 벽에 막혀 "한발자국도 내딛을 수 없는 압력"에 짓눌려 있다. 그 상황의 표상이 풍경 밖의 나비이다. 그러나 그 나비가 꿈꾸는 폭약이 아닌 것은 아니다. 그는 온몸으로 거기까지 간 것이다. 달려가다가 굴러가다가 기어가다가 그렇게 새하얗게 말라비틀어진 것이다.

함성호의 시가 당선작으로 결정된 것은 다행한 일이다. 나는 한국시의 주요한 상들이 소수에게 집중되는 것이 바람직하다고 생각하지 않는다. 그것은 한국사회가 겉으로는 분별없이 요란한데 속으로는 습성이 아주 끈질긴 사회이며 그것은 바람직한 게 아니라고 내가 생각하는 것과 같은 맥락에 놓여 있는 생각이다.

—2001 현대시 작품상 심사평, 『현대시』, 2001.3.

상이란 본래 덤인 것

오랫동안 한국시가 낮은 포복을 계속하고 있어서인가? 새삼 시의 변화에 대해 생각했다. 생각해 보면 찰나 같은 인생에서 얼마나 달라질 게 있으랴? 그러나 예전에 어느 시인이 노래했듯, 달라지지 않으면 "까마귀가 된다." 완성의 순간에 말이다. 또 어떤 시인은 "그림자를 남기지 않을" 것을 강조하였다. 그림자를 남기지 않는 것이 실은 찰나 같은 인생을 지나 시대들을 이월하며 끝없이 다른 울림을 갖는 시적 장치를 내장하는 일인지도 모른다.

김승희 씨는 예전의 화려했던 수사를 생의 부정성 쪽으로 강력하게 잡아당기고 있다. 그러자 그 전에는 난분분하던 이미지들이 광기의 천조각으로 펄럭이고 있다. 대지에 묶인 채로 허공으로 비상하려고 몸부림치면서. 이 몸부림에서는 핏물이 뚝뚝 흘러내린다. 그럼에도 이 몸부림 속에는 스스로를 비애의 표정으로 처연히 바라보는 눈길이 있다. 그 눈길이 이런 탁발한 표현을 가능케 한다. "서울로 가는 전봉준도 그랬으리라. 깃발은 들었고 / 자유는 밀리고." 물론 이것은 삶에 대한 깊은 인식에 뒷받침되어 있다.

정일근 씨의 시가 아주 원숙해지고 있다. 타고난 서정 시인인 그는 초기에 예쁘게 쓰려는 욕심이 너무 강해 자주 시를 아담한 정물로 만들곤 하였다. 그런데 그런 단아취미를 이제는 거의 벗어버렸다. 그 대신 그에게 생겨난 것은 대상에 대한 놀라움이다. 그 놀라움은 그가 남몰래 자부하고 있던 언어로도 충분치 못할 광경들을 접했을 때 촉발되는 놀라움이다. 그러나 그 놀라움 덕분에 그의 언어는 갑자기 능란한 수단에서 살아있는 생명으로 탈바꿈한다. "투루판의 여름 포도 향기 같은 달콤함으로 / 음악처럼 나에게 감겨드는 이 여자는 누구인가 / 우루무치에서의 사랑으로 나의 피는 수평을 잃어버렸고"에서의 "여름 포도 향기 같은", "음악처럼", "수평을 잃어버렸고" 등등의 표현들을 보라. 이것은 썩 수사학적(인공적)이면서도 동시에 본 그대로의 광경, 자연발생적인 느낌을 기술했다고 생각해도 될 만큼 자연스럽다.

이재무 씨의 최근 시를 읽다 보니 그가 즐겨 다루었던 작은 원들, 이를테면 밥사발, 엄마 무덤 들이 큰 원으로 확장되었음을 알겠다. "돌마다 새겨진 한 제국의 수난과 영광에 / 눈을 맞추다 보면 과거와 현재와 미래가 / 직선이 아닌 하나의 원 안에 다 들어있다" 같은 시구에 제시된 원이 그렇다. 예전의 원, 좀 더 정확하게 말해 예전의 구(球)가 감각적 체험의 그것이었던 데 비해, 세상이 통째로 들어가는 오늘의 큰 원은 인식적 경험의 결과이자 원인이다. 이렇다는 것은 그의 시세계가 세상과의 화해 혹은 세상에 대한 깨달음과 겸허의 발견이라는 방향으로 넓혀졌다는 것을 뜻하는 것일 게다. 그런 깨달음이 가장 멋지게 드러난 것은 "세상은 잘 닦은 유리알처럼 투명, 투명하여서 / 갑자기 생이 눈부셔 어리둥절해지는 오월 한때를" 같은 구절로 보인다. 거기에서 원은 모든 것을 눈부시게 하는 거대하게 빛나는 원이면서 동시에 "잘 닦은 유리알"처럼 손의 감촉에 아주 생생한 무엇이다.

김영승 씨는 자유자재한 말솜씨를 뛰어나게 구사하는 시인 중의 하나이다. 그 점에서 그는 미당과 정현종 시인의 뒤를 잇고 있다고 생각해도 좋을 듯한데 하지만 그 솜씨가 세계와 맺는 양식은 아주 다르다. 미당에게 그것은 보편적 설화 세계에 침잠함으로써 활성화된 것이라면 정현종 시인에게 있어서 그것은 온갖 사회적 억압과 싸우는 방법론이자 생명적 원천으로서 약동했던 것이다. 김영승 씨에게 있어서 그것은 애초에 사회적 금기를 희롱하는 개인적 유희로 나타났었다. 그가 시를 쓰기 시작한 지 20여 년이 지난 지금 그의 유희는 자신에 대한 조롱으로 심화되었다. 혹은 바뀌었다. 그러나 그 심화 혹은 변화가 그저 시적 세계의 극단화를 뜻하는 것은 아니다. 시인이 의식하든 그렇지 않든 간에 자신의 육체를 저미고 있는 그의 혀는 언어의 쾌락과 육체의 몰락 속에서 세상의 모든 것이 반추되고 인식되며 성찰되고 비판되고 수용되는 장관의 묘사를 이루어낸다. 그가 저무는 만큼 세상이 들어설 공간이 더욱 넓어졌기 때문이다. 그의 육체가 작아진 만큼 그의 혀에 달린 인식의 눈은 세상의 높이로 커졌기 때문이다.

상이란 본래 덤이다. 김영승 씨에게는 그가 오랫동안 잊고 있었던 세속적 기쁨과 재회하는 경험이 될 수도 있을 것이다. 축하를 보낸다.

—2002 현대시 작품상 심사평, 『현대시』, 2002.3.

마음의 역사가 새겨진 상상정원

나는 지금도 시가 생으로부터 솟아난다는 믿음을 버리지 못한다. 시는 삶의 고뇌이고 삶의 박동이며 삶의 변형이라는 것 말이다. 그런 생각 때문에 나는 미리 시적 정황을 가정하는 시들로부터 큰 감흥을 얻지 못해 왔다.

시적 정황을 사전에 가정하는 시 쓰기는 점점 도드라지고 있는 경향이다. 최근에는 시적 정황을 가정하는 데에서 더 나아가, 시적 정황을 아예 처음부터 구축한 후에 언어를 그 주형 안에 배치하는 수준에까지 나아가고 있다. 간단히 설명하면 이렇다. 그런 시는 우선 머릿속에 '그럴 듯하게' 그림이 그려지지 않는다. 형상 혹은 존재태들 그리고 배경이 실제적으로는 불가능한 방식으로 공존하고 있기 때문이다. 물론 그런 불가능성을 현실화하고자 하는 것은 시의 본래적 동경에 해당하는 것이라서 그것만으로 시적 정황을 미리 가정했다고 할 수는 없다. 또 하나의 조건이 필요한데, 그것이 (불)가능성의 천칭 위에서 제기되는 것이 아니라 (재)조립의 판 위에서 제기된다는 것이 두 번째 조건이다. 삶의 사건들은, 문득 시의 판 위에 옮겨지는 순간, 그것들을 구속하고 있던 시공간의 무게로부터 해방되어, 상상하는 자의 필요에 따라 새롭게 기능과 의미를 부여받아 상상 세계의 구성에 동원된다. 현실의 사건들은 각각 상상 세계를 그리기 위한 소도구들 혹은 기호 그물의 코를 이룬다.

그런데 그게 나는 자꾸 꺼림칙한 것이다. 우리 눈앞에서 벌어지는 나날의 사건들, 혹은 펼쳐지는 권태롭거나 장관인 풍경들, 그리고 우리 스스로 겪는 그것들은 저마다 나름의 삶의 권리와 그 권리에 대한 그 자신의 책임을 가지고 있는 것들이다. 그런데 시는 상상 세계의 창조라는 권능을 핑계로 그것들을 함부로 넣었다 뺐다, 잘랐다 붙였다 하는 것이 아닌가? 이것은 제재의 입장에서 보면 폭력이 아닐까?

물론 내 취향은 사사로운 것이며, 시의 성취는 공적인 것이다. 우러나왔든, 공작놀이를 했든 간에, 문제는 시의 궁극적인 효과, 즉 감동이다. 이빨이 썩으면 뽑고 의치를 심는 게 당연해진 현실이다. 인공 이빨이 더 저작 기능이 뛰어나다면 본래의 이빨을 아쉬워 할 필요가 없다. 그런데도 지금은 얹어 놓을 지붕도 없어서 그냥 쓰레기통에 들어가 버린 옛날의 신체발부를 그리워한다면, 그 심사는, 그게 사실 내 취향인데, 낡아도 한참 낡은 것이다.

이빨의 저작 기능에 해당하는 것이 시의 감동일 것이며, 감동의 입장에서 보면 어떤 방식으로 썼느냐는 하찮은 문제다. 그러나 이 감동이라는 것이 여간 까다로운 문제가 아니다. 내가 감동하는 시구에서 타인은 전혀 느낌을 받지 못하는 경우가 허다한 법이고, 그렇다고 해서 민주주의적 방식으로 다수의 감동을 시적 우월성의 표지로 삼을 수는 없다. 물론 우리는 통상 고급한 취향과 평범한 취향들의 차이를 전제함으로써 그런 문제를 해결하려고 하지만, 흔히 취향의 질은 문학 외적인 것들, 그러니까 인식의 수준, 윤리적 태도, 사유의 굴곡 등의 우회로를 거쳐 풀이되어 왔을 뿐, 보편적 미적 원칙을 통해 해명된 적은 없다(아니다, 가령, 아리스토텔레스는 내적 필연성에 의한 반전이 우연한 사건들에 의한 그것보다 더 뛰어나다고 하지 않았나? 그러나 그에 대한 상반되고 이질적인 수많은 주장들은 미학의 역사 속에서 얼마나 많이 제기되었고 또 상용되었는가? 게다가 '내적 필연성에 의한 반전'이란 사유의 굴곡과 얼마나 먼 거리에 있단 말인가?) 하긴, '모든 것은 그 아닌 것으로부터 온다'는 이제는 상식처럼 되어 버린 명제를 염두에 둔다면, 그럴 수밖에 없는 것 같기는 하지만, 그러나, 그 타자들의 형성물로서의 '자아'도, 그 재료들의 취사선택과 선택과 조합의 방식과, 그리고 시간과 공간 등의 우연성의 개입이라는, 그 스스로가 되고 마는 나름의 사정(알고리즘)이 있을 것이다. 그런데, 그것은, 사안마다 너무 달라서, 일반화시키기가 정말 어려운 것이다. 인류의 두뇌 진화사와 두뇌의 구조가 완전히 해명되는 날이 오면, 혹시 그에 대한 대답을 얻을 수 있을까? 글쎄... 그날이 인류 종말의 날, 사과나무 한 그루가 외로움에 떠는 날이 되지나 않을까?

각설하고, 이번에 후보작으로 추천된 시들에서도 나는 그런 경향이 꽤 강력함을 다시 확인한다. 이향지 씨의 「대해 속의 고깔모자」도 얼마간은 그런 유형에 속한다. '얼마간'이라는 유보를 단 것은 이 시가 '섬은 고깔모자처럼 보인다'라는 순간적 직관에서 유래한 것이며 그 직관 자체는 사물에 대한 섬세한 시선(발견)에서 오는 것이지 인공적인 조작을 통해서 발명된 것이 아니라고 보았기 때문이다. 다만 시인은 그 직관의 비밀을 탐구하는 대신 이 가벼운 직관(왜 가볍냐 하면, 이 직관은 삶에 대한 통찰은 아니기 때문이다)을 기정사실화하고 그 바깥으로 더욱 뻗어나간다. 섬→모자→달걀→시계로 이어지는 연상의 흐름은 그러한 상상의 자유에 힘입고 있다. 그러나 이 연상의 흐름 속에서 시인은 아주 자연스럽게, 삶의 숙명적인 하찮음, 그 하찮은 것에 대한 사람들의, 그 또한 운명적인, 집착, 아니 차라리 안달복달이라는 형용사로 표현해야 할 마음의 번잡한 움직임(아, 그 고깔스러움), 그러나 그 번잡함이 아무 결론에도 이르지 못해 번잡함의 주위에 연기처럼 피워내는 무척 지루하다는 느낌들, 그리고 이 모든 마음의 움직임들의 숙명성에 대한 불기피한(그 역시 숙명적인) 수락과 그 수락 자체를 다시 삶의 에너지로 삼는 은근한 용기 등등의 마음의 내력, 아니 차라리 마음의 역사를 새겨 넣고 있다. 방법은 인공 조작이었으나 그것의 생산품은 장난감도 기형아도 아니라 자연인이었던 것이다. '돌리'가 아니라 '둘리'였던 것이다. 그것이 내가 이 작품을 특이하다고, 혹은 멋있다고, 본 이유이다. 나의 의견이 얼마나 보탬이 되었는지 모르겠으나 이 시가 당선작으로 결정되었다. 나로서는, 이 결정이 90년대 이래 생장해 온 새로운 시적 경향에 대한 하나의 공적 인정이자 동시에 그 경향이 도달한 어느 한 수준을 보여주는 사건이라고 생각한다. 수상자에게 축하를 보내기보다는 축복의 폭발물들을 보내야 하리라.

—2003 현대시 작품상 심사평, 『현대시』, 2003.3.

시의 존재이유에 대한 물음은 시의 DNA에 내장되어 있는 듯

막연한 예감이지만 서서히 시가 기운을 회복하고 있다는 느낌이다. 무엇보다도 1990년대부터 시에게 강요된 문화적 방출 이래 정신적 사막으로의 디아스포라(diaspora)를 겪어야만 했던 시들이, 저마다 당도한 곳에서 주거지의 주춧돌을 놓는 데 성공한 것으로 보이기 때문이다. 그 정확한 지형도를 작성하는 일을 숙제로 남겨두고 있긴 하지만, 적어도 사막에서 생존할 시의 야수들이, 단순히 예전의 정신주의나 서정시학, 민중시, 실험시 등을 그대로 이어받은 것이 아니라 근본적인 변신의 고통 끝에 진화한 것임은 얼마간 짐작할 수 있다. 그것을 어림으로 말하자면, 시는 당연히 있어야 하고 시가 무엇을 할 수 있다는 존재론적 자연성을 시인들은 더 이상 누릴 수 없으며, 따라서 시란 있을 만한 것인가라는 자신의 존재이유에 대한 물음이 하나의 염기로서 시의 DNA에 내장되었다는 것이리라. 예전에 가장 근본적인 몇몇 시들의 특성이었던 그 염기가 이제는 모든 시의 필수 요소가 되었으며, 그 염기가 발견되지 않는 시는 설혹 시의 이름으로 발표되었다 하더라도 이제는 그저 유사품목에 지나지 않을 것이다. 실로 나는 후보작으로 오른 마흔 세 편의 시들의 거의 대부분에서 그 흔적을 찾아낼 수 있었다. 집중적으로 거론된 몇 작품만을 두고 이야기하면, 항상 세찬 입심의 소유자인 허혜정은 「미완성의 꿈」에서 그의 입심을 "친구여 아직 나는 모른다"라는 고백의 물레로 자아 유장한 도시 탈출의 모험을 전개하고 있으며, 이수명의 「벽을 바라보는 눈」은 벽에서 "벽처럼 고여 있는 도끼"를 "꺼내라"고 외치고 있었던 것이고, 이동백의 「가일리」는 "아직 숨이 붙어 있는 / 이파리들 / 자꾸만 미끄러진다"는 은근한 묘사로 서정시의 존재형식의 모종의 변이를 꾀하고 있는 것이다. 또한 오정국의 「너를 기다리는 동안 너는」은 익숙히 들어온 내면의 외침을 휴대폰의 '문자메시지'와 '단 한줄의 비문(碑文)' 사이에서 요동치게 하는 것이고, 남진우의 「겨울일기」는 시인 특유의 화려한 신화적 상상력을 타이타닉의 깊이로 가라앉히는 것이며, 박주택의 「시간의 육체에는 벌레가 산다」는 "냄새로 항거하"는 "내장"의 악취로 "시간의 육체"에 난 "복도의 문을 열"고 있는 것이다.

「시간의 육체에는 벌레가 산다」가 최종 선택된 것은 아주 잘 된 일이라고 생각한다. 어휘의 강력한 힘과 정밀한 구성으로 밀도가 높은 시들을 한결같이 생산해 온 이 시인에게 여직 이런 잉여의 기쁨이 돌아가지 않았다는 것은 무척 의아한 일이기 때문이다.

—2004 현대시 작품상 심사평, 『현대시』, 2004.3.

직관적 사고와 감각적 아이러니

심사에 들어가기에 앞서, 『현대시』에서 매달 선정하는 '현대시작품상 이 달의 추천작'에서 소개되었던 시인 한 분이 그 사실에 대해 남우세스럽다며 언짢은 표정을 지으셨던 게 기억이 났다. 아마도 등단한 지 30년이 가까워 오는 사람이 '짬밥수가 적은' 시인들 틈에 끼이는 것이 못내 불편했던 것 같다. 평소에 젊은 시인들과 잘 어울리는 분임을 감안하면 『현대시』의 소개가 '상'의 후보작을 공시하는 소개였다는 것이 그의 결벽증을 촉발한 것이리라. 잠시 궁리하다가 나는 나의 짐작이 그의 진의라고 판단하고 그 의사를 존중하는 게 도리라고 생각했으며(물론 그렇다고 해서 그 염결한 태도가 절대적으로 옳은 것이라고 생각하지는 않았지만, 그리고 '현대시 작품상'에 그런 '제대규정'은 없는 걸로 알고 있지만), 그걸 다른 심사위원들에게 알려 작품상 심사 대상에서 그분의 작품을 아예 제외하기로 의견을 모았다.

심사 대상에 오른 작품들 중에서 나는 문인수의 「꼭지」, 위선환의 「지평선」, 이원의 「몸 밖에서 몸 안으로」, 이정록의 「신의 뒤편」, 채호기의 「아끈다랑쉬」(시인 이름 순)에 특별한 관심을 가졌다. 문인수와 이정록은 오늘의 서정시의 한 특징적 경향을 대표하는 시인들이다. 그 특징적 경향은 전통적인 서정시가 했던 것처럼 서정시가 자연에 행복하게 의탁할 수 없게 된 시대에서, 아니 차라리 그런 정직한 인식 속에서, 그럼에도 자연과 인간의 관계를 조화롭게 연결하고자 하는 갈망을 어쩌지 못해 돌파구를 찾는 과정 속에서 생겨난 경향이다. 그래서 지지한 인생에 대한 잠언적인 통찰이 나오는 것인데, 그때 잠언은 일상 언어를 찢고 통찰은 일상적 사고를 뚫는다. 그러나 현대시가 그러하는 것처럼 그 찢음과 뚫음의 작업을 반성적으로 끌고 가기보다는 찢긴 곳 너머에 있는 더 큰 세계에 대한 암시로 정황을 감싼다. 이 과정 속에서 때로는 부정적인 방향이 승하고 때로는 긍정적인 방향이 승하다. 「꼭지」는 부정적인 방향이 운명적인 저주로까지 졸아든 경우이고 「신의 뒤편」은 긍정적인 방향이 '후광'을 두르게 된 경우이다. 그 어느 쪽이든 잠언적 통찰은 그 자신을 위한 것이 아니라 다른 무엇으로 나아가기 위한 전 단계를 이룬다. 위선환의 「지평선」은 본문만 읽어서는 해독이 어렵고, 제목의 프리즘을 통과시켜야 그 정황이 떠오르는데 그 광경이 무척 선연하다. 기본적인 주제는 막다른 골목이 바로 지평선이라는 것인데, 물론 시 자체는 주제 이상이다. 복구와 반증의 차이라 할 수 있을지 모르겠다. 즉 앞의 두 시는 서정적인 것을 회복하려 한다면, 「지평선」은 서정적인 것의 실종이라는 사태를 아예 부인한다. 여기가 서정이다, 라고 그의 시는 외치고 있는 것이다. 그래서 앞의 두 시가 틈새를 노리는 데 비해 「지평선」은 반전을 행하는 것인데, 그 반전이 중첩되어 있다는 것이 흥미롭다. 반전이 처음 일어나는 지점은 "하늘이 살몸을 포개고는 한없이 깊숙하게 눌러대는 지경이다"이며, 두 번째 반전은 "죽을만큼 황홀한 장엄이 아닌가"라는 시구에서 '죽을만큼'이라는 어휘 안에 교묘하게 숨어 있다. 채호기의 시는 여전히 독립적이다. 그의 시는 서정시나 현대시라는 일반적인 유형 어디에도 속하지 않는다. 한마디로 정의하자면, 절대 관념의 시라고 말할 수 있는데, 물론 이러한 시적 태도가 완전히 동떨어진 것은 아니다. 김춘수와 오규원의 초기시에 그런 추구가 있었다. 그런데 선배 시인들이 절대의 벽에서 되 튕겨져 나가면서 대상 치환 또는 대상 변용의 방식을 통해서 궁지를 해결한 데 비해 채호기의 시는 끝까지 그 벽에 '헤딩'을 한다. 물론 그 벽이 '투명한 막'임을 그가 모르지 않기에, 그러니까 그 앎은 사실 무지의 불치병인 셈인데 어쨌든, 그 앎과 몸 사이에서 기괴한 환각들이 출몰한다. 사물과 현상들이 그대로 실재가 되는 사태가, 육체가 그대로 관념이 되는 사태가 그래서 일어나는 것이다. 이번 시를 읽으며 나는 시인이 '아끈다랑쉬'에 꼭 가야 할 이유가 있었을까, 를 물어보았다. 어쨌든 그는 관광객으로서가 아니라 시인으로서 거기에 갔으니까. 대답은 잘 모르겠다는 거다. 그럼에도 불구하고 그 기묘한 이름만큼이나 시의 풍경들이 기묘하게도 시선을 옭아매는 것은 어쩔 수 없다. 이원의 「몸 밖에서 몸 안으로」는 시인 특유의 직관적 사고와 감각적 아이러니가 수일한 표상을 얻은 경우다. 그의 직관적 사고는 예고된 재앙을 직접적 경험으로 이끄는 통로와도 같은 역할을 하는데 이 시는 그렇게 해서 체험된 재앙을 복합적으로 구축하고 있다. 그 복합성은 "새벽은 어둠의 녹슬어가는 몸이다"와 "죽음은 끝까지 관념이다"라는 두 명제가 팽팽히 긴장하고 있는 데서 온다. 이 명제들 각각이 꽤 복잡한 사유의 결과임을 보여주고 있다는 데서 알 수 있지만, 이 긴장은 이원의 시가 한층 원숙해졌음을 알리는 표지이다. 수상보다도 그의 성숙에 축전을 띄우는 게 더 바쁜 일일 것이다.

—2005 현대시 작품상 심사평, 『현대시』, 2005.5.

숨은 보석이기를

다달이 선정되는 현대시 작품상 추천작들은 때마다 발표된 작품들 중, 한국시의 상황 혹은 한계를 꿰뚫고 나아가겠다는 의지가 시적 형상을 얻은 시들이다. 그 점에서 추천작들은 '현대시 작품상'의 이름에 고루 합당하다고 할 수 있을 것이다. 한 사람의 심사위원의 자격으로, 나는 강정의 「봄날의 전장」이 수상작으로 선정되기를 은근히 기대하였는데, 그것은 그의 시가 최근 들어 일취월장할 뿐만 아니라 그동안 그가 이루어낸 시적 성취에 비해 지나치게 저평가되었다는 생각 때문이었다. 게다가 그의 언어의 모험이 실험적 차원에 놓이기보다는 실존적 기투의 양상으로 나타나고 있다는 내 나름의 판단도 그쪽을 후원하도록 내 마음을 이끌었다.

그러나 투표 결과를 흔쾌히 받아들일 수 있었던 것은 김영남 시인 역시 저평가되어온 숨은 보석이기 때문이다. 그는 전통적인 서정시의 계열로 분류될 것이나, 여하튼 애상과 해학을, 삶의 비애와 즐거움을 절묘하게 반죽할 줄 아는 아주 드문 감수성과 매우 섬세한 말솜씨를 타고난 시인인 것이다. 「마량항 분홍풍선」은 그런 그의 타고난 시적 천재가 풍선처럼 허공에 올라 따뜻한 불꽃으로 일렁거린 시이다.

—2006 현대시 작품상 심사평, 『현대시』, 2006.5.

불가능한 방식으로 서정시를 완성하기

위선환 씨의 시는 요 근래 갑자기 한국시의 장을 압도하기 시작한 서정시의 추세와 은근한 긴장관계 속에 놓여 있었다. 오늘의 서정시를 조금 재미있게 표현해, '자연에 들린 시'라고 말할 수 있는데 그것은 '자연에 귀의함'이라는 한국적 서정시 본연의 태도를 타고 절대 진리 쪽으로 날아오르려는 황홀경에 빠져들기 일쑤이기 때문이다. 위선환 씨의 시는 정확히 그 반대 방향으로 간다. 그는 분명 '나'를 자연과 하나되게 하려는 서정적 지향을 뜨겁게 드러내면서도 그 하나됨에 이르기까지의 집념 혹은 고통, 그리고 그 하나됨의 불가능성의 빡빡한 면모들을 형상화한다. 그것은 그가 자연과 인간의 근본적인 이질성과 정직하게 대결하고 있음을 뜻하는데, 그 때문에 자연에 귀의하려는 그의 의지가 최고도로 뻗칠수록 그 의지는 더욱 깊게 좌절하고야마는 역설에 그의 시는 직면하고야 만다. 가령, 그는 "돌멩이 한 개를 팔매질하고"는 그 돌멩이의 '호(弧)'의 '실존'에 빠져서 급기야는 "몇 해가 지나가도록 돌멩이 떨어지는 소리를 못 듣"고야 만다. 또한 그렇기 때문에 그 좌절이 깊을수록 하나 되려는 의지는 더욱 끈질기게 지속되는 것이니, 그 방향에서 '나'는 자연과, 매우 섬뜩한 환각의 도움을 얻어서야, 하나로 합쳐지지만 그 섬뜩함의 기운을 타고 곧바로 '나'는 이미 '죽어가는 자'로서의 자신의 진면목에 마주하고야 만다. 그래서 위선환 시의 '나'는 자연에의 귀의가 불가능한 방식으로 자연에 귀일한다. 불가능한 귀의에 오래 머무르면, 자연과의 하나됨은 마침내 허공의 육중한 무게로 '나'를 추락시키고야 만다. 왜 그렇게 되는가? 그의 의도가 무엇이든 그의 시적 실천은 우리로 하여금 '서정시는 아직도 씌어질 수 있는가'라는 아도르노적 물음 혹은 임철우적 물음에 고통스럽게 다가가게 한다.

—2008 현대시 작품상 심사평, 『현대시』, 2008.5.

‘현대시’의 진상을 인상하는 시들

‘현대시 작품상’은 말 그대로 ‘현대시’에 주는 것이라 생각한다. 현대(modernity)란 그 어원(modus)으로 보자면 ‘새로움’이다. 현대란 새로움이 존재의 원리인 시대이다. 이것은 현대의 주인인 인간이 현대의 이름으로 세계의 주인임을 자처하기 시작한 때부터 인간에게 불가피한 숙명이 되었다. 그러나 여기에서 ‘새로움’이란 무엇인가? 문자 그대로는 낡은 것과의 결별을 그것은 뜻할 테지만, 그러나 그 결별의 양식이, 논리와 윤리, 경제 그리고 감각의 차원에서 어떻게 이루어지느냐에 따라, 새로움의 형태는 무한히 다를 수 있으며, 그 기능 역시 그렇고, 그것의 수명 역시 마찬가지다. 그 논리의 연장선에 있는 어떤 좁은 구멍으로 들여다보면, 무조건 새로운 게 좋은 게 아니고, 우리가 새롭다고 생각하는 게 꼭 새로운 게 아닐 것이다. 가장 현대적인 것처럼 보이는 게 실은 낡아 빠진 것의 변이종일 수도 있고 매우 낡은 것처럼 보이는 게 실은 유의미한 현대성의 씨앗이 될 수도 있다.

올해의 현대시 작품상 수상작으로 조연호 씨의 「천문」이 결정된 것은 위의 물음을 새삼스럽게 제기해야 할 필요가 발생했기 때문이라고 생각한다. 우리는 지금 어떤 ‘현대시’를 원하는가? 21세기 들어 그에 대한 담론이 번성했으나 조밀한 대답은 아직도 언어가 다가오기를 기다리고 있는 것으로 보인다. 아직 우리가 확인하는 건 충동의 과잉이고, 그로 인한, 현대시를 창조하려는 의지의 파편화이다. 때때로 존재하는 세계의 어느

한 면을, 가령 그 윤리를, 그 언어를, 혹은 그 감성을 파괴함으로써 새로운 시의 모형을 제공하려는 시도들이 나타나지만, 실상 현대시의 새로움은 오직 총체성의 형식으로만 수행될 수 있다. 현대시는 부분적으로 보완되거나 갱신되는 것이 아니라는 것이다. 그것이 현대성의 숙명이다. 현대성의 어떤 양태든 자신의 근거를 스스로 입증해야 하기 때문이다. 그 총체성에 대한 요구가 획일성으로 퇴색하거나 제대로 의식되지 않을 때, 위장된 현대성과 정신병리학적 망상이 출몰하게 된다.

아마도 이러한 문제는 오늘의 한국시에 관여해 온 사람이라면, 작게든 크게든, 누구나 느끼고 있는 점일 것이다. 나는 본심에 오른 시들이 모두 그런 고민의 결과들이라고 믿는다. 그중에서도 조연호 씨의 시에는 매우 특이한 방식으로 현대성의 과제를 스스로 설정하고 스스로 탐색하고 스스로 대답해 온 흔적이 역력하다. 반복적으로 사용된 '스스로'라는 어사는 그가 다양한 군락을 이루고 있는 시 유파의 어떤 곳에도 소속되지 않음을 가리키는데, 그러면서도 그는 오늘의 온갖 탐색을 한데 뭉뚱그리겠다는 태도로 자신의 작업을 고집스럽게 해나가고 있는 것으로 보인다. 그 작업을 통해서, 그는 성스러움과 비속함, 묘사와 행동, 실제와 당위, 관념과 형상, 지상과 천상 등 대극적인 것들이 순식간에 맞붙었다가 영원히, 상대방을 파괴하는 힘을 실은 채로, 어긋나는 형국을 시행/연출하고 있는 한편으로, 동시에 그 형국을 스스로 고전주의자임을 자처하는 사람이 고통스럽게 바라보는 막간의 풍경을 제공한다. 그 고전주의자의 태도는 매우 자기 모멸적이다. 그 태도 자체가 맞붙었다 어긋나기 때문이다.

조연호 씨의 시의 이런 노력이 언젠가 새로운 현대성의 놀라운 국면을 열어 보여주길 기대한다. 그의 수상을 진심으로 축복하는 까닭이 여기에 있다 할 것이다.

— 2009년 현대시 작품상 심사평, 『현대시』, 2009.5.

순박한 격정의 개가

한국 땅에 시인은 밤바다의 별들처럼 많지만 시에 온 생을 바치는 시인은 쉽게 눈에 띄지 않는다. 배한봉 시인은 그런 드문 시인 중의 하나이다. 그는 오랫동안 외롭게 묵묵히, 그러나 열정적인 도취의 상태에서, 시를 써왔다. 때문에 그의 어느 시를 읽어 보든, 시에 대한 '순박한 격정'이 진솔히 배어 있는 걸 느낄 수 있다. 오늘 검토된 시들에서도 우리는, 현실에서는 후다닥 지나가버린 봄내음과도 같은 신생의 씩씩한 기운이 줄기차게 피어오르고 있음을 느끼는 것이다. 「새는 언제나 맨발이다」의 제목이 그대로 암시하듯, 저 맨발의 새로운 생이 '언제나' 종횡하는 게 배한봉의 시인 것이다. 그런데 저 맨발의 힘은 어디에서 솟아나는 것일까? 그것은 세상의 어둠의 무게가 압도적인만큼 불가해한 비밀일 수밖에 없다. 그러나 비밀이기 때문에 그것은 또한 신생의 비밀이 아니겠는가? 시인은 절묘한 조사 바꿔치기를 통해, 그 비밀 속에 도사린 거대한 비밀을 장엄하게 보여준다. 맨 처음 맨발의 기운을 비밀로 보았을 때, "저 맨발은 필시 우리가 양말을 신고 구두를 껴 신은 것보다 더 강한 무엇으로 이루어졌"던 것처럼 보인다. 그러나 그게 아니다. 그 비밀 속의 비밀을 들여다 보니, "참 무겁고 힘든 저 맨발"은 "꽁꽁 언 세상 바닥을 양말로 구두로 껴 신은 저 강철 보행의 맨발"이었던 것이다. 조사 하나가 세상의 거대한 중력을 순식간에 용출하는 운동 에너지로 바꿔버린 것이다. 그것이 시의 힘이다. 그 힘은 거듭 말하거니와, 시인의 시에 대한 '순박한 격정'으로부터 나왔다. 그 순정은 그의 시에 우리가 경의를 표할 수밖에 없게끔 만든다. 수상을 축하한다.

—『현대시』 2010년 현대시 작품상 심사평, 2010.5

시에 대한 순결한 정열

심사에 들어가기 전 우리는 박용래 문학상이 오직 그만의 것으로 가져야 할 성격에 대해 조율하였다. 박용래 시인은 전통적 서정을 특유의 절제되고 압축된 물질적 이미지로 빚어 반짝이는 언어의 주렴을 드리우는데 누구도 모방하지 못할 경지를 이룬 분이었다. 또한 박용래 시인은 문단의 잡음에 초연한 채로 오직 자연에 대한 사랑과 시에 대한 열정만을 염결히 품었던 분이었다. 심사자들은 박용래 시인 특유의 시적 성향과 시에 대한 소년 같은 열정이 수상작 선정에 핵심적인 기준으로 놓여야 한다는 데 함께 동의하였다. 이러한 관점에 입각해 90여 권의 시집을 검토한 결과, 『풀잎 속 작은 길』(나태주), 『들꽃 세상』(송수권), 『산시』(이성선), 『비는 수직으로 서서 죽는다』(허만하), 『반쪽의 슬픔』(홍희표) 다섯 권이 최종 토의의 대상으로 떠올랐다. 나태주, 송수권, 이성선, 홍희표 네 분 시인의 시집들은 저마다 전통적 서정의 독보적인 경지에 다달아 있다고 평가하기에 손색이 없었다. 자연에 대한 다정한 시선과 만물에 대한 애틋한 감정을 공유하면서, 나태주 시인은 그것을 생명의 싱싱한 관능적인 움직임으로 동력화시키고 있으며, 송수권 시인은 전래 동화에서와 같은 가장 일상적인 친숙한 풍경으로 펼쳐 보이고, 이성선 시인은 감로주의 빛깔처럼 맑은 깨달음으로 독자를 이끌고 가며, 홍희표 시인은 능청스런 해학의 정서 속에 그것을 녹이고 있었다. 네 분이 모두 독특한 개성을 최대치로 끌어올리고 있었기 때문에, 그중 어느 한 분을 선택하기란 참으로 난감한 일이었다. 반면 허만하 시인의 『비는 수직으로 서서 죽는다』는 박용래 시인의 시적 정향과는 어느 정도 거리를 두고 있었다. 그러나 우리는 이 노 시인의 시집을 읽고 새벽 우물물을 세 번 뒤집어 쓴 듯 세 번이나 놀라고 말았다. 우선, 시에 대한 열정이 육체적 노쇠를 완벽히 압도하고 있다는 사실을 확인하고 놀랐고, 다음, 50년대에 등단한 시인의 이번 시집이 겨우 두 번째 시집에 불과하다는 사실에 놀랐으며, 원로 시인의 시에 대한 순정한 열정과 삶에 대한 깊은 형이상학적 인식이 어떤 젊은 시인에게서도 찾아보기 힘든 청춘스런 패기에 뒷받침되어 쨍쨍한 울음을 울고 있는 걸 보고 아예 경악하였다. 선자들은 깊이 감동하였고 엄숙히 경의를 표해야 할 의무감이 마음 깊은 바닥으로부터 솟아나는 것을 느꼈다. 이구동성으로 찬사를 보낸 잠깐의 시간 후에 우리는 당연한 수순으로 그이의 이름과 시집 제목을 박용래 문학상 운영위원회에 넘겼다. 문학의 가장 깊은 유대는 어법보다 정신에 있음은 새삼 말할 나위가 없는 법, 허만하 시인의 시에 대한 순결한 정열은 박용래 시인이 생시에 삶 그 자체로서 보여주었던 열정과 그대로 맥이 닿아 있다고 할 수 있을 것이다. 이렇게 사뭇 다르면서도 깊은 정신의 혈맥으로 통하는 두 시인이 문학상이라는 축제의 형식으로 만나게 된 것은 시인의 행운이기에 앞서 만남을 주선한 선자들의 행복이라 할 것이다.

—제1회 박용래문학상 심사평, 1999.11.

존재의 경계 너머로 비약하기

본심에 올라 온 시인들의 이름을 읽으며 문득 의아한 생각이 들었다. 비슷한 연령층에 몰려 있었던 까닭이다. 연령 제한이 있느냐고 운영위원회에 물었더니 그건 아니라고 한다. 그래요? 흐음. 그렇군요.

오늘의 시는 시의 이상이 숨어버린 시대를 포복하고 있다. 이념의 이정표들은 퇴색하여 기능을 상실했으며 형식적 규범들은 태깔 내는 기교들로 환원되었다. 그 덕분에 작금은 모든 시들이 저마다 이상적 시임을 자처할 수 있게 된 시기이기도 하다. 포복의 결과로! 땅바닥에 얼굴을 처박고 기다가 보면 머리카락 한 올 위의 가시철망이 섬망의 터널처럼 휑하니 뚫려버리는 것이다.

시적 이상의 공동이 모든 시의 이상성을 보장해주는 것은 당연히 아니다. 오히려, 그것은 모든 시를 존재적 차원에 붙박아 놓음으로써 시적 산물 하나하나를 잉여로, 다시 말해 폐기물로 전락시킨다. 그것이 오늘의 시를 잠재적으로 충만하며 현실적으로 무(無)인 상태에 놓이게 한다. 이런 상황 속에서 시가 스스로 이상적 시가 되는 일에 내기를 걸고자 한다면, 그것은 스스로의 부정을 대가로 존재의 경계 너머로 비약하는 것밖에는 도리가 없다. 시가 자신의 존재와 싸워야 한다는 것은, 시의 죽음과 싸운다는 것이 가능성의 충만으로 규정된 시의 지위와 싸우는 것과 동의어라는 뜻이다.

이정록은 뒤집어 바라보는 솜씨를 능란하게 부리는 시인이다. 본심에 올라 온 시편들에도 그의 특장이 마음껏 발휘되고 있었다. 다만 솜씨가 만사형통의 수단은 아니다. 솜씨의 최대치는 그것의 운동이 실재를 결코 대신하지 못한다는 불가능성으로부터 나온다는 것을 시인이 생각해 주었으면 좋겠다. 김경미의 시들은 핼쑥한 표정이 인상적이다. 그가 나는 알지 못하는 어떤 열사(熱砂)의 지대를 관통해 왔음을 짐작케 한다. 그에게 남은 것은 기억상실증과 생명연습이다. 물론 기억상실증은 기억과의 난투이고 그 생명은 여전히 압도적인 삶에 대한 모멸 속에서 호흡운동을 하고 있다. 함민복의 시는, 늘상 그렇듯, 청명하다. 그것이 장점일 수도 약점일 수도 있으리라. 나는 그가 동시의 세계를 향해 가는 거의 불수의적인 운동을 한 번쯤 돌이켜봐 주기를 바란다. 김기택의 시가 많이 변했다. 삶에 대한 비판적 이해를 가능케 하는 통찰이 그의 시의 장점이었다면, 이제는, 그게 이전이 됐든 이후가 됐든, 통찰의 주변으로 물러나면서 일상의 미지근함 속으로 잠기고 있다. 이 직전에 지독한 작위성이, 다시 말해 통찰의 한계에 부딪친 자가 세계를 제작하는 방식을 통해서 그 한계의 울타리를 옮겨 놓으려 한 적이 있다는 게 내 기억 속에 남아 있다. 그 싸움에서 그가 어떤 깨달음을, 아니면 어떤 좌절을 만났던 것일까? 나희덕의 시는 계속 원숙해지고 있다. 반추와 메아리와 훈륜으로서의 시는 그만의 것이고, 그것을 시인은 심원(深遠)히 넓혀가고 있다. 그가 자신의 시의 성격을 너무 일찍 정해버린 건 아닌가, 하는 생각이 들지 않는 건 아니지만, 그건 그의 문제이지 독자의 문제가 아니다.

독후감이 끝나고 주장의 시간이 지나갔다. 나는 아무 것도 주장하지 않았다고 생각했는데, 나중에 셈해 보니, 너무 많은 주장을 한 것 같다. 해마와 입술 사이로 슬슬(瑟瑟)한 바람이 분다. 이러구러 수상자에게 축하의 술잔을 쏘아야 하리라. "허공의 심장"을 거쳐.

— 2004년 21세기 문학상 시부문 심사평, 『21세기문학』, 2004 여름.

좋은 작품들은 거듭 언급된다

예심을 통해 올라온 모든 시집을 다 말하지는 못하고 그동안 이해가 부족했다고 생각되는 것들을 몇 권 골라 손끝 가는 대로 느낌을 두드려 본다.

김기택의 『소』는 환희는 물론 아니지만 슬픔도 아닌 세계, 어떤 몇 개의 정서들로 결코 요약할 수 없지만 그러나 전율적인 실감을 자아내고 있는 세계를 현상한다. 그 전율적인 실감 때문에 그 세계에서는 모든 감정이 배제되었는데도 억눌린 감정의 응집체 같은 것이 묘사의 울타리를 압박하고 있다. 그 세계는 결코 다른 것으로 변환되지 않고 늘어붙기만 하는 일과(日課)의 세계, 삶이라는 노역이 막막히 덧쌓이기만 해서 형성된 세계이다. 삶이 왜 이 모양인가? 모든 존재와 사물들과 사건들이 철저히 이질성의 상황 속에 놓여 있기 때문이다. 여기에는 만남이 있으나 교통이 없고 사태가 있으나 사연이 없으며 소리가 있으나 통화가 없다. 삶이란 타자를 알지 못해 저를 알지 못하는 것들의 무자비한 무차별적 진행이다. 무서운 세상이다. 그런데 그 세상이 지금, 이곳이다. 아니다. 삶이란 저를 알고 싶어서 타자를 알려고 드는 것들의 악착스럽고 끈덕진 인내다. 지금, 이곳의 세상에는 비린내가 진동한다. 김기택의 시는 그 두 양태가 전격적으로 교대하는 순간에 최상의 장면을 보여준다. 김혜순의 『한 잔의 붉은 거울』은 "아웃 오브 예술"을 통째로 예술로 만들고자 하는 향연을 벌이고 있다. '한 잔의 붉은'은 그 향연의 의지를 가리키고 '거울'은 그것의 방법론을 가리킨다. 그의 거울은 붉게 취해 있기 때문에 되비추는 거울이 아니라 빨아들이는 거울, 빨판의 거울이다. 그 거울에 걸리면 모든 것들은 녹아난다. 이 빨판의 특징은 끝까지 간다는 데에 있다. 모든 것들은 진이 다 빠진다. 저 거울 밑바닥엔 탈색한 넝마들, 무두질된 살가죽들, 빨래 조각 같은 유령들이 너울거리고 있다. 이 거대한 흡입구는 그러나 여전히 거울이다. 그 거울 밖으로 살가죽에서 이탈한 핏덩이들이, 넝마로부터 분비된 형형색색들이, 빨래가 게운 액체들이, 그게 알코올이거나 타액이거나 진땀이거나, 여하튼 휘황찬란하게도 뿜어져 나온다. 결핍의 지속은 과잉의 실린더를 가속시키고 존재의 심연은 생성의 우주를 팽창시킨다. 이 교섭의 현상학은 오로지 김혜순의 것이다. 나희덕의 『사라진 손바닥』은 서정시의 일반 유형과 그리 멀지 않은 곳에 있다. 관조적 거리, 대상에 대한 음미 혹은 헌신 그리고 대상을 통한 나의 각성은 한국의 서정시가 자주 보여주던 세계이고 나희덕의 시는 그런 세계의 결정체를 보여주는 듯하다. 그래서 그의 시는 잘 빚어진 항아리처럼 느껴지기 십상이다. 그러나 아니다. 서정시의 기본 방법론이 겉으로는 목표처럼 제시되는 대상과의 동화라면 나희덕의 시가 생산하는 것은 다른 대상의 환기이다. 이 시집의 가장 큰 특징은 묘사하는 바를 따라가다 보면 묘사되지 않은 것을 떠올리게 된다는 것이다. 이 항아리는 항아리의 모양새를 뽐내기 위해서도 항아리 안에 달빛을 담그기 위해서도 제작된 게 아니다. 그건 언어라는 항아리 바깥의 말 못할 세계를 암시하기 위해 거기 있다. 반면, 박주택의 『카프카와 만나는 잠의 노래』는 서정의 최종적 귀착지의 일단을 보여준다. 서정시가 씌어질 수 없는 시대에서 서정의 원형을 끝까지 밀고 나가려 할 때 시인은 결코 풀릴 길 없는 말의 넝쿨 속에 친친 감긴다. 박형준의 『춤』은 하나의 직관적 이미지를 각성과 함께 풀어내는 요즘의 유행적 경향의 연장선상에 있다. 그러나 그는 각성의 자리에 노동을 놓고 있다. 그 때문에 이미지는 운동한다. 그래서 춤이다. 각성제보다는 맨손체조가 확실히 낫다. 『아, 입이 없는 것들』에 와서 이성복은 완벽히 자기만의 우주를 창조하고 있는 듯하다. 그가 완미한 독립적인 우주를 건설했다는 얘기가 아니다. 시적 생산의 모든 것을 자체 조달하고 있다는 얘기다. 재료도 주제도 상상도 기교도 오직 그만이 쓸 수 있는, 다시 말해 예전에도 없었고 앞으로도 결코 없을 것들로 자족하고 있다는 것이다. 심지어 독자마저도 내부에서 생산하고 소화하고 있다는 느낌이다. 그것은 그가 "고달프게 천하로써 일을 삼"지 않고, 쓸모가 없으니 곤고한 바도 없는 가죽나무의 몸통 속으로 자발적으로 유폐되었다는 의혹을 갖게 하는데, 그러나 감히 고백하건대, 나는 그것이 안타깝기는커녕 부럽다. 나도 이 참람해서 참담한 세상으로부터 어서 헤어나야 할 텐데 속세의 인연을 어쩌지 못해 장바닥에서 뺨맞는 신세를 면치 못하고 있다. 조은의 『따뜻한 흙』을 읽으니 존재란 아직 식지 않은 시체다. 저 온기를 끌고 가는 건 무엇인가? 꿈틀거릴 수 있을 때 꿈틀거리는 것은 도대체 무얼 바라는 것일까? 그걸 국부마취를 당한 듯한 말똥말똥한 의식이 막막히 견디고 있다. 『자명한 산책』에 와서 황인숙은 시의 혈맥이 환히 뚫린 듯하다. 예전에 세상이 온통 진동판이었던 그는 이제 진동 속을 유영하는 세상 그 자신이 되었다는 느낌이다. 그건 그가 무엇보다도 "생의 서민"이기 때문이다. 생의 서민에게는 모든 게 온통 경이이고 감동이고, 그리고 의로움이다. 무슨 의로움? 세상을 온통 경이와 감동으로 받아들이는 자의 의연함 말이다.

대 선배이신 다른 심사위원 선생님들의 의견을 경청하다가 이번에 후보에 오른 시인들의 상당수가, 추천된 시집으로나 혹은 개별 시편들에 의해서, 최근 다른 상을 이미 수상하였다는 사실을 문득 떠올리게 되었다. 이산문학상 심사규정에 그에 대한 '무시' 조항이 있는 것은 분명히 알고 있었으니, 사실과 규정 사이에서 갈등하는 것도 심사 과정의 일부가 될 수밖에 없었다.

—2005년 이산문학상 심사평, 『문학과사회』, 2005 가을.

취향의 무정부상태를 넘어서
이형기적인 것을 향하여

예심을 통한 '여과'의 절차들이 심한 거북함을 불러일으킬 때가 있다. 그 절차의 합당성을 따지기 위해서라기보다 오늘날 취향의 무정부상태를 생각 키우기 때문이다. 시를 시로 세워주는 것이 시의 '경향'은 아닐 것이다. 서정시든 미래시든 도시시든, 어떤 명명으로 시들을 가두건, 그 안에서도 좋은 시와 나쁜 시는 따로 갈라질 것이다. 그러나 그렇다고 해서 시의 잘 되고 못 됨을 단순히 시의 짜임새에서 구할 수도 없을 것이다. 한때의 형식주의자들이 생각했듯이 좋은 시가 "잘 빚어진 항아리"와 혼동될 수는 없는 법이다. 왜냐하면 시의 성취 속에는 그 성취의 기준을 돌파하는 사업도 포함되어 있기 때문이다. 이런 파괴를 통한 부활의 작업이 없다면 인간이 어디에서 인간됨의 한계를 넘어갈 수 있을 것인가? 본래 인간이 인간 너머로 가기 위해 운명지워진 존재인 한은.

그러나 시적 성취의 기준이 그 어디에도 없다면, 벡터에도 스칼라에도 있지 않다면, 도대체 무엇에 근거해서 시를 논할 것이고 시를 따질 것이며 시를 구할 것이고 시를 느낄 것인가? 그 물음에 대한 답이 부재하는 상태가 앞에서 말한 취향의 무정부상태의 정확한 정의일 것인데, 이 상태가 범상하다고 말할 수 없는 것은 시에 대한 담론의 현재적 수준이 위태롭기 때문이다. 언제부턴가 거의 '무의식적인 지식'의 이름 아래 두 가지 극단적인 '판단'이 시적 공간을 지배하고 있는데, 하나는 '쉽게 읽히는 시'에 대한 맹목적인 경사이고, 다른 하나는 '언어의 조작'에 대한 그 역시 거의 맹목적인 흥분이다.

이 두 가지 극단적 판단이 범람하는 원인을, 시의 기준을 '벡터에서도 스칼라에서도' 찾지 못하는 상황으로 지목했다면, 그에 대한 해답도 바로 거기에 있을 것이다. 즉, 시적 성취의 기준은 그 양쪽 어디에도 없는 것이 아니라 그 양쪽을 모두 아우르는 어떤 경지에 있다고 말하는 것이 타당할 것이다. 그래야만 시는 언제나 자기 갱신적인 양태로의 자기완성을 이룰 수 있을 것이고, 그것만이 시의 '내구성'을 보장하는 한편으로 시를 인간만의 '사업'으로 만들어줄 것이다.

그러나 취향의 무정부상태가 취향의 다양성과 동의어로 인식되어서는 안 될 것이다. 취향의 다양성을 즐기는 일은 오히려 취향들에 대한 강력한 집중을 통해서일 것이다. 자기갱신적인 양태로 자기완성을 이루는 일은, 낯선 것, 다른 것과의 겨룸을 경유하지 않을 수 없을 뿐만 아니라, 그 겨룸이 언제나 사육제를 연출하기 때문이다. 자기갱신적인 양태로 자기완성을 이루는 일을 말을 바꾸면 타자몰입적인 방식으로 자기집중을 이루는 일인 것이다.

나는 '이형기 문학상'의 제정을 이형기 선생 특유의 시세계를 연장하는 사건으로 이해하였다. 나에게 그것은 지적이면서 동시에 인생파적인 시의 축연을 뜻한다. 본심에서 논의된 많은 시인들이 이형기적인 것과 나름의 관련을 맺고 있는 건 틀림없다. 특히 김명인 선생의 새 시집 『파문』은 제 1회 수상작으로 썩 합당하다고 생각한다. 그것은 가령, "마주친 순간에는 꽃잎이던 / 허기진 낙화의 심상이여"(「꽃뱀」) 같은 잠언적 통찰에서도 증명되기도 하지만, 지금까지 내가 장황히 늘어놓은 오늘의 현상을 한 편의 영상으로 압축해 놓는 다음과 같은 시구를 통해서도 느낄 수 있다.

세헤라자데는 쉴 틈 없이 입술을 달싹이면서
얼마나 고단하게 인생을 노 저을 것인가
자꾸만 자라나는 머리카락으로는
나는 어떤 아름다움이 시대의 기준인지 어림할 수 없겠다
다만 거품을 넣을 때 잔뜩 부풀린 머리 끝까지
하루의 피곤이 빼곡이 들어찼는지
아, 하고 입을 벌리면 저렇게 쏟아져 나오다가도
손바닥에 가로막히면 금방 풀이 죽어버리는
시간이라는 하품을 나는 보고 있다!

—「조이미용실」 부분

—제1회 이형기문학상 심사평, 2006.4.24.

현실의 패배와 미완된 기획의 동시적 형상화

예심을 통해 올라 온 이채원의 『나의 마라톤 참가기』와 류마리의 『사라진 편지』는 저마다 고유한 개성을 갖춘 작품들이었다. 난소암과 그에 따른 불임으로 인해 지속적인 정서 불안의 상태에 놓여 있던 주부가 남편의 불륜에 의해서 심각한 정신적 위기로 내몰렸다가 마라톤을 통해서 상처를 다스리고 마음을 추스르게 된다는 이야기를 담고 있는 『나의 마라톤 참관기』는 문체가 깔끔하고 마음의 미묘한 결과 굴곡과 변화의 시시각각의 문양을 적절히 표현해내는 데 성공하고 있었다. 언어를 맛갈지게 쓸 줄 아는 사람의 솜씨라 할 만 하였다. 게다가 남편의 불륜의 계기가 된 마라톤이 동시에 아내로 하여금 정신의 위기를 탈출하도록 도와주는 핵심적인 방편이 되어준다는 아이러니컬한 설정이 단순히 흥미를 자극하기 위한 얄팍한 수단으로 쓰였다기보다는 삶에 대한 모종의 깨달음에 도달하기 위한 필수적인 장치로서 기능한다고 보는 게 타당하였다. 즉 이 난해하기 짝이 없는 삶을 인내의 실습장이자 살아있음의 감지기로서 기능하는 장거리 달리기에 대입함으로써, 산다는 것의 수동성과 허무함을 견딘다는 것의 능동성으로 바꾸고 다시 그 견딤의 생리학으로부터 산다는 것의 존엄함과 삶의 기쁨으로 나아갈 수 있게 되는 것이다. 하지만 장거리 뛰는 요령, 식단 관리, 혼인과 이혼율, 사생아의 인구 등등 핵심이야기와 관련된 세목들에 대한 번다한 정보들이 소설 안으로 통합되지 못한 채 널리고 층을 이루어 마치 소설책 한 권이 폐지 창고 속에 담긴 것처럼 보였다. 이 창고로부터 소설을 구출해내어 쓸 데 없는 생활정보들을 덜어내고 나면 깔끔한 중편 하나가 겨우 남는 꼴이 되었다(지나가는 길에 덧붙이자면, 디테일 묘사가 소설 속에 통합되었는지 측정하려면, 그 부분을 떼내어 비슷한 주제의 다른 소설에 넣어 보면 된다. 다른 소설들에도 쓰일 수 있다면 그것은 소설의 재료가 될 수 있을지는 몰라도 소설의 일부가 될 수 없다. 어떤 디테일도 소설 내부로 통합되려면, 오직 그 소설에만 사용가능한 것이어야 한다).

『나의 마라톤 참관기』가 지나친 사실성으로 소설적 허구를 훼손시키고 있다면, 반면, 조선조의 시인 허난설헌의 기구한 일생을 추적한 『사라진 편지』는 사실성의 측면에서는 허점이 많은 작품이다. 조선조의 시대를 그렸고 그 시대의 인물들을 역사를 되집었으며 그 시대의 문화와 자연과 물목의 명칭을 그대로 옮겨 왔으나, 그 삶에 대한 느낌과 생각과 표현은 오늘날의 그것들이라고 보는 게 더 타당할 것이다. 그리고 이러한 역사적 인물을 주인공으로 소설을 쓰는 경향은 오늘의 한국 소설의 장에서 꽤 진부해진 감이 없지 않다. 공동체의 울타리가 절대적으로 강력했던 시대에 그 울타리 내부에 속하지 못한 인물이 겪는 고통과 투쟁 그리고 비극은 우리에게 너무나 흔한 주제가 아닌가? 그 주제가 한국소설의 전반적인 경향과 맞물려 있다는 점 또한 사실이다. 다만 시간대를 과거로 삼을 때, 거기에 공동체의 억압성을 뚜렷이 부각시킬 수 있고 상대적으로 주인공의 비극을 강조할 수 있다는 이점에 의해 유발된 편의적인 선택이 작용하고 있지는 않은가, 라는 의혹이 당연히 제기될 수 있는 것이다. 우리는 아마도 이쯤에서 오늘날 한국 소설계의 항다반사가 된, 역사적 인물을 '특별히' 그려내는 경향에 대해 질문할 때가 된 듯하다.

그러나 그럼에도 불구하고 『사라진 편지』는 적어도 세 가지 장점을 가지고 있다. 첫째, 이 소설에는 허난설헌의 생애를 중심으로 다양한 삽화들이 다각적 층위에서 끼어들고 있으며 그 다양한 삽화들이 각각 독자적이면서도 중심 이야기와 긴밀히 연관된 촉매 이야기들로 기능하고 있어서, 말 그대로 장편의 이름에 값하는 삶의 복합성을 드러내 보여주고 있다는 점이다. 둘째, 인물의 비극을 시의 비극으로 옮겨 놓고 있다는 점이다. 이 소설에서 가장 인상적인 대목은 허난설헌으로 대표되는 시의 언어와 다른 언어들이 겨루는 대목들이다. 직접 인용된 시들 하나하나가 언어의 전사가 되어 시언어의 존재이유를 위해 투쟁한다. 셋째, 이러한 언어들의 겨룸을 통해서 시와 정치의 관계에 관한 다양한 시각을 펼쳐 보이고 있다는 점이다. 이 시각들을 통해 독자는 시가 현실과 무관한 도원에서 노닐지도 않고 또한 현실 정치에 매몰되지도 않으면서, 정치의 한복판에서 정치와 싸우는 시의 모습을 실제적 패배와 미완된 기획의 동시적 형상으로 매번 그려보게 되는 것이다. 그리고 그러한 탐색은 문학의 가장 소중한 덕목에 속하는 것이다. 이 작품을 당선적으로 결정하며 정진을 바란다.

—2010『여성동아』 장편 공모 심사평, 2010.1.

한국시 담론의 활력

먼저 이 상을 제정한 운영위원회에 경의를 표하고자 한다. 상의 이름은 대개 해당 분야에 큰 업적을 남기신 분을 기려 제정하곤 한다. 그런데 그 기림의 작업이 몽상처럼 쉽지는 않은 게 현실이다. 의욕이 있어야 하고, 의기투합해야 하며, 품을 들여야 할 뿐더러, 최종적으로 재원이 마련되어야 한다. 이름을 장식한 분의 업적이 아무리 뛰어나다 하더라도, 그 이를 기리는 분들이 위의 조건에 부합하도록 공동의 노력을 기울여야 한다는 전제 하에, 그분들 자신이 해당 분야에 권위자로서의 지위를 확보하고 있어야 가능한 것이다.

김준오 선생은 생전에 남기신 시학 분야의 괄목할만한 성과로 역사에 오래 남을 분이다. 그분의 이름으로 상이 만들어졌다는 것은 한국 시 이론의 현 단계의 수준을 측정하는 바로미터가 생겼다는 말과 다름이 없다. 과연 그 수준은 어떠한가?

최종 후보작에 오른 다섯 권의 시 이론서는 모두 그러한 물음에 적극적으로 호응하고 있었다. 우선 거의 모든 시론서들이 명시적이든 암시적이든 김준오 선생의 독보적인 시론서, 『시론』에 도전하고 있다는 점이 특기할 만했다. 1982년 초판이 나온 이래 거의 20년간 실질적인 독점 교과서로 군림해 온 김준오 『시론』의 핵심이 동일성의 시학이라고 한다면, 오늘 후보작이 된 시학서들은 바로 이 동일성의 시학을 넘어서 가고자 하는 것이다. 정효구의 『일심의 시학, 도심의 미학』은 동일성의 시학에 접근하되, 불교 사상에 기대어 그 동일성을 활동하는 공(空)으로 변용하여, 경계없는 '나'의 세계로서의 시학을 정립하려 했다. 이승훈의 『선과 하이데거』는 하이데거의 존재론에 특히 착목하고 그것을 선의 은현동시와 연결시킴으로써 '열린 장'으로서의 시의 존재론을 그리려 했다. 서동욱의 『익명의 밤』은 현대적 삶의 존재 양식이 동일성의 반대편에 놓인 '익명성'에 있다고 파악하고, 그 익명성의 허무 자체로부터 솟아나는 시의 생기를 모색하려 했다. 권혁웅의 『시론』은 서정시의 경계를 넘어 만발한 현대시의 폭발적으로 다양한 양상에 기대어 전혀 새로운 이질성의 시론을 세우려 했다. 이수명의 『횡단』만이 무엇을 하려고 했다기보다는 그의 시적 사유를 매순간 논리적 언어로 변환하여 뱉어냄으로써 그 자체로서 시적 실천인 이론적 사유의 집합체를 만들어 내었다.

심사자들은 이 다섯 권의 책들에 대해 경중을 판별할 수가 없다는 걸 절감하였다. 모두 지난한 공을 들인 노작들이었다. 원래의 목표를 완벽히 달성했는가에 대해서는 아쉬움이 없는 건 아니지만, 그 노력들만으로도 오늘날 한국시 담론터의 활력을 충분히 느끼게 하였다. 다만, 이승훈 선생이 그동안 한국 시의 이론화에 기여해 온 연륜과, 동서양의 사상을 아우르며 독창적인 시론을 세우려 했다는 점을 높이 사, 제 1회 김준오 시학상의 영광을 그이에게 돌리는 게 가장 바람직한 결정이라는 데에 만장일치로 합의하였다. 수상자에게 뜨거운 박수를 보내는 바이다.

—제1회 김준오 시학상 심사평, 『신생』, 2011 겨울.

기막힌 사건들과 지식 또는 무지, 그리고 청아한 풍경 소리

배경과 맥락을 최소화하고 현재적 상황에 집중하는 건 오늘날 한국 소설의 일반적인 특성인 것처럼 보인다. 그 덕분에 현장의 사건성이 핍진화되고 동시에 모호해진다. 그 모호성은 "왜 이러지?"라는 순수한 물음에서부터 "아니 이렇게까지?"라는 당혹에 이르는 의문부호들을 마찰계수가 제로인 벽면에 부딪는 탁구공들처럼 튀게 한다. 흥미롭게도 저 의문부호를 정보화된 지식들이 고치처럼 감싸면서 보편적 앎으로 인도하는 게 한국소설의 또 하나의 경향으로 보인다. "너희가 무어무어를 아느냐"라는 도발적인 질타의 유행 이후 한국 소설은 이상하게 보편적 지식에 대한 욕망의 수렁 속으로 깊숙이 진입해 들어갔다. 그게 바람직했던가? 나는 자꾸 귀를 쫑긋거린다.

정이현의 「서랍 속의 집」은 현대 한국인의 욕망의 윤곽을 섬세하게 새기고 있다. 생활의 사생과 심리의 묘사가 적확하다. 그에게 의미의 샘은 오로지 생 그 자체이다. 그 점이 정이현을 오늘의 소설 마당에서 도드라지게 만드는 특징이다. 다만 마지막 대목은 반전이 아니라 엽기이다. 그것은 그럴듯하기도 하고 그렇지 않기도 하다. 이 대목이 꼭 들어갈 이유가 있었을까? 한지수의 「코드번호 1021」은 고문기술자였던 사람의 자살 직전의 자술서이다. 격렬한 비린내가 자욱한 삶이 헛것에 불과했다는 뒤늦은 지혜가 애수처럼 깔려 있다. 이 희극은 그런데 썩 익숙한 것이다. 윤고은의 「부루마블에 평양이 있다면」은 제목에 함정이 있다. 젊은 세대의 영악하고도 치열한 생존의 싸움을 게임판 위에 올려놓으면 무슨 일이 일어날까? 개성(個性)이 개성(開城)으로 고정되고 양평이 평양으로 황당해진다. 그러나 그런데도 조금도 신나지 않다. 세상은 요란방정으로 지리멸렬하다. 그러나 그렇다 해도 게임은 게임이다. 게임을 돌파해 현실을 직시하는 귀환적 절차가 보이지 않는다. 작가는 시방 다음에 놓을 돌 하나가 지구만큼 무거운 모양이다. 김중혁의 「스마일」은 마약운반책이 기내에서 겪는 사건에 관한 이야기다. 이 소설의 재미는 기내에서 벌어지는 모든 사건들이 마약운반을 성사시키기 위한 완벽한 시나리오인지 아니면 주인공을 계속 불안 속으로 밀어 넣는 우연한 사건들인지 알쏭달쏭하게 만드는 데서 나온다. 두 해석 모두 가능하고 그 다음은 없다. 조해진의 「눈 속의 사람」은 오늘날 가장 중요한 행동 양태로 부상한 '증언'에 대한 탐구이다. 애초의 의도는 증언의 진실성을 천착하는 일이었던 것 같다. 그러나 소설의 전개는 증언할 일 속에 담긴 세목들의 무한한 다양성에 관한 것이다. 즉 사실의 결을 다 헤아릴 수 없는 말의 턱없는 부족함을 실감케 한다. 마지막 대목에서 '여진'과 '최길남'의 실제적 연관성에 대한 암시는 그 절정이다. 그런데 이상하게도 그 정반대의 사태들도 노출된다. 즉 말을 간섭하는 자질구레한 사실들의 누적이 독서의 긴장을 방해하는 것이다. '나'는 왜 거기에 그렇게 끌려다니는가? 알 수가 없다. 황정은의 「웃는 남자」와 이기호의 「나를 혐오하게 될 박창수에게」는 최저인생을 사는 사람들에 관한 이야기이다. 다루는 시각이 다르고 방법이 다르며 둘 다 멋지게 잘 그려냈다. 황정은은 무의미한 사물로 전락해 가는 세월을 내내 의미를 길어 올리고자 하는 투쟁의 시간으로 바꾼다. 그 투쟁은 소음과 잡음을 음악으로 만드는 예술적 작업이기도 하다. 같은 방향에서 언어는 사실들의 예술이다. 그럼으로써 예전에 사실의 버거움에 밀려 말의 유희로 도피하던 그가 이제는 말을 사실들의 직물로 만드는 데 성공하고 있다. 그의 미니멀리즘이 최상의 의미를 획득하고 있다. 다만 모든 뜨개질이 자수(刺繡)는 아니다. 이 한없는 견딤과 아름다움 사이에 어떤 단절이 있을까? 작가가 고민할 문제이다. 이기호 소설은 가난한 사람들 밑바닥에 깔려 있는 근원적인 '피폐감'에서 출발한다. 그 감정은 블랙홀과도 같아서 어떤 것도 그로부터 탈출하지 못한다. 그래서 생을 긍정하려는 정겨운 시도조차 삶을 "자근자근 밟는" 잔인으로 귀착한다. 그런 삶에서 어떻게 의미를 구출할 수 있을 것인가? 이기호의 소설은 우리의 기초적인 윤리 의식을 정면으로 부정한다. 하류인생 '김숙희'에게 그녀의 인생을 있는 그대로 긍정해주거나 그것도 삶이라고 위무하는 것이야말로 진실로 그를 모독하는 것이다. 주인공의 은밀한 폭발은 그로부터 나온다. 그리고 그도 살아나기 위해 그 모독을 자발적 무지의 포장지로 쓴다. 거기에 탈출구는 없다. 이것은 잔혹소설이다.

구효서의 「풍경소리」는 아주 맑은 소설이다. 주인공 '미와'의 기구한 인생도 그 자체로서 흥밋거리지만 핵심은 거기에 있는 게 아니라 '성불사'의 모든 사람들, 스님과 객들의 모든 인생이, 더 나아가 그들을 읽는 독자들의 인생마저도 몽땅, 그곳의 풍경 속에서 청정히 씻어지는 경험을 하게 된다는 것이다. 그걸 가능케 하는 눈에 띄는 장치와 숨은 장치, 두 종류가 있다. 작은 노트에다 손글씨로 기록하는 '미와'의 씨억씨억한 잡문쓰기와 거기에 장단 맞추는 사람들의 말, 걸음, 동작들이 드러난 장치이고, 이 모든 움직임들을 지긋이 바라보는 성불사 그 자신의 목소리, 즉 풍경소리가 숨은 장치이다. 풍경 소리가 숨은 장치라는 건 그게 '나는 소리'가 아니라 '내는 소리'인데 다른 소리들과 어울려 '나는 소리'처럼 드러나기 때문이다. 사람들은 성불사에 와서 성불사의 은근한 조력으로 가

만가만히 성불하고 있다. 그 과정이 이 소설이다. 이 과정은 어떤 걸림도 없이 아주 자연스럽다. 이 소설을 '맑다'고 한 소이이다. 이제 구효서는 어떤 경지에 들어서고 있는 듯하다. 그에게 이상문학상이 돌아가는 것 역시 아주 자연스럽다. 다만 나는 그에게 당신은 여전히 '젊어야 하오'라고 외치고 싶다. 그 또한 풍경소리이기를!

—2017 이상문학상 심사평, 『문학사상』, 2017.2.

신산과 고난의 결실

예심을 통해 올라 온 7권의 시집 중에서 김상미의 『우리는 아무 관계도 아니에요』, 이윤학의 『짙은 백야』, 정숙자의 『액체 계단 살아남은 육체들』, 천양희의 『새벽에 생각하다』(가나다順)를 특별히 주목하였다. 이 시집들에 공통점이 있다면, 해당 시인들이 그동안 구축한 시세계를 연장하면서도 타성에 빠지지 않고 더 큰 활기를 시에 불어넣고 있다는 것이다. 그것은 이 시인들이 시에 관한 한 아직 '많이 배고프다'는 것을 알려준다. 그 허기가 그들로 하여금 새록새록 새로운 시를 쓰게 한다. 한국의 중년시인들이여, 축복이 있으라!

『액체 계단 살아남은 육체들』에는 시에 대한 의지가 용암처럼 분출하고 있다. 하지만 그냥 '시쓰고 싶다'고 외치는 게 아니다. 제대로 된 시를 쓰기 위한 조건과 재료와 방법과 태도의 모든 문제들이 깐깐하게 실험되면서 그로 인해 나타난 시 쓰기의 좌절에서부터 성취에 이르기까지 온갖 사연들이 장구한 드라마를 형성하고 있다. 그럼으로써 독자는 시 쓰는 생체험을 그대로 겪는다. 『우리는 아무 관계도 아니에요』의 화자는 '시드는' 나이로 접어든 사람이다. 그런데 놀랍게도 그이는 점차로 기운이 빠지고 목소리에 힘이 죽는 상태로 빠져들고 있지 않다. 여전한 생의 희열이 시집 안에 작렬하고 있다. 시들고 있는 삶의 세목들을 하나하나 신생의 재료로 재활용하고 있기 때문이다. 그이는 "악착같이 '세상의 얼룩'

을 빨아먹고 뱉어내고 또 빨아먹는 시인 K"이다. 이로써 매순간이 재탄생한다. 시인은 그 광경을 "눈물나게 외로운 전광석화"라고 말한다. 전광석화로만 이루어진 끝없는 여행, 그것이 그의 시 쓰기이다. 『짙은 백야』에는 시인 특유의 광경, 즉 무의미한 사물들과 생의 부스러기들이 부산히 움직이면서 생동을 일으키는 광경이 되고 있다. 그의 모든 하찮은 것들은 "서로에게 확대 해석되"면서 현실과는 다른 생의 무대를 만들어내고 있다. 그 무대에서는 "한심한 내 영혼이 비탈에 누워 / 수면의 물고기 입맞춤 자국마다 별빛을 / 듬쭉 담아두"니, 거기에서는 모든 존재들이 최고의 자유와 최고의 평등을 누린다. 이 이윤학적 존재론은 조금도 힘이 떨어지지 않았다. 놀라울 뿐이다. 『새벽에 생각하다』에서 시인은 진정한 시를 찾아가는, 결코 다다르지 못할지도 모를 천형에 처해진 존재이다. 그는 그것에 대해 뻐기지도 한탄하지도 않는다. 다만 그 운명을 의연히 견디어 낼 뿐이다. 그러나 그 견딤 속에서 시인은 불현듯 자신의 음성과 용모와 자태와 시선이 거듭 달라지고 있음을 느낀다. 그걸 느끼는 순간 그는 진정한 시를 향해 가는 계단을 한걸음씩 오른다. 이걸 그저 즐거운 장관이라고 생각하면 안 된다. 여기에는 한 땀 한 땀 삶과 언어를 넓혀 가는 힘겨운 노동과 진땀의 자취가 진하게 배어 있다. 시를 읽는다는 것은 시가 이룬 결실을 누리는 것이라기보다는 차라리 그 노동의 과정 전체를 함께 겪는 것이다.

심사자들은 오랜 숙의 끝에 천양희 씨의 『새벽에 생각하다』를 수상작으로 결정하였다. 무엇보다도 시인의 천형을 신산과 고난으로 이어 온 오랜 세월이 마땅히 존중되어야 한다고 생각했기 때문이다. 축하를 드리며 다른 분들에게도 저마다 훌륭한 성취를 이루신 데 대해 경의를 표한다.

—2017 청마문학상 심사평, 2017.8.

예술상 시행의 의미와 문제

2004년도에 처음으로 시행된 ‘올해의 예술상’이 무난하게 치러졌다. 특정 분야에서 ‘수상 거부’라는 약간의 잡음이 있었긴 하지만, 선정된 작품들이 예술인들 일반의 동의를 얻을 수 있을 우수한 수준이었다는 점에서, 그리고 예술상 발표를 위해 준비된 시상식이 화려한 이벤트로 성대하게 치러진 덕분에, 대체로 성공적인 사업이었다는 평가를 받을 만하다. 그러나 마련된 재원을 긴급히 처리해야 한다는 부담감이 작용한 탓으로 심사 절차가 졸속으로 진행되었다는 점에서, 2004년의 결과와 관계없이 심사 제도의 근본적인 재수립을 필요로 한다고 할 수 있다.

올해의 예술상 각 분야별 선정 과정 및 선정 절차에 대한 평가

문학 분야의 심사는 2004년 10월 20일과 11월 12일의 두 차례 회의를 통해 결정되었다. 이에 근거하면 문학 분야의 심사 기간은 심사 의뢰가 주어진 2004년 10월 초부터 11월 12일 사이의 대략 한 달여 동안 진행되었다고 할 수 있다. 이 같은 사실은 2004년의 ‘올해의 예술상’이 상당히 다급히 진행되었다는 것을 보여준다. 이러한 시간의 부족으로 초래된 문제들을 다음과 같은 세분화된 항목으로 나누어서 살펴볼 수 있다.

첫째, 결정 방식

예술상 심사의 방식에는 두 단계로 나뉘어졌다. 첫째 각 분야 심사위원단이 구성되어 3편의 우수작을 선정하고 둘째 모든 부문의 위원장들이 모인 운영위원회에서 최우수작(1편)과 우수작(2편)을 결정하기로 되어 있었다. 그러나 최우수작과 우수작의 가름을 결정한 권한이 운영위원회에 주어질 경우 실질적으로 그 결정권은 운영위원회에 참석하는 각 분야 위원장에게 귀속되고 말 것이 되므로, 이것은 다수의 의견에 따른다는 민주적인 합의의 원칙에 어긋나는 것일 수도 있었다. 그 때문에 '문학' 분야에서는 그에 대한 이의가 제기되어 위원장의 동의 아래 '문학 분야 심사위원단'의 회의에서 최우수작과 우수작을 미리 가리기로 합의하였다. 이는 운영위원회와 심사위원회의 역할을 분명히 구별해야 한다는 기본적인 원칙을 상기시키는 것이다. 이 구별이 분명하게 이루어지지 않을 경우, 두 위원회 간의 갈등과 분쟁이 발생할 소지가 생기며 일의 비효율성을 초래한다.

둘째, 심사위원단의 구성

심사위원단은 가능한 한 다양한 범위를 포괄하면서 공인된 감식자들을 모아야 한다. 2004년의 경우, 심사 자질(감식 능력)에 있어서는 비교적 적정하게 심사위원단을 선별했다고 할 수 있다. 그러나 심사위원의 범위는 넓지 않았다. 우선 장르 별로 보면, 평론가 5인, 시인 3인, 아동문학가 1인으로 심사위원단이 구성되었다. 평론가의 비중이 압도적으로 많은 것은 평론이 문학 작품을 평가하는 전문 분야라는 점에서 이해할 수 있을 듯싶다. 그러나 창작가 중에서는 시인 쪽으로 편중되었다는 것은 작품에 대한 취향이 편향될 가능성을 잠재적으로 안게 되었다. 또한 통상 본격

문학과 별도로 다루어지던 아동문학, 희곡, 수필 등이 이번에는 모두 한꺼번에 심사 대상 안에 포함된 상황에서 심사위원에 아동문학가 1인이 포함된 것은 구색을 맞추는 것 이상의 효과를 거두기 어려웠다. 다음, 심사위원단의 사회적 활동 영역에서 대학 교수가 6인으로 압도적이었고, 출판사 종사자가 1인, 전업 창작자가 2인이었다. 이번에는 출판사 종사자로 참여한 심사자가 워낙 도덕적으로 염결하고 판단에 치우침이 없는 분이어서 문제가 발생하지 않았으나 차후에는 출판사 종사자는 제외하는 것이, 오해를 피하기 위해서도, 바람직하다고 생각한다. 또한 전업 문인들의 비중을 좀 더 크게 할 필요가 있지 않을까 한다. 연령은 4,50대가 주축을 이루었으며 따라서 한국문인 중 중견 그룹이 심사를 주도했다는 것을 알 수 있다. 기계적으로 적용할 수 없겠지만 경험적으로 볼 때 원로 문인 그룹이 중심을 이룰 경우에는 작품의 완성도가 심사 기준으로 강하게 작용하는 방면, 중견 그룹이 중심을 이룰 경우에는 과감한 실험 정신을 보여주는 작품들에 대한 관심이 비교적 높이 증가한다. 따라서 '오늘의 예술상'의 방향을 어떻게 잡느냐에 따라서 원로 문인과 중견 문인 사이의 비율이 조정되어야 할 것이며, 이 방향의 결정은 운영위원회에서 맡아야 할 것이다.

셋째, 심사 대상 범위 설정의 적실성 문제

2004년 '올해의 예술상' 심사에서 가장 문제가 되는 부분이다. 통상적으로는 문학상 심사에서 장르 간의 구별을 엄격히 한다. 그렇게 하는 이유는 그 연원이 무엇이든 문학인들에게 장르 전체를 아우르며 작품들의 경중을 가리는 것은 비정상적인 것으로 비치기 때문이다. 외국의 유명 문학상의 경우에도 장르를 구분하지 않는 것은 '노벨 문학상' 하나 정도이다. 프랑스의 공쿠르 상은 소설에만 수여되고 있으며, 영국의 부커 상

역시 마찬가지다. 미국의 퓰리처상은 '픽션', '전기', '드라마', '역사', '논-픽션', '시'의 6개 부문으로 나누어 시상하고 있다. 미국의 국가도서상(National Book Award) 역시, '픽션', '논-픽션', '시', '청년문학'의 네 부분으로 나누고 있다. 이와 같은 사실은 세계의 문학인들이 장르 간의 차이를 이념과 존재양식이라는 근본적인 차원에서의 차이로 인식하고 있다는 것을 보여준다. 소설과 시는 '사는 터'(!)가 다른 것이다.

게다가 이보다 더 현실적인 문제가 있다. 중심 문학(시, 소설)과 주변 문학(평론, 희곡, 아동문학, 수필)을 함께 다룰 경우, 주변 문학의 작품들은 아예 심사 자체가 되지 않을 수도 있다. 누가 심사위원이 됐든 해당 분야의 주변 문학인을 제외하면 거개가 시, 소설을 중심으로 후보작을 추천할 것이기 때문이다. 2004년의 심사에서도 이 현상은 어김없이 나타났다. 그래서 심사에 참여한 1인의 아동문학가는 심사방식에 대해서 강한 불만을 토로하였다.

따라서 차후에는 장르를 구별하는 게 바람직하다고 본다. 문학 분야에서는 시, 소설, 평론, 희곡, 수필, 아동문학을 기본 장르들로 두고 이 여섯 개 부문에 모두 시상을 할 것인지 아니면 이 중 몇 개의 장르에만 시상할 것인지를 결정하는 게 바람직하다고 본다. 그리고 이 결정은 대상 장르가 한국문학에서 적정한 수준의 관여성(pertinence)을 확보하고 있는가에 대한 판단에 의해야 할 것이다.

넷째, 심사 기간

2004년의 심사는 앞에서 말한 대로 아주 짧은 기간에 이루어졌다. 2004년의 경우 불가피한 사정상 그럴 수밖에 없었다면, 차후에는 반드시 개선되어야 한다. 심사 기간은, 원칙적인 차원에서는, 1년 내내로 설정하는 것이 좋으며, 그것이 어려우면 적어도 6개월 이전부터 시작하는 것이 좋다. 가령, 선정 대상이 2004년 9월 이후에서 2005년 8월까지 발표된 작품들이라면, 가능하다면 2004년 10월부터, 늦어도 2005년 3월부터는 심사위원회를 가동시키는 게 좋다. 이렇게 심사 기간을 길게 설정하는 이유는 충분한 시간을 두고 작품을 검토하는 것이 좋기 때문이다. 이에 대해서는 뒷부분의 '개선에 대한 의견'에서 좀 더 자세히 말하기로 한다.

다섯 째, 심사 방식

2004년의 심사는 첫 번째 회의에서 심사위원들이 각자 검토할 작품들을 점검한 후에 종료하였고 그 다음 두 번째 회의가 열리기 전까지 각자 검토하여 작품들을 추천하였다. 그리고 두 번째 회의에서 우수작들을 선정하였다. 두 번째 회의의 선정 과정은 두 번의 투표와 한 번의 의견 개진으로 이루어졌는데 첫 번째 투표에서 피추천작들을 적정한 수로 압축하였고 그 다음에 그 작품에 대한 각자의 의견을 개진한 후에 다시 투표를 통하여 세 편의 우수작을 결정하였다. 그리고 두 번째 투표에서 1위 작품과 2,3위 작품이 뚜렷이 구별되었기 때문에 후속 검토 없이 바로 1위의 작품을 최우수작으로 결정하는 데 합의하였다.

이와 같은 심사 과정은 짧은 기간 안에 이루어진 심사로서는 비교적 적합한 절차들로 구성되었다고 할 수 있다. 경험적으로 볼 때 심사위원들의 수가 많을 때는 토론보다는 투표에 의지할 수밖에 없다. 문학적 취향이 사뭇 다르기 때문에 합의를 도출하기가 어렵기 때문이다. 그러나 그럼에도 불구하고 문학 작품의 질에 대한 활발한 의견 교환이 없이 투표에만 의존하는 것은 '모두가 인정할 수 있는' 우수작을 뽑는다는 상 본래의 취지와 어긋난다. '올해의 예술상'은 국가 기관이 주도하는 상이기 때문에 보편적 동의는 더욱 중요한 기준이다. 따라서 의견수렴과정(토론)과 강제적 결정과정(투표)이 적절하게 조화를 이루는 게 무엇보다도 요긴

한데, 그 점에서 문학 분야가 선택한 투표(일차 선정) → 토론(의견 조정) → 투표(수상작 결정)의 방식은 촉박한 심사 기간에서 적용될 수 있는 이상적인 방식이었다고 판단된다.

하지만 위에서 말한 대로 심사 기간이 이보다 길게 주어질 수 있다면 심사 방식도 근본적인 재수립이 요구된다. 이에 대해서도 뒷부분의 '개선에 대한 의견'에서 좀 더 자세히 말하기로 한다.

올해의 예술상 시상식 및 올해의 예술축제 개최 과정 및 실적에 대한 평가

'올해의 예술상' 시상식은 아주 화려한 이벤트로 장식되었다. 공연과 시상이 번갈아 진행됨으로써 통상적인 시상식의 엄숙하고 딱딱한 분위기를 흥겨운 신명의 분위기로 바꾸었고 그 점에서 시상식은 성공적이었다. 게다가 연극인 사회자들의 매끄러운 진행으로 각 분야들의 예술인들이 서로 교류를 나눌 수 있는 기회가 제공되었다는 점도, 비록 실제에 있어서는 활발한 대화가 오고가지는 못했지만, 어쨌든 그 잠재성에 있어서는 크게 평가할 만하다. 다만 문제가 있었다면 다음 두 가지 정도를 지적할 수 있을 것 같다.

첫째, 공연된 작품들이 퓨전과 전위 예술에 집중되었다. '클래식'이라고 할 수 있는 공연은 없었다는 얘기다. 이 현상을 보면서 나는 오늘의 한국문화의 '청년성'을 새삼 확인하였다. 그러나 '올해의 예술상'이 국가적 차원에서의 행사이고 국가는 모든 국민을, 그러니까 모든 예술을 공평하게 대해야 한다는 원칙에 입각해서 본다면, 공연 작품들이 특정 성격으로 편중되었다는 것은 앞으로 개선되어야 한다고 생각한다.

둘째, 공연과 시상 대상 작품 사이의 유기적 연계가 잘 보이지 않았다. 특히 공연 예술들(연극, 음악, 무용)만이 보였는데, 그러다 보니 그 공연된 작품과 시상된 작품들 사이의 연결이 성립되지 않았고 따라서 공연된 작품들은 화려한 이벤트 이상의 성격을 갖지 못했다. 가령, 수상 미술 작품의 동영상화 혹은 스크린상의 재현이나 수상된 문학 작품의 낭송회 같은 걸 시도했으면 좋았을 것 같다.

동 사업전체에 대한 제도 개선 의견 등 추진성과 총평

총평은 따로 할 필요는 없어 보인다. 전체적으로는 성공적인 사업이었다는 것, 그러나, 그 성공은 환경의 제약에 근거한 성공이었다는 것을 되풀이 지적하는 것 외에는. 대신 앞으로의 개선안에 대해 의견을 피력하는 것으로 이 평가를 마무리하고자 한다.

문학 분야의 관점에서 볼 때 이번 사업의 개선안은 심사 기간과 심사위원단의 구성 그리고 심사 방식으로 초점이 맞추어진다.

우선 심사 기간은, 이미 말했던 것처럼, 원칙적인 차원에서는, 1년 내내로 설정하는 것이 좋으며, 그것이 어려우면 적어도 6개월 이전부터 시작하는 것이 좋다. 가령, 선정 대상이 2004년 9월 이후에서 2005년 8월까지 발표된 작품들이라면, 가능하다면 2004년 10월부터, 늦어도 2005년 3월부터는 심사위원회를 가동시키는 게 좋다. 이렇게 심사 기간을 길게 설정하는 이유는 충분한 시간을 두고 작품을 검토하는 것이 좋기 때문이다. 한국의 상당수의 문학상들이 짧은 기간에 이루어지는데 여기에는 심사위원들이 평소에 모든 문학작품들을 다 읽어 보았다고 가정하기 때문이다. 그러나 실제로 평소의 작품 읽기는 주관적인 취향에 의해 결정되기 일쑤이다. 게다가 오늘날엔 매월 수십 권의 문학책들이 출간되고 있다. 서점에 나가 신간 서적을 검토할라치면 대충 훑으며 기본적인 사항들(줄거리, 문체, 착상)만을 살펴보려고 해도 하루 이상이 걸린다. 이렇게 서적이 양산되는 시대에서는 문학 감식자들의 독서 범위가 더욱 제한될 수밖에 없다. 때문에 심사위원들에게 자신의 취향 바깥의 작품에 대해서 검토를 할 기회를 주어야 하며 그것을 위해서는 심사 기간이 충분히 주어져야 한다. 더 나아가 작품 검토를 일상화할 수 있도록 환경을 만들어 주는 것이 좋다.

그러나 심사 기간의 확대만으로 적정한 심사 제도가 만들어졌다고 할 수는 없다. 여기에는 심사위원단과 심사 방식에 대한 새로운 발상이 부가되어야 할 것이다.

(1) 심사위원단의 중층적 구성 : 소수의 심사위원들에게 장기간에 걸친 심사를 요구하는 것은 상당히 큰 정신적・육체적 부담을 요구하는 것이다. 또한 이런 방식의 심사를 위해서는 많은 문인들로부터 존경과 신뢰를 받는 원로 문인들로 심사위원단이 구성되어야 한다. 그런데 이렇게 심사위원단을 구성하기는 극히 어렵다. 이에 대한 대안으로 심사위원단을 중층적으로 구성하는 방식이 있을 수 있다. 우선 일차 심사위원단을 젊은 문인들을 주축으로 해서 다수로 구성하여 이들이 1년 동안 출간되는 모든 작품들을 점검하여 후보작을 추천하도록 하고, 이차 심사위원단을 원로 문인들을 주축으로 해서 소수로 구성하여 일차 심사위원단으로부터 추천된 후보작들을 놓고 수상작을 결정하는 과정을 주도하도록 하는 것이다. 하지만 곧 설명하는 것처럼 추천과 결정에 대해 두 심사위원단이 공히 참여해야 할 것이며 그것을 위해서는 아주 섬세한 방법론의 개발이 요구된다.

(2) 심사 방식 : 이처럼 중층적으로 구성되었을 때 두 심사위원단의 역할이 다르게 주어져야 할 것이다. 그러나 두 역할을 추천과 결정으로 분명하게 가르면, 실질적으로는 2차 심사위원단의 의견만이 수상작 결정에 반영되어 1차 심사위원단의 추천은 단지 들러리에 불

과한 꼴이 되고 말 가능성이 크다. 따라서 추천과 결정 두 과정에 두 심사위원단이 '비율을 달리하여' 동참하는 방법론의 개발이 필요하다.

우선 일차 심사위원단들이 1년 동안 출간되는 작품을 '일상적으로' 점검하여 우수작을 추천하도록 한다. 이를 위해서는 다수의 일차 심사위원단들을 미리 선정해서 '계약'을 해야 할 것이다.

다음, 일차 심사위원달들로부터 추천된 작품들을 분기별로 취합하여 그중 실제 후보작들을 선별하도록 한다. 실제 후보작의 수는 최종 수상작 수의 3배수가 바람직하다.

그리고 이 선별과정을 계량화하여 최종 선정된 각각의 후보작에 대해 일차 심사위원단이 부여한 '점수'가 최종 결정과정에 반영되도록 한다.

이차 심사위원단은 수상작 결정 약 1-2개월 전에 구성되는 것이 바람직하다.

이차 심사위원단은 일차 심사위원단에 의해 결정된 후보작들을 검토하여 수상작 결정에 참여한다.

그러나 일차 심사위원단 회의에서 선정되지 않은 작품 중에서 별도의 후보작을 선정할 수 있는 권한이 이차 심사위원단에도 부여될 필요가 있다. 다만 그렇게 해서 후보작에 포함된 작품은 일차 심사위원단이 부여한 점수를 얻지 못하게 하거나 아니면 운영위원회가 결정한 최저 점수를 받도록 한다.

이차 심사위원단의 결정 과정도 계량화하여 각 후보작에게 이차심사위원단이 부여한 점수가 최종 결정 과정에 적정한 비율에 의해서 반영되도록 한다.

최종적으로 수상작은 '일차심사위원단의 점수×비율'+'이차심사위원단의 점수×비율'을 합산하여 선정한다.

일차 심사위원단의 점수 비율과 이차 심사위원단의 점수 비율은 별도의 기구(운영위원회?)를 통해 결정되어야 할 것이다. 다만 이차심사위원단의 비율이 커야 한다는 것은 말할 것도 없다. 대략 1차 심사위원단이 부여한 점수를 30% 정도 반영하고 이차 심사위원단의 점수 비율을 70% 정도로 하는 게 좋지 않을까 한다.

마지막으로, 아무리 이상적인 제도라도 환경이 뒷받침해주지 않으면 역효과를 낼 수도 있다는 점을 지적하고 싶다. 특히 국가기관의 사업의 경우, 이상적이라는 판단 하에 결정된 방식이 환경의 제약에 의해 축소되어서 적용되는 경우가 많은데 그렇게 하기보다는 미리 환경을 감안하여 그에 맞는 방식을 찾는 것이 낫다고 생각한다. 그런 점에서 2004년의 '올해의 예술상'의 선정 방식은, 중성적으로 볼 때는 무리한 점이 많았다고 할 수 있으나, '시간의 촉박함'이라는 환경의 제약을 고려한다면 불가피한 것이었다고 할 수도 있다.

—2004 올해의 예술상에 대한 평가(문학 분야), 2005.1.

아직 미숙한 디지털 시

디지털 시의 초입에 세 가지 문제가 놓여 있다. 첫째, 화면에서 시를 읽는 것과 종이책으로 시를 읽는 것이 다를 수 있는가? 둘째, 디지털 공간이 국경이 붕괴된 공간이라면 디지털 시는 문자(민족어)의 경계를 뛰어넘어야 할 것이다. 즉, 번역 가능성의 문제이다. 셋째, 네트워크상의 시는 완성된 것이라기보다 열려 있는 것이어야 하지 않을까? 시의 형태, 아니 차라리 문학에 대한 개념의 근본적인 변화를 생각게 하는 것이다.

이 세 문제를 한꺼번에 해결하기에는 아직 때가 도착하지 않았다. 디지털 문학상이라는 오늘의 공모는 디지털-문학을 겨우 '수태'한 시점에 놓여 있다고 할 수 있다. 때문에 상의 초점은 첫 번째 문제에 놓여 있고, 그 대답도 "다르지 않다"라는 쪽에 던져져 있다. 이 상은 무엇보다도 e-book을 전제로 한 상이고, e-book은 '또 하나의 책'인 것이다. 그러나 너무 아쉬워하지는 말자. 모든 변혁은 모방에서 시작한다. '유사성'을 간절히 찾는 동작들이 '차이'를 생산하는 맹렬한 기운으로 바뀌어 나가서 마침내 '전복'이라는 왕성한 에너지를 발산하는 것, 그것이 변혁이다.

예심을 통과한 작품(모음)들이 두루 전통적인 시 형식을 충실히 따르고 있다는 것은 이러한 사정과 무관하지 않을 것이다. 선자들의 기준도 당연히 거기에서 벗어나지 않았다.

김연규의 『실종』은 '극화(劇化)'가 돋보였으나 대개는 익히 보아 온 수사적 표현들을 시와 혼동하는 혐이 있었다. 김영식의 『내일은』은 난폭한 상상력이 흥미로웠으나 인식의 깊이를 획득하지 못했다. 김종현의 『시를 사랑한 사람이야기』는 세상을 바라보는 자세의 진지함이 강점이자 약점이었다. 그 진지함이 종종 과장으로 함몰했기 때문이다. 박귀봉의 『간척지에서』는 깨끗한 이미지들이 눈길을 끌었다. 그러나 그 이미지들 밑에 숨어 있는 것은 역시 과장된 정서였다. 췌언이 많은 것은 그 때문이다. 박옥실의 『서면 가는 길』은 전통적인 서정시의 어법을 그대로 따르고 있는 시인데, 그만의 목소리를 찾기 어려웠다. 송기영의 『오래된 책상』은 마음의 무늬를 바깥의 사물들(인간의 몸까지 포함하여)에 투영하고는 그 사물들에 이리저리 조작을 가한다. 사물들을 정도껏 괴롭혀야 "사물로 하여금 스스로 말하게 할" 수 있을 것이다. 유재형의 『사막의 주유소』에선 비상투적인 관찰과 묘사를 위해 애를 쓴 흔적을 볼 수 있었다. 그러나 이미지들이 리듬을 타고 있지 못했다. 어떤 이미지들은 간극이 절벽 같고 어떤 이미지들은 쓸데없는 반복이었다. 이경진의 『탱자나무 울타리』는 전통적인 서정시의 어법을 따르면서 그것에서 벗어나보려고 한 작품들로 이루어져 있다. 그러나 아직까지는 작위적이라는 비판을 면키 어려울 것이다. 홍종화의 『무말랭이의 노래』가 보여준 다소간 '엽기적인' 이미지는 옅은 감상을 제어할 수 있는 힘이 아니라 그것을 과잉시키는 충동이었다.

최종적으로 전정순의 『라면 먹는 법』과 유종인의 『껍질의 길』이 남았다. 전정순의 시에는 사유의 날카로움이 있었다. 그 날카로움을 가능케 한 것은 삶에 대한 비판적 인식과 세상을 살 수밖에 없는 자의 비애를 동시에 투사하는 이미지들을 잉태한 글쓰기의 노동이다. "우그러진 뜨거운 울음 / 라면 밑에 깔린 죽음의 푸가"라든가 "노래로 풀씨를 잠재우고 노래로 초록을 일으킨다" 같은 구절은 쉽게 씌어지는 것이 아니다. 다만 지나치게 가벼워지려고 작정한 듯한 대목들, 가령, "흘러간 유행가는 버스 안에 출렁이고 / 심심한 나는 짝짝 소리내어 껌을 씹는다"라든가(이 구절에서 '짝짝 소리내어'는 자극이 지나치다. '짝짝'을 빼거나 '소리내어'를 뺐으면 좋았을 것이다), "요동치는 흙탕물을 건너 관광버스가 도착하고 / 빨간 모자를 쓴 한 떼의 사람들이 물감처럼 쏟아진다"('흙탕물 / 물감'의 대립은 재치 있고도 도식적이다) 같은 구절들을 약점으로 판단해야 할까 아니면 가능성으로 받아들여야 할까를 망설이게 하였다. 유종인의 『껍질의 길』은 아주 오랜 수련을 짐작케 하는 수사로 넘치는 시집이다. 그의 불길은 "마른 칸나 대궁으로 만든" 불길이고, 잠이 덜 깬 상태로 일어난 새벽은 "잔불" 같은 새벽이다. "부처를 간통한 금개구리의 눈알이 타버린 알전구처럼 / 크리스마스 이브의 가짜 트리에서 꺼졌다 불 밝혔다..." 같은 구절에선 아예 수사가 수사를 부른다. 한데, 수사가 넘쳐나다 보니 리듬이 부족하다. 단조로움의 극복은 그의 숙제가 될 것이다.

어쨌든 한 사람을 뽑아야 했다. 나는 유종인의 작품을 최종당선작으로 하자는 주장에 반대하지 않았다. 당선자에게는 당연히 축하를, 낙선자에게는 더 큰 격려를 보내는 게 도리일 것이다.

—디지털문학상 심사평, 2000.12.

청소년 도서의 속 내용은 어떠한가

작년에 비해 응모한 도서들의 수준이 전반적으로 빈약해졌다. 경제 위기가 출판계를 얼어붙게 한 탓이리라. 더욱이 비정상적인 중등교육환경 때문에 청소년 도서는 바르게 피어날 가능성을 원천적으로 박탈당하고 있다. 인간의 신체에 비유하자면 청소년 도서는 허리에 해당한다. 허리가 이토록 허약하다는 것은 한국의 도서 환경이 왜곡되어 있다는 것을 간접적으로 알려준다.

우선, 청소년에게 적합한 도서인지를 살폈다. 선진국의 경우 청소년과 아동 도서에는 대상 연령을 명시하는 게 관례다. 한국에서는 아직 그런 책을 만나지 못했다. 독서 인구를 미리 제한할 필요가 없다고 생각하기 때문인 듯한데, 청소년과 아동에게는 책을 가려줄 의무가 있음을 출판사들이 유의했으면 한다. 다음, 분야를 인문, 자연, 문학으로 나누어 선정 도서 수를 삼분하여 각각에 배당하고자 하였다. 청소년들에게 책을 골고루 읽도록 권장하는 것도 우리가 해야 할 일 중의 하나라고 여겼기 때문이다. 하지만 문학 쪽의 출품 도서가 워낙 빈약하여 인문과 자연 쪽이 상대적으로 늘어나게 되었다. 물론, 가장 중요한 기준은 책의 질이다. 외형적 꼴의 수준도 중요하겠지만, 무엇보다도 속 내용이 올바른지, 청소년들의 생각을 창의적인 방향으로 자극할만한 깊이를 획득하고 있는지를 검토하였다.

—1999 중앙일보 청소년도서 선정, 1999.6.

재미보다 깊이를

전년보다 책의 질이 향상되었다는 게 대체적인 의견이었다. 우선 서술의 원칙과 방법을 분명히 세운 책들이 많이 눈에 띄었다. 알기 쉽게 풀이한다는 명분 하에 흥미를 유발할 소재들을 분별없이 끌어오던 종래의 좋지 않은 습관을 벗어날 수 있는 징후를 엿볼 수 있었다. 다음, 내용 자체가 수준 높은 책들이 많았다. 아주 현대적인 책 중에서도 고전의 품격과 질을 유지하는 책들을 볼 수 있었다. 번역물에 대한 출판인들의 안목과 취사선택의 능력이 높아졌음을 알 수 있었고, 국내 저자들의 사유가 점점 심화되어감을 느낄 수 있었다. 마지막으로, 전혀 의심할 바 없는 듯이 보이는 고정관념에 과감히 도전하여 세상에 대한 전혀 새로운 해석을 보여주는 시도들이 종종 눈에 띄었다. 우리의 선정이 상식에 근거한 교양물을 중심에 놓아야 하기 때문에 그런 책들을 각별히 고려할 수는 없었으나, 그 시도들 자체는 한국인들의 지적 활력을 느끼게 해주기에 충분하였다.

이상과 같은 판단은 한국 독자들의 수준에도 긍정적인 기대를 하게끔 하기에 충분하였다. 전체적으로 재미있는 책보다는 깊이가 있는 책에 높은 점수를 주려고 한 것은 그 때문이다.

—2000 중앙일보 도서 선정, 2000.6.

아직 표현된 적 없는 미지의 언어를 발굴하는 일

예심을 거쳐 본심에 올라온 시는, 10명의 작품들이었다. 비교적 정확하고 안정적인 언어 구사와 시적 감각을 보여준 작품들이 적지 않았고, 전체적으로 고른 수준이었다고 할 수 있다. 언어를 다루고 시적 이미지를 구축하는 능력에 있어서는 일정한 단계에 올라와 있는 작품들이 발견되었지만, 비슷한 소재와 이미지를 구사하는 측면들이 있어 아쉬웠다. 시는 이미 세상에 존재하는 언어와 감정을 표현하기보다는, 아직 표현된 적이 없는 미지의 언어와 감각을 발굴하는 작업이다. 그런 측면에서 젊은 문학도들은 자기 언어를 찾아내는 작업에 열정을 집중하기를 바란다.

당선작이 된 「화석의 시제」는 풍경과 이미지를 구축하고 묘사하는 방식에 있어서 독창성이 돋보이는 작품이다. '풍경'을 "소금기 빠진 화석의 윤곽"으로 설정하는 발상 자체가 감각적이었고, 그 풍경의 내부를 은유적인 방식이 아니라, 환유적인 방식으로 병렬적으로 나열하는 언어들이 신선함을 주었다. 각각의 이미지들이 특정한 관념에 묶여있는 것이 아니라, 그 존재감을 스스로 가지면서 '화석의 윤곽'과 '골목의 수명'이라는 시간적인 이미지로 연결되어 있는 점이 시적 성취로 이어졌다.

가작이 된 「둥근 잔」의 경우는 '둥근 잔'이라고 하는 전통적인 이미지에 할머니의 제삿날의 느낌을 적절하게 배합하고 있다. 특히 그 '둥근 잔'으로부터 "뒤집힌 봉분"과 "할머니의 대접 같은 젖꽃판" "내 둥근 잔의 텅 빈 눈구멍"으로 이미지가 전이되면서, '나'의 실존적 깊이가 심화되는 양상이 흥미로웠다.

가작이 된 「폐점」은 어둡고 그로테스크한 이미지를 건조하고 밀도 있게 묘사하는 감각이 인정할 만했다. 특히 암울한 시각적 이미지들을 기묘한 소리의 이미지들로 풀어내는 방식이, 그 풍경에 어두운 심도를 부여하고 공간적 감각에 다른 차원을 부여하는 효과를 내고 있는 점이 인상적이었다.

—제10회 윤동주 시문학상 심사평, 2010.5.

세계에 대한 도전으로서의 언어의 실험

좋은 작품들이 많았다. 특히 언어에 대한 단련이 삶에 대한 인식이나 느낌과 연관되어 있는 작품들이 자주 눈에 띄어서, 대학생 문학의 성심을 느낄 수 있었다. 무릇 문학 작품은 세계를 통한 세계에 대한 도전인 것이고, 모든 형식적 기교는 의식과 체험과 발견의 침전된 형상인 것이다. 홍성희의 「플랫폼의 내력」, 박세랑의 「소문은 목이 길다」, 박현주의 「관엽식물에 대하여 1」, 이효정의 「고서」, 황의선의 「비단길」, 홍슬기의 「목련」이 특별한 주목을 받았다. 「플랫폼의 내력」은 마음의 상태를 말로 되새기는 과정이 그대로 세계의 온도를 올리는 힘이 되고 있었다. 다만 정서에만 몰입하고 있으면 자칫 감상에 빠질 수도 있을 것이다. 「소문은 목이 길다」는 정신적 고뇌와 바깥의 자연 사이의 격렬한 상응과 그로부터 빠져나온 자기의식의 고독한 형상이 매우 선명한 대비를 이루었지만, 구체적인 정황이 생략되어 있어 실감을 주기가 어려웠다. 「관엽식물에 대하여 1」은 엽기적인 이미지들과 비정상적인 언어들이 어지럽게 얽혀 있는 시다. 이 파편적이고 파열적인 혼돈 속에서 하나의 거대한 의미의 기둥이 솟구칠 날을 기대해 본다. 「고서」는 낡고 버림받은 삶과 낡고 외면당하는 책을 유비시키며, 매우 복합적인 해학의 세계를 만들어내고 있다. 「비단길」은 세계의 지시자로서의 언어의 진실한 모습을 모색하는 일종의 구도적 여행을 연출하고 있다. 「목련」은 존재들의 만남의 문제를 완성과 파괴와 합체의 아주 복합적인 광경들로 연출해내면서, 그것의 실행과 그에 대한 성찰을 '말하는 혀' 안으로 융합시키고 있다. 뒤에 언급된 세 편의 시는 모두 안정적인 이미지를 구축하면서 세계의 의미에 대한 진지한 질문을 던지는 데 성공하고 있었다. 따라서 어느 하나를 특별히 골라내기가 어려웠는데, 감각의 여운이 진하고 울림이 크다는 점에서 「목련」을 당선작으로, 「비단길」과 「고서」를 가작으로 선한다. 축하와 격려를 고루 보낸다.

—제11회 윤동주 시문학상 심사평, 2011.5.

눈에 불을 켜게 하는 작품은 없나?

예심에서 올라 온 16명의 82편의 작품들은 대체로 고른 수준을 보여주며 옹기종기 모여 있었다. 반면, 눈에 불을 켜게 하는 작품을 만나기는 어려웠다. 어렵사리 김현재의 「하데스」, 이서령의 「마네킹의 잠은 어둡다」, 이창훈의 「구름의 행려병」, 정보영의 「고시원의 악어」, 정지원의 「소통」(인명 가나다순)이 최종 검토의 대상이 되었다. 정지원은 현장을 포착하는 시선이 날카로웠는데, 작위성을 다듬으면 좋겠다. 이창훈은 사물에 대한 사색이 그윽한 데가 있었으나 엷은 감상기가 흠결로 지적되었다. 김현재는 사회에 대한 비판의식을 그로테스크한 재앙적 이미지로 치환하는 솜씨를 보여주었는데, 이 형상의 강렬성에 주목하자는 의견과 최근 유행하는 도식적 구도라는 의견이 엇갈렸다. 아쉬웠다. 가작으로 뽑힌 두 작품 중, 「촛불 하나」는 사물에 대한 세밀한 묘사를 살아있는 정념으로 바꾸는 데 성공하고 있다. 「마네킹의 잠은 어둡다」는 현실의 풍경을 따라가는 차분한 눈길 속에 일렁이는 욕망과 제어하려는 의지를 길항시켜 미묘한 분위기를 창출하고 있다. 「고시원의 악어」를 당선작으로 선정하였다. 가난한 자의 심리적 충동을 '악어'의 형상으로 치환하는 착상이 독특한 한편, 이미지의 길쭉한 이어짐이 자연스럽고 공감을 일으키는 데 성공했다는 의견에 무게가 있었다. 똑같은 갈채의 형식으로, 뽑힌 사람들에게는 축복을, 그러지 못한 사람들에게는 격려를 보낸다.

—제12회 윤동주 시문학상 심사평, 2012.5.

실험이 필요한 세대의 정형화를 우려하며

작품들의 수준이 전반적으로 고른 편이었다. 시적 상황의 조성이 현실 인식과 적절히 맞물려 있었고 비유들이 무리하게 멋을 부리지 않아 비교적 선명한 이미지를 빚어내고 있었다. 대학생 시단이 어느 정도 안정된 시적 풍토를 형성하고 있다고 말할 수도 있겠으나 거꾸로 보면 실험이 필요한 세대의 시적 실천이 지나치게 정형화되고 있다는 우려를 자아낼 수도 있었다. 본심에 올라 온 14인의 71편 중, 여섯 편을 우선 골라 보았다. 박세랑의 「구멍 많은 잠」은 내면의 의식을 여러 이미지들을 통해 다채롭게 변주시키는 게 흥미로웠다. 쏟아지는 이미지들이 충분한 관여성을 확보하지 못한 게 흠이었다. 이서진의 「열쇠를 잃어버렸다」는 망실된 소통과 복제되는 가짜 정체성이라는 현대인의 소외를 '열쇠'라는 매개물을 통해 형상화하고 있다. 주변 정황의 묘사에서 군더더기를 제거하면 좀 더 깔끔한 작품이 되었을 것이다. 추소연의 「Dear John」은 오늘날의 언어상황에 대한 독특한 인식을 보여주고 있으며 동시에 한국시에서는 흔히 볼 수 없는 독특한 어법으로 그 인식을 개진하고 있다. 그 특유의 산문적 어법에 적절한 리듬을 부여할 수 있다면 개성적인 시인 하나를 얻을 수 있을 것이다. 신예은의 「회오리 눈깔사탕」은 젊은이들의 삶의 진정성에 대해 질문을 던지고 있는 작품이다. 우리의 삶은 눈깔사탕을 군것질하듯 하찮은 추억들 속을 헤매는 데서 만족을 구하는 게 아닐까?

그런 인식의 근거가 충분히 제시되지 못한 반면, 그 양태는 실감나게 묘사하고 있다. 백성현의 「수화」는 존재의 빈약함이 그 가난한 모습 그대로 세상과의 충만한 소통을 추구하는 자세를 애절한 갈구의 형상으로까지 끌어올리고 있다. 한 스푼 가량의 센티멘털리즘을 '수화'의 방법적 탐색으로 바꾸었으면 더 좋았을 것이다. 이서연의 「당신의 입속」은 자연의 개발과 착취를 일삼는 인간의 탐욕을 "자기 자신을 먹어치우고 이빨만 남은 사내"로 치환하고 그 사내의 치아를 수술해주는 치과의사의 말을 빌려 뭇 생명들의 소중함과 생명과의 공존의 아름다움을 일깨우는 작품이다. 발상도 유쾌하고 진술도 흥겨웠으며 이미지도 독특했다. 함께 투고된 작품들도 시 쓴 이의 가능성을 신뢰하게끔 해주었다. 다만 이런 묘사를 매번 새롭게 하기 위해서는 갈고 닦는 정진이 필요할 것이다. 이 작품을 당선작으로 뽑고, 「수화」와 「회오리 눈깔사탕」을 가작으로 선한다. 두루 축하와 격려의 마음을 전한다.

— 제13회 윤동주 시문학상 심사평, 2013.5.

체험과 감각의 조응에 성공한 작품들을 뽑았다

예심을 통과한 작품들 중 여섯 편이 집중적인 논의의 대상이 되었다. 「조슈아」와 「들판에 온 말향고래」는 신생에 대한 열망을 바깥의 대상들에 투영하여 다채로운 이미지들을 만들어내는 재주가 돋보였다. 다만 이미지들 사이의 연결이 불분명하거나 진부한 주제를 치장하는 수사적 기능에 그치고 말아 아쉬움을 남겼다. 반면 「프로필」은 만남이라는 진부한 인간사를 다루고 있지만 절실함이 있다. 체험만이 줄 수 있는 감각들을 보여주고 있기 때문이다. 하지만 그가 겪은 느낌들을 언어로 제련하지 않은 채 날 것 그대로 쏟아내는 단점이 있었다. 시는 체험의 표현이지만 동시에 그것의 다스림이기도 하다. 「서류봉투」, 「젖은 교복을 다림질 하는 밤」, 「4월」은 체험과 감각의 조응에 비교적 성공한 작품들이다. 「서류봉투」는 구직의 고민을 재치 있게 표현하고 있다. 소망하는 직장을 서류봉투 안으로 이동시킨 후, 그것과 물리적으로 접촉하는 다양한 양상을 통해 취업이라는 접속의 어려움과 더불어 그것과 진정한 만남 사이의 어긋남에 대한 성찰을 보여준다. 실제의 정황을 좀 더 실감나게 드러내는 형상화의 방법을 궁리한다면 발전이 있을 것이다. 「젖은 교복을 다림질 하는 밤」은 1년 동안 끌어온 학생들의 재난을 반추하는 시다. 세설(世說)의 크기와 강도 때문에 다루기가 쉽지 않은데 그 부담을 뚫고 자기만의 목소리를 뽑아내는 데 성공하였다. "눈물을 훔친 손가락"을 통해 젊은 사람들의 심리적 공유면을 열어 애도되지 않는 어린 넋들을 위로하고 있다. 이 태도에서 현실에 대한 성찰이 보이지 않는 것은 어쩔 수 없는 일이기도 할 것이다. 「4월」은 주기적 계절의 자연적 의미들과 역사적 각인들을 유연하게 연결시키는 한편, 그 연관을 인간사의 과업을 통해 보충해야 하는 일에 대한 사색으로까지 나아갔다. '신록예찬' 류의 일방적인 칭송이 아니라 사람살이의 궂은 굴곡들 및 복잡다단한 심경들과 연결시키는 과정에서 시적 표현에서도 훨씬 구체적이고 독특한 것들을 빚어낼 수 있었다. 다만 일반적 경험들에 근거함으로써 실제의 사건들을 막연한 사념이나 과장된 느낌으로 들리게 되는 단점이 있다. 심사자들은 오랜 숙의 끝에 「4월」을 당선작으로, 「젖은 교복…」과 「서류봉투」를 가작으로 뽑기로 합의하였다. 수상자들에게 축하를, 모든 분들에게 격려의 마음을 보낸다.

—제15회 윤동주 시문학상 심사평, 2015.6.

정서와 표현 사이의 긴장

본심에 올라 온 11인의 시들은 대체로 일정한 수준을 보여주고 있었다. 특히 기교적 측면에서 점점 세련되어 가는 것을 지난해와 마찬가지로 느낄 수가 있었다. 다만 기교에 집착하다보니 자연스러움을 잃어버리고 주제가 기교에 끌려 다니는 모양이 자주 보였다. 정말 좋은 기교는 눈을 따갑게 하지 않는다. 기교가 그 자체로서 강력한 주제를 형성하기 때문이다. 최종 후보로 다섯 편을 골랐다. 「눈 내리는 사탕 수수밭」은 언어화되지 못한 기억 둘레를 떠도는 목소리들로 시를 구성하고 있다. 한편 「난장이가 쏘아 올린 작은 공」은 힘든 삶을 살아가는 가난한 사람들의 좌절하는 몸짓들을 형상화하고 있다. 둘 모두 사람다운 삶의 의미를 캐묻게 한다는 점에서 시의 본의에 근접하였다고 볼 수 있다. 하지만 부정적 감정들이 되풀이되면서 감상의 누수가 심하다는 약점이 있었다. 감정을 절제하여 생의 의지가 고일 고운 항아리로 만드는 게 시의 중요한 의무임을 상기하길 바란다. 「폴리네시아에서 온 편지」는 섬 전체를 살아있는 육체로 상상하는 재치 있는 착상을 통해서 섬의 하나하나의 장소들을 섬세한 감각적 원천으로 만들어 꽤 생기있는 풍경을 그리고 있다. 순수한 유희가 그 장소와 사건들에 갇히지 않고 삶에 대한 각성으로 나아갈 수 있었다면 더 좋았을 것이다. 「두 장의 칼」은 소재적 맥락이 모호하다는 문제가 있었으나 집단적 정서의 미묘한 심사를 날카롭게 부조해내었다는 점에서 주목을 받았다. 시는 그 감정의 집요함과 현시적인 양상들을 작두 위에 올라선 무당의 형상을 통해 그로테스크하게 드러내고 있다. 「세브란스 : 안부」는 병원을 무대로 저마다의 걱정을 안고 스쳐가며 만나는 군중들의 마음 안을 들여다보고 있다. 이렇게 이질적으로 흩어진 집단의 상태를 표현하는 건 쉽지 않다. 시는 독특한 상징물들을, 막연히 동요하는 아쉬움과 주저와 포기 사이에서 미적지근하게 흐르는 만남에의 소망 안으로 수렴시킴으로써, 마음들의 산만함과 공통성을 동시에 포착하는 성과를 거두고 있다. 표현과 정서 사이의 거리가 지나치게 멀어서 긴장이 끊어질 수도 있다는 점에 유의하면 앞으로 썩 개성적인 시를 쓸 수 있을 것이다. 「세브란스 : 안부」를 당선작으로, 「두 장의 칼」과 「폴리네시아에서 온 편지」를 가작으로 뽑는다. 선에 들지 못한 투고자들에게도 격려를 보낸다.

—제16회 윤동주 시문학상 심사평, 2016.5.

온몸을 던지는 시를 보고 싶다

대학생문학에 거는 기대는 한편으론 시대의 중요한 문제들에 대한 근본적인 사색의 형식을 보고자 하는 데에도 있을 것이고, 다른 한편으론 기성 문학장에 존재하지 않는 새로운 문학적 실험을 발견하는 것이라고 할 수 있다. 이에 비추어 보면, 투고된 시들은 사회의 주요 의제들 및 대학생 공간 특유의 사안들에 진지하게 접근하고 있고, 또한 세련된 기교를 공들여 연마했음을 보여주고 있다는 점에서 얼마간 앞의 기대에 부응한다고 할 수 있다. 그러나 다르게 보면 삶의 여러 문제들에 대한 이미 공식화된 의견들을 거의 되풀이하고 있다는 점에서, 그리고 기술적 정련이 과감한 형태 파괴·재구축의 모험으로까지 나가진 못하고 있다는 점에서, 썩 아쉽다. 기성 문단을 뚫고 나가겠다는 독한 의지와 김수영의 선언처럼 "온몸으로 밀고 나가"는 몸의 이행으로서의 시를 보고 싶다.

예심을 통과한 작품들 중에서 「우리, 짠해요」, 「철거」, 「이족보행」, 「창포」, 「자작나무 생태보고서」, 「순환」을 눈여겨보았다. 앞의 두 작품은 사회적 장벽 앞에 가로 막힌 짓눌린 의식을 그리고 있다. 두 시의 태도는 사뭇 다르다. 「우리, 짠해요」는 현실에 적응하고자 하는 개인의 필사적인 노력을 파괴적인 양태로 드러냄으로써 자기모멸을 통해 사회를 풍자하고 있다. 울분과 자기 방기의 수준을 넘어 현실에 구성적으로 개입하고자 하는 노력 쪽으로 나가길 권한다. 「철거」는 다세대 주택 철거 현장의 묘사를 통해 지배와 굴종의 역사가 아주 오래 이어져 온 운명과도 같았다는 쓰린 인식을 길어내고 있다. "온 세상 골목의 / 오후를 지나쳐 온 것만 같은 느낌"이라는 시구는 그 인식을 압축적으로 표현하고 있다. 이런 부정적 인식을 통째로 현실에 던지는 저항의 목소리로까지 격앙시켰으면 더 좋았을 것이다. 「이족보행」은 자신의 존재를 깊이 들여다보는 '내성'을 실천적 자기 형성의 형태로 드러내고 있다. 그 묘사가 꼼꼼해서 모든 순간을 항상 처음처럼 살아보고자 하는 젊은이의 실존적 절박함이 잘 묻어나 있다. 다만 자기에 대한 성찰이 현실에 대한 탐구로 연결되어야 할 것이다.

「창포」는 어린이의 시이고 동시에 성인의 시이다. '무서운 어머니'에 대한 공포를 깔고 있다는 점에서 어린이의 시이고 그 심정을 구성진 남도 사투리에 의해 진양조로 쏟아내고 있다는 점에서 성인의 시다. 이 방언의 향연은 분명 공포를 유희로 바꾸는 힘을 가지고 있다. 다만 그런 공포의 원인이 불분명하게 혹은 썩 어정쩡하게 암시되면서 '민담' 속으로 숨어 들면서 이 '시'를 깊이 음미하는 걸 방해한다. 「자작나무 생태보고서」는 어두운 현실에 대한 집요한 응시와 그 어둠을 극복하려는 의지가 선명하게 겹쳐져 있는 시이다. "속이 훤하게 비치는 달이 푸른 어금니를 드러내는 시간 / 우리는 달빛에 젖어 총총해진다"는 이미지는 그 의지에 전율적인 긴장을 부여하고 있다. 현실의 어두움이 추상적으로밖에는 감지되지 않는다는 것은 약점이라 할 것이다. 반면 「순환」은 현실에 대한 공포의 감정을 있는 그대로 현실을 이겨내려는 의지로 치환하는 마술을 보여주고 있다. 그 마술의 소도구인 '돌'은, "가라앉는 돌"에서 "무릎을 찢고 무릎이 되는 / 손가락을 뚫고 손가락이 되는" 돌로 변신하여 "세상의 모든 물가에 / 투신하는 돌, 돌들"로 변신하고 확산한다. 그런 마술을 지탱하는 역선은 "돌이 생각한다"는 돌의 사유이다. 그 사유가 돌을 변신케 하고 마침내 물고기보다 더 큰 눈을 뜨게 한다. 아주 흥미로운 이미지를 창출했다. 다만 이미지들의 변화 사이에 아직 빈 공백들이 많이 있으니 더욱 섬세한 세공을 해야 할 것이다.

심사자들은 오래 의견을 나눈 결과, 「순환」을 당선작으로, 「자작나무 생태보고서」와 「창포」를 가작으로 뽑는 데에 합의하였다. 모두에게 축하와 격려를 보낸다.

—제17회 윤동주 시문학상 심사평, 2017.6.

청소년이 소중한 것은
달라질 미래의 씨앗을 그가 안고 있기 때문

수준이 전반적으로 높았다. 세련된 문체를 구사하여 산중 수련을 쌓았나, 하는 궁금증이 일 정도였다. 그러나 청소년 문학을 읽는 보람은 기술적 정교함보다는 낯선 세계를 만나면서 얻는 발견의 질에 있다. 아직 세상의 규칙과 관습을 익히지 않은 어린 사람들이 바라보는 세계는 분명 다른 세계일 것이다. 그 다른 세계가 세상을 이해하는 단서가 될 수 있고 세상을 바꾸는 계기가 될 수 있다. 청소년이 소중한 것은 달라질 미래의 씨앗을 그가 안고 있기 때문이다.

동상 세 편에는 수필 XXX(3-065)의 「여러분은 지금 무엇을 하고 계십니까?」와 박예은의 시 「노을」 그리고 최수연의 시 「성장」을 뽑는다. 수필은 스마트폰 중독에 빠진 오늘날 한국인의 심리적 현상을 반성적으로 비추고 있는 글이다. 차분하게 생각을 짚어나간 점이 장점이다. 중복되는 진술을 아끼면 더 좋았을 것이다. 「노을」은 흥미로운 영상을 보여준다. 노을의 풍경을 확대하여 화염으로 만들고 거기에 격정으로 불타는 여인의 마음을 실어 실감나게 묘사했다. 그 마음의 원인이 불분명한 게 약점이다. 미지의 세계를 향하는 젊은이의 마음을 담은 「성장」을 쓴 학생은 글쓰기 훈련이 잘 되었다. 정서와 표현이 지극히 자연스럽게 맞물리고 있다. 다만, 표현이 마음을 수사하는 도구로 쓰이고 있어서 아쉽다. 표현이 스스로 살아서 정서와 싸울 줄 알아야 한다.

은상으로는 시 두 편을 뽑았다. 정예솔의 「모서리」와 XXX(3-021)의 「비를 올려다 본 적 있습니까」, 「모서리」는 자신에게 닥치는 삶의 무거움을 묵직한 물건으로 변용하는 재치를 보여주고 있다. 그 변용을 통해 삶은 힘겹지만 조심히 대하고 소중히 아껴야 하며, 오랜 경험을 쌓아서 익숙해져야 한다는 깨달음을 감각적으로 느끼게 한다. 「비를 올려다 본 적 있습니까」를 쓴 학생은 시적 열기에 도취해 있다. 절망의 상황에서 맹수가 되기를 촉구하는 이 시는 표현은 과장되었으나 쉽게 길어낼 수 없는 이미지들을 창출하고 그것들을 힘 있게 밀어붙이고 있다. 명징한 사고를 위한 훈련을 한다면 앞으로 좋은 시를 쓸 수 있을 것이다.

XXX의 소설, 「한 여자의 초상화」를 금상으로 뽑는다. 상상임신을 한 경험이 있는 여인을 기억하는 이야기를 담은 이 작품에서, 상상과 기억 사이의 미묘한 뒤섞임은 주제일 뿐만 아니라 동시에 문학적 실험이기도 하다. 감각적 체험과 상상된 이미지를 능숙하게 겹쳐 놓으면서 이야기를 환몽적으로 채색된 인상화로 만들고 있다. 고등학생이 썼다고 믿기지 않을 만큼 좋은 문장들이 많다. 다만 구성이 완벽하지 않아 동원된 제재들이 재치 있기는 하나 유기적 연관을 맺진 못하고 있다. 소설은 무엇보다도 구성이라는 점을 유념하기 바란다.

예심을 통과한 다른 작품들, XXX(3-138)의 「동고동락」, XXX(3-136)의 「증명사진」, XXX(3-098)의 「쉽게 말해지는 시(施)」도 모두 가능성을 보여주었다. 일일이 평을 달지는 못하지만 실망하지 말고 정진하기 바란다.

—제3회 윤동주 시·산문 창작대회 심사평, 2015.2.

생각도 깊어지고 기교도 늘었다

심사하는 사람은 예년보다 수준이 향상된 작품들을 보는 게 가장 반갑다. 그런 일이 해마다 되풀이되기를 바라는 건 해마다 미련을 남기는 희망사항이다. 올해의 투고작들을 보자. 우선 기교가 복잡해졌다. 이것만 보였다면 걱정했을 것이다. 그러나 생각도 깊어진 것을 확인할 수 있었다. 깊은 생각일수록 표현이 어렵다. 절차탁마하고 끊임없이 퇴고하는 것은 그 때문이다.

시, 「별 헤는 밤」과 「시선」은 문학적 감수성을 느끼게 해준다. 그러나 아직 단순하다. 「모든 죽어가는 것들」은 윤동주의 「서시」를 패러디한 작품이다. 동주의 해맑은 소망을 암울한 현실 인식으로 바꾸었다. 악취미의 소산 같지만 그러나 세상에 대한 날카로운 비판을 엿볼 수 있다. 그 비판적 의식이 구체적인 형상을 만나야 할 것이다. 「그녀이야기」 등의 시편을 보낸 학생은 상상력의 폭이 지나칠 정도로 자유분방하다. 감정이 흘러가는 대로 생각하고 그 생각이 바로 표현을 얻는다. 원숭이가 바나나 되고 바나나가 기차가 된다. 문학은 때로 그 자유로운 흐름에 이유를 물어야 한다. 그것은 삶의 이유를 물어야 하는 것과 같은 이치다. 시, 「별비」를 투고한 학생은 생각이 신실한 데가 있다. 거기에 이미지를 입히려고 애를 썼다. 하지만 생각이 구체적이지 않다. 막연한 생각의 형상에 집착하다보니 이미지가 자연스럽지가 않다. 자신의 생각이 얼마나 사실적인

지 스스로 물어볼 필요가 있다. 소설 「파도」는 자식의 성공에 매달린 어머니의 비극에 강박된 예술가의 이야기다. 소재가 그럴 듯하고 사건의 전개도 납득할 만하며, 결말도 실감을 준다. 다만 사건들 사이의 연결 고리가 빈약하다. 그 때문에 작가의 진한 감정을 설득력 있게 느끼게 하지 못하는 약점이 있다. 시, 「은행잎의 꿈」은 사물에 대한 상투적인 인식을 뒤집어서 현실 속에 실제로 존재하는 사물로 되돌려주었다. 그러면서 '사물의 꿈'을 길어내었다. 문학의 오래된 덕목을 잘 실천했다. 진술들을 더 정돈하고 더 압축해서 밀도를 높이는 연습을 하기 바란다. 소설, 「쉼표」는 끊임없는 업무에 예속된 현대인의 삶을 되돌아보면서 그로부터 벗어나는 길의 어려움을 진지하게 묻게끔 한다. 그리고 그런 생각 위로, 때로는 선의가 재앙을 야기할 수도 있다는 중요한 통찰을 포개어 놓았다. 이 두터운 생각을 구성의 탄탄함이 받쳐주고 있다. 다만 결론이 갑자기 얇아졌다. 결말을 짓기보다는 질문을 심화하는 게 문학에 필요한 덕목이다. 물론 「쉼표」에 최고상을 주는 건 아깝지 않다. 축하하며 정진을 바란다.

—제4회 윤동주 시·산문 창작대회 심사평, 2016.2.

윤동주적 상수를 생각하며

올해는 윤동주 탄생 100주년이다. 그동안 윤동주의 수용은 괄목할만한 진화를 하였다. 순수시인이냐 저항시인이냐라는 단순한 쟁점을 벗어나 그의 시와 삶을 총체적으로 이해하고, 동시대인의 고뇌 및 문학적 실천과의 연관성 속에서 재해석하며, 더 나아가 그러한 윤동주적 가치를 다양한 방식의 표현물로 재구성하는 시도들이 이어지고 있다. 그러한 다채로움 속에서도 한 가지 변하지 않는 윤동주적 상수가 있다면 그것은 무엇보다도 깊은 자기성찰일 것이다. 내면에 대한 응시를 통해 세계를 향한 자신의 자세를 고쳐 잡는 것이야말로 윤동주가 가장 모범적으로 보여준 인간만의 아름다운 형상일 것이다.

본심에 올라 온 작품들 중엔 그런 자기성찰의 노력을 보여주는 작품들이 많았다. 그리고 그것은 오늘날 한국인에게 긴요하고도 희귀한 덕목이기도 하다. 윤동주의 시는 그 희귀성에 숨통을 틔어주는 역할을 하고 있다. 그것만으로도 우리는 윤동주가 우리에게 얼마나 소중한 존재인가를 되새기게 된다.

그런데 자기성찰은 자기에 대한 연민의 수준에 머물러서는 안 된다. 투고작 중 상당수가 바로 그런 직접성의 한계에 갇혀 있었다. 직접적인 감정이 자신에 대한 각성과 타자를 향한 만남의 의지로 발전되기 위해서는 정신적이고 언어적인 고투가 뒤따를 수밖에 없다. 시, 「촛불」과 「별빛향을 따라」에는 그러한 고투의 약간이 드러난다. 그러나 아직은 감상적이거나 작위적인 한계에 갇혀 있다. 산문, 「동네 바보」에서도 집단적 따돌림에 대한 반성이 일방적으로 진행되고 억지로 강요되고 있다. 시, 「시에 관한 걱정」은 자기성찰의 어려움을 끈질기게 되씹고 있었다. 그 반추가 지리함으로 변질되는 약점도 보였다. 시, 「고사목」은 삶의 고난을 고스란히 견뎌내다가 죽음에 이르는 나무와 거기에 둥지를 튼 까치를 통해서 죽음과 신생을 한꺼번에 아우르며 삶의 슬픔과 아름다움을 동시에 환기하고 있다. 매우 따뜻한 정조와 아늑한 이미지를 보여주고 있는데, 실은 지금까지 씌어진 많은 시들이 이룬 세계이기도 하다. 산문, 「매일 집나가는 아이」는 무지에 근거한 가족적 강압에 대해 저항하는 '나'의 심사를 기술하고 있다. 일방적인 적대감을 드러내면서 폭력을 고발하기보다는 상대방의 마음을 이해하려는 노력이 애틋하다. 하지만 그 문제에 어색할 정도로 갇혀 있다. 좀 더 포괄적인 인간 본성에 대한 이해로 발전하길 바란다. 시, 「비디오 테이프」는 보다 나은 삶을 향한 동경이 빛 바래지고 점차로 세상의 무게에 짓눌리고야 마는 삶의 비애를 '비디오 테이프' 속의 영웅들의 드라마와 그 드라마를 가두고 있는 테이프의 '낡아버림' 사이의 대비를 통해 썩 실감나게 그려냈다. 실감나지만 상투적이다. 산문, 「아버지의 차는 태양계를 향해 달린다」는 생의 우연성을 되새기면서 그 우연성이 가지고 있는 각별한 의미를 문학적 상상을 통해 뽑아내고 있는 글이다. 착상이 비교적 신선하고 읽은 이들에게 저마다의 삶의 우연성을 돌이켜 보게 한다. 재미만 있는 게 흠이라면 흠이다. 시, 「눈의 의지」는 떨어져 녹아 버리는 눈이 어느새 설국을 이루는 광경을 묘사함으로써 나약한 하나하나의 몸짓들이 이룰 수 있는 신생의 가능성을 떠올리게 하고, 생명의 존재와 행위 하나하나의 소중함을 새삼 느끼게 하고 있다. 결론이 너무 앞서서 있는 게 흠이다. 더 감추고 관찰에 집중할 필요가 있다. 그러나 그럼에도 이미지와 뜻의 객관적 상관관계를 이만큼 표현하기도 쉬운 일은 아니다. 선에 오른 모든 분들에게 축하를 보내며, 다른 분들에게도 격려를 보내다. 윤동주의 살아 있음을 실감한 심사였다.

— 제5회 윤동주 시·산문 창작대회 심사평, 2017.2.

한국문학을 통째로 전복하겠다는 욕망을 키워라

대학생 문학을 바라보는 포인트는 세 가지로 요약할 수 있다. 첫째, 글쓰기의 기초에 대한 점검이다. 그 훈련이 되어 있지 않으면 발전 가능성이 없기 때문이다. 둘째, 기성문학에서 볼 수 없는 과감한 실험정신이다. 그것은 한국문학을 통째로 전복하겠다는 욕망이야말로 대학생의 양보할 수 없는 특권이기 때문이다. 셋째, 대학생의 체험을 인간의 보편적 문제에 어떻게 연결시켰는가이다. 대학생의 체험이 대학생의 의식에 머무르는 경우가 허다한데, 그렇게 해서는 성인의 문학인 소설에 합당하다고 할 수 없기 때문이다.

투고된 12편의 작품 중 마지막까지 주의를 끈 것은 네 작품이었다. 「나르시스트」는 이상의 「거울」에서 제기된 분열된 자아의 문제를 만화적으로 가공했다는 게 흥미로웠다. 하지만 인간의 근본적인 심연을 이루는 이 문제를 소녀의 성장의 문제로 축소시킨 것이 이 작품을 소품으로 만든 원인이 되었다. 반면, 「LSD 프로젝트」는 우주 탐사선을 타고 떠나는 사람들의 이야기를 통해 겉으로는 인간의 무한한 욕망을 다루고 속으로는 오늘날의 인류에 미만해 있는 깊은 '무기력'의 상태를 암시한 소설이다. 양극의 의식을 절묘하게 연결시킨 아이디어와 구성이 좋았으나 그렇게 연결시키다보니 표면의 이야기가 날카로운 풍자로 발전하지 못하고 이면의 이야기는 구체성을 결여한 채 막연한 암시만 남기고 있었다.

결국 두 마리 토끼를 쫓다가 다 놓친 셈이다. 『예감-부석사2』는 조밀하고 조직적인 소설이다. 이별을 이미 경험한 적이 있는 두 남녀의 이별 여행을 다루고 있는 이 소설은 두 인물의 슬그머니 어긋난 속내를 대비시켜 나가는 착상도 좋았고 시간대의 교묘한 뒤섞음을 통해 독서의 긴장을 유발하는 솜씨가 돋보였다. 그리고 무엇보다도 얼핏 군더더기처럼 보이는 주변 묘사들이 작품의 주제에 긴밀히 연결되어 있다는 것은 글쓴이의 필력을 짐작케 하고 가능성을 예감케 하였다. 다만 이런 방식의 소설쓰기는 여성 소설가들, 특히 신경숙 · 조경란 등의 소설에서 아주 세련된 형태로 드러나 있어서, 그들에 비하면 주제의 폭이 지나치게 비좁다는 인상을 주었고, 군데군데 조사와 어휘의 부정확한 사용이 눈살을 찌푸리게 하였다. 『지구인 멸종 방지 대책위원회』는 가상의 화성 생물체가 지구인을 멸종시키는 과정을 그림으로써, 오늘날 지구에서 인류가 자행하고 있는 생명과 환경 파괴를 반어적으로 풍자한 S/F 우화 소설이다. 착상도 좋았으나 풍자의 폭도 아주 넓어서 인간의 자연 개발과 생명 파괴, 그리고 인종 경영 등 인간이 타자에 대해 행하는 온갖 종류의 폭력을 폭넓게 비꼬았다. 게다가 인물들의 행동에 리얼리티가 있어서 이 작품을 우화로 읽을 수도 미래 소설로 읽을 수도 있게 했으며, 그러한 중첩적 구성을 통해 인간의 오만과 인간 삶의 허무함을 동시에 환기하는 장점을 가지고 있었다. 문체를 보완한다면 앞으로 큰 기대를 걸어도 좋을 것이다.

『예감-부석사2』와 『지구인 멸종 방지 대책위원회』를 두고 오랫동안 망설이다가 후자를 선택한 것은 무엇보다도 주제의 폭과 대담한 실험 정신이 대학생문학에 소중한 것이라고 판단했기 때문이다. 당선자에게 아낌없는 박수를 보낸다. 『예감』의 작가도 가능성을 충분히 보여줬으니 좀 더 정진하면 언젠가는 활짝 개화하리라고 믿는다. 그밖에 「내가 네 마음의 시량이 되어줄 것이다」, 「중도 6층엔 창문이 없다」, 「겨울, 초생달」도 읽을 만하였다. 실망하지 말고 꾸준히 쓰면 '나중 된 자가 먼저 될' 날이 올 수도 있으리라.

—2004 이한열문학상 심사평, 2004.11.

단 하나의 작품에 대한 심사

유일한 응모작인 「붉은 꿈」은 '분홍신'의 상징에 반향하는 작품이다. '분홍신'이란 지극히 세속적인 욕망의 불가해한 항구성을 가리킨다. 그 욕망이 불가해하다는 것은 두 가지 차원에 놓여 있는데, 하나는 지극히 하찮은 소유욕이 그것의 원형이라는 것이다. 그것은 기껏해야 명품이나 날씬한 몸매 혹은 화끈한 사랑 등에 대한 욕심이다. 그런 의미에서 이 욕망은 이미 좌절한 욕망, 혹은 욕망의 찌끼에 불과한 것인데, 그럼에도 불구하고 그것은 서서히 사그러들기는커녕 사람의 몸속에서 집요히 꼬물거리면서 끊임없는 불안과 충동의 원천으로 작용한다. 그 욕망의 또 다른 불가해성은 이 욕망의 주인은 욕망 자신이라는 것이다. 이것은 어떤 약으로도 퇴치되지 않는 기생충과도 같아서 숙주인 인간을 결코 죽이지 않으면서 인간 속에서 영원히 횡행하는 것이다. 그 하찮기 짝이 없는 것이! 이 하찮음의 항구성 그리고 통제불가능성이 글쓴이로 하여금 생쥐, 비곗덩어리, 땀, 피지, 구두 등으로 이어진 썩 엽기적인 상상력을 동원케 했을 것이다. 그리고 이 상상력의 작용을 오늘날 젊은이들의 정신적 상황을 정직하게 반영하고, 더 나아가, 날카롭게 반성케 하는 정신적 움직임으로 볼 수도 있을 것이다. 다만 조직적인 구성의 차원에서는 흠결이 많은데, 이는 글쓴이가 '붉은 꿈'을 반성의 차원으로부터 생체험의 차원으로 끌고 갈 필요가 있다는 것을 뜻하는 것이리라.

—2006 이한열 문학상 소설 부문 심사평, 2006.2.23

젊은 문학을 이렇게 읽었다

시 부문에서는 김준호, 김현지, 심민관, 조원희, 조윤강의 작품들이 자신의 심정을 솔직히 토로하고 있었다. 다만 시는 마음의 드러냄이되, 그것을 극복하는 방식으로 드러내는, 의식적 실천임을 유념해주기 바란다. 그 의식적 실천의 효과는 단순히 의지나 다짐만으로는 달성되지 않으며 사물과 환경 속으로 그 마음을 끌고 들어가 또렷한 실감 혹은 객관적 상관물을 획득할 때 가능할 수 있다. 그 점에서 최종 검토 대상이 된 작품들인 박연빈의 「무릎 관절 사이」, 전아영의 「오필리아」, 조윤아의 「플라스틱 우주」는 일정한 수준에 도달한 작품들이다. 박연빈의 시는 젊은 여성의 육체적 충동과 불안을 정직하게 감당해내고자 하는 의지가 그 자체로서 일종의 거울로서 기능해 그 충동과 불안을 삶에 대한 모험으로 바꾸고 있었다. 다만 그 모험의 형상들이 충분히 명료하지는 않다는 게 아쉬웠다. 전아영의 시는 운명의 냉혹함 앞에 희생되고야 마는 약한 인간의 비극을 『햄릿』의 인물에 투영한 작품으로, 그 운명의 비극을 코끼리와 수련의 기묘한 대비를 통해 표출함으로써 매우 참신한 이미지를 빚어내는 데 성공하고 있다. 다만 감상적인 태도가 이미지를 뒷받침해 줄 사유의 부족을 드러내고 있는 게 흠이었다. 조윤아의 시는 세계를 의식적으로 이해하기 시작한 화자가 겪는 그 이해의 드라마를 다채롭게 펼쳐 보인 장시로서, 세계와 만나는 자의 근본적인 외로움, 그가 참조할 동류

인물들에 대한 사유, 이해로서의 세계와 경험으로서의 세계의 차이가 야기하는 사건들, 그가 발견할 세계가 그가 발명할 인공물이리라는 자각 등이 매우 주밀한 의식의 흐름을 타고 있었다. 인물들, 행동들, 장면들 사이의 연결이 썩 매끄럽지는 않다는 한계가 있었으나, 시의 분량 또한 노력의 강도를 증거하고 있었으니, 당선작으로 뽑는 데 주저할 일이 없었다.

소설 부문의 투고작들에 대한 독후감은 다음과 같다. 염우성의 「중간고사」는 시험과 어머니의 수술이 동시에 닥친 상황에 처한 대학생의 심리적 일상을 꼼꼼히 기록한 소설이다. 정밀한 기록 자체는 소설쓰기의 기본에 해당할 것이나, 이 일상의 흘러감에 대해 삶의 의미를 캐묻는 의식의 더듬이가 충분히 성장하지 않은 채로 있었다. 더욱 정진을 바란다. 이 소설을 제외하면 대부분의 투고작들이, 젊은 사람들의 글이 흔히 그러하듯, 정서적으로 과잉되어 있었다. 그 감정이 그대로 노출될 때, 소설은 사태와 드라마를 과장하게 되고 묘사는 난폭해진다. 한데 그 감정들을 특이하게 변형시키는 젊은 세대의 특별한 취향이 있다는 사실을 발견한 건 예기치 않은 수확이었다. 즉 몇몇 소설들은 격한 충동을 엉뚱한 사물들로 변용시킴으로써 기이한 판타지의 세계를 만들어내고 있었던 것이다. 한국의 젊은이들에게 판타지 열풍이 불어닥친 지 20년 가까이 되어가는 지금에 와서 비로소 환영의 세계가 일상적 의식과 만나 섞이고 있는 것이었다. 그중에서도, 허윤의 「크리스마스에는 산타를 기다리고」와 최영건의 「현기증」은 특기할 만하였다. 허윤의 소설은 미국으로 이민 간 가족의 아들이 동양인의 신체적 특성과 식습관 때문에 미국인 학생들에게 놀림을 받는 상황을 과장되게 그려낸 작품인데, 문제의 상황에 매우 구체적인 사물들과 육체들을 때마다 적용함으로써 이 조롱의 사태를 온갖 사물들이 뒤범벅이 된 난장판의 광경으로 형상화하는 힘을 가지고 있었다. 다만 주인공과 짝패의 대비가 선명치 않고 최종적 파국을 위해 기능하는 두 인물의 행동이 납득할 만하지 않았다. 반면 최영건의 소설은 육체적 충동의 윤리성에 대한 젊은이다운 고민을 허구적으로 풀이해 본 작품인데, 그 고민의 세부 양상들을 아주 기발한 동식물들로 치환하고 또한 그 동식물들에게 엉뚱한 행동들을 연출케 하여 돌출시킨 매우 그로테스크한 광경들을 화자의 면전에 쏟아 붓고 있었다. 그래서 설핏 봐서는 뭐가 뭔지 알 수 없는 요령부득의 만화경의 공회전 안에 갇힌 듯한 느낌을 주는데, 찬찬히 들여다보면 그 안에서 끊임없이 돌고 도는 게 매우 절박한 젊음의 고뇌 자체임으로 깨닫게 한다. 「현기증」을 당선작으로 뽑는다.

평론 부문에 대해서는, 우선 평론이라는 장르의 존재론적 의미에서 대해 말하고자 한다. 평론은 독후감도 논문도 아니다. 평론은 문학 텍스트에 대한 독서가 실존적 경험을 이룰 뿐만 아니라, 그 경험이 또한 창조적 주관의 모험의 수준에 오를 때 성립한다. 요컨대 평론은 또 하나의 문학이다. 따라서 평론은 무엇보다도 '나'의 이야기이어야 하며, 그만큼 산만하지 않고 일관되어야 하고 지금 일어나는 사건처럼 생생해야 한다. 뿐만 아니라 자신의 사유를 정확히 의식해야 한다는 의미에서 문장에 흐트러짐이 없어야 한다. 세 편이 투고되었는데, 정지민의 「가면에 진실이 있다」가 그런 조건에 가장 가까웠다. 그의 글에는 『롤리타』에 대한 자신만의 관점과 생각이 잘 드러나 있다. 다만 초점이 좁아 생각의 양이 부족한 게 흠이었다. 가작으로 뽑는다.

이 심사평이 당선자들에게는 축전일 것이며, 아쉽게 탈락한 분들에게는 격려로서 읽히길 바란다.

—2012 이한열문학상 심사평, 2012.11.

진지한 주제, 흥미로운 착상과 균형 잡힌 구성

김상균, 김태우, 성시룡, 신상철, 안상원, 양재기, 오주훈, 이석형, 이재익, 이준혁은 이야기를 끌고 나가는 힘이 있음을 보여주었다. 그러나 문장이 부정확하거나 신변잡기에 머물거나 구성의 비례가 불균형을 이루거나 사건이 억지스러운 결점들을 극복해야 할 것이다. 송다금의 「기억을 잃은 세상」은 과학소설의 형식을 통해 기억 조작의 욕망을 보편 심리의 차원에서부터 사회적 범죄의 차원에까지 넓은 스펙트럼 위에 조명하였다. 하지만 핵심 사건 둘의 관계가 그럴듯하지 못해 실감을 떨어뜨렸다. 김동규의 「모든 것의 붕괴」는 청소년 마약을 다룬 소설이다. 마약으로 인해 벌어진 엽기적인 사고의 과정을 아주 생생하게 묘사하였다. 과장된 인물들의 태도 및 행위가 사회 비판보다는 흥미를 자극하는 성격이 짙은 게 흠이었다. 김지우의 「그의 별명」은 명명 행위가 가진 힘과 그에 대한 사람들의 환상을 적절한 소재와 사건들을 통해 자연스럽게 풀어나갔다. 앞의 소설처럼 행동들이 약간 과장되었지만 그 희극성이 풍자의 효과를 가지고 있었기에 충분히 관여적이었다. 다만 이러한 심리 비판이 사회 구조적 문제에 대한 성찰을 차단하지는 않았는지를 생각해 볼 필요가 있다. 김희철의 「초상」은 다른 삶을 살아왔으나 똑같이 조락을 맞이한 두 친구의 만남을 통해 사회적 소수자들의 운명적인 비애와 삶의 덧없음을 애잔하게 환기시킨 소설이다. 진지한 주제를 흥미로운 착상과 균형 잡힌 구성을 통해 설득력 있게 끌고 나갔다. 다만 문장이 거칠고 오자도 있었다는 건 좀 더 조탁에 공을 들여야 한다는 것을 가리킨다. 김희철의 「초상」을 당선작으로 뽑는다. 탈락한 사람들도 잠재력이 충분하니 정진하길 바란다.

—2013 이한열 문학상 소설 부문 심사평, 2013.11.6.

현대식 자유의 이면을 성찰하기

한국 사람들은 대체로 시적인 감성이 풍부하지만 그렇다고 해서 시를 만들어내는 능력까지 함께 갖춘 건 아니다. 좋은 시의 수준에 다가가려면 시적 충동을 조직적으로 다스리는 훈련이 필요하다. 언어의 적확한 구사, 감정의 조절, 도식적인 비유를 뛰어넘는 연습, 상투적이지 않은 표현들의 개발, 절제된 수사 등이 그런 훈련의 필수과목들이다. 그중에서도 감정을 적절히 조절하여 감각적 표현으로 치환하는 건 초입에 놓인 가장 어려운 관문이다. 김규일, 김동현, 김세종, 김현지, 서자헌, 승형수, 최덕천, 최종수, 한재환의 투고작들은 시적 감각의 구비를 증명하고 있다. 다만 그 감각을 꾸준히 유지하면서 한 편의 시를 완성하려면 오랜 투자가 필요할 것이다. 박민혁, 박연빈, 백지원, 서종욱, 서지혜, 염선호, 우재영, 유기림, 유현성, 허환의 투고작들은 시적 완성의 도달점에까지 다가서고 있다. 하지만 표현 충동이 지나쳐 말이 장황해지고 수사가 어긋나고 있다. '절차탁마'가 필요하리라. 홍순화의 「평상 옆 해바라기」와 김도형의 「저녁의 종점」은 버려진 존재를 통해서 새로 태어난 것이든 치열한 생활이든 결국은 무의미한 죽음의 상태로 서서히 빠져들고 마는 상황을 표현하고 있다. 시선이 섬세하고 묘사가 적절했다. 두 시 모두 느낌이 감상적 차원에 머무르고 마무리가 상투적으로 처리된 건 아쉬운 일이다. 김승유의 「도시의 냉장고」는 밤에 불 밝힌 빌딩들을 냉장고에 비유하여, 과중한 업무에 시달리다가 마침내 폐기되는 회사원들의 잔인한 운명을 형상화했다. 착상이 좋았고 삶에 대한 진지한 인식을 담고 있다. 다만 냉장고 안의 묘사와 빌딩 안의 묘사를 긴밀히 상응시키지는 못했다. 신진용의 「도화사」는 익살을 떠는 역할을 하는 배우의 연기를 발성되지 못한 진정한 노래와 보이지 않는 진정한 세계에 대한 갈망으로 읽어낸 특이한 시이다. 진정성을 추구하는 삶의 근본적인 고독을 선명한 비유로 인상화하고 있다. 다만 그 삶의 실제를 포착하는 대신 그 명명의 뜻풀이에 집중한 건 재기가 지나치게 승하다는 걸 가리킨다. 하성훈의 「리히텐슈타인 거리」는 자유의 활기로 넘치는 이국의 거리에서 사라진 역사를 되새기면서 현대식 자유의 이면을 성찰하고 있다. 묘사와 생각이 적절히 균형을 이루고 있다. 더욱이 이 상황을 바라보는 차분하고 정 깊은 눈길이 이 성찰에 진솔함의 두께를 입혀, 자유는 사랑과 이어져야 한다는 인식을 독자에게 일깨운다. 다만 상황 인식을 내면의 다짐으로 감싸는 것은 추상성의 함정에 빠질 수도 있다. 신진용과 하성훈의 두 시를 저울의 양쪽 올려놓고 한참 들여다보다가 하성훈의 시를 당선작으로 결정한다. 당선자에게 축하를 보내며 아쉽게 탈락한 분들에게도 성원을 보낸다.

—제18회 이한열 문학상 시부문 심사평, 2013.10.28.

도전정신과 논리적 완성도

투고된 다섯 편의 글 모두 문장이 불투명하고 오문마저 섞여 있었다. 타인의 언어를 나의 언어로 재구성해내는 일의 어려움을 새삼 느끼게 한다. 신진용의 「황병승론-근작 시집 『육체쇼와 전집』을 중심으로」는 난해한 시세계의 핵심을 허상에 대한 탐구로 짚어내고 그 증거를 제시한 평론이다. 날카로운 관찰이지만, 단 하나의 어휘로 한 시인의 세계를 모두 규정할 수는 없다. 게다가 결론 부분은 급작스럽고도 상투적이다. 마치 쓰다만 듯한 글이었다. 임수현의 「존재와 부재로 짜여진 아홉 편의 단편 - 앨리스 먼로 단편집 『미움, 우정, 구애, 사랑, 결혼』에 대한 문학 평론」은 먼로의 소설에 대한 흥미로운 형태 분석을 보여주었다. 그러나 그 형태에 부여한 세 가지 의미가 명확히 구별되지 않았고, 따라서 먼로 소설의 문학적 효과를 요령있게 부각시키지 못했다. 박희정의 「외딴방-소설 『외딴방』 속 '과잉 면역반응'을 중심으로」는 '면역', '과잉면역' 등의 의학적 용어를 통해 『외딴 방』의 인물들의 심리구조를 분석하고 그 분석을 사회적 의미에로 연결시킨 글이다. 형태를 통해 주제를 포착하는 과정을 통해 해당 작품에 대한 종래의 두 가지 해석을 지양하고 종합하였다. 문장이 거친 게 흠이었으나 새로운 글을 쓰겠다는 도전정신이 돋보였고 논리적 완성도가 높았다. 당선작으로 뽑는다.

—제18회 이한열문학상 평론부문 심사평, 2013.11.

동시와 시의 차이

김희원의 「가을을 즐기지 못 하는 딱 하나」는 섬세한 관찰력으로 바깥의 풍경을 세계의 의미로 바꾸어 놓는 데 성공하고 있다. 그 세계는 그 안에서 살아가는 존재들의 소망과 행동으로 경계를 신축(伸縮)하고 색채를 바꾼다. 정서와 외관의 조응이 실감을 준다. 하지만 기본 태도가 동시(童詩)적이지 않은가는 스스로 물어봐야 할 것이다. 동시는 이미 있는 세계 속에서 노니는 데에 만족하지만, 시는 새로운 세계를 여하히 창조할 것인가 하는 고투에 뛰어든다. 고은비의 「스물 하고도 일곱」은 세상과의 소통에 곤란을 겪는 젊은이의 의식을 실감나게 묘사하고 있다. 언어의 작란을 통해서 이 곤란을 유희로 치환하여, 소통불가능을 실연하는 한편 동시에 그 불가능성을 견디어내는 인물의 잔꾀를 재치 있게 보여주고 있다. 세상에 대한 존재의 저항과 도전까지 보여주었으면 좋았을 것이다. 신진용의 「목줄」은 두 인물 사이의 폭력적 상황에 대한 상상을 일인칭 화자의 대화형 진술을 통해 드러내고 있다. 두 인물 사이의 관계의 변화와 그에 대한 화자의 극단적이고도 이중적인 감정에 의해서 이 진술은 미묘하고 복잡한 여러 겹 마음의 층으로 두꺼워진다. 이 여러 겹 마음의 동시적 제시에 의해 시의 외면은 매우 다채로운 빛을 발하며 그것이 이 시의 매력이다. 다만 독자는 도대체 이 사태의 사연도 모르고 까닭도 모른다. 그것을 궁금하게 여길 매개물이 이 시에 없는 게 아쉽다. 백지원의

「발화점」은 현실로부터 외면되어 외진 곳에 내몰린 존재의 심리적 상황을 기괴한 이미지들의 연속적인 배치와 다각적인 교체를 통해 표현하고 있다. 얼핏 읽으면 요령부득으로 덧칠된 그림이지만 찬찬히 살피면 현실에 대한 인물의 불안과 공격성, 체념과 의지, 숙고와 행동이 긴밀히 교환되면서 활발한 운동의 정황을 구축하고 있음을 알 수 있다. 거기에 화자를 슬그머니 상황 속에 개입시켜 무거운 시적 상황을 가볍게 돌아볼 통로를 열어놓고 있다. 단 이미지들이 정당하게 동원되었는지 작위적으로 끌려 나왔는지에 대해 쓴 사람의 깊은 복기를 요한다 할 것이다. 현실과 대결하는 운동을 끈질기게 드러내고 있다는 점에 가산점을 주어, 백지원의 「발화점」을 당선작으로 뽑는다.

—제19회 이한열문학상 시 부문 심사평, 2014.10.

세련된 감정을 찾는다

투고량이 적어서 그랬는지 작품들의 수준이 만족스럽지 못했다. 시는 감상의 토로나 현실의 조악한 폭로가 아니다. 시는 무엇보다도 감정의 세련화에 기여해야 한다. 아플 때도 우아하게 아파야 하고, 공격할 때도 은근해야 한다. 시의 목적이 싸움을 벌이자는 게 아니기 때문이다. 오히려 가능하다면 독자로 하여금 스스로 화해의 의미를 깨닫게 해야 하기 때문이다. 대표적인 참여문학가로 흔히 거론되는 사르트르조차도, "나는 상황을 바꾸기 '위하여' 나 자신과 남들에게 상황을 드러낸다. […] 한마디 말을 할 때마다, 나는 좀 더 깊이 세계 속으로 들어가고, 또 이와 동시에 조금씩 더 세계로부터 솟아오른다"라고 말했다. 상황의 드러냄은 상황 속에 참여하여 상황 자체를 변화시키려는 의식적인 기도이다. 반면 조악한 폭로에는 상황 속으로 자신을 집어넣는 모험이 없다. 그저 바깥에서 욕을 해댈 뿐이다. 반면 어설픈 감상은 상황 속에 매몰되어 자신도 세계도 변화시키지 못한다. 그런 중 임현경의 투고작들은 시의 기본적인 수준을 지탱하고 있어서 심사자를 안도하게 만들었다. 생의 원초적인 전락의 상태를 표출하고 있는 그의 시는 체험의 구체성을 의미의 상징으로 만드는 데 비교적 성공하고 있다. 가령 「천막」에서 "엄마 내가 나를 낳아서 뭐해"라는 푸념은 삶의 숙명적인 진부함을 실존적인 체험으로 만들면서 동시에 마지막 두 행 "사람들은 / 여느 할머니가 그랬듯 천을 덧대어 하늘을 기운다"는 진술은 생이란 그런 숙명을 품에 안고 가는 것 외에 다른 길이 없다는 깨달음을 보여주고 있다. 또한 「직선 위에서」는 현실의 세계와 현실을 벗어나고자 하는 몸부림의 일종으로서의 내기의 세계를 숫자의 대립을 통해 재치 있게 환기시키면서 그 수를 실제 상황에 대입시켜 변주시킴으로써 두 세계의 대립을 실감케 하는 한편 그 끝없는 밀고당김의 의미를 캐도록 유도하고 있다. 다만 생의 본질에 닿으려는 충동이 너무 강렬한 나머지, 삼원색만을 사용한 그림에서 보는 것과 같은 거친 단순성이 흠이라 할 것이다. 생은 대체로 원색으로 칠해져 있다기보다는 다양한 색들이 혼합되어 불투명한 두께 속에 녹아 있는 것이다. 삶에 대한 통찰의 깊이는 바로 그 불투명성을 헤아리는 데서 나올 것이다. 그의 시 「직선 위에서」를 당선작으로 뽑으며 정진을 권한다.

—제20회 이한열 문학상 시 부문 심사평, 2015.8.

봄날의 아지랑이 같은

박이문 선생님의 산문은 봄날의 아지랑이처럼 느리게 일렁거린다. 그 느림은 사유하는 인간의 그윽한 명상 때문이고, 그 움직임은 그 명상 속에서 낯선 것과의 만남을 꿈꾸기 때문이다. 사유하는 자의 유동성은 만물과의 조응을, 기억의 부활을, 미래의 출현을 은근한 부름과 고즈넉한 기다림 속에서 준비한다. 이 은근함, 이 고즈넉함이야말로 모든 존재와 모든 삶을 끝장 속에 놓지 않고 시초 속에 놓는다. 19세기 한 낭만주의자의 말을 빌리면 그 시초에는 "모든 것이 가능하고, 모든 것이 움직이고 있고, 모든 것이 묽게 용해되어 있다." 우리 삶의 근본적인 갱신을 위해서! 다시 한 번 뜨겁게 살아보기 위해서! 참 고요히도 싱숭생숭하면서...

—박이문, 『길』(미다스북스) 뒤표지 글, 2003.6.

시인의 집중과 독자의 공명(共鳴)은 강도가 같다

허만하 선생의 시는 언제나 어떤 극점에 위치하는데 그것은 그이가 시에 대한 의지를 극한까지 몰아붙이기 때문이다. 의지는 본래 순수한 정신의 운동이지만 극단에 이르면 그것은 막대한 실물감을 느끼게 하는 전적으로 육체만의 몰입으로 나타난다. 집중된 정신은 무의식의 차원으로 건너가서 오로지 전율하는 살, 작열하는 눈빛, 팽팽한 근육, 폭발 직전의 외침으로만 자신을 표현하면서 결코 스스로를 의식하지 않는다. 바로 이 순간, 그 전율, 그 작열, 그 긴장은 해석의 매개 없이 통째로 독자의 몸에 빙의된다. 시인의 집중과 독자의 공명(共鳴)은 그 강도가 똑같다.

— 허만하, 『야생의 꽃』(솔) 뒤표지 글, 2006.3.

예레미야의 목소리

김윤식 선생님

신입생이 되자마자 우연히 듣게 된 선생님의 강의를 나는 잊지 못한다. 그 무뚝뚝하고 어눌한, 그러나, 박학과 총체성과 화롯불처럼 뜨거웠던 진지성의 말들. 그것들은 나의 대학으로, 나의 문학으로 들어가는 최초의 문이 되었다. 강의실은 광야였고 그이는 예레미야였다. 그리고 그날 이후 그이의 열정은 나의 그리움이 되었다. 결코 손에 닿지 않는 그것, 그래서, 오늘도 죽비처럼 쏟아지는 그것.

—김윤식, 『작가와의 대화-최인훈에서 윤대녕까지』(문학동네) 뒤표지 글, 1996.4.

이제하와 나쓰메 쇼세키와 최원식과

1. 이제하, 『독충』(세계사)

한국의 근·현대사를 관통해 온 한국인의 집단적 정서가 있다면 그것은 억척 인생일 것이다. 그것은 '하면 된다'의 기치 아래 전 국민을 개발독재의 역사(役事)에 동원한 정권의 차원에서든, '사람답게 살아보자'는 일념 아래 온간 간난과 박해를 이기며 자신의 생을 한편의 입지전으로 드라마화하는 일에 투신해 온 보통 사람들의 차원에서든 한결같은 지상명령으로 작용해 온 것이었다. 얼핏 괴이쩍은 죽음과 일탈적인 행동들을 환각적인 방식으로 작렬시키며 독자를 어리둥절하게 만드는 이제하의 『독충』은 실은, 그 억척 인생에 대한 가장 허망한 되새김이고 가장 독한 풍자이다.

2. 나쓰메 쇼세키, 『행인』, 유숙자 옮김(대산 세계문학총서 제 8권, 문학과지성사)

수년 전에 번역된 그의 수필집 『유리문 안에서』(민음사)는 근대의 문턱에 놓인 일본 지식인의 사유의 우물이 무척 웅숭깊다는 것을 실감케 하며 한국 독자를 놀라게 한다. 『행인』은 『나는 고양이로다』와 더불어 그의 대표적 장편이다. 근대 초엽 동양인이 서양의 문물에 압도당하면서 자의든 타의든 그것을 자신의 몸 안에 수용하기 시작했을 때, 그들이 가장 심각하게 직면한 것은 '자기'라는 낯선 육체적 이미지이었을 것이다. 나쓰메 쇼세키는 바로 그 '자기'의 존재론을 극한까지 밀고 나간다. 물론 서양적인 방식으로가 아니라 그것에 비추어져 형성된 동양적인 방식으로. 즉, 모험의 형식으로가 아니라, 의혹과 울울(鬱鬱)의 형식으로.

3. 최원식, 『문학의 귀환』(창작과비평사)

최원식 교수의 평론에 대한 독후감들 속에서 간과되기 일쑤지만 꼭 주목해야 할 것이 그의 풍부한 교양 체험이다. 생각의 뱃속에서 몸의 세포로 쌓이는 교양이 있는 데 비해 생각의 손끝에서 열심히 기화하는 교양도 있다. 최원식 씨의 교양은 전자 쪽이며, 그의 글이 보여주는 사려 깊은 어휘 선택과 단아한 문체는 바로 그로부터 말미암는다. 그러나 그것은 수사적 차원에 그치지 않는다. 지난 평론집 『생산적 대화를 위하여』와 더불어 이번 평론집의 핵심 어휘로 작용하는 것은 '회통'이라는 것인데, 그 한 단어 안에는 임계점에 다다르고 있는 한국 민족주의에 대한 반성적 성찰과 세계화에 대한 비판적 사유 그리고 민족 너머에서 펼쳐지는 다양한 담론들에 대한 열린 인식이 잘 배합된 환약처럼 압축되어 있다. 그의 교양 체험은 여기에서 열린 사유와 대화적 상상력으로 격상한다. 그리고 그것은 오늘의 문학판에서 아주 소중한 덕목이다.

—『대학신문』 도서추천, 2001.12.5.

편견들과의 싸움

정수복 선생의 『응답하는 사회학』은 우리 주변에 미만해 있는 편견들과의 싸움을 통해서 태어났다. 그가 타개하고자 하는 편견은 크게 세 가지이다. 하나는 사회적 편견으로 사회적 지위에 집착하고 그것을 사람의 척도로 사용하는 보통 사람들의 무의식을 가리킨다. 다른 하나는 학문은 심오한 것이라는 강박관념에 사로잡혀 일상적 지혜와 일상언어를 멀리하는 걸 자랑스럽게 생각하는 학자들의 아집을 가리킨다. 마지막 편견은 이보다 더 깊이 숨어 있는 마음의 괴물이다. 우리들의 언어가 있는 그대로 진실을 드러낼 수 있다고 믿는 편견이 그것이다. 사회적 편견은 한국인들을 허세 속에 살게 하고 학문적 편견은 학문을 죽이며 언어적 편견은 우리의 지각을 마비시킨다. 정수복 선생은 이 편견이 근본적으로 소멸되는 자리에 사회학을 놓으려 한다. 그는 사회적 편견이 와해되는 장소로서 말 건네고 응답하는 사회학을 구축하려 한다. 그는 사회학이 통계와 고답적 개념으로 자신을 가둘 게 아니라 나날의 삶을 섬세히 짚어 거기에 충만한 의미를 찾아낼 수 있어야 한다고 생각하며, 그러한 경지에 도달하기 위해 학문이 예술의 수준에 오를 것을 주문한다. 마침내 그는 타인들의 언어적 편견을 적발하는 데 그치지 않고 그 자신마저 그에 물들지 않았는가를 경계하기 위하여 부단히 자신의 말을 체험과의 대비 속에서 점검한다. 그는 대화와 음미와 산 체험이 하나이자 동시에 셋이

되는 실감 만발하는 사회학의 지평을 열었다.

—정수복, 『응답하는 사회학』(문학과지성사) 뒤표지 글, 2015.8.

말굽에 사상이 있다면

박범신의 『나의 손은 말굽으로 변하고』

말굽의 사상이 있는가? 그런 게 있다면, 그것이 말한다. 악에 관한 세 가지 법칙이 있다. 첫째, 선과 악을 가르는 순간, 악은 창궐하고 선은 악의 가면이 된다. 둘째, 악의 희생자에겐 악마가 되는 것밖에는 살 길이 없다. 셋째, 악은 희생자가 죽어도 영속한다. 악은 그렇게 쌓이고 쌓인다. 말굽은 더께가 진 악들의 응집물이다. 쉴 새 없이 되살아나는 저 발길질이고, 칼부림이고, 배반이고 음모이다. 그러나 그게 죽는 일이 없을진대, 부활할 일은 왜 또 있겠는가? 실로 악이 죽는 순간들이 있으니, 그건 슬픔이 터져 나올 때라고 작가는 말한다. 슬픔은 끝없는 악의 불길들 사이에 문득 스며든 어떤 수액, 저 기승하는 악들을 되돌아보게 하는 "흰 햇빛 붉은 놀"의 처연함이다. 이 처연함이 소녀의 활기를 가질 수 있을 것인가? 작품의 해자에서 그 물음이 떠돌고 있다.

―박범신, 『나의 손은 말굽으로 변하고』(문예중앙) 뒤표지 글, 2011.5.

까마귀와 잠자리

고두현의 『늦게 온 소포』

『늦게 온 소포』에 아로새겨진 두 개의 핵심 이미지는 <까마귀>와 <잠자리>의 그것이다 까마귀는 순수한 어둠(까망)의 표상으로서 우리가 망각 속에 묻어버린 자연의 윤곽을, "꽈악 꽉 밑줄 그어가며 / 일깨"운다. 그 울음이 들릴 때마다 세상은 마치 소낙비 지난 뒤처럼 세파의 먼지를 씻어내고 가장 맑은 형상으로 떠오른다. 그 맑음은 거울과 같아서 거기에는 맑음을 빚고자 하는 사람의 마음이 훤히 비추이니, 마치 "아슬아슬 간짓대 너머 / 속 훤히 비치는" 잠자리의 날개와 같다. 까마귀의 이미지를 통해, '늦게 온 소포'는 비밀을 머금은 박물 상자로 변신하려 의지하며, 그 의지가 움직인 자리에 잠자리 날개의 미세한 그물무늬와 같은 마음의 흔적들이 반짝인다. 늦게 도착한 소포는, 그렇게, 까만 외면에 은은히 비치는 내면의 빛으로 파문한다.

—고두현, 『늦게 온 소포』(민음사) 뒤표지 글, 2000.8.

소비사회의 욕망의 문제에 가장 먼저 착목한 공
우찬제의 비평

우찬제에게 우리는 소비사회의 욕망의 문제에 가장 먼저 착목한 공을 돌려야 할 것이다. 모든 문제가 여전히 사회경제적 관점에서 논의되던 80년대 말 그는 사회가 문화와 접목하여 아주 음험한 괴물로 변해가는 징후를 예민하게 흡입하고 그 괴물성의 구조를 섬세히 가늠해갔던 것이다. 그러니, 현실의 밑바닥에 밀착할 줄 아는 능력에 비추어 나는 그를 언어의 경제학자라고 부르고 싶거니와, 이 언어의 경제학자는 이제 그의 관점을 확대하여 타자성의 문제로 뻗어나가고 있으니, 욕망은 타자의 욕망을 욕망하는 것이라는 프로이트주의자의 말에 수긍한다면, 그의 변모는 지극히 자연스럽고도 씩씩한 자기 갱신이라고 말하지 않을 수 없다.

—우찬제 평론집, 『타자의 목소리-세기말 시간의식과 타자성의 문학』(문학동네) 뒤표지 글, 1996.12.

살 부빈 이야기들

『선생님으로 산다는 것』은 이석범 선생이 교육 현장에서 학생들과, 학부모와, 그리고 동료 선생님들과 살 부비면서 겪은 이야기들을 모아 놓고 있다. 살 부볐다는 말은, 정말로 그랬다는 게 아니라, 글의 정서적 밀도가 그렇다는 것이다. 그만큼 이 책에는, 학교의 모든 사건과 광경들을 진솔한 삶의 체험으로 겪는 가운데 느끼고 깨달은 희로애락과 삶의 지혜가 넘실대고 있다. 그렇게 획득된 지혜는 거창한 교육이념을 설파하지 않으면서도 어떤 교육이 소중한지를 현장적 수준에서 깨닫게 해준다. 아마도 이 지혜들을 솟아나게 한 또 하나의 자원은 풍부한 독서 경험일 터인데, 이 독서 경험도 경험이다. 즉 저자는 책읽기 역시 생생한 체험으로 소화하여 지식과 삶의 신진대사를 왕성케 하는 것이다.

—이석범, 『선생님으로 산다는 것-대한민국 교사들을 위한 힘찬 응원가』(살림) 뒤표지 글, 2008.4.

이미 절망한 자는 미리 절망한 자가 아니다

박찬일의 시는 객관적 묘사의 시도 주관적 진술의 시도 아니다. 객관적 묘사처럼 보이는 데선 풍자하고 자조하고 주장하고 깨닫고 있으며, 주관적인 진술처럼 보이는 데선 자신의 일상을 꼼꼼히 기록하는 방식으로 말하고 있다. 그의 객관적 묘사에 대한 주관적 비틀음은, 세계의 중성적 외관 뒤에 버림받은 자, 추락한 자, 가난한 자의 설움과 애환이 준동하고 있음을 실감케 하며, 그의 주관적 진술에 대한 객관적 기록은 시인이 세계에 대한 울분이나 불만 대신 존재증명에 실패한 자의 전말기를 쓰고 있음을 가리킨다. 왜 그렇게 하는가? 무엇보다도 시인이 인간의 존재해야 할 이유를 여전히 인간의 몫으로 두고 있다는 것을 가리킨다. 과연 몰락한 뒤에도 왜 삶은 계속되는가? 존재증명에 실패한 뒤에도 왜 존재는 존재하는가? 그것에 답을 주려면 어쨌든 존재증명에 실패하는 방식으로 존재를 증명해야 하는 것이다. 그러니까 그의 시는 쉬운 시가 아니다. 난해한 시도 아니다. 그의 시는 절실한 시다. 세계의 의미 없음에 이미 절망한 자가 여전히 세계의 의미를 묻는 방식으로 그것을 복기하고 있기 때문이다.

—박찬일, 『모자나무』(민음사) 뒤표지 글, 2006.5.

두 대극이 충돌하며 일으키는 요동

오자성의 시

오자성 씨의 시는 시에 대한 열정이 생활에 대한 정성으로 뒤바뀐 사람이 나날의 노동이라는 배를 타고 시의 왕국으로 귀환하려고 하는 희귀한 모험을 보여준다. 그는 언젠가 시의 벼락을 맞은 적이 있었다. 그러나 그 벼락이 너무 아파서 "다시 못 볼 여름 두고 떠났"다. 그는 밥 먹기 위해 일하는 노동자가 되었고 결혼을 했고 딸을 낳았다. 그러나 이 모든 일상적 삶은 실은 저 벼락 맞았던 여름으로, 그가 "소리의 나라" 혹은 윤동주처럼 "또 다른 고향"이라고 부르는 시의 왕국으로 돌아가기 위해 벌인 몸부림이었다. 이 괴이한 사연으로부터 대극의 혼융이라는 특이한 시적 형식이 태어난다. 그의 시의 모든 형상에는 극단적으로 상반된 두 의미 체계가 샴쌍둥이처럼 맞붙어 있다. '우주'는 정신적 세계의 표상이면서 동시에 생활 세계의 초자아이다. 아이들의 시끄러운 소리는 시인을 생활 전선으로 내모는 소리이자 동시에 삶의 비밀한 심원으로부터 흘러나오는 소리의 포자이다. 노동은 화투고 꽃이다. 그리고 그의 시의 활력은 바로 이 두 대극이 충돌하며 일으키는 요동이다. 그 요동의 양태들이 자못 다채롭다. 새로운 시인을 만나서 기쁘다.

—『현대시』, 2003.10.

창조의 극점에 집요히 머무르기

김용희의 비평

김용희 씨의 비평은 창조의 극점에 집요하게 머무른다. 없음과 있음이 교대하는 자리, 현실의 간조, 언어의 그믐과 사물의 초생 사이를 혹은 그 거꾸로를 그의 비평은 멀리 회전하며 깊이 응시한다. '멀리'는 그의 시야가 넓다는 것을 뜻하며, '깊이'는 그의 시선이 시시각각으로 집중적이라는 것을 가리킨다. 씨는 현대 문명 속에 처한 예술의 위기를 '말'하는 대신, '쓴다.' 씨의 비평은 위기를 동력으로 삼아 삶의 대기권 너머로 솟구치는 열추진로켓이다.

—김용희, 『천국에 가다』(하늘연못) 뒤표지 글, 2001.11.

시원의 샘과 드넓은 바다를 떠올리게 하는

조강석의 비평

조강석의 비평은 시원하다. 시야가 넓으면서도 핵심으로 직행하기 때문이다. 그의 눈길은 시에 집중되고 있지만 그는 텍스트로부터 다급히 해석을 찾지 않는다. 그는 미의 본성과 양상에 관한 다양한 통찰들을 기억 속에 떠올리고는, 그것들을 레고 조각들처럼 쌓아 어떤 미학의 모형을 짜는 한편으로, 다른 한편으로 그것들을 패스파인더로 삼아 시의 열린 틈새를 찾아다닌다. 그가 마침내 시의 동굴 안으로 잠입하는 데 성공하면 그가 축조한 상상의 미학이 시의 속살을 쓰다듬으며 그 결을 느끼고 그 향취를 맡는다. 그리곤 천천히 이 섬세한 언어의 직물들이 어찌하여 세계의 돌에 새겨지는 강인한 금언으로 다시 태어날 수 있는가를 캐어 묻는다. 그 과정은 시원의 샘과 드넓은 바다를 동시에 생각 키우는 맑은 시냇물의 흐름과도 같아서 독자는 틀림없이 발을 담그고만 싶어질 것이다.

—조강석, 『아포리아의 별자리들』(랜덤하우스) 뒤표지 글, 2008.4.

섬세한 텍스트 읽기와 끈질긴 주제의식
장철환의 비평

장철환 씨의 「당신이란 이름의 비상구」는 김혜순 시의 '여성성'의 욕망이 전개되어 나가는 과정을 섬세하게 추적하여 묘사한 글이다. 짚어 읽기의 형식을 취하고 있는 씨의 글은 시의 생성과정을 그대로 따라간다는 점에서 현상학적이라고 할 수 있는데, 그러나 그 현상학은 드러난 이미지들의 변주를 기록하는 그것이 아니라, 감추어진 욕망과 드러난 이미지들 사이의 구조적 관계와 기능을 따지는 '구조현상학'적 작업을 행하고 있다고 할 수 있다. 그 작업을 통해서 씨는, 김혜순 시의 욕망이 세계와 내면을 폐쇄된 원환형식 안에 가두고 있음을 확인하고 그 폐쇄성의 밑바닥에 슬픔의 감정이 깔려 있음을 밝히는 한편, 그 원환 형식이 그 자체로서 세계에 저항하는 욕망의 수레바퀴로 부단히 굴러가고 있는 양상을 복원하면서, 그 운동이 그리는 실존적 비극성을, 즉 '세계의 전적인 수락과 동시에 전적인 부정'이라는 복합적 태도의 실행을, 독자에게 체감케 하고 있다. 씨의 섬세한 텍스트 읽기와 끈질긴 주제의식이 궁극적으로 시를 생생한 삶의 무대이자 동시에 사건으로 체감케 해, 우리의 정신적 모험을 풍요롭게 해주리라 기대하며, 당선을 축하하는 바이다.

—『현대시』, 2011.10.

낯선 개념들의 자연스런 배치

텍스트를 꼼꼼히 읽어내기는 비평의 하나의 덕목이 아니다. 차라리 그것은 원초적 덕목에 속한다. 비평이 무엇을 향해 나아가든, 비평은 끊임없이 텍스트로 회귀하는 과정을 거쳐서만 그렇게 한다. 텍스트는 비평의 허파이다. 정혜경 씨의 「거울 속 陰謀에 대한 명상」은 썩 튼튼한 허파를 가지고 있으며, 바로 그 점에서 비평의 숨을 자재로이 호흡할 줄 아는 힘을 가지고 있다. 물론 그에게도 약점이 없는 것은 아니다. 그는 바깥으로부터 끌어온 개념들을 약간은 당혹스럽게 설명없이 쓰는 엉뚱한 버릇을 가지고 있다. 사회심리학적 지평 안에 묶인 '거울', '무의식', '자아분열' 등이 그런 개념들인데, 그런데도, 이 난입한 개념들은 텍스트의 흐름 속에 어찌나 자연스럽게 배치되어 있는지, 치밀하지만 단조로운 독해의 과정에 야릇한 생기와 긴장을 불어넣는 효과를 가지고 있어서, 그의 약점은 오히려 장점이라고 해도 될 만하다. 그러니, 우리에게는 독특한 개성을 가진 젊은 비평가의 출현을 기뻐할만한 충분한 이유가 있는 것이다. 바라건대, 텍스트의 내적 모험에 더욱 천착하시고, 그럼으로써, 지금은 미지의 방문객들 같은 바깥의 개념들이 스스로 집을 지을 터전을 그의 비평 텍스트 내부에 닦아 놓으시라. 서서히, 아주 천천히.

—『현대문학』, 1997.11.

필사의 계책으로서의 언어의 기교

이재훈의 시

이재훈은 중무장한 중세의 기사와 같다. 그는 영주에게 충성하지 않고 연인에게 헌신한다. 그러나 그 연인은 비밀의 화원에 은신해 있지 않고 시인의 갑주 속에 내장되어 있다. 시인은 연인을 위한 투쟁에서 연인을 훼손시키고야 마는 운명에 처한다. 그것이 이재훈이 파악한 현대 시인의 궁지이다. 자신이 보존할 가치를 기치로 내세울 때마다 그것은 만질수록 덧나는 상처와도 같이 부스러지고 문드러진다. 그러나 그 덕분에 우리는 진실 앞에 놓인 현실의 아득한 해자를 본다. 진정한 세계에 도달하려면 우리는 말에 채찍을 가해야 한다. 언어의 기교는 현실을 일격에 무너뜨리기 위한 필사의 계책이다.

—이재훈, 『명왕성 되다』(민음사) 뒤표지 글, 2011.4.

시 자체로부터 솟아난 시학

「순간에 대한 숙고, 그리고 회환(回還)」, 「몸의 언어로 시 쓰기」, 그리고 「청동 방패를 바라보는 두 가지 방식」이 읽을 만하였다. 읽을 만했다는 것은 텍스트 분석이 비교적 적확하고 해석에 설득력이 있었다는 뜻이다. 윤대녕의 최근 변모를 다룬 「순간에 대한 숙고, 그리고 회한」은 윤대녕의 특이성으로부터 출발하여 그 독특성으로부터 불가피하게 발생한 모순 그리고 그 모순을 돌파하기 위해 작가가 보여준 새로운 '기투'의 역정을 썩 일관된 체계로 짜 놓았다. 다만 이 체계를 가능케 한 관점은 상식으로부터 나온 것이다. 즉 초월에 눈뜬 자는 현실에 깃들 자리를 찾지 못한다는 것. 그것은 꽤 단단한 상식이지만 문학은 언제나 그 상식 너머로 건너간다는 것을 필자가 유념해주길 바란다. 실은 삶 또한 그러할 것이다. 삶을 세 개의 명제로 요약해서 끝낼 수는 없는 것이다. 「몸의 언어로 시 쓰기」는 한국시에서 비교적 희귀한 흐름에 속하는 채호기의 시를 다룬 글이다. 채호기의 육체를 활동하는 정신으로서의 신체 즉 현상학적 현존의 장으로서 본 출발선은 매우 상쾌한 바가 있었고 그 관점에 따라 해석된 시구들도 글 안에서 온당한 대접을 받고 있었다. 이 육체를 다른 육체와의 상호 교섭 관계 속에서 파악하여 그 교섭이 야기하는 고통과 불안에 대해서 주목을 한 것은 이 글의 논리적 치밀성을 엿보게 하는 대목이지만 그러나 동시에 그로부터 곧바로 고통과 불안의 재현학을 이끌어내려 한 것은 그 논리가 스스로 자신에 대한 불안을 이겨내지 못하고 그 자리에서 멈춰 섰음을 보여준다. 그래서 이 글은 한 시인의 시적 운동을 있는 그대로 기록한 순수기술로 비친다. 그리고 그럼으로써 평론과 시 사이에는 육체적 교섭이 부재하게 되고 만 것이다. 송승환 씨의 「청동방패를 바라보는 두 가지 방식」은 젊은 두 시인, 이장욱과 김행숙의 시 세계의 분석을 통해 기왕의 지배적인 시학과는 다른 시학을 꿈꾸어 본 글이다. 꿈꾸었다고 했지만 그 꿈이 움직이는 방식은 아주 작업적(operative)이어서, 첫째 일반적인 한국시와는 사뭇 다른 두 시인의 시 세계를 정밀한 분석을 통해 적절하게 해석해내는 데 성공하였고, 둘째 두 사람의 아주 다른 시학을 소개함으로써 시학의 변모에는 지배항의 교체가 있는 것이 아니라 구도의 변화와 지평의 열림이라는 사건이 있다는 것을 일깨웠으며, 셋째, 이 상이한 시학들 사이에는 치열한 길항관계가 있음을 해명함으로써 인간 활동의 모든 근원에 놓여 있는 '모순의 원리'를 환기시키는 한편으로, 넷째, 젊은 시인들의 시학에, 아니 젊은 시인들을 통한 한국시의 변모에 고유한 까닭이 있음을 궁리케 한다. 그 때문에 글의 시작은 얼핏 단순해 보이지만 꽤 치밀한 논리를 담고 전개되었고, 이론을 통해 배운 시학이 아니라 시 자체들로부터 솟아난 시학을 구성하는 데 성공하였다. 마지막 추천작으로 선정한 소이이다. 추천이 보류된 두 글의 필자도 작건 크건 가능성을 보여주었다. 격려를 보낸다.

—『현대문학』, 2005.6.

인생의 고달픔을 이겨내는 신명

송반달 씨의 시에는 인생의 고달픔을 이겨내는 신명이 있다. 그 신명이 솟아나는 자리들이, 즉 신명의 샘들이 특이하다. 그는 '고난 따로 용기 따로'로 보지 않는다. 아니, 살지 않는다. 그가 보기에 혹은 살기에, 힘겨운 자리가 곧 신나는 자리이다. 그 동시성의 자리는 그러나 막무가내로 그렇다고 강변되는 것이 아니다. 그러한 인식은 꽤 복잡한 논리적(좀 더 정확하게 말해 논리-실행적) 과정을 담고 있다. 가령, "허리 아프게 거친 파도의 검은 잔등에서 내렸다, 싶었는데 / 더 조급해진 바람이었다"의 '바람'은 아득한 여정을 재촉하는 채찍 같은 바람임에 틀림없다. 그러나 문득 "붕뜬 허공"에서 "휘청휘청 춤까지 추는" 수양버들을 보고, 그 수양버들을 춤추게 한 것이 '바람'임을 본다. 그리고 무엇보다도 그 수양버들이 처음 길을 떠날 때 서 있었던 것을, 아니, 휘청휘청 춤추고 있었던 것을 기억한다. 그것이 "수양버들이 돌아왔다. 옛 생각으로 / 물구나무선 시계추가 통뼈 된 회귀의 나무로 내려섰다"에 교묘히, 즉 딴청하는 체 표내는 방식으로, 암시되어 있다. 저 버들의 그네인 바람을 보고, 그렇게 바람에 휘청댄 버들에 대한 최초의 기억으로 되돌아가자, 바람은 어느새 나를 후려치는 바람이 아니라 내 안에서 샘솟았던 출분의 바람, 즉 바람나서 길을 떠났던 들뜬 마음이 된다. 모진 바람은 바람난 마음이다.

그러니까 송반달 씨의 시적 화자들은 이미 고행의 초입부터 신나게 놀고 있는 것이다. 그 고행과 신명 사이에는 동시성이 있을 뿐만 아니라, 아니, 그 동시성에 힘입은, 비상한 탄력이 있다. 고행이 심할수록 신명도 세지는 것이다. 하늘에서 소낙비가 내려 흙이 후두둑 패이는 광경을 두고, "땅 쪼아 하늘에다 뱉고 하늘 쪼아 땅에다 뱉는다"(「우후죽순을 꿈꾸며」)는 구절은 맞춤한 보기이다. 그 탄력이 각종의 기묘한 마술을 부린다. "흙탕물을 트집 잡힌 땅바닥이 함석지붕 치마폭 속으로 뛰어들더니 투둑투둑 엄살이다" 같은 시구가 가진 골계미는 그런 마술의 결과이다. 게다가 송반달 씨의 이런 시적 기량은 한국 시에서 보기 드문 경우에 속한다. 한국시는 대체로 엄숙하고, 혹은 엄숙하지 않을 때에도, 대체로 잠언적인데, 송반달 씨의 시는 엄숙하지 않게 '유쾌 · 상쾌 · 흔쾌'(어느 광고를 통째로 베낀 맹한 장난임을 다들 아시리라)하며, 그것의 활달함은 잠언으로서 표명되는 것이 아니라, 말로써 실감 · 실천된다. 그의 가능성을 믿고 지켜봐도 좋을 듯하다.

—『현대시』, 2002.11.

정서의 섬세한 배치

정한아의 시

정한아의 시는 동년배의 젊은 시인들과 기본적인 시적 정서를 공유하고 있다. 삶의 무의미함, 무의미의 경계를 뚫고자 하는 충동적 에너지, 그러나 좌절의 예감 속에서 바스라지기만 하는 삶의 의욕, 화석과 죽음 이미지의 다양한 변이형들, 권태를 견디는 유희의 매너리즘… 그러나 그의 시를 시답게 하는 것은 그런 양식화된 정서가 아니라, 그 정서의 섬세한 배치이다. 그 배치의 섬세함은 너무나 은근해서 좀처럼 눈에 띄지 않지만 눈 밝은 사람이 스스로 체험코자 하는 마음으로 접근하면 그 미묘한 맛에 흠뻑 젖을 수 있는 그런 섬세함이다. 가령, 「애인」에서의 책상-애인의 은유는 책-애인 혹은 의자-애인 등의 흔한 비유 체계를 살짝 변용한 것인데, 시의 깊은 맛은 그 변용에 있지 않고, 무심코 지나가는 말투로 서술된 “책상의 나직한 고동소리”와 맨 마지막 행에서 시의 앞으로 도드라지게 기술된 “거기서 손가락 빨며 눈 빨개지도록 웁니다” 사이의 미묘한 대비에 있다. 혹은 「묘지는 지구의 서랍」에서 묘지-서랍 역시 지구-묘지의 상투적인 이미지를 슬그머니 비튼 것인데, 이 비틀음 자체는 재기 이상의 느낌을 주지 않는다. 하지만, 맨 마지막 행의 “보이지? 눈, 감아도?”에서의 물음표와 쉼표의 절묘한 사용은, 이 한 행뿐 아니라 시 전체를 여러 방식으로 읽을 수 있는 다차원의 의미구조를 형성시키는 데 기여한다. 또한, 「집에 돌아와 10년 째 두문불출인 크루소 씨의 앵무

새」에서 기술된 발언들은 이것이 제목에서 지시된 '앵무새'의 말임을 유념하고 읽을 때 그 감각적 느낌이 멋지게 살아난다. 한데, 이러한 정서의 섬세한 배치는, 그가 양식화진 시적 감정을 실질적으로 넘어서고 있다는 것을 증명하기도 한다. 왜냐하면 그는 삶의 무의미와 부정의 충동과 의욕의 마모 속에 그냥 빠져 있는 게 아니라, 버려지고 바스라져가는 것들에 대한 연민 속에서 그것들과 함께 살아내고자 하는 감정을 스스로 북돋고 키우는 연습을 하고 있기 때문이다. 그 연습의 결과가 저 정서의 섬세한 배치인 것이다. 등단을 축하하며 정진을 권한다.

—『현대시』, 2006.9.

현대 사회의 문제와 미학적 경험

강정구 씨의 「세상을 떠도는 목어들」은 차창룡의 시 세계를 풍자의 범주 안에 넣고 차창룡만의 특별한 풍자의 양식을 찾아내려고 애를 쓴 글이다. 텍스트의 고유한 경험을 최대한 되살리는 방식으로 문학작품을 이해하는 것이 평론의 길이라면 강정구 씨는 평론의 ABC를 안다고 할 수 있다. 다만 문학의 고유한 경험은 무엇보다도 언어의 경험이지 주제의 그것이 아니다. 주제를 가지고 경험의 세계를 휘젓다 보니 글이 겅중거리고 성길 수밖에 없다. 김용하 씨의 「비윤리적 세계의 재현과 윤리적 풍경의 기원」은 시적 직관을 통해 순간적으로 구현되는 창조적 공간으로서 시를 이해하고 그 창조적 공간에서만 가능한 인간 삶의 근원적인 조화의 경험을 읽겠다는 의욕이 두드러진 글이다. 그 의욕 속에서 씨는 이성복의 시가 현실에 대한 부정적 인식으로부터 출발해 상호 이해의 윤리적 풍경의 세계에 도달해가는 기나긴 장정을 '인칭'의 변주를 통해 조명하고 있다. 그러나 하나의 형식에 끈덕지게 매달렸다는 것이 개성의 표지가 될 수도 있지만, 글을 도식적으로 만드는 원인이 될 수도 있다. 게다가 밋밋하고도 부정확한 문장들 역시 씨가 넘어야 할 돌산이다. 이원동 씨의 「'떠도는' 가족, 주변부 삶을 보듬는 결곡한 서사」는 공선옥의 소설을 길동무처럼 따라 읽으면서 공선옥 소설의 존재의의를 설득력 있게 부각시킨 글이다. 그럼으로써 이 글은 독자에게는 개안을, 작가에게는 위안을, 그리고 글쓴이 자신에게는 텍스트와 더불어 살아보는 경험을 제공했다고 할 수 있다. 텍스트에 충실한 것이 얼마나 큰 미덕일 수 있는가를 보여주는 글이다. 강경석 씨의 「타원형 감옥의 외부」는 백민석 소설의 그로테스크한 세계를 통해 현대 사회의 문제와 미학적 경험 사이의 상관관계를 폭넓게 조망한 글이다. 생의 적출물의 의미, 폭력적 충동의 존재 형식, 고딕의 정치적 무의식, 가족 이념의 내파, 세계의 남성적 지배와 타원형 감옥 구조, 디지털 화소조합으로서의 삶의 경험 등등 현대성의 핵심적인 주제들을 망라하는 한편 문학의 글쓰기가 그 주제들과 동일체를 이루면서 또한 해체·변형을 행하는 가운데 도출되는 미학적 경험의 굴곡을 잘 보여주고 있다.

이원동 씨와 강경석 씨의 평론에 대해 가장 긴 토론이 오고 갔다. 이원동 씨의 글은 텍스트 안에 갇혀 있다는 약점이 있었고 강경석 씨의 글은 지나치게 북적대는 현대성의 주제들이 논리적 맥락을 종종 놓치면서 작품 해석을 자의적으로 끌고 가는 약점이 있었다. 다만 강씨의 글이 규모가 크면서도 세목들을 놓치지 않고 있으며, 따라서 그가 흘린 땀이 상대방을 훨씬 압도한다는 점에서 마지막으로 선택되었다. 당선을 축하하며 정진을 바란다.

—『대한매일』 신춘문예 심사평, 2004.1.

성실하고 집요한 비평

도식적으로 말한다면 비평의 삼박자를 독해와 착상과 논증이라고 할 수 있을 것이다. 독해는 작품의 뜻과 울림을 이해하고 느끼는 일을 가리키며 착상은 독해의 결과를 삶의 문제와 관련시켜 독자가 공유할 수 있는 틀을 만드는 짓이고, 논증은 독해와 착상 사이에 교량을 설치하는 작업이다. 비평은 이 세 가지 악기로 화음을 연출하거나 한 가지 악기만 가지고 독주를 할 수도 있으나 그 어느 쪽이 됐든 독주의 자기 완결성과 합주의 조화를 동시에 느끼게 해줄 때 좋은 비평이라고 할 수 있을 것이다. 셋이되 하나이어야 하며, 하나이되 셋이어야 하는 것이다.

그러나 좋은 비평이 강박관념이 되는 건 또한 얼마나 불행한 일인가? 한국비평의 문제점은, 어느 원로 비평가가 줄기차게 꾸짖듯이, 독해의 훈련이 안 된 상태에서 나머지 두 역할마저 해내겠다는 욕망으로 넘쳐난다는 데에 있다. 그러다보니 작품이라는 상어와 벌인 사투 끝에 비평가에게 남는 것은 갈가리 찢겨진 개념의 그물과 초라하기 짝이 없는 한두 점의 의미일 뿐이기 일쑤인 것이다.

본심에 올라 온 열 네 편의 평문들에서도 심사자들은 늘 똑같은 문제들이 되풀이되는 광경을 보고야 만다. 다만 여느 때보다 훨씬 강렬하게 느껴지는 비평에 대한 자의식들은 참 인상적이었고 그것이 다섯 편의 글을 탁자 위에 올려놓고 커피를 곱으로 마시면서까지 장시간 토론을 하게 한 요인이 되었다.

이정의 「들끓는 욕망들, 혹은 들끓는 악몽들」은 미노타우르스의 미궁과도 같은 김혜순의 시세계를 정면돌파하겠다는 의욕은 높이 사줄 만 했으나 개념이 설익었고 성실한 읽기보다 감상이 먼저 튀어나오고 있었다. 반면 오규원의 시들을 차분히 따라 읽은 전병준의 「길의 안과 밖, 시의 안과 밖」은 독서의 길섶에 독창적인 풍경을 보여주지 못했다. 강유정의 「끝없는 갱신, 위장된 그림자의 글쓰기」는 김영하 소설의 변모를 파고든 글이다. 일상의 요괴스러움이라는 착상은 신선하고 설득력도 있었는데, 그러나, 그것이 작품을 쥐불놀이의 깡통처럼 휘두르는 꼴이 되었다. 그렇게 휘두르다 보면 작품은 실체는 사라진 채 오직 표지들로만 남아 비평가가 미리 세운 의미의 건축물에 겨우 장식재로 쓰일 뿐이게 된다. 그건 작품을 살리는 길이 아니며 작품이 죽으면 비평도 못 산다. 허병식의 「진정성의 서사와 주체의 귀환」은 최윤의 세 편의 장편소설들을 정체성의 파탄과 자아의 분열로부터 정체성의 회복으로 나아가는 치유의 과정으로 이해하였는데. 논지의 전개가 조직적이고 예증도 그럴 듯하였다. 게다가 최윤 소설을 1990년대 이후 한국인의 의식의 변주를 비추는 동경(銅鏡)으로 쓰는 은근한 솜씨까지 가지고 있었다. 다만 결론을 미리 예정하고 있는 도식적 구성이 글의 맥을 빼놓고 있었으며, 따옴표가 붙지 않은 타인의 진술들이 간간이 눈에 띄었기 때문에 마지막 선택에서 손을 거두고 말았다. 정영훈의 「나르시시즘으로부터 타자의 윤리학으로」는 개념구성의 작위성 때문에 일찌감치 제외될 뻔 했던 글이다. 그러나 그것을 개성으로 볼 수도 있었으며, 그 구성 위에서 풀어놓은 논리의 전개는 자못 끈질긴 데가 있었다. 비평은 작품과의 대화라면, 그것은 끊임없는 질문과 발견의 연속으로 이루어진 것이 아니겠는가? 심사자들은 그 성실하고 집요한 자세에서 앞으로의 가능성을 읽을 수 있었다. 당선을 축하한다.

📖 심사대상이 된 대부분의 평문들이 작가와 시인의 변화에 초점을 맞추고 있었다. 한국문학이 어떤 임계점에 다다랐음을 암시하는 징후로 읽힌다.

—『중앙문예』 평론 심사평, 2004.9.

상식적인 해석을 뛰어넘기

이번에도 평론의 기초에 대해서 생각하지 않을 수 없었다. 현대 이론에 대한 지식을 과시해야 한다고 생각하는 것인지 설익은 개념들이 횡행하면서 작품을 파괴하거나 작품과 겉도는 독무를 추는 글이 적지 않았다. 이론이 문학의 이해에 도움을 주는 것은 사실이니, 배울수록 좋다. 그러나 제대로 소화해내지 못하니 작품 분석 속에 자연스럽게 녹아들어가지 못하는 것이다.

마지막까지 경합한 작품은 네 편이다. 김수영의 시를 다룬 정경은의 「생활의 뒤란, 시」는 엉뚱한 상상력으로 김수영의 시를 장식해가면서 시의 변주를 다룬 재미있는 글이다. 그러나 그 상상력이 김수영 시의 이해에 꼭 필요한 것이라고는 생각되지 않았다. 이장욱과 김행숙의 시를 다룬 송승환의 「청동 방패를 바라보는 두 가지 방식」은 동일성의 부정이라는 기본적인 전제 하에 새로운 시의 존재 가능성을 탐색한 글이다. 꼼꼼한 분석이 돋보이고 설득력도 있었다. 오랫동안 시를 써본 사람이라는 짐작이 간다. 다만 구도가 지나치게 단순한 게 흠이었다. 최윤의 세 장편을 분석한 허병식의 「진정성의 서사와 주체의 귀환」은 '기원의 부재'라는 현대 이론의 신화에 깊이 침윤된 글이다. 그래서 마치 소설이 그 이론을 증명하기 위해 씌어진 것처럼 읽었다. 그것이 약점이었는데 그럼에도 불구하고 그로부터 주체의 귀환이라는 명제를 끌어낸 것은 글쓴이만의 독창적 사유의 결과이다. 전체적으로는 대상 작품에 들어맞았지만 세목들에서는 무리한 적용이 많았다. 천운영의 소설 세계를 해부한 차미령의 「그로테스크 멜랑콜리, 상실에 대응하는 한 가지 방식」은 '등뼈' 이미지를 천운영 소설의 핵심 징조로 보고 그것으로부터 소설의 무의식의 '작업'과 변주를 정신분석학적으로 파고든 글이다. 분석과 해석이 요령을 얻고 있었으며 무엇보다도 기존의 상식적인 해석을 뛰어넘으려는 패기가 돋보였다. 마무리를 서둘러 처리했다는 약점이 있었지만 글 전체가 보여준 가능성은 그런 약점을 무시해도 좋게 하였다. 당선을 축하한다.

—『서울신문』 신춘문예 평론부문 심사평, 2005.1.

시적인 것에 대한 전적인 헌신

박정석의 시

박정석 씨의 시는 우리가 흔히 전통적인 서정시라고 부르는 것을 그대로 옮겨 놓고 있다. 자기 세계를 갖기가 힘들지도 모른다는 염려가 없는 것은 아니지만, 그럼에도 불구하고 씨가 언어를 다루는 솜씨는 우물 깊은 곳에 감춰진 고운 진흙을, 흙탕물을 일으키지 않는 방식으로, 고르는 정교함을 가지고 있다. 「우기(雨期)」에서 집 안에 갇힌 자의 권태를 끈적거리는 분비액을 흘리는 달팽이로 표상하고 그로부터 눈동자만을 취해 바깥의 장마에 대항케 하여, 안팎으로 벽에 부딪친 존재가 "우주의 바른 결"을 찾을 숨구멍을 하나 뚫는 과정의 섬세한 묘사는 씨가 시에 공들인 시간이 적지 않음을 잘 보여준다. 때로 시적인 것에 대한 전적인 헌신은 모든 삶을 그것을 부정하는 표지들로 채우게 될 수도 있다. 사실들이 놓일 자리를 족족 비유로 수놓다가 문득 삶과의 긴장을 상실할 때 시의 언어들은 공허히 번쩍이는 허공의 수사학으로 그칠 수도 있다. 그 점을 유념하고 정진한다면 언젠가 씨는 시의 실체를 쥐게 될지도 모른다.

—『현대시』, 2004.10.

시와 현실의 비유적 전도

이수진의 시

이수진 씨의 시는 시의 도반(道伴)들에게 썩 미묘한 문제를 제기한다. 시가 현실에 대한 비유라는 건 토론을 요하지 않는 일반적 정의 중의 하나인데, 이씨의 시는 그 정의와 대각선의 방향으로 어긋나 있는 것이다. 이씨의 시를 저 정의의 순수한 시각으로 독해하면 시의 풍경은 별로 사실스럽지도 않고 그에 붙는 '설명'들도 조급하기만 하다. 그러나 거꾸로 비추어 보면 우리는 완전히 다른 세계를 만난다. 다시 말해, 시가 현실의 비유가 아니라, 현실이 시의 비유라고 읽는 것이다. 그렇게 읽으면 속이 개에 불과한 거죽의 인간들이 "어디로 가는 줄도 모르고 마냥 서성이는" 모습으로 목줄이 매인 채로 "어둡고 좁은 지하차도를 지나" 넘어졌다 일어서고 밀려갔다 밀려오길 반복하는 치욕과 불안의 실상을 포장하는 가운데, 러브호텔("모란장")의 화살표가 유인하는 "창살 속"으로 끌려들어가는 광경이 선연히 보이는 것이다. 그러니 이런 속내 풍경을 아는 사람이 "한 접시 수육을 먹는다면" 그건 바로 "컴컴한 공포를 물어뜯는" 일이 아닐 수 없다. 실상인 개를 강박적으로 삭제하고 싶어하는 히스테리 충동의 표출로서.

이런 시적 방법론은 매우 특이한 전도이다. 이 특이성에 호기심을 느끼기 전에 우리는 그 이유를 물어야 하리라. 여기에는 현실에 대한 도저한 부정적 시각이 개입해 있다. 그 부정적 시각은 그냥 현실을 무기력하고 참담하고 욕되고 허망한 것으로 보는 데에 그치지 않는다. 그걸 표현하는 데 전도까지 감행할 까닭은 없었을 것이다. 그보다 더 이 시들이 환기하는 건, 현실의 시시각각의 '허망해짐'이다. 즉 항상 활기가 넘치는 듯한 표정으로 시시덕대고 까불어대는 현실이 문득 기력이 제로치가 되면서 하얗게 꺼져버리는 것이다. 시는 무기력을 전하는 게 아니라 기력의 붕괴를 가리킨다. 현실은 폐허가 아니라 불현듯 닥치는 재앙인 것이다. 그 재앙이 일상이니, 그 현실은 사소한 재앙들의 영원한 지속이다. 우리의 삶이 그 영원한 지속 속에 포함되어 있다면, 그것은 그런 재앙들의 "그늘인가, 배설인가?" 이 질문은 무척 곤혹스럽다. 산다는 것의 곤혹스러움과 엄정함 한복판으로 우리를 몰아넣기 때문이다. 새로운 시인의 등장을 기꺼이 축복하고자 한다.

—『현대시』, 2009.4.

형사와 시인

고석종의 시

강력계 형사 고석종의 시에서 범죄자들의 음성이 강력한 것은 왜인가? 형사가 죄인들을 연민해서가 아니다. 형사가 고석종 '시인'을 모르고 시인이 고석종 '형사'를 외면해서도 아니다. 오히려 그의 시에서 형사의 시선과 시인의 시선은 하나로 수렴하고 있다. 형사의 시선은 검사의 시선이 아니다. 고발될 자를 추출하는 시선이 아니다. 그 시선은 현장을 꿰뚫는 시선이다. 그리고 그로부터 산다는 것의 추악함과 비루함이 적나라하게 드러난다. 그의 통찰에 의하면, 범죄는 탐욕과 악의의 결과가 아니다. 그것은 저항할 수 없는 생존의 문제인데, 그 생존은 물리적 생존이 아니라 정신적 생존이며, 따라서 원천적으로 극복이 불가능하다. 그것은 벗어나려고 하면 할수록 더욱 옥죄어드는 운명의 굴레이다. 그러나 바로 그 원초적 본능을 수락하고 저질러진 것 앞에 무릎을 꿇고 저지르고 싶은 충동을 어루만지면, 광포한 혈류는 향긋한 온기로 가라앉고, 생존의 본능은 공생의 공감각으로 변화해 간다. 현장을 꿰뚫을 때 형사와 시인은 하나가 되고, 현장의 성질을 바꿀 때 형사와 시인은 갈라진다. 고석종 형사는 최고의 강력계 형사가 되면 될수록 형사에서 시인으로 진화한다.

—고석종, 『말단 형사와 낡은 폐선』(한국문연) 뒤표지 글, 2010.7.

저녁에 읽기에 맞춤한 시
김지윤의 시

김지윤의 시는 근본적으로 사랑의 시다. 그의 사랑은 나날의 노동에 지친 자를 안식케 하는 "미더운 등짝"을 그리는 마음에서 비롯한다. 그러나 시적 변용의 힘으로 너른 등짝은 은은한 "새벽빛"으로, 다시 바다의 "물너울"로, 시원의 샘의 "맑은 물낯"으로, 또는 "단단한 붓대"로, "고요한 설원"으로 몸을 바꾸어 간다. 그 변신 속에서 넓은 것과 가는 것, 작은 것과 크낙한 것, 정겨운 것과 엄숙한 것 사이의 변증법이 일어나, 따뜻하고도 올곧은, 어질고도 꿋꿋한 삶의 윤리가 세워지고, 갈 곳 몰라 하는 어린 사람들을 감싸고 이끈다. 그의 시는 저녁에 읽기에 맞춤하다.

—김지윤, 『수인반점 왕선생』(문학사상) 뒤표지 글, 2012.1.

애린의 방식으로 실천된 자기애

박헌규의 시

박헌규의 시는 돌발적인 상상력을 통해 의식을 분해하고 그 분해된 의식 각각에 고유한 형상과 내용을 주어 저마다 제가끔의 방식으로 자라게 만든다. 그럼으로써 그의 의식 세계가 펼쳐지는 장소인 시는 해독하기가 쉽지 않은 굵은 의식 줄기들이 매우 혼잡히 뒤엉켜 있는 듯한 형국을 이루는데, 그러나 의식들 사이를 흐르는 윤활한 정서가 있어, 마치 참기름에 잘 버물어진 시금치 무침처럼, 제각각의 의식들을 앞으로 있게 될 잠재된 큰 의식의 세계로 통일시키고 있다. 그 참기름의 역할을 하는 정서적 분비물은 연민에 흡사한 것인데, 그러나 시 바깥으로부터 시에 내려쬐는 고등의식의 연민이 아니라 시 내부의 의식들 자체로부터 분비된 자기 연민에 가까운 한편, 단순히 자신의 외로움과 폐쇄성을 위무하기보다는 근처의 다른 의식들과 교통하기 위한 빈 구멍들을 설치시키는, 자기를 이웃처럼 사랑하고 돕는 감정이다. 애린의 방식으로 실천된 자기애라고 할 수 있을까? 우리의 상식적인 감정의 윤리학은 이웃을 자기처럼 사랑하라는 주문을 낳게 마련인데, 완벽히 거꾸로 형성된 박헌규식 감정학은 각 의식들을 평균적 사고들로 균질화 혹은 하향평준화하지 않고, 각 의식들의 독립성을 더욱 배가시키면서 그것들을 협력시키는 특별한 시도를 보여주고 있다고 할 수 있다. 성공 여부를 떠나서 그 시도만으로도 박헌규의 시는 주목받기에 충분하다고 생각한다. 등단을 축하하며 정진을 바란다.

—『현대시』, 2007.10.

일상을 언어의 치아로 우물거리면

임현정의 시

임현정 씨를 추천한다. 본심에 오른 분들의 작품 중에 임현정 씨의 시가 특별히 눈에 띄었다. 임현정 씨는 일상의 경험들을 독특한 이미지로 치환하는 데 능숙한 솜씨를 가졌다. 치환은 물론 단순한 번역이 아니다. 그것은 변신의 체험이며, 그 '변신'으로서의 활동으로 일상의 경험과 날렵히 대결한다. 씨의 시에서는 일상의 경험이 날 것 그대로 살아 있다. 그러면서도 그것들은 이미지들로 빛난다. 가령, "벽화를 보았나요. 소의 뿔이 인상적이었죠. / 그녀의 바지가랑이가 펑 젖어 있다"는 동굴 견학을 한 사람들의 대화와 모습을 그대로 옮긴 것이다. 그러나 동시에 이 구절은 사회심리학적 차원에서의 음험하고도 예리한 관찰 혹은 비판을 담고 있다. 또한 "승용차 지나간다. / 고양이, 도로 위에 프린팅되다" 같은 구절에서 우리는 실제로 승용차에 깔려 짓이겨지는 고양이의 시체(의 운명)를 선연히 떠올리는 가운데, 삶의 무게에 납작하게 짓눌리면서 온갖 희노애락을 연출하는 우리 자신의 희비극적 생애를 문득 감지케 된다. 그 점에서 그의 시는 인생에 대한 관찰이며 동시에 검은 우의의 세계라는 두 겹의 차원을 가지고 있다. 그리고 그 두 겹의 차원은 덧댄 흔적이 보이지 않게 말끔하게 포개져 있다. 그것은, 시의 꽃이 삶이라는 단단한 바위 위에 뿌리내리는 데서 피어난다는, 진술로서는 상투적이지만 실천으로서는 희귀한 명제를 그가 말 그대로 실천하고 있음을 보여준다. "나의 시선은 먼 데로 뻗은 / 붉은 길 위에 있지만 / 나는 황금색 밀밭을 걸어갈 것이다. / 악성빈혈 같은 나의 허기는 노란 그림 몇 점을 / 허겁지겁 먹어치우고 / 다시 물감 묻은 붓을 들 것이다."에 암시적으로 나타나 있듯이 그의 시는 일상을 먹고 자란다. 그것을 먹되 언어의 치아로 우물거려 완전히 변신한 다른 존재로서의 시를 뱉어낸다. 그것이 그의 시 곧 삶의 연금술이다. 좋은 시인을 만나서 기쁘다.

—『현대시』, 2001.8.

이채(異彩)로운 이체(異體)들

이이체의 시는 문화적인 것과 일상적인 것이 혼잡스럽게 뒤섞이는 특이한 풍경을 보여준다. 스피커에는 잎사귀들이 살고 있고 책상에는 나이테가 자란다. 그러니까 이 인공물들에는 자연의 세목들이 정령들처럼 뛰어놀고 있다. 뛰어논다고 했지만 그 역동성은 물상들 각각의 것이고 이질적인 물상들 사이에는 치명적인 어긋남이 변함없이 지속되어 그 활발한 움직임 자체를 의미 상실의 지속, 즉 죽음의 음울한 무도로 바꾸어버린다. "바퀴벌레의 장례식은 나와 공룡 박스는 아랑곳하지 않고 계속된다"라는 구절이 지시하듯이 말이다. 이이체 시는 이렇게 '죽음처럼 어긋나 버린 상황'과 '흥분된 움직임' 사이의 온갖 관계에 대한 성찰 및 실험에서 특별한 정서체들을 생산한다. 그 정서체들은 이미지이기도 하고, 이미지에 대한 운동화된 상념이기도 하며, 또한 그에 대한 불편한 감정들이기도 한데, '좌우지당간에'(!) 그 정서체들 안에는 동화와 이질성의 미묘한 변증법이 끊임없이 움직이고 있다. 생각해 보라. "자막은 나의 피부"라니! 세계는 자막을 통해서만 읽혀지는데, 그 자막은 나의 피부로서만 만들어질 수 있는 것이다. 매우 이채로운 젊은 시인을 만나서 매우 기쁘다.

—『현대시』, 2008.10.

사후의 생보다 진행 중인 생을 그리길

박진성의 시

박진성의 시는 일상에 대한 섬세한 관찰이 돋보인다. “수유여중 학생들 젤포스처럼 언덕으로 흘러내리고 있어”는 교문 앞 언덕을 주르르 내려오는 하얀 교복 입은 학생들의 모습을 썩 감각적으로 그려내고 있으며, “온갖 타악기를 태우고 기차는 어디로 가는 걸까”도 상투적인 감각을 훌쩍 뛰어넘는다. 한결같이 반복되는 기차 소리를 때마다 장소마다 다르게 들을 수 있게끔 해주고 있는 것이다. 그뿐만이 아니다. 그의 섬세함은 진실함과도 통하고 있어서 삶의 애환이 예리하게 포착되고 있다. “느린 자전거 한 대만 쓰러져도 모두가 다칠 것 같은 밤의 시장길 모퉁이” 같은 구절은 시장 골목에서의 힘들고 고단한 삶을 겪었거나 체감하지 않으면 씌어질 수가 없다. 약점이 있다면 그가 생을 미리 비관적으로 이해하고 있지 않은가 하는 의심이 들게 할 만큼 시들이 감상적인 우울에 꽤 침윤되어 있다는 것이다. 삶은 비관적일 수 있다. 그러나 미리 비관적일 까닭은 없는 것이다. 이 말은 사후(事後)의 생을 그리기보다 진행 중의 생을 언어의 몸으로 보여줄 것을, 혹은 풍경에서 사건으로 시의 무대를 이동시키기를 권유하고 싶다는 뜻을 포함하고 있다. 어쨌든 그는 뛰어난 자질을 가졌다. 그 자질을 어떻게 키울 것인가는 그의 몫이다.

—『현대시』, 2001.12.

착상이 강하고 서사가 약한 한국 소설

본심에 올라 온 여섯 편의 소설을 읽으면서, 전반적으로 수준이 높았다고 말할 수도 있고 그 거꾸로 말할 수도 있겠다는 야릇한 느낌에 빠졌다. 착상과 구성은 전자에 속했고 전개와 마무리는 후자에 속했다. 제재를 거의 엇비슷하게 극빈 혹은 비정상적인 삶에서 취해 온 것은 오늘의 사회와 문화를 반영하는 것인지 아니면 소설적 영감의 고갈을 가리키는 것인지 가늠하기가 아리송했다.

포장이사 직원과 버림받은 아이들의 이야기를 쓴 임택수 씨의 「짐」은 소재를 대하는 진지한 태도에 비해 사건이 밋밋하고도 작위적이었다. 여죄수들의 동성애를 다룬 이숙희 씨의 「등나무 여자」는 생각의 흐름을 꼼꼼히 따라간 끈기가 돋보였으나 말씨와 어법이 서툴러 긴장감을 주지 못했다. 강인 씨의 「영희는 죽지 않는다」는 화끈한 살인극, 아니 차라리 살인의 상투적 버라이어티 쇼로 독자를 처음엔 놀라게 했고 나중엔 지겹게 했다. 죽어가는 아버지와 남편에게 집착하는 어머니를 중심으로 남녀의 문제를 다룬 한진숙 씨의 「흰둥이」는 개연성을 갖추었으나 절실성을 확보하지는 못했다. 왜 이 사건이 여기에 이때 들어가야 하는지는 장래의 소설가들이 모두 진지하게 고민해야 할 문제일 것이다.

마지막으로 남은 것은 정금옥 씨의 「데킬라 선 라이즈」와 김이설 씨의 「열세 살」이었다. 「데킬라...」는 소설 전편에 거울 이미지를 심고 주체와 짝패 사이의 관계를 기묘하게 변주시켜 '괴이한 낯설음'의 세계를 만들려고 했으나, 그러한 착상과 구성의 존재 이유를 제시하는 데는 성공하지 못했다. 매력을 주기보다는 매력을 잃어버리는 걸 목표로 삼고 만 꼴이 되었다. 노숙자의 세계를 다룬 「열세 살」은 낯설고 충격적인 정황들이 오히려 강렬한 핍진성을 띠고 있었다. 생략과 환기의 미덕을 잘 익히고 있는 깔끔한 단문의 문체도 글쓴이의 앞으로의 가능성을 기대케 하는 요인이었다. 다만 사회적 문제를 아이의 체험 안에 담는 것은 이제는 한물 간 방법임을 유념해야 할 것이다. 선자들은 잠깐의 논의로 「열세 살」을 당선작으로 뽑는 데에 수월히 합의하였다.

—『서울신문』 신춘문예 심사평, 2006.1.

형식이 주제인 소설

예심을 거쳐 올라 온 열 편의 소설은 대체로 구성이 안정되었고 제가끔 독특한 문체를 보여주었다. 한국 소설의 기초가 매우 탄탄하다는 사실의 증거로 여겨도 좋으리라. 이제는 구성의 안정성이 아니라 밀도를, 개성적 문체보다는 살아있는 문체를 찾을 때가 되었다. 구성의 밀도는 삶의 미묘함을, 절실한 문체는 살아야 할 이유를 환기시킬 것이다. 그런 시각에서 박하의 「오션 파라다이스」, 오윤서의 「그 섬에서 무슨 일이 있었을까」, 이동욱의 「여우의 빛」이 마지막까지 논의되었다. 「오션 파라다이스」는 '바다 이야기'라는 투기성 오락에 중독된 사람의 시시각각으로 돌변하는 정신적 상황을 생활상의 궁핍에 비추어 그 절박함과 그 비루함을 동시에 임계점까지 끌고 간 작품이다. 「그 섬에서 무슨 일이 있었을까」는 배가 끊긴 섬에 남겨진 여인과 두 등대지기 사이에 조성된 상황의 미묘한 심리적 긴장과 그것을 미리 판단해 버린 여인의 불행한 파국을 재치 있게 연결시킴으로써 생각하는 동물로서의 인간의 어리석음을 일깨운 작품이다. 「여우의 빛」은 청부 살인업자라는 이색적인 인물을 내세워 산다는 것의 근본적인 잔인함과 사는 자의 본질적인 외로움을 치열한 의식의 파노라마 속에 투영한 작품이다. 심사자들은 이 작품을 당선작으로 뽑는 데 쉽게 합의하였다. 다른 작품들도 일정한 수준에 도달해 있었으나 「여우의 빛」만이 소설이 문학인 이유를 가장 확실하게 입증하고 있기 때문이었다. 다른 작품들에서 문체가 상황을 정서적으로 강화하는 보조적 장치라고 한다면, 이 작품에서 문체는 상황과 길항하면서도 상황을 정돈하고 동시에 상황을 움직인다. 형식은 주제의 장식물이나 의상이 아니라 주제의 선후이며 주제의 확대이고, 궁극적으로 스스로 살아 움직이는 주제 그 자체였던 것이다. 당선을 축하하며, 아쉽게 탈락한 분들에게도 격려를 보낸다.

—『동아일보』 신춘문예 심사평, 2009.1.

폭주의 쓰기, 여운의 읽기

『서유기』에서 볼 수 있듯, 인간의 변신과 복제에 대한 꿈은 아주 오래된 미래의 꿈이었다. 아마도 19세기 초엽에 상상된 '프랑켄슈타인'은 그 꿈이 악몽으로 돌변하는 순간을 가리키는 것이리라. 그리고 그것은 인간이 신과 같이 되려는 욕망에 반성 기제를 장착한 순간이기도 하였다. 21세기 벽두에 인간게놈지도가 완성되었을 때, 인간의 자기 환상은 마침내 극을 향해 달려가게 되었고, 그에 비례해 반성적 인간의 고뇌도 그만큼 극단화되었다. 구현 씨의 『대학로 좀비 습격사건』은 그렇게 양극으로 찢긴 인간의 망상과 반성의 동시적 폭주를 보여주면서, 독자를 돌이킬 수 없는 대재앙의 근처로 몰고 간다. 그러나 이 소설의 미덕은 재앙의 블랙홀로 빨려 들어가거나 엉뚱한 화이트홀을 파서 기만적인 해결책을 제시하는 대신에, 재앙의 사상면에 끈덕지게 머무르면서 성찰의 자리를 제공하는 데에 있다. 일대 소란 뒤의 여운이 썩 미묘하다.

—구현, 『대학로 좀비 습격사건』(Human & Books) 뒤표지 글, 2009.1.

4. 세상을 꿈꾸다

입장들을 폭풍처럼 거슬러*

모든 가치가, 모든 이념들이 무너지고 있다. 쾌도난마하던 모든 입장들이 궤주하고 있다. 세상은 아연 대폭발 속을 아우성치고 있는 듯이 보인다. 그러나, 우리가 혼란 속에 살고 있음을 즐겁게 받아들이자. 혼란이야말로 탄생의 징후에 다름아니다. 낡은 입장들의 공동의 서식지, '입장'의 어원 속에서 싹트고 그 서구적 전통 속에서 증폭되어 온, 요 원한찬 이분법과 저 변증법의 제국주의가 정말 무너지고 있을 따름이다. 이 걸굳고 뒤튼 도식체계 속에서 우리는, 세상을 사막과 오아시스로 가르고 그 사이를 하염없이 왕복하였고, 가공된 적의 거울에 비추어 자신의 성화를 꿈꾸도록 충동받아왔다. 우리는 이제, 우리를 그토록 오래 지배해 온 이 사상적 단순성과 불모성을, 제 살을 씹으며 영양을 구하는 그 자기마멸의 욕망을 부숴야 한다. 이미 붕괴하고 있는 이것들의 잔해에, 마저 망치를 휘둘러야 한다.

그러나, 이 낡은 생각들의 전면적 부정만으로 신천지에 도달할 수 있다고 생각한다면, 그것은 또 하나의 이분법, 가치의 부재를 유일한 가치로 만들어버리려는, 불가능한 환상에 불과하다. 서서 합체하는 남녀의 포

---

* 이 글은 솔출판사에서 발행한 '입장' 총서의 발문으로 쓰인 것이다. 원래 공동 편집위원이었던 김진석 교수가 초안을 잡았고, 내가 완성하였다. 따라서 이 글의 기원은 두 사람에게 함께 있다고 봐야 할 것이다. 김 교수의 양해를 얻어 여기에 싣는다.

즈는 외설일 뿐이다. 탄생은 실은, 무덤 속에 있다. 그것은, 죽음을 뚫어지게 바라보는 우리의 컴컴한 눈빛 저편에, 창공을 흡입하는 우리의 가쁜 호흡 속에 동시에 있다. 우리는 입장들 속으로 들어가, 입장들을 모집고, 입장 밖으로 나와야 한다. 우리가 '입장' 총서를 간행하는 참된 까닭이 여기에 있다. 독자들이여, 그 본래의 입장 탓으로, 목적론적 이분법을 먹고 살아가는, 그렇게 살아갈 수밖에 없는 이 입장들 속으로 깊이 침범하시길... 그리하여, 그것들이 가리켜 보여주는 위기의 풍향을 거슬러, 살을 찢는 섬뜩한 고통으로 열려 나가시길...

우리가 제시하려는 '입장'들은 자신의 선명한 내세움 속에서 자신의 긴박한 위기를 동시에 보여준, 그러니까, 입장 속에서 입장의 해체를 적극적으로 감행한 입장들이다. 저 낡은 전통의 와해를 가져오기 시작한 것이 마르크스, 니체, 프로이드, 소쉬르들의 텍스트였다면, 이 창설주체들의 비빔밥이자 이들의 사생아들은 더욱 가속적으로 자기 해체의 모험을 전개시켜왔다. 불행하게도 한국적 순수주의는, 그 입장이 무엇이든, 저들의 적자들만을 고집해왔고, 당연히 끔찍한 철학의 빈곤, 허울만 변혁의 때깔을 입힌 완강한 보수주의 속에 칩거하고 있었다. 이제 적자들의 표장에 가새를 지를 때다. 저주받은 사생아들에게서 이른바 수정주의의 낙인을 떼어낼 때다. 이들의 고통스런 모험의 궤적이 곧 자기 배반의 역사임을 안다면, 독자들이여, 당연히 또한 이들을, 이들도, 부수며 넘어가야 한다. 그로테스크한 이질성들의 숲 속을 가로지르며. 우리 저마다의 입장, 그 맹목적인 동질성을 무너뜨리는 반역의 행위 속에서.

—'입장' 총서(솔출판사) 발문, 1991.9.30.

문 여는 소리, 혹은 첫 낙수물

문학 바깥의 삶도 없으며, 삶 바깥의 문학도 없다. 사람들 사이의 통화가, 그 모든 사회적 관계가 언어로 이루어지는 한에 있어서는 그렇다. 삶은 언어의 총화이다. 언어의 특별한 쓰임의 총체를 문학이라고 일컫는다면, 문학은 삶의 핏줄을 타고 삶의 심방들과 삶의 척추와 삶의 두개골을 넘나든다. 그러니까 누군가가 자신은 문학을 모른다고 말한다 할지라도 그는 이미 서너 편의 시를 써 본 적이 있거나 적어도 가슴 속에 품었던 적이 있다. 문학은 그 존재론적 조건에 의해 만인의 것이다. 다시 말해, 문학은 결코 전문적일 수가 없다. 시인, 작가, 평론가 등 문인으로서 지칭되는 사람들은 사실 좀 더 세련된 독자들일 뿐이다. 누구나 문학을 '하고' 있기 때문이다. 우리는 문학을 쓴다, 문학을 읽는다고 하지 않는다. 문학은 하는 것이다. 그 문학하기에서 읽기와 쓰기는 원칙적으로 구별되지 않는다. 글쓰는 이는 항상 동시에 글읽는 이다. 계속되는 퇴고는 쓰고 있는 글을 그가 이미 읽고 있다는 것을 의미한다. 또한 글쓰는 이는 글쓰는 동안에 타인의 글을 끊임없이 의식하지 않을 수 없다. 그만의 글을 '창조'해야 한다는 강박관념이 그의 뇌리를 떠나지 않기 때문이다. 반대의 방향에서, 평범한 독자를 자처하는 이들도 실은 글 읽는 동안에 이미 글을 쓰고 있는 셈이다. 가슴을 울리는 감동, 혹은 이런저런 평가들은 두루 지금 읽고 있는 글에 대한 수정작업이다. 글이 독자의 가슴을 통과하는 순간, 잠복되었던 리듬이 불끈 약동하고, 혹은 전혀 예기치 않았던 선율이 새롭게 흘러나오게 된다.

그러니까, 문학은 사물이 아니라 활동이며, 그 활동은 아주 창조적인 활동이다. 우리는 여기에서 하나의 모순과 맞닥뜨린다. 문학이 만인의 것이라는 것은 문학의 보편성을 가리킨다. 동시에 문학하기가 '그만의 것을 창조'하는 행위라는 것은 그것의 개별성을 가리킨다. 문학은 모두 함께 나누는 것이면서도, 그 나눔의 몫은 저마다 다르다. 단순히 질량만 다른 것이 아니라, 그것의 성질, 모양, 골격 등등이 두루 다르다. 그렇다면 독자인 내가 방금 읽은 작품은 작가가 의도한 그 작품인가? 그럴 수도 있고 전혀 아닐 수도 있다. 어떤 이는 최인훈의 『광장』에서 문제적 개인의 질주를 보고, 어떤 이는 강제로 주입된 이데올로기들의 무자비한 싸움을 보며, 어떤 이는 책장을 덮으면서 사랑의 이데올로기를 길어 올린다. 그 각각의 독법은 상관적이면서도 결코 동일하지 않다. 하나의 작품 둘레에 둥그렇게 모인, 이 저마다 다른 글쓰기—읽기들이 작품의 문학성을 풍요롭게 확장해나간다. 그것들은 일종의 성좌이다. 쉼없이 탄생과 죽음을 되풀이하고, 끊임없이 결합을 바꾸어가면서, 그것들은 문학이라는 대문자의 은하를 장려하게 이동시킨다.

이 보편성의 개별화 혹은 개별성의 보편화가 문학을 삶 그 자체와 다르게 한다. 문학은 삶을 넘나들지만, 결코 삶과 동화되지 않는 채로 삶과 길항한다. 길항하면서 삶의 문제점들을 들추어내고 보다 나은 삶을 꿈꾸게 한다. 때로 그것은 그 자신의 풍요로움으로 삶의 왜소함을 감싸고, 때로 문학은 그의 특수성으로 삶의 일반성에 저항한다. 그 점에서 문학은 삶을 향해 날아가는, 삶에 상채기를 내어 그 안에 새로운 피를 수혈하는 화살이다. 문학의 보편성과 개별성은 바로 이 문학이라는 화살을 당기는 활 시위의 양축이다. 하지만, 느슨한 활시위나 팽팽한 활시위나 저마다

용도가 다르듯이, 문학의 보편성과 개별성이 만나서 어울리는 양태는 문학들마다, 문학하기의 매순간마다 다르다. 양태들만이 다른 것이 아니다. 때로 그것은 문학을 바라보는 관점의 차이를 불러일으킨다. 사람들은 저마다 문학을 두고 이런저런 정의를 내린다. 그 정의들은 서로 갈등하고 첨예하게 맞부딪친다. 그 갈등과 충돌은, 그러나, 도비녜의 에서와 야곱이 어머니 대지를 갈가리 찢듯 그렇게, 문학을 살해하는 것이 아니라, 오히려 문학의 신진대사를 활발하게 한다. 그 갈등과 충돌을 통해서 문학은 그만큼 생기를 띠고 그만큼 쑤욱쑤욱 자란다. 문학이 본래 열린 체계이기 때문이다. 다시 말해 문학의 실체는 언제나 부재하기 때문이다. 문학은 중심의 텅빔에 의해서 울림을 증폭시키는 검은 구멍이다. 이 구멍 속으로 문학을 바라보는 관점들이 쉽없이 흘러든다. 어떤 관점은 뭉툭하고 어떤 관점은 예리하다. 관점들이 흐르는 방식도 저마다 다르다. 때로 그것은 폭포처럼 직하하고 때로 그것은 갈매기처럼 선회한다. 어떤 책은 본질 속으로 직진하고 어떤 책은 현상들을 순례한다. 때로는 구멍의 둘레에 촘촘이 맺히는 이슬들도 있다. 우리가 통상 '입문서'라 부르는 책들이 바로 후자에 해당할 것이다. 지금 여러분이 첫 장을 펼친 이 책도 그에 속한다.

구멍의 둘레에 맺힌 이슬이 구멍 그 자체는 아니다. 입문서가 문학의 모든 것을 말하지는 못한다는 것은 어쩔 수 없는 일이다. 그것은 문학의 문턱에, 다시 말해, 문학과 문학 아닌 것의 사이에 놓여, 마치 궁전을 향해 난 길의 포석이 그러하듯, 문학 아닌 것으로부터 문학을 구별하고 문학으로 들어가는 길을 표지하는 역할을 할 뿐이다. 하나의 이슬 방울은, 그런데, 얼마나 많은 빛깔을 감추고 있는가? 이슬들 사이의 투영, 자신이 맺힌 표면의 굴곡, 또는 깊이에 대한 암시 등등이 두루 한 방울의 이슬 속에 그득하기 마련이다. 그러니까 입문서는 결코 단순하지 않다. 입문서는 문학의 언저리에 위치하면서도 문학의 본질과 매우 닮았다. 그 안에 수록된 글들은 그 자체로서 의미를 가지는 것이 아니라 더 많은 글들을 생각키운다는 점에서 의의를 갖는다. 입문서는 그것의 성김에 의해 문학에 대한 성찰을 촉발하는 또 하나의 둥근 구멍이다.

문학의 문턱에 위치한 이런 종류의 책이 처음은 아니다. 무수히 많은 입문서들이 있다. 이 책은 이미 있었고 장래에 태어날 그 숱한 입문서들을 충분히 의식하고 구성되었다. 이 책이 직접적으로 맥을 잇고 있는 책은 같은 출판사에서 나온 김주연·김현 편의 『문학이란 무엇인가』이다. 『문학이란 무엇인가』가 상자된 것은 1976년이다. 70년대에 대해 우리는 다양한 표찰을 붙일 수 있다. 경제 성장의 시대가 될 수도 있고, 주체성 회복의 시대가 될 수도 있다. 그 시대는 또한 구체성을 다지는 시대, 즉 이념과 삶, 이론과 실천을 하나로 일치시키기 위해 애쓴 시대이기도 하였다. 『문학이란 무엇인가』에는 그러한 70년대의 의지가 고스란히 반영되어 있다. 무엇보다도 그 책에는 정의에 대한 의욕이 뚜렷이 새겨져 있다. 제목부터가 '무엇인가'를 묻고 있다. 그것은 그 책의 편자들이 당시에, 문학을 자족적이고 자율적인, 하나의 단단한 독립체로서 이해했다는 것을 또한 뜻한다. 문학의 자율성은 비교적 오래된 신화에 속한다. 근대의 쌍생아로서 문학이 탄생하면서 문학은 자유개인주의 시대의 신화인 개인성을 제것화하면서 그것을 탈현실화시킨 특이한 상상태의 구조로서 스스로를 지시하였다. 낭만주의 문학의 상상적 진실의 세계가 바로 그것인 바, 그럼으로써 문학은 한편으로 현실과 닮은꼴을 이루면서 다른 편으로 현실에 대해, 닮은 만큼 더욱 강력한 저항체가 되었던 것이다. 이렇게 형성된 자율성의 신화는 문학의 '본질'을 캐묻게 하고 그 본질이 내장된 자리를 작가로부터 작품으로, 내용으로부터 형식으로 이동시키는 과정을 통해, 자신의 탑을 더욱 드높이 쌓아나갔다.

한국인의 주체성과 내적 구체성을 다지던 시대의 문학인들에게 문학의 자율성은 꼭 딛고 가야 할 징검돌이 아닐 수 없었다. 자신의 주체성의 확립은 동시에 모든 타자들, 사물과 사건의 실체성을 단단히 포지하기를 요구하는 법이다. 문학도 예외가 아니어서, 문학은 무엇보다도 구체적 진실을 내재한 "주체의 형식"으로서 파악되었다. 한국적 주체성의 확립에 대한 70년대적 의지가 서구 근대주의의 의상을 입었다는 비판은, 때문에, 자연스럽게 나온다. 그러나, 거꾸로 생각하면 그것은 불가피한 일이었다. 가령, 서구 철학의 시원에 왜 플라톤이 놓이고, 새로운 철학적 담론들이 왜 되풀이해서 그의 철학 체계를 씹고 또 씹는가를 생각해보자. 그것은 플라톤 안에 서구철학의 모든 것이 이미 들어 있어서가 아니라, 플라톤이 서구 철학의 화두가 되었기 때문이다. 따라서 오늘날 철학자들이 말하는 플라톤은 더 이상 철학의 빅뱅 이후 호박 속에 갇힌 플라톤이 아니다. 그 플라톤은 시원의 플라톤과 그에 대해 논의해 온 역사적 과정의 다원적 조합체이다. 우리도 이러한 화두의 선험성으로부터 자유로울 수 없다. 서구 문명과 문화가 일상의 방방곡곡을 점령한 이래, 서구 문화는 결코 외면의 대상이 될 수도, 탈피의 대상이 될 수도 없다. 그것은 새로운 길을 가기 위해서는 경유하지 않을 수 없는 기성 도로인 것이다. 때문에 70년대의 주체성의 의지는 서구 체계를 솔직하게 인정하는 태도와 병렬적으로 나아가지 않을 수 없었다. 70년대 문학인들은 한편으로 서구 이론의 정확한 이해와 수용을 실천하면서, 다른 한편으로 그것을 한국적 특수성의 토양에 꺾꽂이해 일반 문학이론을 재구하는 어려운 일을 감당해야만 했다. 목차를 살펴보면 『문학이란 무엇인가』의 구성을 뒷받침하고 있는 것도 바로 그러한 태도임을 쉽게 알아차릴 수 있다. 3부, '한국문학, 무엇이 문제인가'가 따로 마련되었다든지, 1,2부의 이론적 글들의 필자 구성을 서양이론가와 한국비평가로 반분하고 있다든지 하는 것들이 그것을 증거한다.

『문학이란 무엇인가』의 질문이 던져진 후 20년이 지났다. 그동안 엄청난 사회적 변화가 있었고 문학의 환경도 달라졌다. 이 달라진 지평선이 문학에 대한 새로운 질문을 촉구하는가? 이 문제에 우리 책, 『문학의 새로운 이해-문학의 문턱을 넘어서』의 존재 이유가 놓인다. 동시에 이 책은 지난 20년 동안에 이루어진 문학에 대한 재성찰의 축적의 결과이다. 새로운 질문은 가변하는 대답들의 더미로부터 솟아오른다. 그 대답들은 70년대적 형식으로 제출된 것도 있고 아주 업투데이트(up to date)된 것도 있다. 그것들을 통시적으로 배열하면 20년 동안 문학에 대한 우리의 이해가 변화해 온 궤적을 그릴 수 있다. 이 계속된 대답들 위에 우리의 질문이 있다. 우리는 흔히 질문이 있을 때만 대답이 가능한 것처럼 알고 있지만 오히려 거꾸로다. 대답들 없이는 질문은 결코 생겨나지 않는 법이다. 대답들은 질문 없이도 사방에서 생성된다. 질문의 불행은 그것이 지속되지 못할 때 오지만, 대답의 불행은 그것이 새로운 질문과 만나지 못할 때 닥친다. 다행히도 우리는 20년 동안에 제출된 대답들을 모두어 문학에 대한 새로운 질문을 툵아 내는 기회를 가진다. 이 질문은 20년 전의 질문과 다른 면모들을 보인다.

우선, 질문의 기본 형태가 바뀌었다. 더 이상 '문학이란 무엇인가'라고 우리는 묻지 않는다. 그러한 방식의 질문이 문학의 자율성을 전제로 할 때 가능한 것임은 이미 지적한 바이다. 그동안의 문학적 성찰의 결과로서, 문학은 항구적인 것이 아니라 근대 이후 태어난 역사적인 개념이며, 문학의 실체는 관점에 따라 계속 변화하고, 문학이 단단한 자족체라는 관점은 초기 자본주의로부터 20세기 초엽 사이에 생성되어 발전해 온 하나의 특이한 관점일 뿐임을 우리는 알게 되었다. 지금 우리가 보는 문학은 더 이상 자족체가 아니다. 그것은 빛처럼 입자이면서 동시에 파동이다. 한 작품에 대한 독서는 이미 그 자체로서 작품의 변형이라고 우리는 말했다. 작품의 문학성을 손아귀에 잡는 순간, 그것은 중심을 작품으로부터 작품과 손 사이로 이동시키면서 새처럼 빠져나간다. 문학은 따라서 작가나 작품 어느 곳에 있는 것이 아니다. 그것은 작가와 작품과 독자 사이에 있다. 좀 더 엄밀하게 말하면, 문학은, 그것의 생산과 유통과 수용의 끝없는 원환체계 속을 유동하는 예측불가능한 기류이다. 문학은 물체가 아니라 활동하는 자장(磁場)인 것이다. 때문에 우리는 문학의 정의를 묻는 대신에 그것의 존재론적 국면을 묻기로 하였다. 그 존재론적 장 안에서 문학은 특별한 쓰임새를 갖고 특정한 대리인을 임부로 하여 태어나자가 생산 설비를 갖추게 되고, 새로운 구성원들을 충원하게 되며, 다시 구성원들의 관계를 변화시키게 되었다. 그 과정은 끊임없고, 나누어질 수 없는 순환체계를 이룬다. 첫 장에 실린 각 글들은 이 나뉠 수 없는 자장의 중요한 결절점(結節點)들이라고 우리가 파악한 지점들 위에 놓인다.

다음, 문학과 사회, 내용과 형식, 세계문학과 한국문학 등 되풀이해서 적용되는 이항 대립이 좀 더 복잡한 상관적 문제틀로 대체될 필요를 느끼게 되었다. 우선 문학은 이원적이기보다는 다원적이며, 문학에 대한 관점들, 문학의 여러 성층들은 상호 대립하고 상호 보완하기보다는 다양한 방식으로 합류하고 분열하는 상호 변형적 위상들이다. 그곳에서는 어떤 무엇들이 대립하는 것이 아니라, 그것들 사이에서 무언가가 분열되어 나오고, 어떤 무엇들이 협력하는 것이 아니라, 서로를 비추어 '달라지는 방식으로' 복제한다. 문학은 단순히 내용과 형식으로 구분되지 않고, 사회에 대한 대립자로 독립하지 않는다. 문학 속에는 문학의 매질인 언어를 포함하여 경제, 욕망, 이념, 상상, 과학, 문명, 권력, 역사, 사회, 육체 등등으로부터 발생하는 삶의 모든 활동 에너지들이 흘러들고 빠져나간다. 문학 속에 문학의 게놈이라고 할 만한 하나의 단일체는 없다. 과감하게 말해, 문학의 게놈은 문학의 타자들의 응집물이다. 이 타자들의 진입·합류·분열·복제·배출의 양상에 따라 아주 다종다기한 문학 텍스트들이 생산될 수 있다. 그러나, 이 복합적 과정을 정밀하게 대답할 수 있는 이론체계는, 이른바 문학의 통일장 이론이라 말할 수 있는 것은 아직 만들어지지 않았다. 대신, 우리는 각각의 문학의 타자들이 문학의 구멍 속으로 흘러드는 양태와 벡터에 대해 제출된 각 방면의 대답들을 문학이라는 단어를 중심으로 다방위적으로 분산 배열하는 방법으로 우리의 질문을 구성하게 되었다.

그러나, 그럼에도 불구하고, 문학의 타자들 중에는 문학의 안쪽에 있는 것들과 문학의 바깥쪽에 있는 것들이 있다. 전자에 집중할 때 문학은 입자로 보이며, 후자에 주목할 때 문학은 파동으로 나타난다. 어떤 것들이 안쪽에 있고, 어떤 것들이 바깥쪽에 있는가? 우리는 언어·욕망·장르·문학사 등이 안쪽에 놓인다고 생각한다. 문학이 한참 성장해가던 시대에 그것은 문화의 모든 것을 대신할 수 있었다. 심지어 그것에는 옛날에 종교가 했던 역할이 부여되기까지 하였다. 그러나, 문명의 발달과 더불어 문화의 새 부문들이 비약적으로 성장하면서 문학의 입지는 갈수록 위축되었고, 오늘날 문학은 자신의 죽음에 대한 위기까지 맞이하게 되었다. 어느새 문학은 빛의 도시로부터 어둠의 동네로 주소를 바꾸었으며, 그가 가진 재산은 형편없이 줄어들었다. 이제 우리는 문학의 유일한 재산으로서 '언어'만을 주장할 수가 있다. 문학이 현실과 적대적인 관계를 취하게 되면서 문학은 자신의 동료들을 비합법적 영역 속에서만 찾을 수 있게 되었다. 가령, 욕망, 광기, 가난 같은 것들이 그것들이다. 그러나, 부자에게만 문화의 소유권이 주어지는 것은 아니다. 호가트의 말을 빌리자면 '가난의 문화'가 있는 법이다. 문학의 구조, 장르, 문학사는 문학이 생의 그늘 속에서 일구어 온 그의 문화이다. 당연하게도 문학의 바깥쪽에는 빛의 도시에 살면서 문학과 끊임없이 경쟁하는 것들이 있다. 사회, 이데올로기, 과학, 문명, 권력 등이 그런 것들이다. 그것들이 문학 속을 넘나드는, 혹은 거꾸로의, 방식에 대한 대답들을 우리는 '문학의 바깥쪽'이라는 장에 배열하였다. 다만, 한 가지 지적해둘 것이 있다면, 햇빛의 기울기에 따라 빛과 어둠의 자리는 끊임없이 바뀌고 순환한다는 것이다. 우리가 의도적으로 구별한 문학의 안쪽과 바깥쪽 사이에는 일종의 뫼비우스적 고리가 놓여 있다. 우리는 독자들이 이 점을 충분히 유의해주기를 바란다.

4장 '오늘의 한국문학'은 한국문학이 하나의 개별문학인 이상은 불가피하게 마련되어야만 하는 장이다. 모든 민족문학은 개별문학이며, 그만큼 그것은, 지구의 자전축이 그러하듯, 문학에 관한 원론적 담론과 비스듬히 어긋나 있다. 그 어긋남을 무시할 수 있는 입문서는 제국주의자들 혹은 노예의 입문서뿐이다. 어느 장래에 만국문학의 입문서가 존재할 수 있을지 우리는 아직 모른다. 한국문학의 지금의 자리에서 우리는 지난 20년 동안에 한국문학이 맞부닥뜨렸던 실제적이고 구체적인 문제들에 대한 대답들을 소개하기로 한다. 그것들은, 크게 3가지로 나뉜다. 하나는, 지금은 망각된 것처럼 보이지만 80년대에는 가장 첨예한 쟁점이었던 민중문학론을 포함하여, 문학의 사회적 기능에 대한 대답들이다. 다른 하나는, 90년대 이후 갑자기 팽대한 문화적 장 속에서 문학이 직면해야 하는 문제들이다. 포스트모더니즘, 욕망, 여성주의 등이 그런 것들이다. 그리고, 한국현대사의 미완의 숙제이자 한국 현대문학이 치유되지 못한 상처로서 끌어안고 가야만 하는 분단의 문제가 있다.

거듭 말하지만, 이 책은 20년 동안의 대답[21]들로 이루어진 문학에 관한 질문서이다. 질문서란 본래 존재결여로서 존재한다. 당연히 문학의 모든 것을 이 책은 말하지 않는다. 이 책은 너무나 성기게 짜인 책이다. 그러나, 그것은 입문서의 운명이자, 동시에 입문서의 특권이다. 우리가 목표하는 것은 문학에 대한 풍요로운 성찰의 촉매가 되는 것이다. 이 책이 질문의 형식으로 이루어졌다는 것의 또 다른 측면이다. 이 질문태 위에 대답을 포개놓을 사람은, 독자여, 바로 당신이다. 이 책은 요요(窈窅)히 당신을 기다린다.

—김인환 · 성민엽 · 정과리 편, 『문학의 새로운 이해-문학의 문턱을 넘어서』(문학과지성사) 서문, 1996.3.

21 이 대답들이 꼭 지난 20년 동안에 씌어졌다는 것을 의미하지는 않는다. 가령, 바흐찐, 화이트헤드의 글들은 훨씬 이전에 씌어진 것들이다. 그럼에도 불구하고 그것들은 오늘의 문학 공간에 싱싱한 활력을 불어넣을만한 유효성을 가지고 있다,고 우리는 판단하였다. 때문에 "지난 20년 동안의"는 "20년 동안의 문학적 논의 공간에 뛰어든"이라고 읽혀야 할 것이다.

독자에게

이 시집은 '문학과지성 시인선'이 200호를 맞이한 것을 기념하여 만들어진 축제의 책이다. 세상에 축제의 노래는 있어도 축제의 책은 없는 까닭은 글쓰기-읽기는 고독의 자식들이지 향연의 아이들이 아니기 때문이다. 그러나 아무리 스스로 외로움을 선택한 인생이라도 생의 양분을 은밀히 감추어 둔 기쁨의 합창에서 취하는 법이니, 우리는 그 비밀한 유혹이 발아하는 자리인 '서시'들만을 모아 유혹의 아흔 여덟 가지 표정이 벌이는 한 판 가면무도회를 열고, 그것을 원래의 시집들에서 '自序'가 차지했던 빈자리에 공고하노니, 온갖 범람하는 말의 성찬에 물린 자, 식상한 자, 권태자, 목마른 자, 말도락가, 게으름뱅이, 실어증 환자, 그리고 언어의 녹색주의자이고 잡탕주의자이신 독자들이여, 이곳에 와서 이승의 노예인 말의 영원한 비애와 저승의 영매인 말의 찰나의 쾌락을 맛보시라.

—성민엽 · 정과리 엮음, 『詩야 너 아니냐』, 문학과지성 시인선 제 200번 발문, 1997.6

R의 행렬에 앞장 서는 취주악
문학과지성 R시리즈

1975년 출범하여 오늘까지 이어져 온 '문학과지성 시인선'이 독자들의 사랑과 문인들의 아낌 속에 한국 현대시의 폴리스(Polis)를 이루게 된 사실은 문학과지성사에 내린 지복이기도 하지만 동시에 한국시를 즐겨 읽는 독자들에겐 '상리공생(相利共生)'의 사안이기도 하다. 왜냐하면 한국시의 수준과 다양성을 동시에 측량할 수 있는 박물관의 역할을 이 시인선이 해줄 수 있기 때문이다. 요컨대 여기는 한국시의 '레나 소피아(Reina Sofía)'이다. 시의 '뮤제오 프라도(Museo Prado)'가 보이지 않는 게 아쉽긴 하지만.

그러나 '문학과지성 시인선'이 현대시의 개성들을 다 모아 놓고 있다고 오연히 자부할 수는 없다. 시인선의 편집자들이 한국어의 자기장 내에서 발화하는 시의 빛점들을 포집하기 위하여 고감도 안테나를 드넓게도 촘촘히도 작동시켰다 하더라도, 유한자 인간의 "앨쓴"(정지용, 「바다」) 작업은 빈번히 누락과 착오로 인한 어두운 그늘들을 드리워놓기 십상이기 때문이다. 환상과 우연의 힘들은 완전하고자 하는 의지를 김빼는 한편, 우리의 울타리 바깥에서도 시의 자치구들이 사방에 산재해 저마다 저의 권역을 넓혀 나가고 있다는 사실을 확인케 해 새삼 우리를 겸허한 반성 쪽으로 이끌고 간다.

모든 생명적 장소가 그러하듯이 시의 구역들 역시 활발한 대사 운동 끝에 팽창과 수축을 거듭하면서 크게 자라기도 하고 소멸되기도 한다.

때로는 구역의 진화와 시의 진화가 심히 어긋나는 때가 있으며, 그중 구역은 사용을 멈추었는데 시는 여전히 생생히 살아 있을 경우야말로 애달픈 인간사 그 자체가 아닐 수 없다. 외로 떨어진 시 덩어리는 우주선과 잡석들이 빗발치는 망망한 말의 우주의 유랑자의 위상에 처하게 되고 갈 곳 모른 채 표류하다가 서서히 소실의 검은 구멍 속으로 빨려 들어가거나 완벽한 정적의 외진 구석에 유폐된 채로 그 자리에서 먼지로 화할 수도 있을 것이다.

실로 한국 현대시 100년을 경과하면서 역사의 무덤 속으로 들어가기를 거절하고 삶의 현장에 현존하고자 하는 의지를 내뿜는 시뭉치들이 이곳저곳에서 출몰하는 횟수를 늘려 가고 있었으니, 특히 20세기 후반기에 출판되었다가 다양한 사연으로 절판되었거나 출판사가 폐문함으로써 독자에게로 가는 통로가 차단당한 시집들의 사정이 그러하여, 이들이 벌겋게 단 얼굴로 불현듯 우리 앞을 스쳐 지나갈 때마다 우리는 저 시뭉치의 불행과 저들과 생이별하여 마음의 양식을 잃은 우리의 불운을 한꺼번에 안타까워하는 처지에 몰리게 된다.

그리하여 우리는 '문학과지성 시인선' 내부에 작은 여백을 열고 이 독립 행성들을 우리 항성계 안으로 모시고자 한다. 이는 '시인선'의 현 단계의 허전함을 메꾸기 위함이요, 돌연 지구와의 교신망을 상실한 시뭉치에 제 2의 터전을 제공하기 위함이요, 독자의 호시심(好詩心)에 모자람이 없도록 하고자 함이니, 이 삼중의 작업을 한꺼번에 이행함으로써 우리는 한국시에 영원히 마르지 않을 생명샘의 가는 한줄기가 될 수 있기를 소망한다.

이 작업을 통해서 우리는 옛것의 귀환이라는 사건을 때마다 일으킬 터인데, 이 특별한 사건들은 부족을 메꾸는 부정-보충적 행위를 넘어 새로운 시의 미각적 지대, 아니 더 나아가 새로운 정신적 지평을 여는 발견적 행동이 되고야 마리라는 것을 확신하는 바이다. 우리가 특별히 모실 이 시집들의 숨겨진 비밀이 워낙 많다는 뜻을 이 말은 품고 있거니와, 진정 이 시집들은 처음 세상에 모습을 드러내었던 당시 독자를 충격했던 새로움을 보존할 뿐만 아니라 같은 강도의 미지의 새 새로움의 애채를 옛 새로움의 나무 위에 돋아나게 해줄 것이 틀림없다. 그리하여 독자는 시오랑(Cioran)이 언젠가 말했듯 "회상과 예감(réminiscence et pressentiment)이 반대 방향으로 멀어지기는커녕, 하나로 합류하는"(「생-종 페르스 *Saint-John Perse*」, 『예찬실습 *Exercices d'admiration*』, in 『저작집 *OEuvres*』, Pléiade / Gallimard, 2011) 희귀한 체험을 생생히 누리리라 짐작하거니와, 이 말의 주인이 그 체험의 발생 주체로 예거한 시인을 가리켜 "모든 시간대에서 동시대인으로 존재하는 사람(un contemporain intemporel)"이라고 말했던 것과 마찬가지로, 이 체험의 신비함이야말로 모든 시간대에서 최고의 신선도로 독자를 흥분케 할 것이다.

그렇긴 하지만 우리는 이 재생의 사건들을 특별히 꾸리는 별도의 총서는 자제하였다. 그보단 우리의 익숙한 도시인 '문학과지성 시인선' 안에 포함시키고자 하는데, 우리의 '시인선' 자체가 늘 그런 신비한 체험을 독자들에게 제공해주기를 기대하기 때문이다. 다만 아주 시치미를 떼어서 독자를 정보의 결핍 속에 방치하는 우를 범할 수는 없는 연유로, 처음부터 시작하는 번호에 기호 R을 멜빵처럼 감춰서, 돌아온 시집임을 표지하고자 한다. R은 직접적으로는 복간(reissue)의 뜻을 가리키겠지만 방금의 진술에 기대면 이 귀환은 곧 신생과 다름이 없어서, 반복(repetition)이 곧 부활(resurrection)이라는 뜻을 함축할 뿐 아니라 더 과감히 반복만이 부활을 가능케 한다는 주장까지 포함할 수 있을 것인데, 그 주장이 우리 일상의 천편일률적이고 지루하고 데데한 반복을 돌연 최초의 생의 거듭남으로 변신시키는 마법의 수행을 독자들에게 부추길 것을 어림한다면, 그것은 아무리 되풀이 강조되어도 지나치지 않을 것이다. 더욱이나 어느 현대 시인은 "R이 없어서, 죽음은 말 속에서 숨 막혀 죽는다 *Privé d'R, la mort meurt d'asphyxie dans le mot*. (에드몽 자베스(Edmond Jabès), 『엘, 혹은 최후의 책 El, ou le dernière livre』 1973)는 촌철로 언어의 생살을 도려내었으니, R을 통해서만 언어는 존재의 장식이기를 그치고 죽음조차도 삶의 운동으로 되살리는 것이다.

그러니 '문학과지성 시인선'의 새로운 R의 행렬 속에서 우리가 독자들에게 바라는 것은 이 한 글자의 연장이 무엇이든 그 안에 숨어 있는 한 결같은 동작은 저 시인이 암시하듯 숨통 터주는 일임을 상기해 달라는 것이다. 이 혀를 안으로 마는 짧은 호흡은 곧 이어 제 글자의 줄이 초롱처럼 매달고 있는 시집으로 이목을 돌리게 해, 낱낱의 꽃잎처럼 하늘거리는 쪽들을 흔들어 즐겁고도 신기한 언어의 화성이 울리는 광경을 마침내 목격하고 청취하는 데까지 당신을 이끌고 갈 수 있을 터이니, 그때쯤이면 이 되살아난 시집의 고유한 개성적 울림이 시집에 본래 내재된 에너지의 분출이면서 동시에 그것을 그렇게 수용하고자 한 독자 자신의 역동적 상상력의 작동임을 제 몸의 체험으로 느끼게 되리라.

—'문학과지성' R시리즈 시선 발문, 2012.7.

문학과지성사 창사 30주년의 의미

문학과지성사가 창사 30주년이 되었다. 문학과지성사가 출범한 1975년은 제3공화국의 관주도형 경제정책이 고도성장을 향해 피치를 올리던 시절이었고, 또한 그 목표를 향한 강압적 국민 총동원 속에서 각종의 사회적 모순과 정치적 압제의 충적이 임계점을 향해 일촉즉발로 다가가던 시기이기도 하였다. 문학과지성사는 그런 사회적 상황 속에서 계간 『문학과지성』 동인의 한 사람이 언론탄압에 저항하다가 사회적 추방을 당한 사건이 계기가 되어 설립되었다. 아니 그 사건을 지성의 대장정을 위한 신호음으로 기꺼이 받아들이고자 건립되었다. 따라서 문학과지성사의 출항은 정치적 근대화주의자들과 문화적 현대인들 사이에 근본적인 단절을 긋는 행위였다. 문학과지성사의 현판식은 그 단절이 결코 쉽게 포기할 수 없는 싸움으로 이어질 것을 선언하는 의식이었다. 그로부터 30년 동안 문학과지성사의 구성원들은, 기민한 탐색과 엄정한 심사와 신중한 검토를 통해, 한국 사회에 대한 깊은 성찰을 촉발하는 서적들과 참다운 삶의 형상을 그리는 문학작품들을 지속적으로 발간하기 위해 노력하였다. 항구적 쇄신의 방식으로. 반석을 놓는 자세로. 그럼으로써 문학과지성사는 한국 사회의 정신적·물질적 균열을 파헤치고 한국인의 지적 자원을 발굴하여 한국사회가 이루어야 할 세계를 가리키는 투시의 이정표가 되고자 했다. 또한 문학과지성사는 한국사회에 대한 인식을 심화시킬 새로운 사유와 한국문학을 풍요롭게 할 새로운 문학인들을 발견하고 조력하는 데 정성을 기울여 저의 신실한 사업이 거듭 이월되기를 도모하였다.

그 30년은 치열한 고뇌와 가쁜 싸움의 시절이었다. 그 30년은 싱싱한 의욕과 정신의 광휘가 밤바다의 물결처럼 반짝인 시간이었다. 그 30년은 한국인의 의식을 감금하고 있는 샤머니즘과 패배주의의 장벽을, 온몸을 물집으로 만들며 두드린 기간이었다. 그 30년은 한국사회의 모순을 들끓는 거품으로 부숴뜨리며 자유와 해방의 푸른 해원을 향해 항진한 자취였다. 롤링과 피칭은 격심했으나 거친 해풍을 안은 깃발은 엽렵히 나부끼고 수평선을 응시하는 정신은 은화처럼 맑았다. 육체의 피로는 허무와 광신의 망령들을 수장시키는 각성의 천둥 아래서 서늘히 씻겨 내렸다. 그 30년 사이에 세상은 크게 요동하였고 문학과 지성은 부단히 율동하였다. 그 30년 동안 한국사회의 격변의 요처마다 문학과 지성이 없은 적이 없으려고 하였다.

이제 우연한 수치의 주기를 맞아 그 사람들이 거울 앞에 선다. 매번 뒤돌아보았으나 늘 고단한 노동 같았으니 이번에는 긴 숨을 호흡하듯 뒤돌아보기로 결심한다. 정신의 보건 사업이 필요한 때가 온 것이다. 그 사람들은 제 누님 같은 제 모습을 완상하는 대신 자신의 사연과 자신의 체험과 자신의 역정(歷程)을 가만히 복기하기로 한다. 바둑돌 같았던 이성의 행진을 운산해보려고 한다. 일출 같았던 감성의 무한히 퍼지는 가두리를 더듬어보려고 한다. 그러나 지성의 고삐가 풀리지는 않았는지, 상상의 지평선에 괜한 철책을 세우지는 않았는지 되짚어보기로 한다. 입지전을 쓰지 않기 위하여. 참회록을 쓰지 않기 위하여. 도취를 경계하고 변명을 예방하기 위하여. 다만 나날의 노동이 나날의 각성이 되는, 삶답게 사는 삶의 본원적 자세를 여전히 되풀이하기 위하여.

오늘의 사사(社史)는 그 사람들에 의한 그 사람들의 기록이다. 이 기록은 그러니까 외재적인 것이 아니라 내면적인 것이다. 30년의 기간에는 그것이 불가피하다. 문학과지성사는 이제 겨우 청년기를 지나고 있는 것이다. 여기에는 관찰과 판단이 모자랄지도 모르나 대신, 망각되지 않은 기억과 피부를 저리게 하는 체험들의 두터운 질감이 있다. 이 기록 자체가 훗날 역사의 재료로 쓰이리라.

—권오룡 · 성민엽 · 정과리 · 홍정선 엮음,
『문학과지성사 30년, 1975-2005』(문학과지성사) 발간사, 2005.12.

문학과지성 창사 40주년 기념사

우선 이제 약간의 거리에 떨어져 있는 사람으로서 문학과지성사 창사 40주년을, 그리고 『문학과지성』 창간 45주년을 축하합니다. 또한 한때 '문학과 지성'을 메고 갔던 사람으로서 오늘까지 문학과지성사가 건재하고 있는 이 '분명한 사건'을 기념합니다. 이 40년, 아니 이 45년은, 아시는 분은 아시겠지만 그냥 '가는 세월'이 아닙니다. '왔던 세월'도 아닙니다. 저희 세대는 '문학과지성'의 세대 계승 플랜의 첫 번째 생체 피실험자가 되어야만 했습니다. 정말 뜬금 없었습니다. 우리끼리 잡지 하나 하려고 스승들의 장터 한 귀퉁이 빌리려 왔다가 된통 덤터기를 썼던 것입니다. 생각과 지식의 물지게 엄청 날랐습니다. 어쨌든 우리는 그걸 치러냈습니다. 그리고 오늘까지도 그 실험이 계속되고 있는 걸 보니, 그 실험이 실패하지는 않았다는 걸, 아니 최근 출판계의 사태들을 보니, 아주 많이 성공했다는 걸 알 수가 있습니다. 저희 세대는 저희가 이 실험의 아폴로 11호가 되었다는 데에 자부심을 느낍니다.

그러나 제가 이것을 기쁨이라고 말하기 위해 다잡아야 했던 생각들은 아주 복잡다단합니다. 한 가지만 말씀 드리겠습니다. 김병익 선생의 주도로 구체화된 이 세대 계승 사업은 실로 문학과지성사의 지복이 된 듯 싶습니다. 정말 경하할 일입니다. 그런데 이 지복은 우리 세대, 아니 제게도 복이 되는 것이었던가요? 정반대편에서 이것은 '문학' 그 자체에 복이 되었던 것일까요? 되는 것일까요? 저희 세대가 이 사업을 떠맡았을 때 제가 심각하게 고민했던 문제가 바로 이것이었습니다. 아무리 생각해도 대답이 주어지지 않았습니다. 좋은 일 한다는 데 괜한 시비 한다고 할까 봐 어디 물어보지도 못했습니다. 저는 끙끙 앓았습니다. 그리고 한참 있다가 저는 제 질문이 애초에 잘못 되었다는 걸 깨달았습니다. 그게 대답이 나올 수 없는 질문이었다면, 이렇게 생각해야만 하는 것이었습니다. 문학과지성의 지복이 나의 지복이자 문학의 지복이 되도록 해야만 한다, 라고 말입니다. 20세기의 마지막 5년 동안에 저희 세대에게 일어난 일입니다. 그 5년은 다들 아시겠지만 한국사회도 문학과지성도 우리 세대도 섭씨 오만도 이상의 도가니 안에서 몸부림 쳐야 했던 시절이었습니다. 아이엠에프 구제금융 사태가 터졌고 오늘날 한국문화를 규정짓는 상업문화가 자리를 굳혔으며 『문학과 사회』를 폐간하라는 아우성이 우주 멀리 퍼져나갔던 시절입니다. 혹시 아십니까? 그 외침에 파편을 맞은 명왕성이 형편없이 쪼그라들어 혹성군단에서 퇴출되었다는 믿거나말거나 한 얘기 말입니다.

저는 그리고 저희 세대는 생각의 전환을 통해서 그 도가니를 도가니탕으로 만들었습니다. 홍정선 대표가 문학과지성의 대표이사 자리를 물러나던 그 시점까지 우리는 여하튼 '문학과지성'의 기획실과 운영체제를 떠맡아 일했습니다. 무난히 인계를 했으니 얼마나 다행입니까? 이제 제 3세대, 제 4세대가 저희가 했던 일들을 떠맡았고 또 하고 있습니다. 아마도 저희들에 비해 새 멤버들은 좀 더 즐거운 분위기에서 할 수 있겠지요? 멀리서 보니 잘 놀고 있는 모습이 보이네요. 문지 선생님들도 화요일에 놀러 오시는군요. 보기 좋습니다. 앞으로 길이 보전하기를 바랍시다. 아, 저는 뭐하냐구요? 지금 막 보니, 문지 시인선의 또 하나의 회심의 프로젝트인 R 시리즈의 열 번째 방에 이수명 씨의 시집이 들어왔네요. 『왜 가리는 왜가리놀이를 한다!』 그렇지요. 정과리는 정과리놀이를 합니다. 감사합니다.

—문학과지성 창사 40주년 기념식 축사, 2015.12.11.

엄정한 학문과 지식인의 윤리

『정명환 깊이 읽기』를 엮으며

한국의 인문학은 1945년의 해방과 1950-53년의 한국전쟁을 거치면서 완전히 새로 태어나야 할 근본적 위기와 기회를 동시에 맞는다. 해방에 의해서 한국인의 삶의 장래가 그 자신에게로 되돌려졌으나, 전쟁으로 인해 삶의 터전은 폐허가 되었으며 분단으로 인해 한국인의 정신적 역량 또한 처참하게 찢겼다. 정명환, 송욱, 박이문, 김붕구, 이기백, 이기문 등 당시의 젊은 인문학자들은 그러한 물질적·정신적 불모지에서 삶과 세계와 인간에 대한 인식의 초석을 처음부터 새롭게 다지는 일에 착수하였다.

이 작업을 위해 그들이 노력한 일은 크게 두 가지이다. 하나는 일제 강점 36년을 통해서 한국 안에 뿌리내린 식민주의적 학문 풍토를 지우는 일이었다. 그 작업은 식민주의적 실증주의의 극복이라는 명제로 표현되었다. 다른 하나는 올바른 학문 태도 및 연구방법론을 성립하는 일이었다. 그런데 그것의 정체는 한국인의 정신적 유산으로부터 나올 수가 없었다. 일제 강점으로 실행된 서양적 모더니티의 '이식(移植)'은 한국인의 정신세계에 전통적인 것과 현대적인 것 사이의 근본적인 단절과 기이한 공서(共棲)라는 풍경을 연출하였으며, 동족상잔의 비극으로 이해된 전쟁과 분단은 거기에 전통적인 것에 대한 모멸감을 강화하였다. 저 기이한 공서가 창조적 관계성을 회복하기에는 모더니티의 압력이 압도적이었던 데다 한국인이 자신의 과거를 재해석해낼 역량을 축적할 시간 역시 확보되어 있지 않았다.

이 같은 정황을 고려해 볼 때, 새로운 인문학자들이 서양의 학문적 태도와 연구방법론을 일차적인 준거틀로 삼은 건 불가피한 일이었다. 그러나 서양적인 것 일체를 그대로 받아들인 건 아니었다. 이미 서양의 모더니티에 내재한 '악'의 폭력성을 일본적 변이형을 통해서 경험했던 터였다. 식민주의적 학문의 극복이라는 명제는 단순히 일본적인 것에 대한 거부로 표현될 문제가 아니라 공정하고 정확한 인식에 도달하고자 하는 목표로서 확장되어야 했다. 새로운 인문학자들은 서양의 학문을 일방적으로 수용한 것이 아니라 암묵적인 기준들을 통해 선별하였으며, 또한 수용의 형식 역시 그에 맞추어 엄정해야만 했으니, 그 기준이란, 넓게 말해, 한국인의 삶과 조응하고 사실에 적확하며 윤리적으로 올바른 것이 학문의 조건이 되어야 한다는 것을 가리킨다. 바로 그것이 그들이 후대의 인문학자들에게 물려준 소중한 정신적 유산이었다.

정명환 선생은 프랑스 문학과 철학에 대한 지식과 이해를 바탕으로 한국문학과 지성의 윤곽을 구성하는 데 전심전력하였다. 특히 사르트르의 실존 철학에 깊은 영향을 받아서 그의 치밀한 부정의 논리와 치열한 생성의 의지가 한국인의 지적 유전자에 새겨질 수 있는 길을 모색하였다. 선생의 이러한 노력은 전후 한국 문단의 정신적 박약 상태를 구출하는 데 지속적으로 에너지를 주입하였다. 편집위원으로 참여했던 『사상계』를 비롯, 『현대문학』 등 당시의 문화와 문학의 장을 주도했던 간행물들에서 선생이 참여한 평론, 번역, 좌담 등 하나하나는 선생의 열정과 지적 치밀함을 여실히 느끼게 해주는 증거물들이다.

그러나 한국 지성의 윤곽을 구축하는 일이 단순히 앞선 지식을 철저하게 적용하는 것만으로 이루어질 수 있는 건 아니었다. 한편으로 준거틀로 작용한 서양적인 것이 한국의 문화계 일반에 풍문과 공상의 안개를 자욱이 깔아 놓고 있었다. 선생은 저 안개를 걷어내고 서양에 대한 잘못된 이해를 교정하는 작업, 선생 자신의 입장에서는 소모적일 수밖에 없었으나, 한국의 정신세계 일반의 입장에서는 불가피했던 작업에 매진할 수밖에 없었다. 다른 한편 준거틀이 된 서양의 문학과 학문이 그 자체로서 절대진리일 수는 없었다. 이로부터 서양적인 것에 대한 비판적 독해가 시작되어 오늘날까지 지속적으로 이어졌다.

정명환 선생을 비롯한 1950-60년대의 인문학자들의 이러한 노력이 없었더라면, 4.19세대의 자기 세계, 혹은 주체적 문학관 및 학문관은 온전히 개화하지 못했을 것이다. 1970년대에 대대적인 국가적 지원 아래 몰아친 한국인의 주체성에 대한 열풍 역시 나침반을 갖추지 못한 채 난파했을 것이다. 두 세대의 관점은 근본적으로 달라보였으나, 실제적인 차원에서 둘 사이의 대립은 두드러지지 않았고 오히려 협력과 계승이라는 상보적인 관계가 더 강하게 작용하였다. 그것은 무엇보다도 한국문학과 지성의 성채를 구축한다는 같은 목표를 공유하고 있었고, 한국 지성의 빈곤이라는 태생적인 문제가 대립을 발생시킬 여지를 제어했기 때문일 것이다. 이 협력과 계승의 실제적인 알고리즘은 한국지성사를 이해하는 데 필수적인 항목이 될 것이다.

한국문학의 담론의 장을 후배이자 제자 격에 해당하는 다음 세대의 비평가들이 주도적으로 끌고 가게 될 무렵 정명환 선생은 서양 문학과 학문에 대한 심화된 독해를 본격적으로 실행하기 시작한다. 염상섭에게 큰 영향을 미쳤다는 점이 계기가 되어 살펴보게 된 에밀 졸라에 매료되어 외면적 리얼리스트의 내부 세계에 울울창창 번식한 신화의 밀림을 발굴함으로써 서양문학을 매우 다른 시각으로 조명했던 선생은, 그의 비판적 촉수를 더욱 예민하게 다듬는다. 그 결과, 아마도 비판적 지성이라는 측면에서는 평생 사르트리엥으로 남으실 선생은 그러나 바로 그 비판적 지성의 안목에 의해서 사르트르의 문학 이론이 품고 있던 자기 모순에 날카롭게 메스를 들이대게 된다. 다른 한편 일본 동경에 소재한 '국제미학철학연구소'의 심포지엄에 매년 정기적으로 참여하면서, 리얼리즘, 매킨타이어, 하버마스 등 세계 문학과 사상에 깊은 자국을 남긴 이론 및 사상가들의 체계를 정밀하게 분석해냄으로써 세계의 지식인들을 놀라게 한다.

하지만 선생이 서양사상의 연구에 매진했다고 해서 한국의 문화적 장을 잊었던 것은 아니다. 선생이 다룬 서양의 이론, 사상가들은 두루 한국의 문화와 정신의 영역에 중대한 영향을 미친 이론, 사상가들이었다. 그렇다는 것은 선생의 서양사상과의 대화가 암묵적이거나 명시적이거나 항상 한국의 역사적 현실이라는 매개를 통해서 이루어졌다는 것을 알 수 있으며, 이는 선생의 민족주의적 열정이라기보다는 지식인의 윤리를 짐작케 한다. 어떤 학문도 실제적인 현실적 문제의 해결이라는 사안에 근거하는 것이기 때문이다. 또한 그렇기 때문에 그 매개는 한국의 역사적 현실 그 자체라기보다는 세계사적 현실의 한 구성적 가담자로서 이해되었던 것이다. 또한 선생이 어린 학생들을 위해 문학입문서를 쓰신 일은, 방금 말한 맥락에서, 매우 자연스런 도달점으로 이해될 수 있는데, 동시에 선생의 한국 문학에 대한 애정이 겉으로 예측할 수 있는 것보다도 훨씬 너르고 웅숭깊다는 것을 깨닫게 해준다. 가장 복잡한 논리적 세계로부터 가장 단순한 공감의 세계에까지 당신의 문학적 탐구를 넓히셨다는 건, 그이의 지적 높이를 떠받치는 게 사랑의 폭이라는 걸 증명하는 사건인 것이다.

선생이 한국의 지적 상황에 기여한 또 하나의 중요한 업적은 방대한 양의 번역이다. 선생의 번역은 꼼꼼하고 정확했다. 어의의 뜻을 분명히 해명했을 뿐만 아니라, 그 글의 배경에 깔려 있는 암시와 함의도 가능한 한 밝히려 했다. 그리하여 선생이 말년에 내신 사르트르의 『문학이란 무엇인가』 번역서는 주석이 풍부하고 원본만큼의 중요성을 갖는 한국 최초의 번역서가 되었다.

정명환 선생은 학자로서 누구보다 앞서 나갔지만, 동시에 매우 다감한 성품으로 동료들과 후학 그리고 제자들을 보듬고 아끼셨다. 선생에게 직접 배운 사람들은 누구나 강의실에서의 선생의 겸손한 태도와 허심탄회한 대화적 자세에 깊은 인상을 받았다. 개인적으로 찾아뵈면 어린 제자들에게 술을 사주시면서 당신이 그동안 읽은 책의 내용들을 들려주시는 한편 제자의 공부에 귀를 기울이시곤 하였다. 또한 직접 기금을 출연하셔서 주목할 만한 업적을 낸 젊은 불문학자를 해마다 격려하시고 있다. 많은 후학들이 정명환 선생님의 학문적 자세에 감화되어 가난한 학자의 길을 자청하였고 또한 같은 방식으로 학문하기의 엄격함을 매번 가슴에 되새기게 되었다.

이제 우리는 이 책을 통해 정명환 선생의 학문 세계를 조감하고 이해하기 위한 첫 발을 내딛는다. 이 소략한 글 모음이 정명환 선생의 방대한 지적 체계를 다 풀이해 낼 수 있으리라고는 우리는 결코 생각하지 않는다. 다만 이 시도가 앞으로 정명환학을 성립시키고 지속시켜 궁극적으로 한국지성과 세계정신의 대화의 바람직한 모형을 세우는 데 한줌 보탬이 되기를 절실히 바랄 뿐이다. 또한 이러한 시도 자체가 정명환 선생님과의 끝날 수 없는 대화의 한 형식이 되어서, 선생님께서 이 나눔을 오래 즐기시기를 바란다. 이 오마주에 기꺼이 참여해주신 모든 필자들께 감사드린다.

— 오생근 · 정과리 엮음, 『정명환 깊이 읽기』(문학과지성사) 서문, 2009.6.

원숙한 교양인의 섬세한 분석 비평

유종호 비평의 의미는 점점 더 확대되어가고 있다. 태생적이라고 여겨질 만큼 묵직한 교양의 수레를 끌고 한국 비평의 문턱을 넘어섰던 그이는 자기 세계의 쉼 없는 단련을 통해, 또한 한국문학의 성장에 의해서, 그리고 한국사회의 상황적 변동에 조응하여, 끊임없이 자신의 관점을 정밀하게 다듬고 그 실속을 풍요롭게 다져왔다. 적어도 오늘의 시점에서 그이의 비평은 세 겹의 의미를 갖는다. 그 하나는 그이가 해방 이후 한국 현대비평사의 산 증인이라는 것이고, 그 둘은 그이의 비평이 관점의 엔트로피가 점증하는 상황 속에서 항상적인 표준을 제공한다는 것이며, 그 셋은 인간의 해체가 확산되어 가는 현대문명의 추세에 대해 인문주의적 가치의 소중함을 일깨운다는 것이다.

실로 유종호 비평의 개인적 여정에서 우리는 한국 현대 비평의 역사 전체가 농축되어 있음을 발견할 수 있다. 그렇다는 것은 단순히 전 시대 비평의 자취가 배어있다는 뜻이 아니라 한국 현대문학의 파노라마가 통째로 그이의 비평에서 살아 숨 쉬고 있다는 것을 가리킨다. 다시 말해, 가장 오래된 평문에서 최근작에 이르기까지 한결같은 활력을 느끼게 하는 단단한 내구성을 그이의 비평이 가지고 있다는 것이다. 그리고 그것은 우선은, 그이의 비평이 시시각각의 현실적 문제들에 대한 가장 성실한 문학적 응전으로서 그 역사적 가치를 보존했다는 사실에 있을 것이나, 더 나아가 시대에 배를 붙여야 한다는 비평의 존재양식 속에 은밀히 문학의 항구적 의의를 개발하고 보존하는 작업을 새겨 넣음으로써 비평의 글쓰기 자체를 그러한 문학의 증빙자료로 삼았다는 사실에 더 유래할 것이다. 그렇기 때문에 유종호 비평에는 시공간적 핍진함에 육박하는 만큼 취향과 판단과 어법과 제언이 고루 고품질의 격조를 띠고 완미한 미적 텍스트를 만들어내는 데 기여하고 있는 것이다. 이 아름다운 텍스트는 그 자신의 존재 전체를 통해 범람하는 이론들의 온갖 이탈적 미학에 대해 결정적인 경계와 핵심을 가리킴으로써 미적 규범의 금기를 깨뜨리는 것만큼 미적 욕망의 한계를 깊이 성찰하는 일의 뜻을 새삼 깨닫게 해준다. 그러한 본원적 태도의 밑바닥에 놓여 있는 것은 사람됨에 대한 그 역시 본원적인 깨달음이다. 즉, 사람이 세계의 동적 주체로 나서면서 세워두었던 사람됨의 이정표로서의 인문주의적 가치들이 단순히 세계의 주인 행세를 하기 위해 고안된 것들이 아니라, 스스로를 거듭 갱신하고 또한 부단히 성찰하기 위해서, 다시 말해 온당한 방식으로 거듭나기 위해서 사람이 자신에게 건 약속과 맹세의 상징이라는 인식이다. 그 인식이 그이를 원숙한 교양인이자 섬세한 분석가이며 동시에 세상의 혼란과 불공정을 교정하기 위한 최선의 행동을 나름의 영역에서 나름의 방식으로 끈기 있게 실행하는 조용한 실천가의 자세를 시종 지켜내게끔 한 원천인 것이다. 존재가 의식을 결정한다는 게 상식적인 진리라고 한다면 유종호 비평이야말로, 정보의 팽창과 역사의 붕괴 그리고 이론의 폭발이라는 오늘의 상황 속에서, 규정하는 힘인 존재에게 규정당하는 의식이 개입해 존재의 운동에 정지와 성찰과 교정을 촉발하는 역류의 힘으로 작용하는 희귀한 덕목을 보여주고 있다고 할 수 있으며, 그이의 비평을 오늘날 더욱 절실하게 읽히게 하는 원천은 이 덕목에 있을 것이다.

유종호 비평의 변함 없는 현존성은 매우 풍부한 비평의 비평을 낳았다. 여기에 모인 글들은 유종호 비평의 미덕과 깊이에 상응하여 저마다의 방식으로 깊은 이해를 향해 천착한 글들이다. 독자들은 이 모음을 통해 한 비평가의 고유한 원리와 총체적 궤적을 일람할 수 있을 것이며 또한 품격과 풍취가 어우러진 비평들 사이의 대화를 경험할 수 있을 것이다. 재수록을 허락하고 새 글을 써주신 모든 필자들에게 감사드린다. 이 책이 유종호 비평의 이해를 넘어 체감토록 해줄 촉매가 되기를 바란다.

—『유종호 깊이읽기』(민음사) 서문, 2006.2.

분석적 대화의 비평

김치수의 비평은 작가에게 보내는 격려이고 독자에게 건네는 위안의 메시지다. 그의 문체는 곁에 앉은 사람에게 이야기를 하는 듯하다. 그의 다감한 목소리를 들으며 나른한 안식에 젖는 독자는, 그러나, 그가 텍스트의 세밀한 흐름들까지 속속들이 짚어나가는 것을 문득 깨닫고 놀라게 된다. 그의 섬세함은 작가에게 두려움을 자아내고 그의 자상함은 독자에게 글읽기의 열정을 불러일으킨다.

김치수는 그러니까 분석정신과 열린 사유를 공유한 비평가이다. 그의 열린 사유는 문학이 세상과 맺는 다양한 연관을 탐지케 하고, 그의 분석정신은 텍스트의 내재 분석을 지향케 한다. 그 두 개의 태도는 긴밀히 맞물려, 정밀한 독해가 추려낸 문학적 형상과 감각들을 이해의 우심방으로 모아, 삶의 소중한 의미와 높은 가치를 설명의 좌심방을 통해 흘러보낸다.

요컨대 그는 한국문학의 노련한 내과의이다. 한국문학이 허약해질 때마다 이 내과의가 항상 곁에 있었다. 그는 외국사조의 현란한 외양에 짓눌린 한국문학으로부터 그 고유의 문학적 양식을 구출하였고, 산업사회의 무차별한 진격 속에서 문학의 상업화와 상품화 현상에 반성하는 문학을 섬세히 구별하였으며, 정보화 사회의 전면적 대두에 맞서 인문 정신의 부활을 처방하였다. 무엇보다도 그는 점차로 문화의 주변으로 밀려나고 있는 문학에게, 그것이 지속해야 할 실천적 의의와 그것이 존재할 미래의 양태를 그려 보여줌으로써, 창작의 든든한 후원자로서의 비평의 직분을 다하였다.

김치수의 분석 정신과 열린 사유의 틀을 제공한 것은 프랑스 비평이었으나, 그것의 실질을 이룬 것은 그만의 핍진한 생활 감각과 따뜻한 감성이었으며, 그 감각과 감성의 바탕에 놓인 것은 한국사와 한국사회에 대한 체험과 이해였다. 그럼으로써 해체 분석은 꼼꼼한 살핌과 수선으로, 설명과 윤리는 공감과 권유로 재탄생하였다. 그로부터 어느 누구의 것도 아닌 김치수만의 비평이 세워졌으니, 그것을 분석적 대화의 비평이라고 명명해도 좋을 것이다.

—『김치수 깊이읽기』(문학과지성사) 서문, 2000.12.

마종기의 시를 여는 세 개의 열쇠

태어날 때부터 시의 세례를 받는 시인은 많지 않다. 마종기는 그런 희귀한 복을 받은 시인 중의 하나이다. 그는 아주 어린 시절부터 동요·동시를 발표하였고, 대학 재학 중 시인으로 등단하였다. 성장기의 그만을 보자면, 그가 시를 선택한 것이 아니라 시가 그를 선택한 것처럼 보일 정도이다. 한데 그는 시인으로서의 외길을 가지 않았다. 생활인으로서 그는 의사의 직업을 택하였고, 거주 영역으로는 모국어가 외국어가 되는 곳에 근거지를 마련하였다.

그 사연이 어찌 되었든, 그는 존재의 찢김을 자발적으로 의도한 셈이다. 그 찢김은 아주 개인적인 것이며 동시에 집단적인 것이었다. 개인적이라는 것은 그의 직업 선택, 도미가 순전히 그 자신만의 선택이었다는 것을 뜻하며, 집단적이라는 것은 그 개인적 선택이 삶의 환경과 접촉하면서 한국인의 공동의 경험과 만났다는 것을 뜻한다. 이 찢김의 경험과 더불어 그는 순수의 낙원으로부터 추방되었다. 하지만, 역설적이게도 그의 시가 만개한 것은 이 추방과 더불어서이다. 그는 시를 버리지 않았으며, 침묵하는 시에 그의 생체험의 숨결을 불어넣었다. 그의 시는 그 숨결에 쐬여 순수의 꽃망울을 열고 복엽의 꽃잎들로 다시 피어났다.

그러니까 마종기의 시를 '깊이' 읽기 위해서는 적어도 세 겹의 봉인된 상자를 뜯어야 한다. 첫째는 분열의 자발성의 의미이다. 둘째는 삶의 성층들 각각(시, 의사, 이민)의 의미와 그것들 사이의 관계이다. 셋째는 개인적 경험과 집단적 경험의 만남과 상호 굴절의 문제이다. 제일 바깥에 있는 상자는 마지막 상자이다. 지금까지의 마종기 시에 대한 이해는 주로 이에 집중되었으며, 그것은 "이민자의 유랑민 의식"을 마종기 시의 대표적 표지로 만들었다.

그러나, 그의 시 세계는 또한 많은 분들이 공통적으로 지적하듯이, 유랑자의 방황의 기록이라기보다는 순수하고 맑은 삶에 대한 소망의 피력이자 그것의 언어적 실천이다. 그렇다는 것은, 시인이 밖으로 분열되어나가는 그 과정을 통해 거꾸로 최초의 순수의 세계로 거듭 귀향하였다는 것을 보여준다. 바깥이 안이고, 열림이 침잠이다. 진정, 마종기 시의 가장 깊은 비밀은 여기에 있다.

여기 수록된 글들은, 회상과 관찰과 분석이라는 다양한 연장을 가지고, 저마다의 독특한 도관을 따라, 이 비밀 속으로 잠입한다. 우선 시인이 '나'를 말한다. 그리고 시인과 편집자가 나눈 대화와 함께 쓴 연보가 뒤를 잇는다. 이 자술과 대화가 아직 시인의 세계를 비밀의 안개로 감싸고 있다면, 시인의 시에 대한 분석과 해석들이 그의 시로 열고 들어가는 다양한 열쇠를 제공한다. 이 열쇠들이 지나치게 빡빡하거나 투명하다고 느낄 즈음에 그를 옆에서 지켜본 분들이 사람 마종기의 숨결과 살을 덧붙여준다. 그러면, 그때 또 하나의 숨은 마종기가 슬며시 모습을 드러낼 것이다. 이 작은 축제를 완성한 것은, 시인 자신과 필자들 모두이다. 시인에게는 축복을, 필자들에게는 감사의 말을 보낸다.

—『마종기 깊이읽기』(문학과지성사) 서문, 1999.1.

악사이자 목자의 영구 교감 운동

이 책은 정현종 선생님의 정년퇴임을 기념하여 제자들이 함께 엮고 쓴 책이다. 일반 독자들에게는 정현종 시인이라는 호칭이 자연스럽겠지만 정현종 시인이 거의 30년 동안 교수의 직함으로 사람들과 더불어 지낸 곳들이 또한 있었다. 그중 팔 할에 해당하는 기간을 차지하는 복을 누린 장소가 있으니 그곳은 연세대학교이다. 이 책의 구성과 집필에 참여한 필자들은 모두 연세대학교에서 정현종 선생님으로부터 시를 배운, 그것도 선생님의 시심에 들려서 시 공부를 일생의 목표로 삼고야 만 사람들이다. "숨어도 가난한 옷자락 보이는" 게 시인이라고 정현종 시인은 언젠가 말한 바 있지만 시 공부하는 사람의 장래도 유유상종하는 운명을 피하기가 어려울 터이니, 그런 삶을 살기로 작정하는 마음에 불을 지른 시인의 그 무엇이 자못 신비하고 궁금할 수밖에 없다.

시인과 교육자를 겸하는 게 한국의 일반적인 현상이어서 그것의 의미를 캐는 게 새퉁스러운 느낌을 줄 수도 있지만 정작 그 의미에 물음표가 던져진 일은 없었던 것 같다. 시인의 길과 교육자의 길은 수많은 교차점이 동시에 같은 수의 분기점이 되는 인생이라는 한 줄의 두 개의 올과도 같다. 끊임없이 되풀이 변주되어 온 고전적인 정의에서 시인의 직무는 '즐겁게 하며 가르친다'이다. 사람들을 즐겁게 해줄 때 그는 '악사'에 가까이 가며 가르칠 때 그는 '목자'에 가까이 간다. 교차점 곧 분기점은 교사에게는 목자의 역할만이 흔히 주어진다는 점 때문에 생기는 것이고, 또한 그래서 시인-선생에게는 '피리 부는 목자'의 이미지가 부여되어 온 것이지만, 현대 사회에서 그 두 개의 길은 어울리기보다 자주 어긋난다. 교육자의 역할은 어린 사람들이 사회에서 정상적인 삶을 살아갈 수 있도록 이끄는 것이다. 그런데 현대에 와서 시는 빈번히 사회와 마찰한다. 시의 눈으로 볼 때 사회는 자신의 취지에 반하는 쪽으로 나아가거나 혹은 그의 취지가 잘못되었다. 그래서 시는 거듭 사회와 결별하고 떠나는 것인데, 시인-선생은, 어쨌든 그런 자격으로 존재하는 한, 떠날 수가 없는 것이다. 모세가 되어 함께 데리고 떠나거나 유마(維摩)가 되어 "이렇게 노엽고 해로움이 많은 곳"에서 머물 수밖에 없는데, 오늘의 시인-선생에게는 그래야 한다는 내면의 요구에 반해 그에 따라야 할 권한은 통상 주어지지 않기 마련이다.

때문에 시인-선생이 나 홀로 시를 쓸 때와 더불어 시를 가르칠 때의 마음과 자세와 언어를 다루는 방법이 다를 수밖에 없는 것이다. 그 마음과 자세와 언어를 공인된 기구가 규정집으로 묶어 줄 수가 없는 것이라면, 시인-선생은 나 홀로, 더불어 사는 삶을 상상하며, 그것들을 자득(自得)할 수밖에 없었을 것이다. 정현종 선생님이 그런 시인-선생의 존재의 매뉴얼을 별도로 밝히신 적은 없으니 아마도 그걸 밝히지 말라는 규정이 그 매뉴얼 속에 포함되어 있기 때문일 것이다. 그러나 그건 굳이 말로 하기 이전에 몸으로 현신하는 것이라서 제자들은—여기의 제자들은 이 책에 참여한 사람들뿐 아니라 정현종 선생님의 수업을 들은 거의 모든 학생을 가리키는 것임을 지금 이 글을 쓰고 있는 사람은 언젠가 확인한 적이 있는데—선생님이 교문을 지나 백양로를 걸어오시는 모습을 보는 순간 앞다투어 옆 사람에게 "그분이 왔다"고 속삭이곤 하였다. 아침 햇살을 받으며 휘적휘적 걸어 올라오시는 선생님의 모습은 뭐랄까, 자유의 육체라는 게 있으면 저런 것이지 싶게, 시 본래의 자유가 자유의 이름으로 불리기 직전의 무르익어가는 상태로, 그래서 그걸 보는 사람들에게 어서 그것이 자유의 이름을 갖고 있기를 갈급히 갈망케 하는 한편으로 자유가 자유의 이름을 가졌을 때 다시 말해 자유가 율법이 되었을 때 마침내 속으로 품게 되고야 마는 구속적 성질로부터도 자유로운 모습이었다.

아마도 제자들이 정현종 선생님에게 배운 것은 그런 것이었을 게다. 흔히 쓰이는 '염화시중의 미소' 혹은 '불립문자'로서의 시라기보다는 언어로 표현되어 나오기 직전의 어떤 충만하면서도 동시에 열려 있는 시의 현존적 상태로서 시를 이해하는 것. 그 현존적 상태에서 분주히 또는 느긋이 움직이고 있는 것을 두고 '상상력'이라는 막연한 용어로 지칭할 수 있겠지만 그것은 실상 그 지칭에 기대어 그 지칭을 넘어서 그 상상을 촉발한 사물들이 내뿜는 기운과 상상의 주권을 가진 존재의 의지적 활동, 그리고 그 상상에 응답하는 자의 육체적 반응과 그 화창하는 존재들을 감싸고 있는 배경이 '얼싸절싸' 하면서 함께 거들어, 지금까지의 언어로는 명명할 수 없고, 미래의 필설로도 다 할 수 없는, 세상이 통째로 현재의 충만으로써 미래의 울타리 바깥으로 넘어가는 그런 정황을 연출해내는 활동이라고 할 수 있다.

이 책은 그러니까 제자들이 말 이전의 육체로 배운 것을, 그 고유한 성질에 따라 그것을 자유의 운동이거나 상상의 운동으로 발동시켜 크게 키워서 가르친 분에게 되돌려드리는 작업이다. 무엇을 '준다'는 것의 가장 근본적인 양태는 문자 그대로의 뜻으로서의 '헌신(獻身)'이다. 주는 행위가 단순히 물건을 주는 것이 아니라 정성을 주는 것이라면 그것은 주는 자의 몸의 죽음을 대가로 한다. 참된 의미에서의 주는 행위는 자기의 일부를 잡아 타자의 먹이로 내어놓는 것이다. 그러니 받은 자도 자기를 잡아서 준 사람에게 돌려주어야 하는 법인데, 포부는 받은 만큼 더욱 컸으니 그 이상으로 돌려드리려는 것이지만 실상은 준 사람의 크기를 따라가지 못해 받은 것에 턱없이 모자라는 소량의 보답이 될 수밖에 없을 것이다. 그러나 "용장 밑에 약졸 없다"는 세간의 속설이 아주 엉터리는 아닐 것이라서, 여기에 실린 글들이 그런대로 읽을 만한 것이고 지금까지 씌어진 정현종론의 한계를 넘는 새로운 해석들을 보탤 수 있다면 — 우리는 사실 그 욕망 속에서 이 책을 만들어 온 것인데 — 그나마 배은의 악덕을 피할 수는 있으리라.

여하튼 책 구성의 원칙은 이로부터 나왔다. 정현종 선생님이 가르치신 게 언어 이전의 시의 육체라면 우리는 당신의 시를 체험적으로 되풀이해 보는 방법을 통해서만 정현종의 시학을 재현해 보일 수 있을 것이다. 그 시학의 요체를 방금 '상상력'이라고 했거니와, 상상은 질료와 운동과 교감으로 이루어진다는 게 우리의 생각이었다. 다만 그 세 가지 항목들은 '칼같이' 나뉠 수 있는 것이 아니라 '물처럼' 섞여 있는 것이어서, 질료는 이미 상상의 소산이고 운동은 질료의 변용이며 교감은 질료-운동의 관계를 때로는 미묘하게 때로는 풍요하게, 또는 간단하게도 복잡하게도 맺고 나누는 작업이다. 이 점을 헤아려 읽는 독자는 아마 약간의 신바람을 책읽기에 보탤 수 있으리라.

시인-선생에서 '선생'의 표찰을 뗀다고 해서 선생님의 가르침이 멈추지는 않을 것이다. 앞에서 시인의 고전적인 직무를 언급한 바 있듯이 시인-선생은 사실 시인의 확장적 제유이다. 다만 제유와 원어 사이에 차이가 없을 리는 없다. 이제는 직접 뵌 자리에서 선생님의 살과 피를 타 먹을 수 없으니 그 때문에 영원히 이목구비가 고플 것임은 명약관화하므로 참으로 비애스럽다는 이기적인 한탄을 금할 수 없는 것도 사실이다. 그러나 우리가 고픈 만큼 배부를 사람들이 있을 것이므로, 이 또한 축복할 일이 아니겠는가? 그러니 이 책은 독자들에게 띄우는 축전이기도 한 것이다. 이제 제자들도 독자로 변신해서 그 새로운 축제에 동참하게 되리라. 우리는 이제부터 선생님을 처음 뵙는 것이다. 이제 시작이니 앞으로 수많은 기릴 날들이 있지 않으랴?

—『영원한 시작-정현종과 상상의 힘』(민음사) 서문, 2005.2.

한국시의 리듬이 탈옥할 순간이 왔다

60년대 식으로 말해보자. 한국시의 리듬은 실종되었다. 그는 체포되어 알 수 없는 곳으로 압송되었고 영영 돌아오지 않았다. 그는 민적에서 말소되었다. 그리고 관청은 어떤 동명이인을 바로 그 자리에 등록하였다. 그날 이후 그가 한국시의 리듬이었다. 오로지 그만이 한국시의 리듬이었다. 한국시의 리듬은 하나였고 점이었다. 누군가 한국시의 리듬 집합의 일원이 되고자 하면 그는 가차없이 상대방을 반국가적 행위로 고발하였다. 그만이 유일무이한 한국시의 리듬으로 군림하였다.

왜 60년대 식으로 말하는가? 왜냐하면 바로 그 언저리에 정말로 한국시의 리듬에 결정적인 사건이 발생했기 때문이다. 한국인이 자신의 자아를 처음으로 '확신'하게 된 시대, 그 확신의 송풍기로부터 동력을 얻어 주체성을 향한 열풍이 서서히 일어나고 한국적인 것의 '실체'가 있다는 신앙이 한국인의 내면에 침전되기 시작하던 시대. 그 시대의 바람이 이룬 것을 새삼 돌이킬 것까지는 없을 것이다. 한국사회의 근대화라는 변화무쌍하면서도 전체적으로 가파른 상승곡선을 그렸던 큰 차원의 장기지속적 과정을 이제 부인할 수 있는 사람은 많지 않을 것이다. 그러나 작은 차원들에서의 사건들이 모두 큰 차원의 행복한 결말로 합류하는 건 결코 아니다. 큰 차원의 자락들에 접혀져 숨어 있거나 혹은 그것의 감시탑 아래 차가운 벽돌담에 둘러싸인 작은 차원들에서는 판자촌이 있었고 타이밍이 있었고 인권 침해가 있었고 조폭 경찰이 있었고 '경아'도 있었다.

그리고 한국시의 리듬도 저 불행한 작은 차원들의 집합에 속한다. 한국적인 것에 대한 신앙이 요구한 한국시의 리듬은 순수히 민족적인 열정에 뒷받침되어 하나의 정수로서 추적되었다. 그것은 매우 특별한 실체로 간주되어 일상 언어와는 근본적으로 다른 것이라고 전제되었고, 바깥으로부터 들어 온 혐의가 보이는 건 곧장 후보에서 탈락된 한편, 본래의 참고문헌이 부재하는 탓으로 엉뚱한 재래의 유산들이 필수적 전거인 양 기리어진 끝에 하나의 편협한 기준만이 올바른 것으로 점 찍혀져 탄생하였다. 그리고, 그렇게 탄생한 다음에는, 한국인의 항구적인 심성이라는 신화와 맞물려, 고시가와 현대시 사이에 그 리듬의 변주가 부단히 속으로 작동하고 있는 것처럼 가정되었다.

그로부터 무척 권위스런 성명들이 발표되었고, 그로부터 무수한 논문들이 제작되었다. 그러나 그렇게 해서 한국시는 더욱 리듬의 신명을 누리게 되었는가? 불행하게도 대답은 거꾸로이다. 저 민족주의적 열정에 휩싸인 거의 반세기에 걸친 탐구는, 현대의 한국인이, 흔히 되풀이해 언명되듯, 바깥으로부터 들어 온 이데올로기에 들리기만 한 것이 아니라, 실은 자기에게도 들렸다는 것을 여실히 보여준다. 그리고 자기에게 들리면 그것은 자기를 고양시키기는커녕 오히려 자기를 말살한다는 것도 또한 보여준다. 저 편협한 기준은 한국시의 리듬을 발육시키는 데 아무런 도움이 되지 않았다. 그것은 첫째, 시에 관한 어떤 문헌에도 근거하지 않은 희한한 창작물이었으며, 둘째 한국의 시인들이 시를 쓰는 데 그 원리를 결코 느끼지도 못하고 심지어 의식하지도 않고 있으며, 셋째, 무엇보다도 왜 그것만이 유일한 기준으로 강요되어야 하는지 요령부득이어서, 아무도 읽지 않았을뿐더러 익힐래야 익힐 도리가 없는 교본이었다.

사실 60년대식을 비꼰 모두(冒頭)의 60년대식 담화도 하나의 허구에 지나지 않는다. 애초에 그런 하나의 신원은 존재하지 않았기 때문이다. 시간의 전개를 생각하자면 한국시는 하나의 리듬을 찾아 헤매기보다 있을 수 있는 리듬의 가능성들을 탐구했어야 옳다. 왜냐하면 한국의 현대시는 이제 막 태어난 신생아와 같았기 때문이다. 그 현대시가 민요나 시조의 형식을 베껴 고치는 것은 현대시의 가능성의 일부분이지 현대시의 필수 조건이 아니었다. 또한 거꾸로 말해, 저 민요나 시조도 방금 말한 오그라든 기준을 초과하는 무척 많은 리듬의 잠재성을 간직하고 있다고 생각하는 게 타당할 일이었다.

그러니 규율의 울타리를 세우고 금지의 목록을 적기 전에, 프랑스어의 옹호와 선양을 위해 모든 가능성을 시험하고자 했던 르네상스기의 플레이아드 시인들이 그랬던 것처럼, 이제 뒤늦게나마 모든 규제를 풀고 리듬의 가능성을 실험해야만 한다. 리듬이 운과 율만으로 이루어져 있다는 편협한 사고에서도 해방되어야 한다. 리듬이 되풀이라는 경직된 생각도 깨트려야 한다. 변화가 없는 되풀이가 어떻게 되풀이로 감지될 수 있는가? 자유시에는 리듬이 없다든가 혹은 심리적이라는 꼬인 생각도 풀어야 한다. 자유시의 리듬도 정형시의 리듬과 다를 바 없이 물질적이고 육체적인 것이다. 그러니 코페르니쿠스적 전회가 필요하다. 그 전회의 첫 걸음으로 한국시의 리듬이 오그라든 율격론의 감옥에서 탈옥하는 걸 내버려두기로 하자. 그리고 시보(詩譜)의 망태를 매고, 시의 듀프레인(Dufresne)이 감추어 놓은 리듬 자원의 광상을 채굴하러 가자. 그렇게 거둔 한국어의 음운과 통사와 의미의 자원들로 온갖 종류의 되풀이와 온갖 양태의 변화들의 교직을 실험하는 한국어의 교향악들을 경연해보기로 하자. 이 치명적인 시도의 선봉에 서기를 기꺼이 수락한, 박인기, 조재룡, 장철환 세 분의 필자에게 뜨거운 박수를 보낸다.

—『현대시』 특집 '한국시의 리듬을 탈옥시키자' 기획의 말, 2009.7.

왜 김수영인가?

나 자신이 청년 시절 그에게 열광한 사람이기 때문에 잘 기억하고 있지만 김수영이 하나의 신화가 되기 시작한 것은 『거대한 뿌리』(민음사)가 나온 1974년 이후이다. 그로부터 8년 후 김현은 "김수영은 지금 영광의 절정에 있다"(「반성과 야유」, 『책읽기의 괴로움』, 김현문학전집, 제 5권, p.42)라고 적었다. 그리고 다시 그로부터 20년이 훨씬 지난 오늘 그에 대한 관심은 더욱 커져만 가고 있다. 1980년대의 그의 영광이 김현의 지적대로 "문학적 거리가 서로 꽤 멀어 보이는 문학인들의 상당수가 저마다 김수영을 정신적 선배로 받들"려는 다툼 속에서 세워진 것이라면, 1990년대 이후의 김수영 신화의 팽창은 문학에 대한 이해가 현장비평으로부터 대학의 연구로 이동해 간 사정과 연관이 깊다. 이 장(場)의 변화는 그 자체로서 탐구되어야 할 중요한 현상이지만 여기에서 중요한 것은 이 변화가 한 가지 특징적인 현상을 수반했다는 사실이다. 대학에서의 현대문학 관계 논문의 거의 대부분은 '현대성(modernity)'에 대한 탐구를 궁극적인 목표로 삼았고 지금도 여전히 삼고 있다는 점이 그것이다. 이러한 현상 자체가 또한 중요한 물음의 대상인데 이 역시 차치하고 우리의 관심을 끄는 것은 시 쪽의 연구에서 한국문학의 현대성에 대한 탐구는 곧바로 김수영에게서 예증을 찾으려는 거의 일방적인 관심으로 나타났다는 사실이다.

왜 하필이면 김수영인가? 김수영 외에도 '현대성'을 표방한 시인들은 무척 많았다. 또한 '모더니즘'이라는 이름으로 한국에 수용된 서양 현대시의 경향과 기법을 원본 그대로 도입하려 한 시인들도 많았다. 그런데도 왜 오늘의 해석자들은 유독 김수영에게서 현대성의 묘상을 찾으려고 하는 것일까? 바로 이러한 일방성 때문에, 한켠에서, 김수영을 '우상'으로 지목하고 불태우려 하는 욕구가 솟아난 것은 아주 자연스런 현상이라고 할 수 있다. 그리고 그러한 비판은 김수영을 둘러싼 해석자들의, 아니 차라리 문학 해석의 장 전체의 욕망에 대한 분석으로 이어질 때 바람직한 결실을 얻을 수 있을 것이다. 다시 말하자면 그것은 방금 우리가 '차치'해 놓은 현상들을 향해 역류해가는 과정 속에서 해를 얻을 수 있을 것이다. 그러나 욕망이라고 말했다고 해서 그것을 무조건 부정적으로 읽지는 말자. 욕망은 정신의 식량일 뿐이다. 편식이나 과식을 혹은 잘못된 요리를 나무랄 수는 있지만 먹는 것 자체를 부정할 수 없는 것과 마찬가지로 욕망의 과잉과 오용과 편향을, 그리고 기타 등등을 비판적으로 해부할 수는 있으나 욕망 자체를 버리라고 요구할 수는 없는 것이다. 사실은 그 요구 자체가 욕망의 특이한 형태에 불과한 것이다. 그리고 그렇다는 것은 식욕을 발동시키는 곳에 맛있는 음식이 있는 것과 마찬가지로 욕망이 있다면 또한 거기에 진실이 있기 때문임을 가리키는 것이기도 하다. 물론 쌀만이 식용은 아닌 것과 마찬가지로 거기에만 진실이 있는 것은 아닐 것이다. 거기에 진실의 한 가지가 있을 뿐인 것이다. 해석자들이 앞다투어 몰려들어 철봉 연습을 하고 있는 그 한 가지는 도대체 어떻게 생겼기에 여태 안 부러지고 갈수록 씽씽하단 말인가?

오늘의 특집은 그에 대한 대답을 막연하게나마 찾아보려는 의도에서 꾸며졌다. '막연하게'라는 부사가 그대로 지시하듯이 여기에서 결정적인 해답을 얻으려는 욕심은 없다. 또한 글쓴이들의 관점도 꼭 같다고 할 수도 없다. 다만 우연하게도 글쓴이들은 김수영이라는 시의 가지 안에 매우 중요한 심이 심어져 있다는 믿음에서 일치하였다. 조강석과 송승환은 현대성이 김수영에게서 기정사실이 아니라 미지의 사건이었음을 포착하고 그것이 개인의 윤리와 시적 실천에서 어떻게 드러나는가를 살폈다. 강계숙은 한국에서 현대성을 실천한다는 것이 무엇인가를 물었다. 그리고 석사학위논문에서 일부를 발췌하여 축약한 정한아의 글은 김수영의 시에서 정확히 이해되어야 할 필요가 있는 세 가지 문제를 찾아 밝혔다.

—『현대시』 특집 '김수영 다시 읽기' 기획의 말, 2005.8.

시다운 것이 번개치는 장소들

무엇이 시를 시답게 하는가? 근본적인 질문이지만, 이에 대한 모색이 개진된 적은 많지 않다. 무엇보다도 그 물음에 대답하기가 어렵기 때문이다. 그리고 대답이 어려운 까닭은 시가 본래 인간의 경지를 넘어서는 곳에 있기 때문이 아니다. 시는 무엇보다도 인간의 사업이다. 단 인간의 사업이되 유한계 너머의 절대적인 자리를 지향한다는 점에서 인간을 뛰어넘기 위한 사업이다. 시와 소설이 다른 점은, 소설이 현재의 상태를 극복하려는 노력이라면 시는 인간의 상태를 넘어서려는 시도라는 것이다. 이러한 대비는 소설이 시간적 질서에 속하는 장르라는 것을 가리키며 동시에 시간적 질서에 속하는 것은 4차원의 내부에서, 즉 인간계 내부에서 움직인다는 것을 가리킨다. 소설의 인물들은 대개 광인이자 범죄자이지만 그럴 때조차 광인(狂人)과 무법자들은 광속(光速) 불변의 법칙을 벗어나지 못한다. 반면, 시는 시간을 타고 움직일 때조차 시간 너머로 솟구친다. 그 시간 너머에 있는 것을 두고 예전에 이성복은 "빛나는 정지"(「상류로 거슬러오르는 물고기떼처럼」)라고 표현했던 적이 있다. 그러나 시가 시간적 질서에 '속하지 않는다'고 해서 시간 내부의 사건들을 간단히 무시할 수 있는 것이 아니다. 오히려 저 시간 너머의 세계는 시간 내부의, 다시 이성복의 표현을 빌리자면, "모든 몸부림"을 통해서만 이루어진다. 그러니까 시가 시다워지는 순간은 시답지 않은 것들의 총체적인 운동 속에서, 다시 말해, 시답지 않은 것들이 시다운 것이 되고자 하는 전면적인 몸부림 속에서 피어나는 것이다. 그리고 그렇다는 것은 시가 시다워지려고 할 때 그 시는 시간적 질서와 맹렬히 다투고 있다는 것을 가리킨다. 이 시간과의 대화 때문에 시의 시다움은 역사적 요인을 통해서만 '실현'된다. 선험적인, 고정된, 불변의 시다운 특성들은 없다. 빛나는 정지를 향해 꿈틀거리는 시의 운동은 격렬한 시간적 흐름을 이루면서 그 흐름이 통째로 시간의 질서를 불현듯 초월하는 순간들로 작열한다. 그 순간들은 말 그대로 벼락이 치는 순간들이다. 근본적인 존재 전환이 일어나는 순간이란 뜻이다.

그렇기 때문에 오늘의 한국시에서 시를 시답게 하는 원인들이 특별히 요동치는 장소들이 있다. 그 장소들 중 당장 탐색해 봐야 할 곳들이 특히 있다. 하나는 현재의 한국시의 저변을 지배하고 있는 이른바 '한국적 서정시'의 경계 부근이다. 이 말은 한국적 서정시가 그대로 시다움이 구현되는 장소라는 뜻이 아니다. 그게 아니라 '서정'의 이름으로 한국의 시인들이 저마다 오롯한 시 하나를 찾으려 할 때, 그 작업들은, 집단적 규약으로 자리잡은 소위 '한국적 서정'의 일반적 경계들을 관통하여 그 경계 너머로 나아가며, 시다움은 바로 그 경계 너머로 넘어가는 순간에 있다는 것을 뜻한다. 그런데 그 '일반적 경계'는 무엇이며, 그 경계 너머는 무엇을 측정할 수 있단 말인가? 소위 '한국적 서정'에 대한 규정은 어느 정도 정리가 된 듯한데, 그러나 그 기원은 전혀 해명되지 않았다. 우리는 한국의 서정시인들에게 큰 영향력을 미친 정도에 따라 가령 미당의 시세계를 하나의 모태로 가정해 볼 수도 있다. 그러나 실제로 오늘날 유행하고 있는 서정시의 일반적 현상들은 미당의 시와 비슷한 데가 거의 없다. 미당은 자연을 그리되, 언제나 자연 속에서 뛰노는 인간들을 신선처럼 생동시켰다. 그에 비해 일반적인 서정시에서 인간은 생동하기보다 자연에 눈뜨거나 자연에 잠긴다. 운동의 시도 아니고 대체로 묘사의 시들이다. 그러한 시는 오히려 용아가 「시적 변용에 대하여」라는 글로 그 원리를 제시하였고 영랑에 의해서 구현된 시풍과 가깝다. 순수한 가정이지만 우리는 서정시의 이름으로 시다운 것이 요동치는 장소가 미당의 시와 영랑의 시 사이에 있을 수 있다고 추정해 볼 수 있다. 순수한 가정이라는 것은 그에 대해서 정확히 아는 것은 아무 것도 없다는 말이다. 그 가정을 검증하고자 미당의 시론과 용아의 시론을 비교해보는 작업을 우선 해보고자 하였다. 어려운 글을 써 준 문혜원 씨에게 고마움을 표한다.

시다움이 번개치는 또 다른 장소는, '현대'라는 "지상의 명령"(김수영)이 추구된 소위 '모던한' 시들의 움직임들 속에 있다. 그 움직임들의 각각의 모습이 무척 이질적이기 때문에 그것들은 항용 제가끔 감지되고 별도로 이해되기 일쑤였다. 이제 그것들을 통합해서 볼 필요가 있다. 현대가 미적 요구일 뿐만 아니라 철학적 요구이면서 동시에 삶의 요구로서 나타난 길을 열어 보인 건 김수영과 김춘수의 시대이다. 조강석 씨가 그들의 시에 일관되게 작동하는 시적 원리와 그 변이들을 탐색하였다.

여성적인 것이 물결치는 장소도 시다움이 현존하는 곳일 가능성이 다분하다. 여기에서 여성성은 현실의 지배적 질서에 의해 계산되고 분할되지 않는 성격을 잠정적으로 지칭하는 용어로 읽는 게 더 타당하다. 실제로 남성의 권위주의적 지배가 온존하든 아니면 여성들의 활약이 남성들을 이미 압도하고 있든 그 모든 것들이 남성 중심의 세계 속에서 움직이고 있으며 그런 남성 중심의 세계는 인간 사회에서 가장 오래된 질서 중의 하나이기 때문이다. 그러니까 여성적인 것, 괴테가 "영원히 여성적인 것이 우리를 이끈다"라고 말했을 때의 그 여성적인 것은 인간의 삶 속에 육화된 제도적 체제를 넘어서는 모든 시도의 하나의 상징으로서 존재한다. 그러나 앞서 얘기한 것과 비슷이, 그것은 실제의 여성의 문제를 통과

하는 작업을 통해서만 실현될 수 있다. 여성적인 것과 시적인 것의 관계를, 권온 씨가, 김혜순의 최근 시집을 대상으로 살펴보았다.

이외에도 시다움을 문득 목격할 수 있는 장소들은 여럿 있으리라. 가령, 황지우는 20여 년 전에 "시적인 것은 실재로 있다"라는 놀라운 명제를 제시한 바 있다. "실제로 있다"와 "실재로 있다"는 매우 다른 것이다. 시적인 것이 '실재'로 있다는 것은 황지우의 당대적 문제와 연관하여 무엇을 뜻하는 것일까? 이에 대해서는 아직 충분한 논의가 이루어지지 않았다. 다만 최근 정한아가 발표한 「'시적인 것'의 실재론이라는 스캔들」(연세대학교 국어국문학과 BK21 한국 언어·문학·문화 국제인력사업단주최, '제 2회 한국 언어·문학·문화 국제학술대회', 『한국 근현대 문학과 문화 읽기』, 2008.7.4)은 본격적인 논의를 위한 실마리를 제공할 수 있을 것이다. 또한 오랫동안 한국의 현대시에서 등한시되어 왔던 '음악성'의 영역도 탐구해 볼 필요가 있을 것이다. 등한시되어 왔다기보다는 왜곡되어 왔다는 말이 더 타당할지 모르겠는데, 소위 '음보냐 음수냐'라는 운율의 실체주의적 논쟁의 허방에 빠진 이후로 한국시의 장에서 음악성의 논의는 제 길을 찾지 못하였다. 그리고 그 결과 한국의 시에서는 서정시든, 현대시든 혹은 다른 무엇이든, 인식과 묘사의 시가 대세를 이루게 되었다. 그러나 운율은 그런 어떤 특정한 실체나 형식들에 있는 게 아니다. 수평적으로든(리듬의 차원에서) 수직적으로든(선율의 차원에서) 반복과 이탈이 있는 곳에서는 어디서나 운율이 발생하는 것이다. 우리는 그 점으로부터 출발해 한국시의 음악성을 회복해야 할지도 모른다. 아쉽게도 이에 대한 탐구는 이번 호에서는 성취되지 못했다. 훗날을 기약하기로 하자. 숨막히는 더위와 싸우며 소중한 원고를 써 준 필자들께 감사드린다.

—『현대시』 특집 '시다운 것이 번개치는 장소들'에 대한 기획의 말, 2008.9.

철학자는 시를 꿈꾸고 시인은 진리를 소망한다

플라톤이 자신의 공화국에서 시인을 추방하려 했다는 것은 오래된 고정관념 중의 하나이다. 그런데 이 관념은 과장된 것이다. 그는 시인을 추방하려 하기보다 시인에게 제한을 두려고 했다. 흔히 거론되는 『공화국』, '제 10장'[22]의 첫 머리에서 그는 "자신이 세우려는 공화국이 최고의 공화국이 될 것"이라고 확신하면서, 단 그것을 위해서는 "시를 규제할 방안을 생각"해야 한다고 말한다. 그리고 그 규제는 "모방 안에 있는 시의 어떤 부분을 결코 인정하지 않는 것"이라고 명시하고 있다. 그 어떤 부분은 어떤 부분인가? 이어지는 풀이에 의하면 "모방을 실행하는 비극 시인들 혹은 여타 저자들"의 "모든 작품은 그것을 듣는 사람들의 영혼의 파괴를 유발"하기 때문에 "해독제"가 준비되어야 한다는 것이다. 그리고 그 해독제는 "그 작품들이 실제로 무엇인지에 대한 인식"이라고 하였다.

플라톤이 시에 대해 과도할 정도로 경계를 한 것은 그가 시를 '열등한 모방기제'라고 생각해서가 아니라, 오히려 강력한 영향력을 가지고 있다고 생각했기 때문이다. 그는 시를 국가의 건설 및 유지에 직접 관련되는 것으로 보았다. 가령 그는 『메논』에서 국가를 다스리는 능력은 교육될

---

22 플라톤의 『공화국』의 인용은, *OEuvres Complètes, Tome VI–VIII*, Textes établis et traduits par Émile Chambry, Société d'Édition «Les Belles Lettres», 1974–1989에 근거한다. [이하, 『공화국』으로 약칭]. 또한 『공화국』 외의 플라톤의 모든 저작들도 같은 판본에 근거한다.

수 있는 게 아니라, 신으로부터 부여되는 천품임을 적시하면서, 그 점에서 통치자들은 '예언자들'과 다르지 않고, 그들이 하는 말은 "시적 희열(délire)"이고 그것은 "신의 숨결"[23]에 의한 것이라고 주장한다. 그가 비난하는 것은 시라기보다 시인, 그것도 '모방'을 수행하는 비극적 시인 및 그 비슷한 존재들인데, 그것은 그들이 "폭군을 찬양[24]"하기 때문이다. 반면 시 자체에 대해 말할 때, 그는 자주 시의 소중함을 기렸고 그때는 한결같이 '모방'과는 다른 각도에서 시를 보았다.

> 선생은 아이가 좋은 서정시 작품들을 배워 시타를 연주하며 그것들을 익히도록 해서, 아이의 영혼에 리듬과 선율이 스며들고 아이들이 그에 동화되어서, 리듬과 조화의 영향 아래 아이들의 말과 행동이 형성되도록 해야 한다. 왜냐하면 모든 인간의 삶은 조화와 리듬을 필요로 하기 때문이다.
>
> —『프로타고라스 *Protagoras*』, 326 a[25]

게다가 플라톤의 글쓰기 자체의 아름다움은 또한 어떠한가? 한 주석자가 "플라톤은 철학자인만큼 시인이다. 그는 삶을 추상에 의탁하는 재능과 영혼의 은밀한 곳에서 일어나는 일을 볼 수 있게 하는 재능을 한꺼번에 가졌다[26]"고 기록한 걸 읽게 될 즈음이면, 플라톤은 시인을 미워한 게 아니라 오히려 선망한 게 아니라, 라는 생각까지 해볼 수 있다.

실상이 무엇이든, 우리가 확인할 수 있는 사항은 두 가지이다. 하나. 플라톤은 시인을 추방하려 한 게 아니라 규제하려고 했다. 적어도 그는

---

23 *Ménon*, 99 b/c, *OEuvres complètes, Tome III, 2ième partie*, Textes établis et traduits par Alfred Croiset, 1984, pp.278-280.

24 『공화국』 8장, 568 b

25 *OEuvres complètes, Tome III*, 1ière partie, Textes établis et traduits par Alfred Croiset, 1984

26 『공화국』 8장, 553 c의 주. Tome 7, 2ième partie, p.20.

특정한 시인들은 추방하는 대가로 시의 덕성을 더욱 선양하려고 했다. 둘, 그는 시를 규제하는 방안을 '시에 대한 인식'에서 찾았다.

이성주의적이고 계몽주의적인 성격을 제하고 읽으면, 우리는 플라톤의 의지가 시의 한계에서 시가 생생히 살아있게 하고자 하는 특별한 의욕임을 알 수가 있다. "시에 대한 인식"을 지금의 맥락에서 풀이하자면, 시에 과학적인 정의를 주는 게 아니라, "시의 본성을 되새기는 작업"이라고 말할 수 있기 때문이다. 즉 그는 시가 잘못된 일에 '쓰이는' 것을 막으려 했다. 그럼으로써 시의 최초의 생기이자 최종적인 불멸을 시의 숨결로 불어 넣고자 했다. 그것은 그가 시를 사랑했기 때문이기도 하고, 혹은 시의 숨결이 신의 숨결이라고 생각했기 때문이기도 하다.

철학자가 시에 품은 이런 소망이 '최초의 인간'에게서만 발견되는 것은 아니다. 우리는 후대의 철학자들이 시원의 아버지를 따라 끊임없이 시에 개입하려 한 흔적을 무수히 찾을 수 있다. 가령, 데리다가 「일본인 친구에게 보내는 편지」[27]에서 '해체(déconstruction)'를 정의하고자 하는 시도 속에 모든 정의의 부정을 거듭 행하고는, 즉 어떤 다른 용어로도 대체시킬 수 없음을 직접 실연하고는, "해체는 본질적으로 대체 연쇄 속에서 대체될 수 있는 단어"라고 천연덕스럽게 결말을 내리면서, 실상은 '해체'는 오직 대체 연쇄 '속에서만' 살아남을 수 있는 어사라는 얘기를 은밀히 속삭이면서, 따라서 'déconstruction'이라는 프랑스어가 어떤 '아름다울' 일본어로 대체될 수 있을 것임을 제안한 후, "내가 이러한 [프랑스어 déconstruction보다] 더 아름다울 수 있는 [일본어로 된] 다른 단어의 글쓰기에 대해 말할 때, 나는 분명 '위험으로서의 번역(la traduction comme le risque)' 그리고 '시의 기회(la chance du poème)'를 염두에 두고 있습니다. '시'

27 1983년 7월 10일의 편지, Jacques Derrida, 『프시케-타자의 발명들 *Psyche-Inventions de l'autre*』, Galilée, 1987, pp.387-393.

를, 하나의 '시'를 어떻게 번역할 수 있을까요?"라고 메지를 낼 때, 독자는 자신의 철학을 시의 반열에 놓고자 하는 철학자의 욕망을 너무도 생생하게, 다시 말해, 전율적으로 경험하지 않을 수 없는 것이다. 그 욕망 속에서 태어난 게 바로 데리다의 철학이었으니, 그는 실로 "어떤 철학적 원리도 물려주지 않았다. 그게 아니라 어떤 읽는 방식을 물려주었던 것이다. 즉 데리다의 철학은 적용할 게 아니다. 그것을 항구화시키고 끊임없이 다시 펼치는 게 중요한 것이다"[28]라는 베닝톤의 진술은, 범박한 진술로 그 희한한 존재론의 핵심을 꿰뚫고 있다고 할 수 있다.

이 기획에 수록된 글들은 바로 그러한 철학자들의 시 되고자 하는 욕망(시인이 되고자 하는 건 아닐지라도)을 읽고, 그 욕망이 시의 존재에 끼치는 효과를 읽으려는 시도들이다. 정독한 독자는 그 욕망이 한없이 다양하고 동시에 한결같음을 알 수 있으리라. 동시에 그 욕망은 실은 시의 작업 자체라는 걸, 또한 언급된 시인들의 시론 혹은 발언을 통해서 느끼고 이해할 수 있을 것이다. 그러니 철학자와 시인은 너무나 생생한 증오 속에서 하나로 통하고 있는 것이다. 이 위험한 관계도 끝없으리라.

—『현대시』 특집 '철학자와 시인의 시론' 기획의 말, 2010.8.

---

28 Geoffrey Bennington, 「요컨대 읽기를 가르치기(Apprendre à lire enfin)」, *Le Magazine littéraire, No 498*, 2010.6, p.64.

맺는 말

그동안 썼던 단문들을 두 권으로 묶는다. 나를 정리한다는 의미를 갖는다. 2006년을 제외하고 내가 모두 집필했던 「'동인문학상' 수상작 선정 이유서」와 계간 『문학과사회』에 썼던 '서문', '계간평' 등은 그대로 두었다. 심사평들은 공공적 특성을 확보한 글들, 즉 심사대상자가 '문인'의 지위에 올라선 경우에 싣는 것을 원칙으로 하였다. 그러나 아마추어의 문학에 대한 언급이 필요하다고 생각할 경우에는 예외로 하였다. 공동의 이름으로 발표된 심사평 중, 분명히 혼자 쓴 것이 맞고 또 나의 문학적 입장을 밝히는 데 꼭 필요하다고 생각된 것들은 별다른 설명 없이 이 책에 포함시켰다. 상당수의 글들이 산만히 흩어진 채로 버려져 있었던 탓에 빠진 것들이 있을 터이나, 넝마줍기의 고통이 너무 심해 더 나아가질 못하겠다. 잡동사니들을 간종그리느라고 권분옥 편집장의 고생이 너무 많았다. 점직한 마음과 함께 깊은 고마움을 표한다.

—2018.12.28.

문신공방 文身孔方, **셋**
문학, 몽롱*Mon Non*주점과 마농*Ma Non*의 샘

초판 1쇄 인쇄 2018년 12월 21일
초판 1쇄 발행 2018년 12월 28일

저 자 정과리
펴낸이 이대현
편 집 권분옥
디자인 홍성권

펴낸곳 도서출판 역락
주 소 서울시 서초구 동광로 46길 6-6 문창빌딩 2층
전 화 02-3409-2058(영업부), 2060(편집부) | **팩시밀리** 02-3409-2059
이메일 youkrack@hanmail.net
역락홈페이지 http://www.youkrackbooks.com
역락블로그 http://blog.naver.com/youkrack3888
등 록 제303-2002-000014호(등록일 1999년 4월 19일)

ISBN 979-11-6244-273-9 04810
979-11-6244-271-5(세트)

* 책값은 표지에 있습니다.
* 파본은 구입처에서 교환해 드립니다.
* 이 도서의 국립중앙도서관 출판예정도서목록(CIP)은 서지정보유통지원시스템 홈페이지(http://seoji.nl.go.kr)와 국가자료공동목록시스템(http://www.nl.go.kr/kolisnet)에서 이용하실 수 있습니다.(CIP제어번호: CIP2018041978)